马路变奏曲

陶然剧本集

陶 然 著

中国戏剧出版社

图书在版编目（CIP）数据

马路变奏曲 ：陶然剧本集 / 陶然著 . -- 北京 ：
中国戏剧出版社，2022.8
ISBN 978-7-104-05194-7

Ⅰ. ①马… Ⅱ. ①陶… Ⅲ. ①剧本—作品综合集—中
国—当代 Ⅳ. ①I230

中国版本图书馆 CIP 数据核字（2022）第 017845 号

马路变奏曲：陶然剧本集

责任编辑： 王　恬
责任印制： 冯志强

出版发行： 中国戏剧出版社
出 版 人： 樊国宾
社　　址： 北京市西城区天宁寺前街 2 号国家音乐产业基地 L 座
邮　　编： 100055
网　　址： www.theatrebook.cn
电　　话： 010-63385980（总编室）　010-63381560（发行部）
传　　真： 010-63381560

读者服务： 010-63381560
邮购地址： 北京市西城区天宁寺前街 2 号国家音乐产业基地 L 座

印　　刷： 河北京平诚乾印刷有限公司
开　　本： 787mm×1092mm　1/16
印　　张： 30
字　　数： 450千字
版　　次： 2022年8月　北京第1版第1次印刷
书　　号： ISBN 978-7-104-05194-7
定　　价： 198.00元

序　言

武丹丹

在所有的文体中，我顶顶不喜欢的就是给别人写序，总觉得有种装模作样马上就要德高望重的样子。但是，给陶然的作品集写序，却是不得不遵命，谁让他有个张牙舞爪又热情似火的妈。陶然的妈妈徐新华，是编剧界有名的“红衣少女”，最爱穿大红色的衣服，当过演员，当过剧目室主任，总是那样醒目，说话做事都特别有感染力，甚至有着某种势不可挡无法抵挡的侵略性，后来写了大名鼎鼎的淮剧《小镇》，参加第十一届中国艺术节获得文华大奖，而今年九月开锣的第十三届中国艺术节，又有她的评剧《革命家庭》代表天津出征，胜利指日可待。

陶然和我一样，是典型的“文二代”，倒不是文学的文，是文化馆的文。我们父母那一代七八十年代文化馆的小知识分子们有着在小县城风雅的资本和可能，也还有着安心阅读、静心写点小文章的时间和空间，因此我和陶然作为“文二代”都有着来自父母辈有形或者无形的熏陶，最终都选择了从事文化方面的工作。

和他妈完全不一样，陶然是有名的安静，安静到有几分木讷。从小到大，我没见过他几次，但好像每每提到他，总有人在说他少年老成，小小年纪那么沉默，嗯，沉默得有些沉重。唯一一次听到他不沉默的消息是听他妈妈在控诉他，居然不声不响就离开了当时效益好且工作风光的省电视台，一个人去应聘了镇江市文化馆的工作。这样在当时“米箩跳到糠箩”的事情，被徐新华同志跟我们说得痛心疾首、呼天抢地，一干听众也纷纷表示扼腕痛惜。最让人吃惊的是，一向沉默的陶然竟然毫不客气地怼得他妈哑口无言——你就是文化系统的，你凭啥觉得广电就比群文的高一头，最后完胜。我倒是心底下觉得陶然的选择未必不是适合他的，电视台那样喧闹又浮躁的地方，怎么能安放下一个沉默的“老灵魂”。

哈哈，是的，我少时有这样一个小伙伴，他有一个安静的“老灵魂”，衬托着我呼之欲出无处不在的不安分。在我的记忆里，少时的面容记忆并不清晰，反而是这些年他寄给我的书里，我开始在他文字的字里行间重新建立起他新的样子，心思缜密的、文辞老道的、绵密细腻的……我屡屡在作者简介那一栏会重新打量一下，要命的是他好像每本书里的照片都是同一张，看不出来啥变化。

说起来陶然的著作颇丰，他特别钟情于小说、散文的创作，至今出版的作品有十几本之多，在同龄人中并不多见。但他并不张扬，还是沉默的。每每有新书出版，直接寄到我办公室，扉页上首写上我的名字，落款写下他的签名，多一个字都没有，特别有种“君子之交”的矜持与笃定。我常会在办公室看剧本之余翻开他的新书，慢慢的，真实的陶然反而不如这些文字背后的他让我觉得熟悉。

他的阅读量很大，视野开阔，遣词造句常常别出心裁，故事的讲述和文辞都是淡淡的，但是淡淡的故事最后总是有某种不可名状的落寞和坚持又或者小小的雅致与可爱，略略有一点点汪曾祺先生的味道。

前几年我们杂志曾经用过他的两个作品，都是从别的比赛中盲选拿来的，最后编辑联系作者的时候，才发现我连他的手机号都没有，只能远程求助他妈。后来有了微信，依然很少联系。让我印象深刻的一次，是我们那年同一批加入了中国作家协会，寄会员证的时候，他给我留言告诉我，他收到会员证了，比北京的晚了两天。言语间是真正少有的活泼和欢欣，我感受到他对文学和文字的看重与依赖。他的微信签名是这样的：笔和书以外的世界风雨飘摇。嗯，他长久地专注于写作与阅读，但是他并不是不知道外面的世界，只是文字里自有他的一番天地。

说实话，在陶然的创作中，与他的散文小说相比，剧本实在不是他文字中最精彩的部分。写到这里，我甚至有种如释重负的感觉——这样我写得不怎么样的序言也许就能将就一二了。

这部剧作集的内容极为丰富，小品、小戏、情景剧、音乐剧、话剧、广播剧、电视单元剧、电影文学剧本……种类繁多，能看得出来，都是他站在本职工作的岗位上兢兢业业创作出来的作品。我简直要佩服他的“适配性”，难怪他深得单位同事的喜爱。文化馆的工作一定需要他这样不只是有两把刷子，而且可以各种刷子一起抡的员工。

收入本书的短剧二十余部，情节相对简单，读起来非常流畅，和常见的小戏小品不同，他的作品有着非常强烈的都市感和当下性，仿佛此时此刻就发生在你身边。而且剧中人物都不会太多，他是写他周边的生活，一个苏南小城的故事，也是为身边的同事创作，便于他们更方便的搬上舞台。那些故事发生在马路边、在公园、在歌厅、在咖啡屋，甚至在婚礼现场……但其实所有的故事都发生在同一个地方，就是他自己的心里。陶然对于每一个故事都有着他的讲述方式，温暖的、善良的、纯粹的，在这些小故事里，都是轻盈而灵动的，几乎没有特别悲情的。对待他的生活和城市，陶然表现出一种朴实无华的工匠精神，像个手艺人一样用他善解人意的笔触耐心地、细细描摹他心里的故事，不疾不徐，不骄不躁，慢悠悠的，很舒朗，也很用心。我甚至觉得，他是用这样的方式对他生活的城市表达一种无言的爱意。

篇幅稍微长些的大戏和电视单元剧、电影文学剧本，则闪烁着陶然不为人察觉的思想的光。我特别要说到他的电影文学剧本《寻人启事录》。这是根据他妈妈徐新华的代表作《小镇》改编的，我惊喜地发现，在作品从舞台艺术到电影艺术的改编中，他充分展现了一个改编者年轻的视角。原剧本是以“灵魂过山车”的方式去写一个民风淳朴的小镇上的道德高尚的“朱文轩”所受的煎熬，去书写人性的幽微莫测。而到了陶然这里，着重于塑造一个玩世不恭、桀骜不驯、众人不待见的年轻人“侯二”，活在当下，不依靠爷爷当年做的好事去挣不属于自己的钱，同样的故事框架，有了不一样的结局，有了更加年轻的解释。

我记得徐新华那年出剧作集的时候，我是责任编辑。当时要找一个人写序言，徐新华征求我的意见，我几乎是不假思索地冒出一个名字——陶然。他妈妈完全没有想到会是这样的答案。我问道，一个对你最熟悉、最有感情、最能体察你的人，除了他，还有谁？不会有人写得更好。果然，他的文章写得让编剧徐新华女士泪流满面。

徐新华总说陶然少年时他们母子间聚少离多，没有想到会有一天在文字里重逢，我也说我们少年的伙伴一别经年，却没有想到最终在文字里再次相见。

纵览陶然的这部剧本集，颇具集腋成裘、聚沙成塔的意味，是他的工作成果，也是他成长的记录，更是他埋头苦干的实实在在的积累。我想起陈彦书记说的，一个作家，要想成功，必定是在无人处要下一点真功夫，下一点笨功夫，下一点死功夫的。我与陶然共勉。我相信他沉默的内心里的浩瀚与磅礴，我也相信他点滴汇成江河的坚持，这是陶然给我的教益。

目录

小　戏

小音乐剧

情景剧

话 剧

广播剧

电视单元剧

电影文学剧本

小　品

马路变奏曲

时间：一个平平常常的下午。

地点：一条普普通通的马路。

人物：张大爷，男，四零后，退休干部。

小　丽，女，九零后，初中生，娇滴滴的。

小　强，男，九零后，初中生，火爆爆的。

小　静，女，九零后，初中生，病恹恹的。

（以上三人由同一演员扮演）

张老师，女，六零后，中学老师，张大爷女儿。

〔幕启。舞台一侧有张石椅。

〔汽车声。

〔张大爷坐在石椅上，略显疲惫。

张大爷 （捶腿，向观众）谁说现在的孩子没爱心不尊老？今儿碰到几个中学生，个个抢着扶我过马路，半天工夫就过了六个来回，我都快变成乒乓球了。（笑）不过累归累，我这心里头啊，还是挺乐呵。（扶着腰起身）回家歇歇去喽。

〔张大爷说话间，小丽着急地左右找寻着上，看见张大爷喜出望外。

小　丽 哎呀大爷，我可找到您了！

张大爷 （猝不及防）怎么了？

小　丽 （娇嗔地）您这么大年纪，腰又不好，怎么能自己过马路呢？

张大爷 我怎么不能自己过马路啦？

小　丽 （甜甜软软）您瞧，您站在这儿，还扶着腰，不就是在等待帮助吗？

张大爷 （笑）小同学我跟你说啊，我家就在马路那边……

小　丽 （撒娇，摇晃张大爷手臂）哎呀大爷，那不正好吗，就让我扶您过去好不好啊？您答应我嘛！

张大爷 （笑）好好好，正好我要回家。

〔音乐起，小丽扶张大爷过马路，二人边走边说话。

小　丽 斑马线，安全线。安全线，生命线。

张大爷　孩子，你叫什么名字？

小　丽　（嗲嗲地）我叫小丽。

张大爷　是哪个学校的？

小　丽　您千万别写感谢信到学校呀，我做得还很不够呢！

张大爷　（笑）我是随口问问。

小　丽　那我就告诉您，就是附近的“三中”。

张大爷　第三中学的……

小　丽　是啊，我们学校特别注重德智体全面发展。我们老师说，助人为乐是中华民族的传统美德，所以……

张大爷　（赞赏地）所以你一定要帮助我。

小　丽　您怎么知道？

张大爷　前面几个同学都是这么说的。我到了。

〔二人停步。

小　丽　那我该回家写日记去了，爷爷再见。（高兴地对观众）这下，我总算找到体会了！（像小燕子一样轻盈地跑下）

张大爷　呵呵，三中的，（自豪地）我女儿就在三中当老师啊。（突然想起，对内）谢谢你啊小丽——

小　丽　（内声）不用谢——这是我应该做的——

张大爷　（感慨）多好的孩子啊！热心助人，写日记，找体会，要是我们每个人都能像这些孩子就好喽。照这么说，我半天跑了这几趟，还算值。（边捶腰边走）回家喽……

〔小强左顾右盼，健步走上，看见张大爷，大喜。

小　强　（一步蹦到大爷面前）哎呀大爷，我可找到一个需要帮助的人了！

张大爷　（情知不好）你也找我？

小　强　您这么大年纪，腰腿又不好，绝对不能一个人过马路！

张大爷　（认真地）谁说我要过马路？

小　强　您瞧，您站在这儿，又扭腰又捶腿，明摆着在等待帮助！

张大爷　（紧张）我家就在这边，我不要过马路。

小　强　（失望地）啊？好不容易找到一个需要帮助的人，可他又……（灵机一动）哎？大爷，您知道你们老年人最需要什么吗？最需要锻炼啊。您要经常走一走，动一动，这样才能有一个健康的身体，所以啊，您一定得跟我过——马——路！

张大爷　不不不，我不要过马路！

小　强　哎呀大爷，您就过一回马路嘛！（绕到张大爷背后强行推他过马路）

〔张大爷被小强推得跌跌撞撞。

小　强　斑马线，安全线。安全线，生命线。

张大爷　（压抑不快）你叫什么名字？

小　强　我叫小强。

张大爷　是哪个学校的？

小　强　（响亮地）您千万别写感谢信到学校！我做得还很不够！

张大爷　（哭笑不得）我就是随口问问。

小　强　（骄傲地）那我就告诉您，就是附近的"三中"。

张大爷　哦……

小　强　我们学校特别注重德智体全面发展！我们老师说，助人为乐是中华民族的传统美德！到了！（扶大爷的手突然松开）

张大爷　（猝不及防，一个趔趄）哎哟！

小　强　（忙扶）爷爷，我要回家写日记去了，爷爷再见！（对观众）这下我可找到体会了！（蹦跳着下）

张大爷　又是三中的。助人为乐是中华民族的传统美德，这话是不错，我女儿就常说……（想起）哎呀不好，我女儿该下班了！找不着我她肯定着急！得，赶紧回家！（警惕地看周围）可千万别再碰见个助人为乐的……

〔小静戴着一副高度近视眼镜悄悄上，突然出现在张大爷面前。她凑到张大爷脸上使劲辨认。

张大爷　（吓了一跳）干干干什么？

小　静　（伸手摸张大爷的脸，摸到胡子，大喜）哦，Oh My God！可找到一个需要帮助的人了……（险些晕倒）

张大爷　（赶紧扶）孩子，你怎么了？

小　静　（硬撑着）没事，我有点感、感、感……（憋不住打了个喷嚏）阿嚏……冒。

张大爷　感冒了那还不赶紧回家？

小　静　（想咳，又忍住）不行，我得先扶您过马路。（往相反方向走）

张大爷　马路在那边！小同学，我自己能过马路，你回家吧。

小　静　（着急）可是您绝对需要帮助！

张大爷　（也着急）可我真的不需要帮助！

小　静　（想拉住大爷却从大爷身边错过）大爷……咦？人呢？

张大爷　在这儿呢……你眼神好像不太好啊？

小　静　NO！我只是稍微有一点点近视。

张大爷　多少度啊？

小　静　不多，才一千二百度。

张大爷　（惊）一千二百度？还重感冒？孩子，你这样能帮谁啊？赶紧回家！

小　静　（要哭）大爷，我求求您了，您就当是帮我一个忙吧。（皱眉）今天同学们都在做好事……咳咳……只有我到现在一个需要帮助的人也没有找到……咳咳，您帮帮我，让我也体会体会

帮助别人的快……快……（喘息得说不下去）

张大爷 （实在不忍心，接话）……快乐。好好好，大爷让你扶，让你扶！

小　静 （鞠躬）谢谢大爷！（欲倒，大爷忙扶）

〔二人互相搀扶着往对面走。

小　静 斑马线，

张大爷 安全线。

小　静 安全线，

张大爷 生命线！

小　静 （有气无力地）大爷，您怎么都知道啊？

张大爷 （无奈地）我已经背上了。孩子，你叫什么名字？

小　静 我叫小静。

张大爷 你也是第三中学的？

小　静 （喘息着）您千万……别写感谢信到学校……我做得还很不够……（一阵剧烈的咳嗽）咳咳咳咳……

张大爷 （心疼不已）别说话了，我就是随口问问。

小　静 我们学校特别注意德智体全面发展……我们老师说……助人为乐……（喘息）

张大爷 助人为乐是中华民族的传统美德！

小　静 （虚弱地）所以我，一定要……（腿一软，跌靠到张大爷背上）帮、啊帮、啊帮助您……

张大爷 （差点被压趴，使劲扛住，咬牙切齿）这到底是谁、啊谁、啊谁帮谁？

〔一老一小好不容易撑到路边，一屁股瘫坐地上，大口喘气。

张大爷 （气都捯不过来）不、管怎么说……我还是要谢……谢你啊……

小　静 （喘息着）这是我应……应该做的……（剧烈咳嗽）

张大爷　（给小静捶背，抱怨）这是何苦啊这是……

〔张老师一路寻找着上。

张老师　爸，总算找着你了！小静怎么也在这儿？

小　静　（诧异）张老师？

张大爷　（生气地）我正担心着呢，没想到你还真是他们的班主任。

张老师　（嗔怪）还说呢，跟您说您最近身体不好，一定要等我晚上回家陪着您散步！幸亏还给我留个纸条，要不我真不知道去哪儿找您呢！

张大爷　（没好气）我那是体谅你工作忙，不想给你添麻烦！

张老师　（笑）看看，离开女儿就寸步难行了吧？

张大爷　（火）什么寸步难行？我是步步惊心！

张老师　啊？（转问小静）怎么回事？

小　静　（吓坏了）我不知道，我就是帮助张爷爷过马路……

张大爷　（安慰地拍拍小静，对张老师）我就在马路这边散散步，我压根儿就没想过马路啊！

小　静　啊？

〔张老师"扑哧"一笑。

张大爷　可我今天碰到九个学生，小丽啊，小强啊，还有这个小静……

张老师　都是我们班的。

张大爷　这个扶我走过来，那个扶我走过去，走过来走过去，走过来走过去，我过了整整一个下午的马路！

小　静　张爷爷真对不起，让您老人家悲催了。

〔张老师笑弯了腰。

张大爷　（对张老师）你还笑，你还笑！这肯定是你给他们下任务了，对不对？

张老师 （擦着笑出来的泪）我只是叫他们一人写一篇日记，叫《帮助别人的快乐》。

张大爷 帮助别人就是个个上街扶老人过马路啊？

张老师 （有点委屈地解释）这也是学校布置的，就是想培养孩子们的爱心。我们校长说，一定要有布置，有落实，有检查，有汇报……

张大爷 行了行了！我想起来了，这种事你们学校不是第一次了。去年你就弄过一个主题班会，题目是“拾金不昧”。

小 静 （天真地）对对对，那天，我们就一起上街，跟在人家后面，巴不得有人丢东西，好让我们捡起来……

张大爷 还给人家？

小 静 交给警察！（沮丧地）可是，可是我什么都没捡到。老师你不知道，小强交的钱包是……（鼓起勇气）是拿的他爸的。

张大爷 你看看！你看看！布置布置，做好事能靠布置吗？（语气放缓）过去，我们一到调资的时候就偷偷地找领导，争着抢着让给别人调，那是布置的？你小时候住校，我给你一个月十块钱生活费，问你差不差钱你总说不差，我和你妈一年后才知道，你硬是每月偷偷省下一半给班上一个贫困同学。那是有人布置你的吗？

小 静 （感动地）老师……

张老师 （惭愧地）爸，您别说了……

张大爷 别怪爸发火，爸就是觉着哪儿不对劲了。尊老爱幼帮助别人，这都没错！但，那一定一定得发自这儿！（指心窝）要发——自——这儿！懂吗！

张老师 （一把拉住张大爷的手）爸，我懂，我真的懂了！

小 静 （稚气地）爷爷，您放心，我也懂了！

张大爷 （看看两人，欣慰）那就好，省得我再过一次马路了。

张老师

小　静　（不解）怎么？

张大爷　（揶揄）我本想让你把我也扶过去再扶过来，回去好写篇日记，交给你们校长！

张老师　（嗔）爸！

〔三人大笑。张大爷指张老师。

〔造型。切光。

神奇药水

时间： 晚上。

地点： 小区附近的广场。

人物： 中年人，男，四十多岁。
刘大妈，女，五十多岁。
红衣女，女，三十多岁。
蓝衣女，女，三十岁不到。

〔《最炫民族风》的乐声中光起，刘大妈伴随音乐笨拙地跳着广场舞。

〔幕后传来忍无可忍的吼声：“有病啊？烦死啦！”

〔刘大妈恍若未闻，专心跳舞，奈何动作老是出错，不时停下来回忆动作，自我纠错。

〔中年男手提一把夸张的大锤子上。

中年男 （大声）别跳了！

〔刘大妈吓了一跳，关音乐。红衣女上，停步关注。

刘大妈 （生气地）干吗？

中年男 （怒气冲冲）看看几点了！放这么大声！

刘大妈 （毫不示弱）这是公共场所，我跳舞健身你管得着吗？

中年男 公共场所也要讲点公德吧？从六点半跳到九点半，人家都走了你还“加班”，你有病啊？

刘大妈 你才有病呢！广场舞是艺术，你懂吗？我跳得不好留下来补课，碍你什么事儿啊？

中年男 我儿子快大考了，你这个时候了还放大喇叭，还让不让人复习啦？

刘大妈 （一愣，一时无法下台，嘴硬）毛主席当年在天安门广场还看书学习呢！

中年男 不讲理是吧？（冲向音箱，举锤，高声）我……

刘大妈 你砸，砸了我看看！

中年男 你……别以为我不敢！

刘大妈 把那个砸了再砸这个，（指自己的头）砸！

中年男 你……（上前）

红衣女 （忙走近）no no no！ stop！ stop！有话好好说！

刘大妈 我跟他没话说！

中年男 我跟你有话说！从明天起，你们要是还在这儿没完没了地跳啊唱啊的，别怪我不客气！

刘大妈 我看你敢拿我们怎么着！

〔二人欲下。

红衣女 等一等！

中、刘 （同时）干嘛？

红衣女 你们现在……

中、刘 回家！

红衣女 那明天……

中、刘 继续！

红衣女 没完没了？

中、刘 谁怕谁呀？

红衣女 二位，能听我说几句吗？

中、刘 说什么呀？

红衣女 首先，我要感谢你们。Thank you very much！

中年男 你什么意思？

刘大妈 看笑话是吧！

红衣女 不，我是感谢你们给我一次实验的机会。从人类心理学的角度来讲，无论男人、女人，一切行为都源于某种冲动……

中、刘 冲动？

红衣女 （对刘大妈）瞧，你是典型的“多血质”，所以精力旺盛，容易上火。（对中年男）你是典型的“胆汁质”，所以脾气急躁，点火就着。

中、刘　咦？是有点像……

红衣女　我是医生。（掏出一个小瓶子，神秘地）看，这是我的最新研究成果，专治情绪激动、蛮不讲理、不肯交流、拒绝沟通。

刘大妈　真的假的？

中年男　科学进步到这程度了？

红衣女　不想试试？

〔刘大妈心动，凑上去。

中年男　（一把拉回刘大妈）当心！万一是迷药，一喷，我们俩就晕了，我醒过来一看，断了条胳膊！

刘大妈　那你就挥不动锤子也凶不起来了！（哈哈大笑）

中年男　笑什么？你醒过来一看，少了条腿……

刘大妈　啊？

中年男　你舞也跳不成了！

红衣女　（连连摇头，晃晃瓶子）这药水啊，喷一下，你们火气更大，等于排毒；喷两下，立刻就互相体谅，等于治病。（不由分说上前对着二人就喷，嘴里还配音“噗嗤”“噗嗤”）

〔中年男、刘大妈惊呼。红衣女笑眯眯地看着二人。

中年男　（过了会儿）还好，没有头晕的迹象。

红衣女　马上你们就会浑身发烫。不信你们等着。

〔滑稽又紧张的音乐。

〔刘大妈摸头摸脸。中年男惊疑不定。

红衣女　一、二、三！（上前把中年男、刘大妈的脸转向对方）有没有觉得这个人干扰了你正常的生活？

中、刘　（肯定地）有。

红衣女　有没有觉得他（她）很讨厌？

中、刘　（声音渐高）有！

红衣女　（对中年男）你看看她的音箱，（对刘大妈）你看看他的锤子，有没有一种想要发泄发泄的冲动？

中、刘　（响亮地）有！

红衣女　（诱导地）那还等什么？！

〔中年男欲锤音箱。刘大妈上前急拦。

中年男　（对刘大妈）今天这事儿不解决你别想走！

刘大妈　我要是怕了你我就不姓刘！

中年男　你成天听那些城乡结合部的歌，跳那些傻不拉几的舞，你以为你凤凰传奇啊？

刘大妈　你舞个破锤子吓人，你以为你是雷神啊？

中年男　中国大妈在美国跳广场舞被抓起来了,出洋相的全是你们这种人！

刘大妈　洋鬼子欺负人你还喊好，你是不是中国人呐？

中年男　像你这样没日没夜地跳，跳出毛病来是活该！

刘大妈　你儿子今年考个大零蛋，那才叫报应！

中年男　（锤子一扔）你再说一遍！

刘大妈　（袖子一卷）你再说一遍！

二人齐　（冲向对方）你说你说你说————

〔二人对峙几秒，同时瘫倒。

〔音乐止。追光在三人身上。

红衣女　（上前对二人又各喷一下）下面是第二阶段。你们很快就会平静下来了。

中年男　（大口喘气）不平静也不行了，实在吵不动了。

刘大妈　（大口喘气）你个大老爷们儿身体还不如我呢！

中年男　（大口喘气）社会压力大，现如今中年男人身体都不好。

刘大妈　（大口喘气）生活压力大，老年人心情也好不到哪儿去。

红衣女　（趁机蹲在二人身边）想想这日子过得挺不容易的吧？

刘大妈　（叹口气）可不是吗！我们在广场跳，别人在路上笑，还有人从窗户里伸出头来哇哇叫。你以为我们心里舒服啊？

红衣女　（对中年男）你呢？

中年男　我？为了哄儿子读书，挖空心思做好吃的，还上网下载菜谱，做了一回又一回，儿子还嫌难吃。

刘大妈　你说我们这些老太太跳个舞健个身碍着谁了？被人从城东撵到城西，一年换了六个地方。（失神地）听人说武汉的老姐妹就因为跳跳舞，被人家泼了一身大粪啊！

中年男　（叹息）其实我也不容易。我辛辛苦苦带儿子，就盼着他有出息，偏偏他成绩像坐了滑梯，急得我白头发蹭蹭地往外长。

刘大妈　每个跳广场舞的大妈后面都有个故事。

中年男　每个舞锤子的男人后面也有个故事啊。

〔二人相视苦笑。

红衣女　（上前对二人）起来吧，起来吧。

〔灯光复如初。

〔中年男忙扶刘大妈起来。

中年男　刚才……对不住啊。

刘大妈　（拍着身上的灰）哪能怪你呢。

红衣女　（对二人得意地）怎么样？感觉是不是好多了？

中、刘　（蓦然省悟）对哦！

〔蓝衣女上，见红衣女，急忙一把抓住她右臂。

蓝衣女　妈呀！总算找到你了！

中、刘　她是你妈？

蓝衣女　什么眼神儿啊？她是我姐！

红衣女　一惊一乍的，什么事啊？

蓝衣女　你们几个研究心理学的朋友约好今天在我们家碰头，你忘啦？

红衣女　哎哟，净顾着给他们灭火，真忘了！

蓝衣女　客人都在等着呢！（拉红衣女欲走）

刘大妈　哎等等！（对红衣女）你不是说你是医生吗？

蓝衣女　（接口）是医生啊，儿科。

中、刘　小儿科？

蓝衣女　（无奈地）现在又迷上心理学了。

红衣女　（煞有介事地补充）行为心理学。

刘大妈　哎呀！（想起，捂脸）那你刚才给我们喷的什么东西呀？

红衣女　放心吧，那是自来水。

中、刘　自来水？

红衣女　（柔声细语）其实每一个生命体都携带着完美的调节功能。

中、刘　……？

蓝衣女　还不明白呀？自己回去好好想想吧。（拉红衣女下）

刘大妈　哎，你明白了吗？

中年男　我明白了。这么说吧，她讲的好像就是包容啊、理解啊、体谅啊，大概就这么个意思。

刘大妈　（若有所思）哎，她说得对啊，咱们身上本来就有神奇药水。

中年男　就看自个儿会不会用它？

刘大妈　没有神奇药水，咱们也能好好地谈。

中年男　对对对！大妈，明天我儿子房间窗户玻璃就换成双层的，隔音效果好!

刘大妈　不不不，我们跳舞的时候音乐开小一点，时间跳短一点!

中年男　说定了!

刘大妈　说定了!

中、刘　从今儿起，咱们就把神奇药水给用起来!（击掌）耶!

〔切光。

一曲难忘

时间：夜。

地点：卡拉OK包间。

人物：郭小晴，女，三十岁左右，歌唱演员。

郭老师，女，五十多岁，郭小晴母亲。

于　浩，男，近三十岁，郭小晴丈夫。

张　璐，女，三十岁出头，郭老师养女。

〔音乐声、歌唱声混杂在一起，是卡拉OK特有的氛围。

〔舞台分两个演区，左右陈设一样，如沙发、茶几、话筒等，一看便知是两个包间。郭小晴说话时右演区光起，混乱响声止。

〔于浩追着郭小晴从右侧上。

郭小晴 你烦不烦啊，烦不烦啊？演出刚完就把我拉到KTV来，你什么意思啊？

于　浩 你这两天对我什么意思啊。

郭小晴 那你跟张璐，什么意思啊？

于　浩 我跟张……

郭小晴 （冷笑）成天鬼鬼祟祟神神秘秘的。

于　浩 小晴！

郭小晴 我哪一点不如张璐，你跟我妈都那么信任她欣赏她？要不是我妈把她从山区领养回来，她能有今天？嗬，现在她倒成了家里的主心骨了，大事小情都跟她说，不跟我讲。还以为她结了婚搬出去了我就解放了，没想到人走茶不凉，阴影恒久远！

于　浩 你……

郭小晴 （抢）你什么？你偏心！

于　浩 我……

郭小晴 （抢）我什么，我命苦！

于　浩 （抗议）你能不能让我把话说完呐！

郭小晴 偏不让你说，噎死你！你跟我妈一样，依赖张璐，关心张璐。张璐什么事我妈都跑前跑后。上个月我的个人演唱会，那么重要的一场演出，请她去看，她中途竟然和张璐一前一后地跑了。我哪天真要去验验DNA，看看到底是不是她亲生的！

于　浩　（生气）什么话！（手机响，接）喂，张……（看一眼郭小晴，面向角落，轻声）还没来得及说呢……你也到了？我们在208……我知道，我今天一定跟她说……（沉重地）不能再拖了。

郭小晴　（听见最后一句）不用拖，我明天就搬出去，反正你们看别人比看我顺眼！

〔郭小晴一屁股坐下，背朝于浩，气哭。二人静止。光弱。

〔左演区光起。张璐、郭老师从左侧上。

郭老师　张璐啊，刚才跟谁打电话呢？

张　璐　（笑，掩饰地）哦，一个朋友。（扶郭老师坐）郭老师，您先歇会儿。

郭老师　哎，待会儿你帮我点那首……

张　璐　（善解人意地）《弯弯的月亮》。

郭老师　（微笑）月圆月缺，岁岁年年，一转眼，就老了。

张　璐　在我眼里，您永远像第一次走进教室时那么年轻、漂亮！

郭老师　（陷入回忆）那时候小晴还小。白天我给你们上课，她就一个人在家；晚上看见我回家，她就高兴得什么似的，每天睡觉前都缠着我给她唱《弯弯的月亮》。

张　璐　比起小晴，您给我的实在太多太多了——就因为那场泥石流让我成了孤儿，您把我从山里带回城，直到我大学毕业有了工作。我总觉得，我分掉了您给小晴的母爱……

郭老师　（嗔怪）不许这么说！（骄傲地）小晴勤奋努力，成了歌舞团的台柱子。你们俩都是我的好女儿。

张　璐　老师，录音笔我带了，您喝杯水，我们马上就开始录歌。

〔郭老师点头，左演区光弱。

〔右演区光起。

〔郭小晴猛地起身。

于　浩　（拦）你干嘛去？

郭小晴　找房产中介租房子去！

于　浩　你还来真的了？说走就走也不怕伤了妈妈的心？

郭小晴　她怎么不怕伤了我的心？我搬走，正好让张璐搬回来住，我妈不知道多满意呢！

于　浩　你这个爆炭性子能不能改一改？上个月你的演唱会上，你知道妈为什么看到一半就走了吗？

郭小晴　（讽刺地）因为在她心里，张璐比我重要呗。

于　浩　因为妈妈忽然咳了血。

郭小晴　（愣住）咳血？

于　浩　（沉痛地）那天张璐硬把妈拖到医院检查，才发现妈是……

郭小晴　（瞪大眼睛）什么？你说妈得了……不！不可能！

于　浩　（沉痛地）是真的！

〔郭小晴蒙了，一下子跌坐在沙发上。

〔忧伤的乐声。

于　浩　妈妈坚决不让张璐把检查结果告诉我们，张璐想来想去，还是觉得应该让我们知道。她怕你接受不了，所以先跟我商量。

郭小晴　不行！我要带妈妈去化疗，去手术！哪怕去上海，去北京！找最好的医生！（哭，跳起来就走）

于　浩　（一把抓住她）医生说了，已经扩散，不能手术。

郭小晴　（甩开于浩）不能手术？她不是你们的妈妈，她是我郭小晴的妈妈，我不能看着她等死！

于　浩　小晴，你冷静一下，听我说：张璐说妈不想住院，她只希望最后的这段日子，能多跟我们在一起。（握住郭小晴的手）我们要趁现在多为妈做点事。（启发她）后天就是妈的生日，妈平时最喜欢什么？

郭小晴　（下意识地）妈最喜欢张璐。

于　浩　胡说！妈最喜欢唱歌。

郭小晴　（茫然）唱歌……对。小时候在山区，有一次我发高烧，她半夜背着我走几十里路去镇上找医生。我病得难受，她就给我唱《弯弯的月亮》，就那么走了一路，唱了一路。

于　浩　所以你长大以后就当了歌唱演员。你都不知道妈妈对你的影响有多大！

郭小晴　后天就是她的生日……

于　浩　你送什么礼物给她？

郭小晴　《弯弯的月亮》？

于　浩　给！（递给她 DV 机）

郭小晴　DV 机？

于　浩　把你唱的歌录下来送给妈妈！

郭小晴　（醒悟）怪不得你拉我来 KTV！原来你是早有预谋啊！

于　浩　（摸摸头）预谋不敢当，想法倒是有。

郭小晴　（内疚）老公，对不起，你这么为我着想我还……

于　浩　嗐，这时候还说这个？（举举 DV 机，鼓励地）来，让妈知道你有多爱她！

郭小晴　嗯！

〔郭小晴深呼吸，调整情绪。

〔左演区光起。

张　璐　老师，咱们开始吧？

郭老师　（笑着）好，开始。（一阵剧烈的咳嗽，手帕捂嘴）

张　璐　（一看手帕，惊）老师，要不我们先回家吧？下次再……

郭老师　（摇摇头）不，下次我可能就走不动了。

〔张璐侧过头去，迅速擦了一下泪，回头微笑。

郭老师　（抑制伤感，抚着张璐的头）孩子，咱们快些，赶在小晴、于浩回家之前把它录完。

〔另一演区。

郭小晴　（催于浩）赶紧赶紧，录完歌我们赶紧回家陪妈。

郭老师　我不想让小晴有一点怀疑。

郭小晴　我要珍惜和妈在一起的每一分钟。

郭老师　不能让小晴为我担心。

郭小晴　不能让妈妈留下遗憾。

〔《弯弯的月亮》前奏响起。

〔张璐、于浩各用录音笔和DV机录音。

〔郭老师、郭小晴在各自表演区齐唱：

遥远的夜空，有一个弯弯的月亮。弯弯的月亮下面，是那弯弯的小桥。小桥的旁边，有一条弯弯的小船。弯弯的小船悠悠，是那童年的阿娇……

〔于浩一边举着DV，一边拿出手机拨打。张璐一边举着录音笔，一边看了下手机，挂断。二人同时后退作推门状。两个包间的门都开了。歌声飘出门外。

郭小晴　是谁也在唱这首歌？

郭老师　怎么像是小晴的声音？

〔母女俩一起走出门外，看见了彼此。

〔旋律流淌。

郭老师 小晴？

郭小晴 妈？

郭老师
郭小晴 （同时）你怎么会在这里？

〔郭老师看看张璐，郭小晴看看于浩，顿时明白了张璐、于浩的用意。母女俩感动、心酸，却一时不习惯表达。

张　璐 （轻声）老师，我还是跟小晴、于浩说了……

于　浩 （推了推郭小晴）小晴，你不是有很多话要跟妈妈说吗？

郭老师 （顿了顿）小晴，妈想录一首歌给你留作纪念。

郭小晴 （控制着情感）妈，我想给您录一首歌当生日礼物。

郭老师 刚才你唱得真好。

郭小晴 妈唱得更好！

郭老师 （含着泪笑）其实生命就是一首歌，就看你如何去唱。

郭小晴 （泣）我现在才知道，我拼命拼命努力，就是为了做个像妈妈那样的人！

郭老师 妈早就想告诉你，你一直是妈妈的骄傲……总以为还有好多日子，不着急，妈怎么也没有想到，忽然就……每一天都有可能是最后一天了，妈对不起你……

郭小晴 不！妈，是我对不起你！我总是任性、吃醋、发脾气。我爱你，却从来不愿意说出口，我以为妈妈会永远永远跟我在一起……（哭着扑入郭老师怀中）妈——

郭老师 （抱着女儿，流泪）小晴——

张　璐 （擦泪）老师，其实，每个人都一样，每一天都有可能是生命的最后一天……

于　浩　（放下一直举着的DV机，动情地）让我们好好珍惜……

郭老师　小晴，来，我们一起唱这首歌。

郭小晴　嗯！妈，我们一起唱！

〔母女二人拿起手提麦克风。于浩重新举起DV机。

〔乐声大作，荡气回肠。

〔光渐收。

千面天王

时间：下午。

地点：某县电视台演播厅。

人物：刘守志，男，二十多岁。
吴真琴，女，三十岁左右。
主持人，女，三十来岁。

〔幕启时台上三张时尚的椅子。

〔刘守志走来走去念念有词。

主持人 刘先生，您能不能安静地坐会儿？

刘守志 （推推眼镜）生平第一次上电视做广告，我紧张！

主持人 这种事现在多了。待会儿你就会见到一个例子。这个“千面天王”吴真琴特别放得开，演什么像什么。大小媒体、企业抢着跟她合作，我们也是好不容易才把她请来的。

刘守志 那我更紧张了！

〔吴真琴拖着箱子上。

主持人 （迎向吴真琴）吴女士您好！我是今天节目的主持人。

吴真琴 不好意思，让您久等了。

主持人 没关系，知道您是大忙人。

吴真琴 （得意）还真闲不下来。（坐）

主持人 （笑）那不耽误您的时间了，咱们马上开始。

〔吴真琴从包里拿出一条土气的花头巾系在头上，脱外衣换衣服。

刘守志 （吓得站起，背转身，捂眼）她干什么？

主持人 （忙过去安抚）她今天的身份是农村妇女，所以要化化装。（拉刘守志坐下）

吴真琴 先说好，尽量别拍特写，我还要上别的节目呢。

主持人 行！导演，我们可以开始了。（职业化的笑容）观众朋友们，大家好！欢迎您走进“小城名品”栏目。

〔吴真琴手机闹钟响。

吴真琴 停！（对主持人）闹钟响，我得打个热线电话。

刘守志 热线电话？

主持人 （无奈）摄像老师，先暂停吧。

吴真琴 （对手机）导播，我是吴真琴，请你转接一下。（瞬间换一副腔调）喂，主持人啊？我是上次给你们打电话求助的马天真。

刘守志 （惊诧）她怎么了？

吴真琴 （一屁股坐下，哭）我是给恩人报喜来啦！我爸爸本来已经不能下床了，我抱着试一试的想法从你们这里买了“天山雪莲大补胶囊”，没想到三天后爸爸的精神就有好转，一个星期就能下床拄拐杖，一个月直接把拐杖扔掉了！他现在能吃能睡满面红光，简直像换了个人呐！

刘守志 （担心）她没事吧？

主持人 没事没事。

刘守志 哭成这样怎么会没事？（过去欲扶吴真琴）

吴真琴 （顺势起身）此刻我只想说，凡是孝顺父母的人都应该买“天山雪莲大补胶囊”，如果不买就是不孝！（挂机）好，收工！

刘守志 （奇怪）收工？

主持人 她刚才在演戏呢。是在推荐那个……

吴真琴 天山雪莲大补胶囊。

〔刘守志目瞪口呆。

主持人 （微笑）吴女士，节目录制期间您看能不能把其他业务……放一放？

吴真琴 哦哦。

主持人 （笑笑）反正录制也中断了，要不您二位先认识一下吧，配合起来更默契。（对刘守志）这位是“千面天王”吴真琴。（对吴真琴）这位是……

刘守志　（愣愣地）我叫刘守志。

吴真琴　（笑）小伙子挺有意思嘛。在哪上班啊？

刘守志　娃娃乐玩具厂。

吴真琴　咦，今天节目推销的不就是“娃娃乐玩具厂”的玩具吗？原来你是他们的员工。

刘守志　（苦着脸）我是被迫的。

吴真琴　一看你就不是自愿的。

刘守志　我们主任说如果完不成任务，就要下岗。

吴真琴　下岗？没关系，咱把这事做好不就行了吗？跟姐学！

刘守志　跟你学？

吴真琴　对呀，我们就跟表演一样，要真听真看真感觉，把假的当真的说就行了。

刘守志　（难以苟同）假的怎么能当真的说呢？

吴真琴　（不屑地打量他）看来你们主任选错了人。

刘守志　没错，他们说，我天生长得像个受骗的，观众看了踏实。

〔吴真琴窃笑。

主持人　（打断）二位熟悉得差不多了吧？咱们开始！（职业化的笑容）观众朋友们，大家好！欢迎您走进“小城名品”栏目。今天我们要为大家推出的是“娃娃乐玩具厂”的“节节高”益智玩具……

〔吴真琴手机铃响。主持人明显不快。

吴真琴　（接手机）我马上给你打过来！（心虚地向主持人）最后一个电话。

主持人 吴女士，你这样我们很为难啊。

吴真琴 帮帮忙，帮帮忙。

主持人 （打个暂停的手势）摄像老师，麻烦你再等一等。

吴真琴 （拨号）喂，你好，我是吴真琴。我知道节目是七点钟，但我实在过不来呀。哎哎，别扣我钱啊！我像上次一样用视频电话在线销售怎么样？好好。

〔吴真琴把手机往刘守志手里一塞，找出个塑料小手掌讪笑着递向主持人。主持人只得接过。吴真琴掏出顶大帽子戴上。

刘守志 你这又要干嘛？

吴真琴 （不理刘守志，对主持人）一会儿我一打手势你就鼓掌。（见主持人脸色，赔笑）为了我们录制顺利……

〔主持人只好点头。

吴真琴 （对刘守志手里的手机视频）观众朋友们，大家好。（暗打手势）

〔主持人在旁用塑料小手掌鼓掌，“啪啪”作响。

吴真琴 我是今天的特约主持云飘飘！（打手势）

〔主持人又鼓掌。

吴真琴 今天要推荐给大家的是“醉八仙酒业”明星产品：十八年佳酿。

刘守志 （不高兴地）十八天还差不多。

吴真琴 （假装没听见）今晚我们连线了“醉八仙酒业”的赵总。赵总您好，你们“醉八仙”是一家百年老厂了，现在你们又有了与广大听众直接接触这么宝贵的机会，就让让利吧？哎呀您就别犹豫啦，为了老百姓，就豁出去一回又能怎么样呢？

〔刘守志手一抖，差点掉了手机。主持人顺手帮他一托。

吴真琴 观众朋友们，观众朋友们，经过争取，原价 1000 元一瓶的十八年佳酿，现在只要 999 元一箱！

刘守志 （愤愤地）那是白开水！

吴真琴 （顺口）对，白开水！十八年的白开水，只有十箱，卖完为止……

主持人 （乐了）吴真琴，你说的是十八年白开水。

吴真琴 （反应过来）啊！（从刘守志手上抢回手机关了，痛心地）完了，他们要扣我的钱了！

主持人 吴女士，你要是再不录制，我们也要扣你的钱了。

吴真琴 （忙）好吧好吧，（深呼吸调整情绪）继续录吧。（拿下帽子恢复成扎头巾的装扮）

主持人 （微笑）导演，我们可以开始了。

〔三人就位。

主持人 （职业化的笑容）观众朋友们，大家好！欢迎您走进“小城名品”栏目。今天我们要为大家推出的是“娃娃乐玩具厂”生产的“节节高”益智玩具。像往常一样，我们拍摄了推广产品的若干场景；也像往常一样，我们邀请了两位现场嘉宾。（对刘守志）来跟观众朋友打个招呼。

刘守志 （局促地）大家好，我是“娃娃乐玩具厂”的刘守志。

主持人 （笑对吴真琴）您也做个自我介绍吧。

吴真琴 （盘腿而坐，一口方言）大家好！我是大王镇大王村红星八队的王翠花。

主持人 翠花女士，听说您和“娃娃乐”还有一段特殊的缘分。

吴真琴 可不是哩！我儿子二蛋天天上课注意力不集中，我就恨啊骂啊，没用。后来俺亲戚孙大狗子说，有一套玩具蛮好的，叫……（启发性地看刘守志）

刘守志 “节节高”益智玩具。

吴真琴 对！我一听就买咧。没想到二蛋玩了这套“节节高”益智玩具，智商就高了！（淳朴地拉拉主持人）你晓得这是哪家的玩具吧？

主持人 （矜持地笑）是“娃娃乐”生产的吧？

吴真琴 （惊诧）噫——你怎么晓得的？城里人就是聪明！

刘守志 （实在忍不住了）胡说八道！

〔主持人、吴真琴愣住。

主持人 刘先生，这可是在介绍你们厂的产品。

刘守志 那也不能不顾事实！

主持人 （哄孩子似的）为了完成任务，坚持，咱们坚持！

刘守志 （想到后果）好吧，我坚持！

主持人 摄像老师，回头把这段剪了。我们继续。（看吴真琴）

吴真琴 （蹲在椅子上，声情并茂且有发挥）我家二蛋玩了这套益智玩具，智商就高了。以前数学零分，语文一分，英语三分。现在哩数学一百分，语文九十九，英语说得真不丑……

刘守志 （忍无可忍）不要脸！

吴真琴 （一蹦三尺高）你骂谁呢？

刘守志 骂的就是你！（边扔吴真琴的一堆“道具”边斥）没道德没良知没底线！专搞歪门斜道，赚黑心钱，不以为耻，反以为荣！

〔吴真琴边拣她的“道具”边想还嘴。

刘守志 你闭嘴，我还没说完！

〔主持人原想阻止，但又觉得饶有兴味。

刘守志 （对吴真琴）还“千面天王”呢，一千张脸你就没一张是真的！

吴真琴 （恼羞成怒）喂，我郑重警告你……

刘守志　你警告我？小心人家控告你！有人捧你你是个玻璃杯子，人家松手你就是个玻璃碴子！你还真当自己是个人物了？狗咬皮影子你没一点人味！阎王奶奶大肚子你怀的什么鬼胎！蝙蝠身上插鸡毛你算个什么鸟……

吴真琴　（受不了）算你狠！（一拖箱子）不录了！（恨恨而去）

〔刘守志疲软地跌坐椅上。

主持人　（半调侃半赞赏）你好本事啊，把“千面天王”那种老江湖都气跑了。你说得倒是痛快了，回去怎么交待？

刘守志　（转茫然，向观众）那你说，我……我会下岗吗？

〔主持人亦转向观众，神色复杂。

〔切光。

声 音

时间：傍晚。

地点：常母家。

人物：常　母，女，六十岁出头，退休老人。
常医生，男，三十岁出头，普通医生。
小　齐，女，三十多岁，推销员。

〔幕启时台上一桌二椅。桌上有个笔记本电脑。旁边是堆得小山似的各类长方的、正方的盒子。

〔常母对着电脑敲来敲去，忽然电话响。

常　母　（起身接，走来走去）你怎么还不加我QQ啊？加了可以详细聊聊你们的产品嘛……寄给我？不行不行，东西当面看，有话当面谈。人家康乐公司的推销员小齐可比你勤快多了……

〔常医生夹着皮包上，见了常母情状，欲言又止。

常　母　（见常医生，欣喜）喂，先不说了啊！明天下午三点见。（关机，迎上去开心地）怎么不声不响就回来啦？也不先说一声，万一我去菜市场了怎么办？

常医生　（明显不高兴）我也怕你不在家，想提前打给你的，结果你那手机就像某些单位的投诉电话，左打不通，右打也不通。

常　母　人家问我要不要高级化妆品，我想给儿媳妇带一套的。

常医生　（压制着不快）妈，化妆品这东西有合适有不合适，你儿媳妇自己会挑。

常　母　（摇手）这是我的心意，我想跟人家面对面地问个明白，你别掺和。

常医生　行，先不提这个。（指小山样的盒子）这座“山”又高了几公分吧？再这么下去愚公也要被它累死了。保健品这东西有真有假，你要真的需要，我让我同事帮你带。

常　母　（勉强笑笑）最上面那个是给孙子买的进口奶粉。这种事那当然是奶奶做，干吗麻烦你同事呢？

常医生　行，也不提这个。（指桌上）这计步器总是新买的吧？你知不知道手机上可以下载计步软件的？

常　母　我是怕你成天坐着对身体不好，才买个计步器提醒你多走走路。（嘀咕）买什么都说我不对。

常医生　关键是你这些东西都不是正规渠道来的，全是人家电话营销、上门推销的。骗子还是小事，万一进来个歹徒……

〔小齐快步上，欲敲门，闻声而止。

常　母　歹徒？人家好着呢，还组织我们旅游……

常医生　那是想骗你们买更多东西！

常　母　我乐意，起码有一天半天是热热闹闹的。你就会说人家，你要真这么关心我，怎么一个多月才回来一次？

常医生　医生有多忙你又不是不知道……

常　母　（气呼呼地）那等你退休了再来关心我吧。

常医生　（气）你这不是故意找茬儿吗？

〔小齐敲门。

常　母
常医生　（异口同声没好气地）谁啊？！

小　齐　（吓得往后一退）阿姨，是我。

常　母　（开门，勉强一笑）哦，是小齐啊……

小　齐　（笑）阿姨好，（对常医生）您好，我是康乐公司的小齐，您是常医生吧？

常医生　（反问）康乐公司？你是推销员？（摩拳擦掌）可找到罪魁祸首了！

小　齐　（往常母身后直躲）他不会打女人吧？

常　母　（护住小齐，对常医生）跟个座山雕似的，你想干嘛呀你？

〔常医生走上前。常母随之变动方向，小齐拉住常母衣服后襟变方向，如同老鹰捉小鸡。以下三人边动作边对话。

常医生 （对小齐）我们家这些盒子瓶子罐子都是你贡献来的吧？

小　齐 （踮着脚伸头）有些是，有些不是。（又缩回常母身后）

常医生 原来你只做出了局部的贡献。多长时间来一回呀？

小　齐 （踮着脚伸头）平均每周来一次。

常医生 辛苦你了还。

小　齐 （踮着脚伸头）这是我应该做的。

常医生 你比我这亲儿子态度还好嘛。

小　齐 （踮着脚伸头）对呀，服务至上，客户就是我亲妈。

〔常医生假装挥手。小齐吓得忙缩回去。

常　母 有完没完了？哎，小齐，你上午才来过，怎么又过来了？

常医生 （插嘴）不多来几趟，我给你寄的钱怎么用得完呢？

小　齐 常医生，不是所有的推销员都是骗子，不是所有的产品全是假冒伪劣。我刚在门口听到你跟阿姨吵架了，还听到了你对推销人员的无比仇恨。我冒着生命危险进门是为了这个……（从包里拿出U盘）上午我带了个U盘来给阿姨看，里面是我们公司的产品介绍，走的时候顺手一拿拿错了你们家的U盘……

常　母 （这才反应过来）哎呀你快给我……（想抢）

小　齐 （灵巧地闪过）我回去一打开就发现不对头，不过还是没抵抗住诱惑。阿姨对不起，我这人天生喜欢八卦，业余爱好就是打听人家的隐私……（惭愧）

常医生 嘿，你倒挺实诚。

常　母 小齐听话，快给我！

小　齐 我看了之后知道它对您很重要，特地来还给您，没想到常医生正好在这儿！我觉得您真该让他也看看，也省得您……

常 母　不行！我买你们公司的红外线手镯、微波护膝、纳米磁疗裤还不行吗？

常医生　（奇怪）盘里是什么？你有什么把柄落在这女人手里？

常 母　跟你没关系！你先回去吧，晚上不是要值晚班吗？（把常医生朝外推）

常医生　嘿，我还真不走了！

〔常医生赖着不动。小齐半扶半拉，让常母坐下。

小 齐　（把U盘给常医生）给！

〔常医生看看她，把U盘插到笔记本电脑上，狐疑地坐到另一把椅子上。

〔常医生的画外音："看我这衣服怎么样？你儿媳妇才给我买的，花了六百五。""最近电影院在放《功夫熊猫3》，我带你孙子看了，他乐得什么似的。""今年中秋我不回来了，三天小长假我带你儿媳妇跟孙子到苏州。"

〔常医生点了暂停，怔怔地看常母。

小 齐　（对常医生）我怎么觉得你们家没阿姨什么事儿啊？

常 母　（忍不住辩解）他定期给我卡上打钱的，叫我不要省；反对我让推销员上门，也是怕我不安全。他心里还是孝顺的。

常医生　（低头不看常母）妈，你什么时候录的？

常 母　（强笑）你难得回家，每次跟你说话，我就私下用手机录几句，录多了再找社区的小伙子做成个文件存到盘里。

常医生　（小声）怎么都是我一个人在说？

常 母　（小声）我自己的声音有什么听头？我就是想听听你说话。

小 齐　我猜阿姨是请人做了录音剪辑。

常　母　（不好意思地）可叫你笑话了。

小　齐　（看常医生）这是笑话吗？

〔常医生不语，再次点播放。

〔画外音不停地重复着常医生的话：“妈，您怎么又咳嗽了？哪天我带您到我们医院看看。”“妈，您怎么又咳嗽了？哪天我带您到我们医院看看。”

常医生　（疑惑地抬头）电脑坏啦？

常　母　不是……

小　齐　准是阿姨请人做了重复播放的效果。

常医生　（点暂停，内疚地）我说过就忘，从来也没真的带您去过一次医院！

常　母　（赶忙说）不不，我叫人重复放这个，不是怪你，是你关心我，我心里特别暖和，才反复听，过过瘾。

〔抒情音乐起。

〔常医生动容站起。常母随之站起。

常　母　（羞惭）妈也知道这么做太可笑……

常医生　（羞愧）不是您可笑，是我这儿子当得太不称职。

常　母　（难过地）妈这几年脾气不像以前了，老是气你。

常医生　（伤感地）我工作压力大，总是没个好声气。

常　母　（哽咽）我其实明知道推销来的东西没几个是我需要的，就是一个人在家太寂寞，才加推销员的QQ让人家跟我聊天，又叫人家一趟趟上门。

〔常医生难过地握住母亲的手。

〔乐止。常母手机响。

常　母　（接）喂，（捂住手机，尴尬地）又是推销员，我这手机号可算出了名了……

常医生　（温和地笑）您把他回掉，待会儿我们一起把这座“小山”（指一堆盒子）移走——也把您心头的小山移走！

小　齐　（欣慰地）阿姨，看来以后您家里不会再缺少声音了。

常　母　（向她欣慰地笑着，对手机）我明天有事，不在家，再见！（挂机）

常医生　（扶常母坐下）妈，您坐。把手机给我！我再给你录一段！

常　母　（疑惑）录啥？

〔柔美音乐起。

常医生　（对着常母的手机语音，哽咽）妈，我向您保证：以后每天我都会给您打电话；每个周末都会带您儿媳妇和孙子回来，和你吃一顿团圆饭！

〔常母激动擦泪，连连点头。母子相依。

〔小齐拭泪，悄悄欲下。

常医生　等等！

小　齐　（本能地双手抱头）干嘛？

常医生　谢谢！

小　齐　（掩饰感动）没事儿！

常　母　一块吃个饭吧？

小　齐　不了阿姨，我也回家看看我妈去！（挥手下）

〔乐声大作。

〔切光。

情　鉴

时间：当代的任何一天。

地点：不同人物出现的不同场合。

人物：林经理，中年男人。

女乞丐，看上去可怜兮兮的中年女人，南京口音。

小　舒，林经理娇媚可人的小情人，嗲嗲的京腔。

林　妻，林经理妻子，刀子嘴豆腐心，一口镇江话。

（以上三个女性角色由同一演员饰演）

〔光起。

〔舞台正中一张沙发，蒙上一层灰布，作公园石椅模样。

林经理　各位各位，给大家看样东西（从口袋里掏出一个手帕般的物件）呐，就是它！专家最新研制，已获国家专利。这个新产品有什么用？（指观众）我问你啊，当今社会人与人之间最缺的是什么？（一拍腿）对了，真情！（指情鉴）这东西就能鉴定出一个人的感情是真是假。所以人家教授给它起了个名字叫“情、鉴”！情感鉴定，鉴定情感。现如今有些情感确实真假难辨，让我找几个人来试他一试！

〔灯光大亮。车声人声。林经理坐上石椅。

〔衣衫褴褛的女乞丐抱着孩子上。

女乞丐　（可怜巴巴地）老板，行行好吧……

林经理　哟，要饭的！

女乞丐　老板，我一看你就是个好人，你可怜可怜我们娘儿俩，给点儿吧！

林经理　日子不好过吧？

女乞丐　是的唉。（凑过去）

〔林经理急忙避让，伸手扇鼻。

女乞丐　（嘀咕）还嫌我身上有味儿呢。

〔女乞丐坐上石椅，向林经理靠近。靠一下，林经理就向右让一下。

女乞丐　老板哎，我跟你讲哦，我们家那日子本来是早就奔了小康了，被我那王八蛋的老公赌得倾家荡产。他头一缩躲起来了，债主要拿我抵债，说我是要脸蛋有脸蛋，要身材有身材……（哭）

林经理　不哭不哭。

女乞丐　（立马止住哭声）哦不哭！老板，风吹日晒，我西施变老太。为了躲债，我抱起娃儿，跑得比刘翔还快。唉，（低头慈爱地看一眼孩子）我不吃不喝没关系，这五个多月大的娃儿他总得吃奶吧？

林经理　惨，惨！（作掏钱包状，其实是掏情鉴）

女乞丐　（瞥见，以为林经理给钱，大放悲声）我的个儿哎，我们可遇上好人啰！

〔林经理迅速将情鉴托在女乞丐下巴下面。女乞丐泪珠“啪啪”落在情鉴上。

女乞丐　（狐疑地）干嘛啊？

林经理　（拿过情鉴一看，红色，不由捧腹大笑）哈哈哈哈！

女乞丐　（有点露凶）喂，我在哭，你还笑，二五啊你？

林经理　（笑声戛然而止）我笑你的眼泪是假的！（把红色的情鉴一亮）这是高科技产品，你要是真哭，它就发绿；要是假的，它就发红。

女乞丐　红你妈了个头！（很潇洒地把假孩子一摔）

林经理　（大惊）孩子！

女乞丐　（陡然变了副脸）关你屁事！不给钱来跟老娘废什么话？跟老娘捣什么乱？拿老娘寻开心呐？！

林经理　（退后）你想干嘛你？

女乞丐　我想干嘛事啊？（趁其不备，三拳两脚）

林经理　哎哟！

女乞丐　（伸手指）ye！（回身抱起假孩子，向林）哼！（下）

林经理　见到鬼了！什么人啊这是？（揉肋下）第一轮就试出个虚情假意，晦气！（仔细看情鉴，抚摸）不过你别说，高科技就是高科技，眼泪滴上去，还真的有反应！（小心收起）不行，得再找个人试试。找谁呢？对，我小蜜。

〔音乐起：《路边的野花不要采》。

〔暗场。林经理揭去灰布，露出桔色沙发。光起。

林经理　（向观众笑）别看我人长得不怎么样，艳福可不浅，我有个小蜜叫小舒，人长得雪白像珍珠！不像我家那口子，一躺床上就打呼。凭良心说，人家对我可体贴啦。只是不知道她这份情意到底是真是假？试试！

〔小舒从另一边上。

林经理　（张开双臂，一句亲昵的洋文）哈咿！

小　舒　（一脸娇笑迎上，也来一句洋文）哈哎！

〔牵手一段舞蹈。小舒坐到林经理身上。

小　舒　老公，怎么到现在才来呀！想死我了！人家正等着你来看哩。你说我这指甲油的色儿好看吗？

林经理　好看。（另有所思）等下要是绿的就好了。

小　舒　（惊讶，起身）绿的？哇塞，你超有创意啊！不过，我这紫色更性感！（吊上林经理的脖子）今儿我在商场看到一副镯子，一颗颗儿的珠子像紫水晶似的，跟我这指甲油是绝配。价格超低，才三千。（摇晃着撒娇）买不买嘛？

林经理　买！小坏蛋！

小　舒　（大喜）谢谢老公！（在林经理脸上响亮地亲了一口，亲昵地碰林一下）

林经理　（触到痛处，大叫）哎哟喂！

小　舒　（跳开）怎么了？

林经理　（指肋下，被女乞丐打痛的地方）我这儿……不太好。

小　舒　到底哪儿不好啊？

林经理　今天陪朋友去医院体检，他没什么，结果我查出了……（指肋下，故作沉重）癌症。

小　舒　啊！（惊悚跳开）不可能不可能不可能！（哭）

林经理　（向观众）来了来了。

小　舒　这可叫我怎么办呐！

〔林经理拿出情鉴接了下眼泪，急忙藏起。

小　舒　我说老公，我的心吓得“扑通扑通”地跳！我先进去吃颗安定，啊？（边下场边叽咕）什么玩艺儿，得了癌症还来沾花惹草！（脸又一变，心痛欲绝似的哭着跑下）

林经理　（向观众炫耀的笑）看来还是心疼我的。（看情鉴，叫）红色！（难以置信地）竟然是红色！（寒心地）连她也是假的。不试了，回家。

〔音乐：《爱上一个不回家的人》。

〔暗场。林经理揭去桔色沙发套，露出褐色沙发里子。

〔林经理步履沉重地进门。

林　妻　这个死人回来了！天天这么迟，把家当旅馆。

林经理　（厌烦地）说说说，你比菜市场的老妈子话还多！

林　妻　噢，当初说我像张曼玉，现在说我像老妈子？

林经理　（嘲讽地）当初我近视眼。

林　妻　少废话！我问你啊，你这个月的工资又没上卡，钱都上哪儿去啦？是不是在外头有了小情人啦？

林经理　（一惊，坐倒在地，小声）乖乖，这女人有时候蛮聪明的！

林　妻　沙发不坐坐地上干什么？起来！（自信地）不过我知道你，就是有这个心也没这个胆！

林经理　（小声地）大部分时间蛮笨的！（一转脸，正色）别瞎猜了，我连贼心也没有。

林　妻　你是好人？你答应给儿子买的医疗保险呢？

林经理　（有点狼狈）我……准备明天就买。

林　妻　明天明天，你昨天就是这么说的。你是得了健忘症啊？

林经理　（赌气）我是得了健忘症，我还得了癌症呢！

林　妻　别拿癌症吓人，我还被你气得得癌症了呢！都别过了，一块死了算了！

林经理　（怒，猛然站起）你……（一下子扯动肋下，自言自语）那要饭的一脚踹得还真厉害！

林　妻　（愣住了）怎么，真疼啊？（关切地）哪块疼，让我看看。

林经理　去去去！

林　妻　（固执地）让我看看！

林经理　癌症就是癌症，有什么好看的？明天把诊断结果带给你看个够！（顺手把情鉴狠狠往桌上一扔）

林　妻　真的是癌……（晃了晃晕倒）

林经理　不得了，事情闹大了！怎么这么禁不起打击呢？老婆！（掐她人中）

林　妻　（醒来）我的命怎么这么苦啊？怪不得你今天有心事，怪不得你最近老走神。老公，是我的错，我不理解你，还骂你，我这个老婆是怎么当的？（强行振作）你不要怕啊，现在医疗

先进了，就算砸锅卖铁也要把你治好。（哭）老公啊！（摇摇晃晃的又要晕）

林经理　（连忙扶住）老婆老婆你不能再晕了！你再晕我就要晕了！（手忙脚乱地救治）我是骗你的，我没得癌症，我是说的气话！

林　妻　啊？（勃然大怒）你个杀千刀的，骗我啊？（连捶三下）我让你骗，我让你骗，我让你骗！

林经理　（躲闪）打得好，看见你恢复了往日的雄风我就放心了。

林　妻　（住手不打，心酸流泪）杀千刀的，什么不好说，说你得癌症，这也能开玩笑啊？！（顺手拿起情鉴擦泪）

林经理　小心小心，（抢过情鉴）这个是高科技，不是面巾纸哎！

林　妻　（烫了似的松手）什……什么高科技啊？

林经理　（得意地介绍）这东西能测人心真假，是假意就发红，是真情就发绿……（目光无意中落到情鉴上，大叫）红色！老婆你……

林　妻　什么红色？

林经理　不可能，一定是搞错了！（再看）咦，又变成绿的了！这哪是红绿灯啊？还自由切换！

林　妻　什么情况？跟我老实交待！

林经理　简单一句话：我以为它能测真情还是假意，没想到它自己就值得怀疑。（抱住妻子）不管它，我信我的眼睛，还是老婆好，老婆才是家中宝！

林　妻　（笑）你个死鬼，你才晓得啊？

林经理　哎，老婆，你说这个产品，它到底有没有用啊？

林　妻　（推开林经理）不管有用没用，今天你测测我，明天我测测你，还不天下大乱啦？要我说最要紧是自己用真心待人。这东西（夺过情鉴）带到厨房当抹布蛮好的。（下）

〔林经理愣。

〔切光。

回　家

时间：晚上。

地点：公路。

人物：秦　总，男，四十岁左右。

江秘书，女，二十多岁。

秦太太，女，三十多岁。

小伙子，男，二十多岁。

〔幕启。汽车行驶声。

〔台上两组座椅，代表两个轿车车厢。第一组靠前，位于舞台正中；第二组在后，偏于斜左方向。中间空出适当距离。

〔斜后方的小伙子作开车状。台正中“车厢”内坐着秦总和江秘书。

〔秦总手握方向盘，猛朝左打又猛朝右打。副驾驶位子上的江秘书被甩得一会儿向左，一会儿向右。

江秘书　（捂胸）秦总，我要吐！

秦　总　啊？你晕车啊？

江秘书　平常不晕，可您这车开得跟扭秧歌似的……（面巾纸捂嘴）

〔秦总一踩刹车，“嘎”的一声，两人齐刷刷朝前一倾。小伙子随即也刹车，前倾，捂头。

秦　总　（指前面，对江秘书）想晕车也不行了，你看这车堵得。

〔小伙子下车走来，揉着额头。

小伙子　老兄，有你这么开车的吗？（弯腰给他看）头都碰青了！

秦　总　（不以为意）这就叫愣儿头青啊。

小伙子　（撸袖子）我今天心情不好你可别刺激我！

江秘书　（忙）对不起先生，他不是故意的，您不要紧吧？

小伙子　小妹妹，你人很好，（顿了顿）可是选朋友的眼光不太好。

秦　总　你说话注意点啊！

小伙子　我最大的缺点就是爱说实话！

〔手机提示音。

江秘书 （看手机）哎呀，我男朋友等我过生日都等急了！（自语）先给他回个消息。

秦　总 （难掩失望）你有男朋友？

〔小伙子看秦总，有点幸灾乐祸。

江秘书 （低头发手机消息）这有什么奇怪的？

秦　总 不奇怪不奇怪，像你这么漂亮水灵，是男人都会喜欢。我跟你说……

小伙子 （突然）我跟你说小妹妹，这车堵得厉害，你下车往前走一段，再打个的去。（故意瞄一眼秦总）然后跟男朋友过一个难忘的生日。

江秘书 （羞涩地笑）瞧你说的。

秦　总 （恼火）跟你很熟吗？

〔小伙子吹着口哨走回去坐下。

〔秦总手机响。

秦　总 （接）喂。

〔秦太太画外音。

秦太太 （温柔地）老公，怎么还不回来吃晚饭？明天一大早要上飞机呢，晚上得早点休息。

秦　总 八点前能到家就不错了。

秦太太 公司里忙啊？

秦　总 我不忙，交警忙——堵车。

秦太太 （一笑）你大概在哪个方向？

秦　总　江口区博物馆附近。

秦太太　那还好，三四站的路，不算远。

秦　总　嗯，放心吧。（挂）

江秘书　您爱人对您真好！

秦　总　好是好，就是有点审美疲劳。

江秘书　（笑笑，看表）唉，今天的生日晚宴要黄了。

秦　总　（窃喜）没关系，在路上过生日也挺浪漫的嘛！

江秘书　有什么浪漫？要什么没什么。

秦　总　（试探着往江秘书跟前凑一凑）不是有我陪着你吗？

江秘书　（往旁边让了让，有点明白了）您太太……在等你回家。

秦　总　她？（把手臂放到江秘书的椅背上）你知道吗，你跟我老婆长得很像很像。可她……（轻叹一声）当年一朵花，现在也老黄瓜了。

江秘书　（故作镇定）您……别开玩笑了。

秦　总　开玩笑也要两个人都愿意……（胳膊从椅背上挪到江秘书肩上）

江秘书　（忍无可忍甩开他的手）秦总！（下车）

〔秦总正要尾随下车，手机又响。秦总接。秦太太画外音起。

秦太太　还堵吗？到哪儿了？

秦　总　（不耐烦地）还在原地。（余光看江秘书）一点进展也没有。

秦太太　饿了吧？胃有没有痛？

秦　总　还好。（挂机，下车）小江，我知道你们女孩子喜欢耍耍小花枪，增加小情趣，欲擒故纵……

江秘书　（大声地）纵你个头！

〔小伙子从车内伸头出来看。

江秘书　我难得搭你一次顺风车，是嫌公交车挤，又急着过生日。（每说一句就踏上一步）你要是以为我是不三不四的女孩子，想过五颜六色的好日子，就七拐八弯地玩点子，你就十足的大错特错！

秦　总　（尴尬地步步后退）我……我……

江秘书　我还是自己走回去好了。（边走边说）明天我就打辞职报告。

秦　总　（后悔，拦住）小江小江，我聘用你当秘书是看中你的能力，不是你的脸蛋儿！我以为你主动搭车是给我信号，没想到信号完全接收不到！我是一时糊涂……

〔小伙子突然哈哈大笑。秦总瞪他，他立即捂嘴止笑，缩回头去，随手拿出手机，似乎犹豫着要不要拨打。

〔秦总手机响。秦太太画外音。

秦太太　是不是还堵在那儿？

秦　总　（没好气地）是啊！你就这么不放心我，追魂电话一个接着一个？

秦太太　（语气温和地）不是，我之前打电话给你的时候就在路上了，现在已经走到“博物馆”了。

秦　总　（大惊）什么？你不是脚扭伤了吗？怎么还……

〔江秘书注意地看他。

秦太太　一点小伤算什么？我熬了汤盛在保温瓶里给你送来了。你那个胃呀，做手术还不到一个月，哪能长时间地挨饿？

秦　总　（感动，嘴硬）那你可以坐公交啊！脚肿得跟蹄子似的还要逞强！

秦太太　（笑）公交也堵着呢。三四站的路，我慢慢地走，总走得到。

秦　总　（急切）好吧好吧你有理。你在哪儿？

秦太太 这就来了。

秦　总 我等你！（挂机）

江秘书 （笑）看来不用辞职了，过生日去！拜拜！（小跑着下）

秦　总 （心不在焉）拜拜。这么多车，她怎么找我……（略想）有了！（跑进车里有节奏地猛按喇叭，三长一短，三长一短）

〔小伙子捂耳，片刻后下车过来。

小伙子 别制造噪音行不行？本来就够烦的了！喇叭按得再响，不是你的东西你也留不住！（转身欲走）

秦　总 （陡然不服气地）我按喇叭是怕我太太找不到我！

小伙子 （一愣）骗谁呢？你这么瞎按喇叭你老婆就能找到你了？

秦　总 你懂什么？这是我们的暗号。两口子在一起时间长了，就有些外人不知道的默契。

小伙子 （看秦总不像撒谎）看来你们夫妻感情也不坏呀，怎么刚才又……

秦　总 （叹气，说实话）你们年轻人不懂，男人到了这么个岁数，有了这么个条件，碰上这么个机会，就有这么个反应。

小伙子 我将来就不会。

秦　总 你还没结婚，站着说话不腰疼。

小伙子 切！（拍胸口）本人结婚半年了！不过……

秦　总 （打量他）闹矛盾了？

小伙子 你怎么知道？

秦　总 怪不得像吃了火药。

小伙子 她无理取闹。

秦　总 你不屈不挠。

小伙子 （点头）恋爱的时候没觉得，天天在一块儿了才发现我们像两种电脑程序，完全无法兼容。她跑回娘家三四天了。

秦　总　我是过来人，送你一句话：婚姻要靠经营。你看我……

小伙子　看你追求女秘书？得了，大家不仅是路上堵车的难兄难弟，还是感情堵车的难弟难兄。

〔秦太太手拎着保温瓶，一拐一拐地上。

秦太太　老秦。

秦　总　（忙迎上前）累坏了吧？

秦太太　饿坏了吧？

〔二人相视一笑。小伙子感动地看着他们。

秦太太　（看小伙子）这位是？

小伙子　（笑笑）你好，我也是堵车一族。

秦　总　（对小伙子笑）我不招呼你了啊。

〔小伙子回到自己车边双手抱肩站着，依然注视秦总夫妇。

秦　总　（拉秦太太在一旁坐下）坐着歇歇。

秦太太　（疑惑）外面空气差，为什么不进车去？

秦　总　以前在工地上做工，哪管空气好不好？我今天就是要在马路牙子上坐坐，听听发动机声，闻闻汽油味灰尘味，找找当年的感觉。

秦太太　（笑）当年啊，我每次给你送饭，旁边的搅拌机都震得人耳朵疼，两个人说话像吵架。（盛汤）来，喝汤。

秦　总　一个人喝不香，一起喝！

〔秦太太一愣，喜悦。二人相对喝汤。

〔小伙子轻轻吹了声赞许的口哨。秦总朝他笑笑。

〔音乐轻起，《牵手》：“因为爱着你的爱，因为梦着你的梦，所以悲伤着你的悲伤，幸福着你的幸福……”

秦太太　（感慨）从前你白手起家的时候，我们喝的不是山药母鸡汤，是白水青菜汤。

秦　总　（也感叹）那时吃的不是海鲜大餐，是榨菜白饭。

秦太太　那时盖的不是蚕丝被，是我娘家带来的旧棉被。

秦　总　那时穿的不是精品名牌，是地摊山寨。

秦太太　那时候住的不是二层别墅，是两张床塞进小卖部。

秦　总　那时候出门也不是四个轮儿，是两条腿儿。

〔歌声继续："因为路过你的路，因为苦过你的苦，所以快乐着你的快乐，追逐着你的追逐……"

秦太太　你的胃病就是那时候落下的病根儿。

秦　总　你发烧四十度，为了省钱，不肯去医院挂水。

秦太太　咱们这一路走来，真不容易。（不禁流泪）那时候的日子虽然苦，现在想想，倒也苦中有乐……

秦　总　（愧疚地）是该想想以前的日子。（放下碗勺，给秦太太揉脚踝）

〔音乐暂停。

小伙子　（拿出手机）喂老婆，我想你了，别生气了好吗？你别不吭声啊，哎哎怎么忽然又哭这么大声，你真是走极端啊你……

〔蓦然汽车发动声大作。

秦太太　（欣喜地）不堵了！（起身）

秦　总　（兴奋地）畅通了！（起身扶秦太太进车）

小伙子　（开心地）能走了！（进车）

秦太太
秦　总　（齐）咱们回——家！
小伙子

〔歌声大作："所以牵了手的手，来生还要一起走；所以有了伴的路，没有岁月可回头。"

〔秦总作开车状，秦太太幸福微笑。

〔小伙子作开车状，脸露幸福微笑。

〔三人轻轻摇晃，如一种舞姿。

〔光渐弱。

〔乐声中切光。

真相是什么

时间：当代。

地点：办公室、小杨家。

人物：记者甲，剧中饰居委会张主任，女，四十多岁。

记者乙，剧中饰刑满释放青年小杨，男，二十多岁。

记者丙，女，二十多岁。

记者甲乙人称随剧情而变。

〔幕启时背景悬一大大的问号。台上有长方、正方、矩形方块，虚拟家具。台左单独一个大方块。

〔三记者以相同姿势手拿相同采访本。

记者乙　本报讯，近日……

三人齐　刑满释放的青年小杨闭门不出，大华居委会主任上门劝慰……

记者甲　张主任大义凛然地改造了小杨……

记者乙　（一愣）张主任别有用心地接近了小杨……

记者丙　（一愣）张主任细致贴心地折服了小杨……

三人齐　那天小杨在家又哭又笑，闹出了好大的动静……

记者甲　最后小杨深受教育……

记者乙　最后小杨深度配合……

记者丙　最后小杨深受感染……

〔三人互视。

记者甲　我们说的是同一件事儿吗？

记者乙　时间地点人物都对，怎么版本不同啊？

记者丙　到底哪个才是真相？

记者甲　我这个应该是真相！（理直气壮地）是大华居委会的人亲口对我说的，那天……

〔怪诞音乐起。

记者丙　（音乐声中重复）刑满释放的青年小杨整天闭门不出，大华居委会主任上门劝慰。（走到一边）

〔记者丙在以下三段戏中戏里，会根据剧情适时地敲击方块，带出节奏，烘托气氛。

〔记者乙扮小杨收拾桌子。记者甲扮张主任敲门。

〔乐止。

小　杨　（受惊地）谁？

张主任　（官腔）开门，是我。

小　杨　（跳起来）张主任，您亲自来了？（急开门）

张主任　（环视）你就在这种环境里关了自己一个星期？小杨啊……

小　杨　（立正）到！

张主任　你听着！

小　杨　（抱头蹲下）哎！

张主任　（没发现小杨的动作）这个这个这个……是不是啊？

记者丙　你这是干吗？

小　杨　习惯了……

张主任　（回头发现小杨蹲着）你呀！（指窗）一个星期这窗帘就这么关着？

小　杨　是！

张主任　打开！

小　杨　哎！（拉窗帘）

张主任　看到了吗？

小　杨　（茫然）什么都没有啊？

张主任　（哭笑不得）我是要你看阳光！外面的世界阳光灿烂，生机勃勃。而你不思进取，消极放任！（把自己都说得陶醉了）你这关上的不只是窗帘，还是你心灵的大门；隔断的不只是光线，还是前途的光明！

〔记者丙做肉麻状。

〔小杨大哭。

记者丙　你哭什么呀?

张主任　停!

小　杨　(哭)太感动了!(对张主任)您像我妈一样操心，像我奶奶一样好心，像我奶奶的奶奶一样耐心……

记者丙　得，成老祖宗了。

张主任　(从包里拿出U盘)我带了个U盘给你，里面有励志的文章，全是心灵鸡汤!

小　杨　感谢张主任，我一定好好喝汤!(仰头喝汤状)

〔记者丙在旁“咕嘟咕嘟”配音。小杨喝呛了咳嗽。记者丙笑着走回舞台中间。

记者丙　我说，从什么时候开始，我们喜欢把一切自然的东西都编得这么生硬了?我觉得这不是真相。

记者乙　我也觉得别扭。

记者甲　那你采访到的是?

记者乙　我上网搜索，看到有网友发了个独家爆料的帖子，就跟他联系，采访了他。据他说，事情是这样的……

〔怪诞音乐起。

〔记者丙走到一边。

〔记者乙扮小杨，捧着笔记本上网。记者甲扮张主任敲门。

〔乐止。

小　杨　(不耐烦)谁呀?

张主任　(细声细气)我是居委会张主任。

小　杨　（懒得动）门开着呢，自己进来！

张主任　（进门，讨好地）这个小天地不错哦！小杨啊，我跟你讲哦……

小　杨　别“哦”了，我知道你想干嘛，我明天就出门。

张主任　（惊喜趋前）真的？我可不可以问问，你为什么会改变主意？

小　杨　我在监狱里多乏味呀！一放出来肯定要痛痛快快在家玩游戏嘛，哪有工夫去跟外面的人啰嗦？（笑）但是明天我约了女网友见面。

记者丙　这下想不出门也不行了。

张主任　（长出了一口气）哎哟，他们说你一个星期不出门吓死我了！本来还准备好好做做你的工作哩……（转念，满脸堆笑）对了，请你帮个忙，行不行？

小　杨　（看出对方心思，世故地）你是想让我说，是你上门耐心劝说，感动了我，所以我才肯出门的？

张主任　（羞涩）这个这个，不好意思，我们年底也是要评先进的哦……

小　杨　哦，那就……（做手势，索要“报酬”）

张主任　（恍然）哦！（在包里摸了一气，送上U盘）刚买的新U盘，居委会经费有限，一点小意思哦。

小　杨　（一笑接过）谢了！直说吧，要怎么配合你？

张主任　口说无凭哦……

小　杨　明白！演戏演全套，拍几张照当资料！

张主任　（欣喜）小滑头！（发现）哎哟，这屋里光线太暗，把窗帘拉开……你不介意吧？

小　杨　拉就拉呗。

张主任　（开窗）到时候我就跟人家说，这拉开的哪是窗帘啊，分明就是你紧闭的心灵大门哦！

记者丙　嘿，还一套一套的。

小　杨　这种事儿你经常做吧？

张主任　不经常，平均一个星期一次。（掏手机）来，摆个 POSE，表示你……痛心疾首。

〔小杨捂心口。

张主任　泪流满面。

〔小杨作痛哭状。

张主任　雨过天晴！

〔小杨双手向天。

张主任　太棒了！（自顾自地欣赏照片）

小　杨　（保持姿势）完了没有？

张主任　哦哦，收工，收工！（讪笑）这事儿可别……你懂的。

小　杨　（笑）我保证守口如瓶，你放心。

〔二人互做"耶"的手势。

〔记者丙气愤上。

记者丙　从什么时候开始，我们喜欢把一切美好的东西都想得这么庸俗了？（对记者乙）我说你打哪儿刨出来这么一无聊的帖子？这肯定不是真相！

记者甲　我也觉得不像！

记者乙　（讪讪地）当然了，网上的东西不能全信。

记者丙　就是！告诉你们，我采访的可是其中一位当事人。据他说，那天的事情是这样的……

〔怪诞音乐起。

〔记者丙走到一边。

〔记者乙扮小杨，正站在桌上换灯泡。记者甲扮张主任敲门。

〔乐止。

小　杨　谁？

张主任　小杨，开门，我是居委会张阿姨。

〔小杨不理。

张主任　（继续敲门）我有事儿请你帮忙。

〔小杨不睬。

张主任　有些人戴有色眼镜看你是他们不对，你找工作碰了壁也很正常啊……

〔小杨脱下拖鞋朝门上用力一甩。

张主任　（怒）你还发脾气？你怎么不跑出来发？我看你是不敢面对社会，你就是只鸵鸟，是个胆小鬼！

〔小杨猛地开门。

小　杨　（厉声）你说谁是胆小鬼？

张主任　说的就是你！（进屋）这大白天的关窗帘干嘛？（欲拉）

小　杨　（穿鞋，阻止）与你无关！

张主任　与我无关？（满屋子整理）挺好的孩子，结交了坏朋友，在网店上卖假货……

小　杨　不准说我朋友！

张主任　你那些所谓的朋友来看过你吗？

小　杨　不要你管！

张主任　你以前的老师同学，还有居委会，来过多少趟？

小　杨　我不想见人，包括你在内。你走！这是我的家！

张主任　暂时由我接管！

小　杨　（大声）你怎么不讲道理？

张主任　（更大声）我今儿就不讲理了！（急步上前欲拉窗帘）

小　杨　不准拉窗帘！不然我跟你不客气！

张主任　我还就不信了！（再拉）

〔小杨不慎把张主任推倒。

小　杨　（惊，脱口）阿姨，我不是故意的！（蹲到张主任身旁）

张主任　（忍着疼，看看他）阿姨知道。在阿姨心里，你还跟以前一样！哎，小时候的事，你还记得吗？

小　杨　（轻声）小时候……

张主任　你那时特别胆小，有一次我带你去玩儿，你不小心滑到湖里去了。你吓得又喊又叫："救命啊，我要淹死了！"（起身）我冲过去一看，湖水才齐你这儿。（比划膝盖）

小　杨　（忍不住站起来反驳）谁说的？水都到我这儿了！（比划胸口，又上抬到脖子）

〔张主任笑。

小　杨　（也不好意思地笑了）刚才在门外，您说有什么事找我帮忙？

〔乐止。

张主任　城北孤儿院建了个网站，我想请你做网站的管理和维护。

小　杨　（意外）你信得过我？

张主任　为什么信不过？你又有技术又聪明……

小　杨　但我现在的身份……

张主任　你的身份怎么啦？（站起）谁没有一时糊涂的时候？（拿出

U盘给他）这U盘里有孤儿院的资料和照片。（从包里拿出协议）这是请你做网管的协议。（温柔而期许地望他）

〔小杨接看协议，激动难抑。

张主任 阿姨可要把这窗帘拉开喽？

小　杨 （用力点头）嗯！

〔张主任上前拉开窗帘。小杨被强烈的光线刺目，不由偏头。

〔音乐骤起。

张主任 （娓娓地）日子总要过下去，窗外的世界你总要适应和接触，总不能为了怕阳光刺眼，就永远拉着窗帘，自愿做个盲人吧？

小　杨 （睁眼）以后大白天，我家的窗帘……再也不拉了！

张主任 （欣慰地）拉钩！（伸手）

小　杨 （开心拉钩）一百年，不许变！

〔记者丙鼓掌上，拥抱记者甲、记者乙。

〔乐止。

记者丙 对对对，我知道的真相就是这样的！

记者甲 嗨，我也希望这就是真相！

记者乙 可我们有三个版本，这通讯稿该怎么交呢？

三人齐 （转向观众）你们说呢？

〔切光。

预演婚礼

时间：当代，某天晚上。

地点：大明家。

人物：大明父，男，五十岁出头。

小　莉，女，二十五岁。

大　明，男，二十七岁。

〔幕启。

〔电话铃声中大明父上场接电话。

大明父 喂，噢，是他大伯啊。哎，哎，大伯，我知道。你放心，大明的婚礼我们会办得风风光光的。什么？你们已经准备好“节目”啦？他大伯——（想想转口）哎好好好，我听你的，要闹要闹，越热闹越好。好，再见！（挂电话）哎呀，儿子要结婚，我这个公太爷头要被闹得发昏。

〔小莉一路喊着“大叔”风风火火跑上，右手拎着个小红包。

大明父 哎，小莉来啦？

小　莉 （擦擦汗，笑）大叔，后天婚礼上，您穿什么衣服？

大明父 我穿什么无所谓。

小　莉 那不行，结婚是我们三个人的事……

大明父 啊？

小　莉 哦不不不，我的意思是说，后天大明、我和您三个人都是主角，都要穿得漂漂亮亮的。（从小红包里取出新衣服）大叔，这是我特地给您买的，您快试试，一穿上准年轻二十岁。

大明父 （忍俊不禁，一边让小莉给他穿新衣一边喜悦地）小莉啊，让你费心啦。

小　莉 没什么，（打量大明父）嘿，挺好看的！

大明父 噢对了，你们结婚，大明的大伯二姑三姨四奶奶五舅公他们可高兴啦，后天都准备好了“节目”要闹一闹，到时候你就委屈一下啊。

小　莉　不委屈!

大明父　不委屈?那太好了!

小　莉　不,大叔,我的意思是说,我不想受委屈。

大明父　啊?你……

小　莉　大叔,不是我说他们,他们准备的那些“节目”(强调“节目”二字)简直就是低俗。

大明父　低俗?哼!你不知道,我们杨家第三代全是一刷水的丫头片子,就你大叔我生了个儿子,亲戚们闹闹这是正常的。(电话响,接)喂,他二姑啊,你放心,你们准备的节目我们会照着做的。哎,再见。(挂电话,向小莉)听见啦?二姑他们都说要好好热闹一下呢。

小　莉　我不反对热闹,但是闹得要有品位。

大明父　这是民俗、民风,一代一代一代传下来的。

小　莉　传下来的东西不一定都是好的。现在都什么年代了,我们为什么不能搞得高雅一点、文明一点?

大明父　(拍拍身上的新衣)我算看出来了,敢情这衣服是糖衣炮弹,我看我受不起。好了,好了……(欲脱)

小　莉　(阻拦)哎大叔!

〔大明叫着“爸——”上。

大　明　(一眼看见父亲的新衣)哎爸别动,你穿上这件衣服更像我老爸了!

大明父　臭小子!你来得正好,后天你们的婚礼,大伯二姑三姨四奶奶五舅公他们都准备好了节目要闹一闹,我和小莉说了,她不愿意,你说怎么办?

大　明　(假意地)小莉,这就是你的不对了,爸都不怕出洋相,你怕什么?

小　莉　要出洋相你去，我不去。

大　明　你……（仿佛要责备小莉，突然口气一变）你说得有道理。

大明父　哟喂，小子，翅膀硬了要翻天了是不是？你个小崽子！（扬手要打）我告诉你们，这婚礼上你们闹也得闹，不闹也得闹，就这么定了。（气呼呼坐下）

小　莉　（朝大明使眼色，打手势）大叔，要不这样，婚礼上那套“节目”您也见过，不是那么好过关的。反正现在没事，不如我们先排练排练。

大　明　真是心有灵犀，你们看我连道具都借来了。

小　莉　啧啧啧！

大明父　（转怒为喜）看来你们是早有准备呀，好，我听你们的。

小　莉　好，练习正式开始！我和大明分别扮演来宾和我们自己，你扮演你。

大明父　废话，我不演我我演谁？

小　莉　现在，有请新郎和新郎的父亲闪亮登场！

〔振奋人心的音乐响。

〔小莉指点着大明和大明父，让他们并排而立。大明父不由得有点激动。

小　莉　我宣布第一个节目，请新郎官戴上特制的墨镜。

〔大明戴上墨镜。左眼只有镜框，没有镜片；右眼是墨黑镜片。

小　莉　请问新郎，知道戴这副眼镜的意义吗？

大　明　知道，对父亲要睁一只眼，闭一只眼。

大明父　（尴尬地）瞎说什么！

小　莉　新郎官，这是你们小两口房间的钥匙，交给你老爸。

大　明　是！（递钥匙）爸！

〔大明依言而行。

小　莉　知道这么做又是什么意思吗？

大　明　知道，我不在家的时候，让我爸进出自由。（做交钥匙动作）

大明父　去去去，走远点。行了行了，这些节目就到此为止。（欲走）

小　莉　大叔您别走啊，还有呢。

大明父　还有啊？

〔小莉打个手势，大明走到侧面，小莉与大明父并肩而立。

大　明　请公公、儿媳妇合唱《心雨》。

大明父　啥雨？

小　莉　《心雨》，情歌对唱，大叔注意，其中有两句关键性的歌词！（作捏话筒状，唱）“因为明天，我将成为别人的新娘，让我最后一次想你——”

〔小莉在故作深情地望着大明父，伸手过去。

大明父　（窘迫地躲闪）好了好了，停！

小　莉　人家结婚都是这么表演的嘛。

大明父　我知道，我知道。

大　明　下面请公公宣读《决心书》。（掏出决心书来念）本人年过半百，老当益壮……

大明父　（跟着念）本人年过半百，老当益壮……

大　明　（念）今天在这里下个决心……

大明父　今天在这里下个决心……

大　明　（念）以后我要尽可能跟儿子远距离，跟儿媳妇零距离，全心全意地关心儿媳妇疼爱儿媳妇，对儿媳妇要保持一颗永不褪色的红心，做到招之即来来之能战战之能胜……

大明父 （忍受不了）停停停！什么乱七八糟的！鸡皮疙瘩都出来了！

小　莉 大叔，还有热闹的呐。

〔音乐响起。《大花轿》的前奏。

小　莉 下面请公公持钉耙追新娘，以表示对新娘的热爱。

〔背景歌声："抱一抱那个抱一抱……"

〔大明父不肯参与。大明硬要把钉耙塞到大明父手上，小莉欲把高帽戴到大明父头上。三人躲来闪去。

大明父 别闹了，别闹了，（火）别闹了！

〔大明父坐地，大明给大明父拍后背。

大明父 （气喘吁吁）唉，以前在别人的婚礼上看了、听了，觉得好笑，轮到自己，怎么就觉得恶心，笑不出来了……（慢慢走到一边）

〔大明、小莉忙挽住他在椅子上坐下。

大　明 （齐）爸……

小　莉 （齐）大叔……

大明父 爸知道你们的意思，（难过）其实，爸也不想这样。我总想把婚礼办得热热闹闹的……（流泪）让大明他妈在九泉之下看着也高兴……

小　莉 大叔，我和大明结婚就意味着我们长大了，我们会承担起孝敬您的责任！

大　明 我们实在不想以那样的形式度过我们一生中最浪漫的时刻。（拉住大明父的手）

大明父 （拍拍大明的手，理解地）爸明白，只是这婚礼……

小　莉 （向大明父）其实我和大明都准备好了，我们的婚礼节目有：

在大屏幕上播放我们最甜蜜的片段，燃放结婚专用的七彩电光小烟花，请伴娘跳舞，伴郎变魔术，还有我和大明合唱的《知心爱人》。

大明父 这样好，这样好！

小　莉 不过重头戏是向所有来宾说出我们的心里话。

〔背景音乐起，崔京浩演唱的《父亲》："那是我小时候，常坐在父亲肩头。父亲是儿那登天的梯，父亲是那拉车的牛……"

小　莉 （面向观众）各位长辈……

大　明 来宾们……

谢谢大家来参加我们的婚礼。此刻我们想说，没有爸的含辛茹苦就没有我的今天。

小　莉 请大家举杯，跟大明和我一起向他敬一杯酒，祝他老人家健康长寿，

大　明 幸福安康！

大明父 （涌出泪水，忙擦）谢谢，谢谢，这样好！

大　明 （也难过）爸——

〔乐声渐小。

大明父 （擦去泪水）大明，小莉，婚礼就按你们准备的办！

小　莉 那大伯二姑他们那儿……

大明父 我打电话跟他们解释。

小　莉 大叔你真是太好了！大明，咱们去给爸做好吃的，纪念这个有意义的晚上！

大　明 好！

〔大明、小莉下。

〔大明父笑着摇摇头，抚摸身上的新衣，小心地脱下，放到凳子上慢慢叠。

〔歌声犹响："儿只有轻歌一曲，和泪唱。愿天下父母，平安度春秋。"

〔切光。

你跳我也跳

时间：下午。

地点：某郊区小楼附近。

人物：刘队长，男，三十岁左右，消防队长。

李玉春，女，二十七八岁，民工妻。

陈暑生，男，三十岁左右，民工。

小　赵，男，二十三四岁，消防战士。

〔幕启时舞台右侧有一个三级阶梯，象征三层大楼。李玉春站在“楼顶”。

〔陈暑生站在舞台中间，阶梯左方。

陈暑生 老婆，你要打我骂我杀我都行，就是不能干傻事啊！

李玉春 闭嘴！

陈暑生 你看，你平时最要面子的，（指观众）这么多人围观，多丢脸……

李玉春 怕什么，不就是跳楼吗？就当是看3D电影，跟他们收票，把四千五百块赚回来！

陈暑生 那笔钱我……（回头焦急张望）

李玉春 看什么看，等救兵啊？

陈暑生 消防战士马上就到！

李玉春 特种部队来也没用！

〔刘队长、小赵上，在舞台左侧停步。

刘队长 小赵，记住，待会儿别慌张，别乱说话，别刺激对方！

小　赵 （敬礼）记住了！（小跑上前喊）大姐，你是不是“星跳水立方”看多了？

刘队长 别瞎说！

小　赵 哦哦，大姐，楼顶上风大，快下来吧，当心受凉。

李玉春 下来是吧？行啊。（做跳跃状）只要两秒钟，“砰”，就下来了。

陈暑生 妈呀！（抓头）

〔刘队长快步走到陈暑生身边。

刘队长　你好，是你报的警吧？（看李玉春）

陈暑生　哎呀您可来了！你看那个死婆娘，死不听劝！

刘队长　这位女同志，有什么话，先下来再说！

小　赵　对呀，什么年代了，还一哭二闹三上吊！

刘队长　小赵！

〔小赵捂嘴。

李玉春　嗬，人不大口气不小，你以为你们穿制服的一出马，我就乖乖投降啦？我现在就跳给你们看！（体育运动员似的热身）

陈暑生　（指李玉春）死婆娘，你跳我也跳！（说着就要冲向小楼）

刘队长　（忙拉住）你以为拍《泰坦尼克号》啊！她不冷静，你更要沉着。对了，你叫什么名字？

陈暑生　我叫陈暑生，她叫李玉春。

小　赵　（向观众）快乐男生，超级女生，怪不得闹出这么大动静。

李玉春　呸，我是林黛玉的玉，他是七月暑假里生的所以叫暑生！

〔小赵笑，被刘队长一瞪，立刻止住。

刘队长　李玉春，你为什么要跳楼？陈暑生做了什么事让你这么伤心？有话好好说，冲动是魔鬼。（上前几步）

〔陈暑生也随之上前。

李玉春　站住！（从台阶上踏前一步）再靠近我真跳啦！

〔刘队长拉陈暑生退后。

刘队长　（耐心地）好，我们先不过去，但你也别跳。

小　赵　（忍不住）自杀很痛的，你不怕啊？

李玉春　你死过啊？

小　赵　（正儿八经地）没死过，网上说，跳河的人肺里灌满了水，想咳咳不出，想呼吸呼吸不了，那个难受呀！跳楼的呢，眼看着地面越来越近，越来越近，那个后悔呀！

李玉春　我呸！小家伙，你以为你三两句话就吓住我啦？人家把消防员说得多神通广大的，今天我就不信这个邪！我想跳就跳，想死就死，看你们有多少本事！

小　赵　刘队，这么强劲的对手我没碰到过，怎么办呐？

刘队长　（轻声）你从楼后面绕上去，不要被她发现，我来分散她的注意力！

小　赵　声东击西，高！（要走）

刘队长　一定要把人安全带下来！

小　赵　哎！（敬礼）

〔小赵悄悄下。

李玉春　（警觉）那小家伙上哪去？

刘队长　（故意）小伙子太年轻，说话不中听，我叫他回去待命！

李玉春　（满意）这还差不多。

〔小赵从舞台右侧悄悄上，慢慢走近李玉春所在台阶的背后。

刘队长　李玉春，你还没说陈暑生什么地方伤害了你呢。

陈暑生　（责怪）你干嘛又让她想那些不痛快的事儿？

刘队长　（轻声）拖住她，给小赵救人争取时间。

陈暑生　（恍然）对对。（喊）老婆，你说吧，我一边听一边反省。

刘队长　如果是他不对，我们一定找相关部门对他进行严肃的批评教育！

李玉春　（坐在台阶上擦泪）他……他喜新厌旧，勾搭小三，把我们打工存的钱拿去贴狐狸精！

〔小赵踏上了“一楼”——第一级阶梯，做奔跑状，定格。

陈暑生 我是拿了，可不是给小三。

李玉春 你还赖！

刘队长 捉贼捉赃，你有什么具体证据吗？

李玉春 我听见他跟一个女人说：“放心吧，有我在呢！”那口气温柔得呀！还有今天下午他在洗澡，手机是我接的，那女的娇滴滴地说：“暑生哥——”

〔刘队长、陈暑生觉得肉麻，同时打个冷战。

李玉春 结果我“喂”了一声，他光着身子就冲出来抢电话。然后我气跑了，想想这日子还有什么过头，不是说“人往高处走”吗？我就爬上楼顶了。

刘队长 还有这么解释的？李玉春，我说几句心里话，你能平心静气地听听吗？

李玉春 看在你把那个多嘴多舌的小家伙打发走了的份上，给你面子。（站起）说吧。

刘队长 耳听为虚，眼见为实。我跟陈暑生是初次见面，但凭我的观察，他很关心你，在乎你。

陈暑生 是啊！

刘队长 一个变了心的丈夫会这么在乎你吗？他刚才报警的时候急得直叫救命，说只要让你平安下楼，他宁愿倾家荡产。

〔小赵踏上第二级阶梯，奔跑状，定格。

李玉春 真的？

陈暑生 老婆，我们结婚一千一百多天了，我是什么人你还不晓得吗？你不嫌我穷，不嫌我是民工，跟着我挨苦受累，我会把我们的血汗钱拿给别人吗？

李玉春　那……那你把钱给谁了？打电话的女人又是谁？我仔细数过，足足少了四千五！

〔陈暑生欲言又止。

刘队长　（拍拍陈暑生，亲切地）夫妻俩有问题一起解决，有困难一起面对，有事情及时沟通。可不能憋在心里，憋出误会来。

李玉春　消防员可是你请来的！现在人家说话了，你听不听？

〔刘队长鼓励地看陈暑生。

陈暑生　（终于鼓起勇气）这钱我是给了……

〔小赵一个箭步跃上第三级台阶，猛地把李玉春拉向后方。

李玉春　（挣扎）不好，中计！（双脚悬空乱蹬）

小　赵　大姐你好大的劲儿！要不是天天训练还真拿不住！

〔小赵强拉着李玉春下来。陈暑生、刘队长快步迎上。

陈暑生　（一把抱住李玉春）老婆！

刘队长　（对小赵）干得好！

小　赵　（开心地）谢谢刘队！

李玉春　我是上了你们的当了！

刘队长　陈暑生，给你媳妇解释解释，澄清一下。不然治标不治本，我们救得了一次，救不了第二次。

李玉春　哼，这倒是实在话！

陈暑生　我是把钱给了大牛的媳妇儿。

李玉春　大牛？你老乡？

陈暑生　他是跟我一批进的城。我运气好，碰上了好老板。他们碰到个拖欠工资的坏工头，好不容易说要发钱，第二天却跑了。大牛一急发了病，在医院耽搁了好几天。乡里乡亲，你说我能不帮他吗？跟我通电话的就是他媳妇儿。

李玉春 那……那你为什么不早跟我说？

小　赵 （插话）他怕你家庭暴力呗！

〔李玉春假装要打，小赵敏捷地闪开。

刘队长 （对李玉春）我猜平常在家里是你当家，一分一毫都很节约。陈暑生就以为你不可能同意花几千块钱去帮助同乡。

陈暑生 （感叹）刘队长猜得太准了！

李玉春 （一把揪住陈暑生的耳朵）陈暑生，在你眼里我就这么见死不救吗？

〔陈暑生大声叫痛。

李玉春 好事只能你做，我就专门负责拖后腿？

陈暑生 你的意思是……

刘队长 她的意思是，你没有明白她的为人！扶危济困的心，她跟你是一样的！

李玉春 对！钱没了我是心疼，可钱再多也比不上人重要。（放开陈暑生的耳朵）赶紧上大牛家看看他去！

陈暑生 （揉着耳朵，冷不防亲了李玉春一下）老婆你太伟大了！

李玉春 （推）旁边有人！

刘队长 （笑）要没人还不容易？小赵，我们回去吧。（走了两步回头对李玉春）其实你今天并不是真想跳楼，是要吓吓陈暑生，让他说真话是不是？

李玉春 （扭捏）你也太……厉害了，人家想什么你都知道。我算服了你们。

〔刘、赵笑了。

刘队长　（真诚地）可是如果你真跳了，我相信陈暑生也会陪你跳的。

李玉春　（愣了一下，看陈暑生）你会吗？

陈暑生　（望着她）我不是说了，你跳我也跳。

〔李玉春低下头去。

刘队长　而且在这个过程中，一不小心，搞不好就真掉下来酿成悲剧了。所以以后不能再用这么危险又儿戏的办法来试他、吓他，不能再让亲人为你担心焦虑了。

〔李玉春点头。

〔画外音：好消息好消息，本店有一批名牌服装清仓处理，亏本甩卖，大减价，跳楼价……

〔陈暑生腿一软差点摔倒，小赵箭步上前扶住。

小　赵　怎么啦？

陈暑生　我一听见“跳楼”我就站不稳呐！

刘队长　（对李玉春）看看，有后遗症了吧？

〔画外音：跳楼价，跳楼价……

〔每叫一声，陈暑生的腿就软一下。刘队长、小赵一边一个架着他往台右走。李玉春跟随在后。

李玉春　（摇着头）瞧你这点儿出息，赶不上人家消防员一个零头。

〔四人下。

〔切光。

排　练

时间：当代。

地点：排练场。

人物：导　演，三十多岁。

刘小丽，二十多岁。

潘大姐，四十多岁。

〔一桌二椅。刘小丽在拖地。潘大姐坐着嗑瓜子，“噗噗”地往地上吐瓜子壳。

刘小丽 妈，你能不能尊重一下我的劳动成果？

潘大姐 （讽刺地）我的好儿媳妇，我嗑几个瓜子也要你批准啊？

刘小丽 要是你在拖地，我在这儿（学潘大姐）“噗噗”，你受得了吗？

潘大姐 （翘起二郎腿）你在娘家也这么跟你妈说话呀？

刘小丽 （口气冲冲地）我妈素质比较高。

潘大姐 （猛地站起，不慎扭了腰，身体一歪差点摔倒，一手扶腰）你素质高，才害得婆婆扭了腰。不孝顺的东西，看你男人回来怎么治你！

刘小丽 （拖把一摔）怎么治？吃了我？你以为还是古代呀？

潘大姐 （试着活动腰部，像在玩呼啦圈）管他哪朝哪代，你这么顶撞婆婆都是你不对！下雨打雷别出去，小心雷劈！

刘小丽 无理取闹！

潘大姐 莫名其妙！

刘小丽 不文明！

潘大姐 没礼貌！

刘小丽 老封建！

潘大姐 小不孝！

刘小丽 你骂谁？

潘大姐 你骂谁？

刘小丽 你骂谁？

潘大姐 你骂谁？

刘小丽 你……

〔导演一边叫着“停停停”一边打着暂停的手势上。

刘小丽 导演……

导　演 你们俩复读机啊？（学她们）“你骂谁”“你骂谁”，需要说这么多次吗？

刘小丽 （笑）导演，我们这不是太投入了吗？

潘大姐 （赔笑）是啊，何况下乡慰问演出，大婶子小姑娘老奶奶不就喜欢看热闹吗？吵得越凶越爱看。

导　演 你们啊，自作聪明……（手机响，接）喂，赵团长，对对，正在排小品……照顾到农民朋友们的娱乐性？当然了。老百姓忙了一年，还不让他们乐呵乐呵？啊？

〔刘、潘二人注意听。

导　演 好吧，（不太情愿地）我试试。（挂手机）刘小丽、潘大姐，出了新情况。赵团长收到消息，这次下乡演出，我市两位著名戏剧家也会到现场观看。

刘小丽 那怎么样？

导　演 怎么样？赵团长说了，既然专家关心，就要尊重他们的审美，不能纯讲娱乐，而要把娱乐性和艺术性相结合。

潘大姐 哟，那就是要改剧本啦？编剧又不在，怎么改法？

导　演 （沉思了一下）你俩过来。

〔三人围成一圈，头顶着头，神秘兮兮。

〔三人分开。

导　演 明白了吗？

刘小丽 明白了。

导　演　一看你们就是明白人。接着往下演吧。

〔刘、潘恢复刚才的台位，仍旧斗鸡似的互瞪。

刘小丽　你骂谁？

潘大姐　你骂谁？

刘小丽　你骂谁？

〔导演咳嗽。

潘大姐　我骂……我自己。

刘小丽　你这是什么意思？

潘大姐　（凄凄惨惨地）你以为我不知道我脾气坏吗？

刘小丽　那为什么……

潘大姐　还不是因为当年我当儿媳妇的时候，那时还是解放前，我每天早上四点就要起床……

导　演　（提醒）艺术性。

潘大姐　（忙改成“文雅”的说法）每天清晨四点就要起身。

〔刘小丽想笑又忍住。以下潘大姐均采用夸张的话剧腔。

潘大姐　……半夜服侍全家进入梦乡我才能躺下稍事休息。（顺手拾起刘小丽之前摔掉的拖把拖地）我做饭洗衣，抹桌扫地，相夫教子，侍奉公婆，外表沉默，内心却像一座流淌着滚烫岩浆的活火山……

刘小丽　（演得波澜不惊）妈，你太惨了。

潘大姐　可我婆婆还是挑三拣四，非打即骂，刻薄的话像冬天那刺骨的寒风，让我感到彻骨的寒冷。

刘小丽　嘿！有点莎士比亚的味儿！

导　演　别打岔！

〔刘小丽捂嘴。

导　演　（小声对刘小丽）你也要赶紧入戏！

刘小丽　（摩拳擦掌）您放心！

潘大姐　有一天，我心中那座活火山终于爆发了，我说："婆婆，你——杀了我吧！"

刘小丽　（全力配合）对！不在沉默中灭亡，就在沉默中爆发！

潘大姐　（把拖把搁在桌子旁边）婆婆说："你不用死，等我死了，你儿子成家了，你自己成了婆婆，就熬出头了！因为我，就是这么熬过来的！"

刘小丽　（声情并茂）所以你就觉得，我也应该像你当年那么软弱？那么忍耐？像你那样把活火山埋在心底？然后等待着下一个轮回？

潘大姐　（沉痛地）这是一种阴暗的补偿心理。

刘小丽　这，难道就是传说中的"人性"吗？

导　演　暂停。你们发挥得不错。（向潘大姐）不过那句"阴暗的补偿心理"太现代了。（迅速转向刘小丽）那句"传说中的'人性'"，太网络化了。（迅速转向潘大姐）还有，她才二十几岁，你是她婆婆，顶多也就五十来岁，怎么算也不会跑到解放前啊。（又迅速转向刘小丽）但是这个路子是对的，先拉个框架再说。（手机响，接）赵团长啊……在排……啊？

〔刘、潘又紧张关注。

导　演　（挂手机，沉重地）又有新情况。

刘小丽
潘大姐　（齐声）又有情况？

导　演　赵团长刚才收到消息，领导会亲自下乡，看望村民，与乡亲们一起观看咱们的演出。赵团长说，既然有领导来，除了娱乐性和艺术性之外，还要有思想性。

潘大姐 难度太大。

刘小丽 没辙了，导演你看着办吧！

导 演 （沉思了一下）过来，我给你们说戏。

〔三人围成一圈，头顶着头，神秘兮兮。

〔三人分开。

导 演 明白了吗？（见刘、潘二人点头）那就接着刚才的往下走。思想性，别忘了。

〔刘、潘恢复刚才的台位。

刘小丽 这……难道就是传说中的“人性”吗？

潘大姐 今天婆婆跟你说了心里话，你就不会觉得我不可理喻了。

刘小丽 其实今天我也有不对。总以为自己是新时代的新女性，个性第一，自我中心，寸步不让，斤斤计较。我对您也……不够尊敬。

潘大姐 （要哭的样子）好孩子！

刘小丽 妈！（语调忽然一变）再者说了，现在正大力提倡精神文明建设，

潘大姐 （立刻接上）连我这个老太婆也知道要讲家庭和谐，邻里和谐，社会和谐。

刘小丽 我还是区里“讲文明树新风”的宣传委员，一到家就吵架，我这个榜样是怎么当的我！

〔导演频频点头，又做出“OK”的手势。

潘大姐 （看了导演的反应，受鼓舞）孩子，你也不要怪你自己，从今

后我要对你充分体谅……（拿拖把拖地）

刘小丽 婆媳俩互谅互让……（抢过拖把来拖）

潘大姐 高高兴兴持家……

刘小丽 快快乐乐工作……

潘大姐 心里像灌了蜜糖……（指心）

刘小丽 脸上还笑出酒窝……（指脸）

潘、刘 （齐声）一起奔向那幸福美满的新生活，（摆造型）新——生——活！（刘小丽手上还举着那拖把）

导　演 好！（点头感慨）事实证明，演员的潜力是无穷的！（手机响，接）喂，赵团长你放心，（感情复杂地）我们已经排出了一个集思想性、艺术性、娱乐性于一身的小品，保证人人都满意——什么？

〔刘、潘竖着耳朵听。

导　演 （挂手机）赵团长说，刚才领导、专家和老百姓代表先后给他打了电话……

〔刘小丽、潘大姐忽然紧紧搂在一起。

导　演 你们干嘛？

刘小丽 （松手，尴尬）我们紧……紧张。

导　演 瞎紧张。领导、专家和老百姓说的是同一番话。

〔抒情音乐起。

导　演 （面向观众，缓慢地）他们说：知道你们文化人不容易，各位老师，你们别有任何包袱，别有任何负担，你们，只管演！

潘大姐 （迟疑地）我们，只管演？

导　演 （肯定地）只管演咱们的。

刘小丽　（欣喜地）只管演咱们想演的！

导　演　（兴奋地）只管演咱们该演的！

〔抒情音乐继续。刘小丽、潘大姐相视而笑，一时无言，过了片刻，走到导演身边。三人的右手叠在一起，上下使劲一甩，无声地鼓了鼓劲。

潘大姐　很多年没这么演过了。

刘小丽　很多场合都没这么演过。

导　演　今天演，以后都这么演！

〔音乐止。

导　演　（神采焕发，双手一拍）帮我把桌子椅子搬开，放开手脚好好演！

刘小丽
潘大姐　（激动地）好，搬开！

〔光渐暗，依稀见人影。三人一边搬东西一边说话。

刘小丽　（拿着椅子和拖把，俏皮地）赵团长左一个电话右一个电话，结果人家又不是这个意思。他老人家还是这么多心。

潘大姐　（拿着另一张椅子，善良地）理解万岁吧，几十个人跟着他吃饭，这两年他白头发也多了不少。

导　演　（搬着折叠桌，笑催）别这么多话，快搬，待会儿还要排练。

〔三人往下场处走。

〔切光。

花好月圆

时间：白天。

地点：“一线牵”婚姻介绍所。

人物：柳　茜，女，三十岁左右。

老　板，女，三十多岁。

周　其，男，二十六七岁。

〔舞台中央是双人沙发、茶几。左方一张工作台。工作台上一叠资料，一个花瓶，旁边躺着一束鲜花。

老　板　（看着那束花）有没有搞错，又送花！我是做媒的，又不是相亲的，怎么把红娘当成崔莺莺了？（拿起花想扔，犹豫了一下又搁在桌上）

〔柳茜上。

柳　茜　请问……

老　板　（忙迎过去）欢迎光临“一线牵”婚姻介绍所。我们客源丰富，包您满意。

柳　茜　（忧郁地）要我满意可不容易。

老　板　因为您太美丽。

柳　茜　（消沉地）离过婚的女人了，还谈什么美。

老　板　在我眼里女人没有不美的。刁钻的叫才女，木讷的叫淑女，土的叫端庄，洋的叫气质，弱不禁风的叫小鸟依人，不像女人的叫超级女生。

柳　茜　（笑了）凭您这份口才，一定生意兴隆。

老　板　（小声）兴隆个鬼！（堆笑）请过去填一下表格。

〔柳茜过去填表。

老　板　（跟过去）原来您叫柳茜，这俩字儿写出来都比人家好看。

柳　茜　（一抬头注意到鲜花）这束花才好看呢，是费了一番心思的。

老　板　是吗？（看看花，又看柳茜继续填表）柳茜，硕士，国企副总，哇，您的条件不是一般的好，您对另一半的要求恐怕也不是一般的高：工作、学历、年龄、收入……

柳　茜　关键是为人。

老　板　相由心生，（取出一叠照片，洗扑克牌似的洗了一遍）看看这些男士吧，纯情的、沧桑的、粗犷的、文雅的、高大威猛的、小巧玲珑的，品种齐全！

柳　茜　（翻了几张）这位大叔有五十岁了吧？

老　板　他三十岁，工作压力大，未老先衰。

柳　茜　（拿起另一张）这人大概是三十岁。

老　板　他五十岁了，到韩国整过容。

柳　茜　天呐，这世界真是真假难辨啊！

老　板　（脱口而出）真假算什么？最重要是有感觉！

柳　茜　（摇摇头，又翻了一张）咦！

老　板　（得意地）帅吧？

柳　茜　（看照片反面）周其，二十五岁，本科毕业，现供职于文化单位……真是他。

老　板　你们认识？

柳　茜　去年开联谊会，我们单位曾经请他来教大家跳舞。后来互相加了微信，经常聊天，是个……不错的小伙子。

老　板　（自言自语）该死的，居然不跟我汇报。

柳　茜　什么？

老　板　哦没什么。您看这就叫缘分啊……

柳　茜　以他的条件，为什么还要你们介绍？

老　板　“一线牵”大名鼎鼎，托给我，比他自己找还放心。

柳　茜　我离过婚又比他大，可能性太小。

老　板　（迅速）一切皆有可能！他上次特地叮嘱我，只要人好，别的不计较。搞艺术的人，他想得开。今天周末，估计他有空，我叫他来看看?

柳　茜　太仓促了吧?

老　板　（热心地）没事儿。（拨手机）周其啊，有空来一趟吧?有急事找你。拜拜。

柳　茜　我以为我性子急，没想到你比我还急。（拿出小镜子照照）

老　板　急客人之所急，是我们的服务宗旨。

柳　茜　（对镜子理头发）他什么时候到?

老　板　他刚好在旁边的社区辅导人家跳舞，骑电瓶车马上就到。

〔周其上。

老　板　你神速啊!

周　其　（一眼看到工作台上的鲜花）张先生又给你送花啦?他真痴情。

老　板　少管闲事。我来介绍，这位是柳茜小姐，这位就是周其。

周　其　（愣了一下）柳总!

柳　茜　周其……（有点尴尬）没想到在这种情况下见面。

周　其　是啊!不过，也好!

〔柳茜有些羞涩地笑笑。

周　其　（忽然反应过来）不，不好!（轻声问老板）你什么意思啊?我明明告诉你……

老　板　（打断）赶得早不如赶得巧，既然是老朋友重逢，你就给柳小姐跳一段舞以示欢迎。

周　其　（双手连摇）不不……

〔老板猛踩他一脚。

周　其　（痛得跳起）啊!

老　板　（对柳茜）你看，他已经迫不及待地跳起来了!（轻声对周其）快!

周　其　（推托）没有伴奏，跳不起来。

老　板　别找借口，我手机里有。

〔乐起。“春风吹呀吹，吹入我心扉，想念你的心，怦怦跳不能入睡。为何你呀你，不懂落花的有意，只能望着窗外的明月……”

〔老板暗推周其。

周　其　不行，状态不对。

老　板　这还要什么状态？

周　其　这个需要心态。

〔老板关了音乐，把周其拉到一边。柳茜奇怪地看他俩。

老　板　你是不是对人家动了歪心思？

周　其　咱俩谁的心思比较歪你还不知道？

老　板　哟嗬，你这是在骂我呀？你就说吧，你到底跳不跳？

周　其　不仅这次不跳，下次也不会跳！

老　板　跳个舞能要你的命？

周　其　这不是跳不跳舞的问题！

老　板　你是非要跟我对着干是不是？

周　其　我是要从此跟虚伪虚假对着干！

老　板　你不听我的我就跟你一刀两断！

周　其　断就断！

〔老板气得咳嗽。周其关切，忙帮她捶背。

柳　茜　（走过去）怎么说着说着吵起来了？

周　其　柳总，实话跟你说吧，我是……

老　板　他是太在乎你了。（谄媚地笑）他怕状态不好在你面前丢人，你看他对你多上心呐。

柳　茜　（笑了）我看他最上心的并不是我。哎，刚才那首歌叫《花好月圆夜》吧？

周　其　对。

柳　茜　（感慨）要一辈子花好月圆，真不容易。

周　其　只要有诚意，一定可以。

柳　茜　（坐下）诚意，一开始总是有的。过了五年、十年，难保它不变假意。（出神）

〔周其在柳茜身边坐下。

周　其　你太悲观了。感情变质的虽然多，白头到老的更多。现在的电影电视、报纸杂志总是渲染外遇、离婚、争财产，好像全世界的家庭都在打仗。平平淡淡的幸福不能吸人眼球，媒体就懒得提了。其实，那并不是大多数人生活的真面目！

柳　茜　（欣喜）虽然在微信上就看出你思想成熟，不过你今天还是让我刮目相看。

周　其　（开心）谢谢！

柳　茜　不过可惜，你喜欢的是……（转身指老板）她。

〔老板、周其惊讶，一起伸左手掏出手帕擦汗，动作一模一样。

柳　茜　（对老板）周其一进来就注意到桌上那束花，关心别人对你的态度；跟你说话的时候那么亲密自在，吵架斗嘴那么像自家人，看到你被气咳嗽了又那么紧张。（笑着拍拍老板）当局者迷啊。

〔老板、周其又一起把手帕换到右手擦汗，动作一模一样。

柳　茜　（看表，诚挚地）祝福你们！（欲走）

〔周其一个箭步拦住。

周　其　老板是我的亲姐姐……

老　板　（欲阻拦）喂……

柳　茜　（吃惊）啊？

周　其　她的婚介所开张以后报名的人很少，而且一对也没成功，她就想叫我假装男客户，吸引女客人。我不肯，她就把我骗来突然袭击……

老　板　（狼狈地）你交待得也太详细了吧？

柳　茜　（看老板）你怎么能这样？世上最可恨的不是无情，而是利用感情！没有一份真诚，做什么都没有好结果——我离婚，就因为前夫一再骗我！

〔老板羞愧地转开头去。

周　其　姐，你也别不好意思，这次你歪打正着，让我碰到一个我真心喜欢的……

柳　茜　（惊）你……

老　板　（跳起来）她离过婚还比你大！

周　其　只要是真感情，其他都不重要！

老　板　你不切实际！

周　其　你固执己见！

老　板　你头脑发热！

周　其　你控制欲强！

老　板　你吃苦的日子在后头！

周　其　我自己的选择我负责！

老　板　你说破了天去我也不同意她进门！

周　其　我已经决定了！

柳　茜　周其……

〔《花好月圆夜》第二段轻起："月儿高高挂，弯弯的像你的眉，想念你的心，只许前进不许退。我说你呀你，可知流水非无情，载你飘向天上的宫阙……"

周　其　（转向柳茜）我知道你想问我一声"为什么"。之前我就觉得你蕙质兰心，今天又发现你坦诚细心。你以为我喜欢我姐的时候，不仅不生气还祝福我们——你有一颗包容的心！

柳　茜　（动容）周其……

周　其　我知道你以前吃过很多苦，但我想给你幸福，能给我个机会吗？

〔柳茜暗中擦了一下泪。

〔音乐止。

老　板　（嘀咕）臭小子，说得我都有点感动了。

周　其　（转对老板）姐，爸妈走得早，从小就是咱俩相依为命。要不是为了我，你也不会那么想方设法拼命挣钱，也不会拖到现在还没嫁人。我也希望你的感情路越走越顺！

老　板　（嘴硬心软）少给我灌迷魂汤。你是大人了，我也管不动你了。你爱怎么样就怎么样好了。

周　其　（笑，转向柳茜）对面有家新开的餐厅，想去试试吗？

柳　茜　（点头）我好久没开开心心吃顿饭了。（走了几步，回头对老板）考虑一下那束花吧，中间好像有张小卡片。

老　板　（意外）卡片？

周　其　（笑）姐，如果人家是认真的，你就考虑一下自己的终身大事吧。

柳　茜　这世界虽然真假难辨，但用真心一定能换来真心！（与周其相视一笑，下）

老 板 （迟疑地拿起鲜花，抽出一张卡片）**眼睛真毒！**（读卡片）**众里寻她千百度，蓦然回首，那人却在婚姻介绍处。**（扑哧一声笑了）

〔《花好月圆夜》歌起："就在这花好月圆夜，两心相爱心相悦。在这花好月圆夜，有情人儿成双对……"

〔老板小心地把鲜花一枝一枝插到瓶里，喜滋滋地端详。

〔光渐弱，乐声渐收至无。

小小卫士

时间：下午二节课后。

地点：放学路上。

人物：可可，男，十二三岁，五年级学生。

秀姨，女，四十岁不到，可可妈。

小爱，女，十二三岁，五年级学生。

小军，男，十二三岁，五年级学生。

摊主，男，三十五六岁，馄饨摊主。

〔幕启时舞台上一个馄饨摊，一张餐桌两把椅子。摊主正在包馄饨。秀姨从左侧上。

秀　姨　（擦汗）这个天说热就热起来了！（对观众）可是我这个心啊是越来越冷。什么事啊？还不是为了我那个宝贝儿子可可！天天不按时回家，老跟一个叫小爱的女同学东奔西窜。可可、小爱，合起来就是小可爱，不得了啊！（拍拍心口）还好学习成绩没往下掉，是不幸中的大幸。我今天就事先等在这里，来个守株待兔！

摊　主　大姐，来碗馄饨啊？

秀　姨　多少钱一碗？

摊　主　五块。

秀　姨　给你五十！（一张大钞“啪”的拍在摊主手上）

摊　主　啊？

秀　姨　租你的馄饨摊子和衣服。

摊　主　你拍电影啊？

秀　姨　实话跟你说吧，我儿子最近神神秘秘不晓得搞什么鬼。我跟踪他好几天了，发现他每天要在你这吃碗馄饨，玩一会儿。我假装是你家人，近距离看看他搞什么花头筋。

摊　主　（把钞票“啪”的拍回秀姨手上）可怜天下父母心。摊子、衣服一条龙免费给你用，半小时后我再来拿。

秀　姨　谢谢谢谢，你真是个好人！那就半小时后见！

摊　主　成交！

〔幕后可可声："小爱你快点，我饿死了！"小爱声："你是馋死了。"

〔秀姨小跑到馄饨摊后，摊主脱衣服给秀姨穿。秀姨用大头巾把头紧紧包住。

摊　主　（欲下又停步）哎，你会不会下馄饨啊？

秀　姨　家庭主妇十八般武艺样样都通。

摊　主　你别把我的家当弄通了就行了。（急下）

〔可可、小爱上。

小　爱　（边走边说）今天同学们的皮筋操跳得太棒了！用皮筋操来宣传环保，你这个主意真是呱呱叫！

可　可　（笑）别忘了，我们可是环保小卫士哦！（捂肚子）哎哟！

小　爱　怎么了？肚子痛？

可　可　（笑）是肚子饿。走，（手一挥）吃馄饨去！

〔走到秀姨近处。

秀　姨　（对观众）目标出现！

可　可　叔叔，两碗馄饨。

秀　姨　（捏着嗓子对可可）哦。

可　可　叔叔你今天怎么这个声音啊？

秀　姨　（怪腔怪调）我感冒。

可　可　（走近，围着她左看右看）稀奇稀奇真稀奇，叔叔也能变阿姨。

秀　姨　（左右躲闪）我老公有事，我替他一天。

可　可　（点头）原来是这样啊！你和叔叔感情真好，连穿的衣服也一模一样。

秀　姨　（含含糊糊）这是……情侣装。

可　可　哦。小爱，坐。

〔可可、小爱在桌边坐下。秀姨边包馄饨边偷听二人说话。

小　爱　可可，我昨天告诉我妈了，你什么时候告诉你妈呢？

可　可　我才不告诉她呢！她呀，不准我做这个，不准我做那个，除了学习，我做什么都像犯法！要是我们俩把妈妈换了该多好。

〔秀姨气得背地里向可可挥拳。可可刚好侧头看见。秀姨的手僵在半空收不回来。

可　可　阿姨，你干嘛？

秀　姨　我发誓要下一碗全世界最好吃的馄饨给你。

可　可　（钦佩地）您真是太敬业了！

小　爱　（笑了，扯扯可可的衣服）你就试试看，跟你妈妈说一下嘛！不然我们老是偷偷摸摸的！

秀　姨　不得了，早恋！而且还经过了女方家长的同意！

可　可　我妈不会听的，她是个老顽固。

秀　姨　还说我顽固！（拿起胡椒粉瓶子朝碗里猛倒）我就弄一碗超辣的胡椒汤来教育教育你！（端起碗正要给可可）

〔小军上，吐了口痰。

可　可　（忙过去）小军，你怎么这样！

小　军　那怎么办？吐你身上？

秀　姨　嘿，这孩子，比我还横！

小　爱　（对小军）你讲不讲理呀？我们可是学校的“环保小卫士”！

小　军　我就是学校的“环保小杀手”！

可　可　（对小军）你快去把痰清理了。

小　军　（上前用脚猛蹭两下，挑衅地）清理好了。

可　可　（拿出小本子记）明天就报告章老师。

小　军　（这才有点胆怯）你写什么鬼东西？

可　可　前天你丢糖纸，昨天你丢桔子皮，全是我和小爱帮你打扫的。没想到今天你又来了。（摇头叹息）一个人做一件坏事不难，难的是一辈子不干好事。

〔秀姨、小爱噗嗤笑了。

小　军　（看看二人，恼羞成怒，抢可可的本子）给我！

可　可　不给！

小　军　给我！

可　可　不可能！

〔二人拉扯。

小　爱　（急叫）别打了！

〔二人停手看她。

小　爱　（对小军）你知不知道踩灭一个烟头有多重要？捡一个易拉罐儿有多少用处？编一个环保的“皮筋操”多不容易？

可　可　（对小军）你知不知道雾霾怎么来的？流感怎么来的？沙尘暴怎么来的？章老师平时教我们的你全忘啦？

〔秀姨忍不住为儿子竖大拇指。

小　军　我……我才不管你们一套一套，你们人多欺负人少。（欲走）

秀　姨　哎哎，等等。（端着那碗本来给可可的馄饨送过去）他们没事找事，别理他们，来，阿姨奖励你一碗馄饨，保证你终身难忘。

小　军　还有这种好事？（喜滋滋端碗到桌旁）

可　可
小　爱　（齐）阿姨，你怎么……

小　军　（吃，惨叫）好辣！（捂嘴）妈呀辣死我了，救命啊——（冲下）

〔秀姨哈哈大笑，可可、小爱也笑。秀姨笑得弯腰拍腿，不小心碰掉了遮脸的头巾。

可　可　（失声）妈！

秀　姨　（忙转身）谁是你妈，认错人了。

〔摊主上。

摊　主　（急匆匆跑来直奔秀姨）哎呀你结束了没有？我是个忙惯了的人，叫我到附近瞎转半个小时，没事做，真把我闷死了！

可　可
小　爱　（指秀姨）哦——

摊　主　（这才注意到二人，指可可）原来这个天天来光顾我的小朋友就是你儿子啊？哎哟喂，不好意思害你穿帮了。

秀　姨　（尴尬地手脚没处放）我……那个……

〔音乐起。

可　可　妈，让你化了妆来找我，叫你这么不放心，是我不对，其实我应该事先跟你说的。就算怕你反对，我也不该瞒着你。

秀　姨　（意外，感动）你不怪妈妈？（脱衣服还给摊主）

小　爱　（插嘴）看在刚才那碗超辣的馄饨的份儿上，可可也不会怪您的。

秀　姨　（亲热地摸摸小爱的头）没大没小。（对可可）现在妈也知道你最近是在忙着当“环保小卫士”了，也看到咱们可可长大了，热心公益了。好吧，只要不影响学习，（一拍胸口）妈支持！

可　可　（一把抱住秀姨）我保证不影响学习！

〔音乐止。

摊　主　（笑）大团圆了啊，不如我给你们每人做一碗“纯天然绿色翡翠小馄饨”吧？

秀　姨　乖乖，什么东西啊，来头不小嘛！

摊　主　其实就是荠菜馄饨。

可　可
秀　姨　（齐）哈哈哈！
小　爱

〔切光。

特殊采访

时间：中午午休时。

地点：大丰港工程公司某部门办公室。

人物：刘大嫂，女，四十多岁，刘经理妻。

小　江，女，二十岁，网络记者。

小　黄，女，二十多岁，新来港口工作的大学生。

〔幕启时台上是一张办公桌、一把办公椅。办公椅旁是衣架。右侧是长沙发和茶几。

〔小黄拿刷子轻轻刷着刘经理工作服上的灰尘。

〔小江猫腰上。

小　江　（对观众）大家觉得我美吗？（摆个 POSE）其实我的心灵更美。不信？请问有多少我这个级别的美女会不辞劳苦、不怕海风、不要报销，一个人跑到大丰港来的？问我来干嘛？暂时保密。（趁小黄不注意绕到沙发后蹲下，伸出头来对观众）这个角度刚刚好。只有偷偷地观察，才能看到原生态！

〔刘大嫂上。

小　黄　请问您是？

刘大嫂　（看小黄手上的工作服）我是你们……（故意停一停，一口气报）大丰港建设有限公司道路项目部第一夫人！

小　黄　（一愣，反应过来，热情地）您是刘经理的爱人吧？请坐请坐。（放下衣服，倒水）

刘大嫂　（不坐沙发，偏偏大模大样地坐到办公桌后）老刘呢？

小　黄　（顺口）累了，睡午觉呢。一般再过半小时就会醒。

刘大嫂　关于他睡觉的情况，你摸得很透嘛。

〔小江从沙发后冒出头来。

小　江　吃醋了！（又缩回去）

小　黄　我……（笑着摇摇头）来，喝水。

刘大嫂　（接过茶杯）你是新来的吧？

小　黄　是的，您叫我小黄吧。刘经理说部门需要一个搞文字懂电脑的，我上班才一个月。

刘大嫂　我们家老刘眼光不错，一招招了个赵丽颖。

小　黄　（笑）大嫂您过奖了。您今天来是？

刘大嫂　老刘忙得几天不着家，我来视察视察。

小　黄　（把工作服挂好）工程上比较忙。他马上就来了，您放心吧。

刘大嫂　我不来还好，一来更不放心了。（放下茶杯，起身欲走）我去他的宿舍看看吧，说不定能找到什么线索。

小　黄　（忙拦住）大嫂，刘经理每天都是从清早忙到吃午饭。有工人情绪低落了，做思想工作的是他；吃住在工地，奔波在一线的是他；管理、指导、传帮带的是他。这不，好不容易才睡了一刻钟，您还是……让他再休息一下吧！

刘大嫂　（生气）哦，就你心疼我老公，我就不心疼他了？到底哪个才是第一夫人啊，啊？

小　黄　（窘迫）您……怎么这么说话？

刘大嫂　冤枉你啦？一来就发现你在帮他刷工作服，也不嫌脏。（学小黄之前的动作）又温柔，又害羞；又幸福，又满足。（见小黄欲说话忙打断）我告诉你，钓鱼岛是中国的，刘大福是我家的！（快步走到沙发附近一坐）这就叫宣誓主权！（说着做个手势，手向后一挥正好碰到躲在后面的小江的头）

小　江　哎哟！

刘大嫂　（吓得跳起来，回头看）你是谁？

小　黄　（也奇怪地）你是谁？

小　江　我是……

小　黄　你不老实交待我要叫保安了！（假意转身要走）

小　江　哎哎，我说我说。（从包里掏名片）这是我的名片。（一不

小心把两张照片也带出来了）

〔刘大嫂眼明手快一把抢过。

小　江　（急）喂，给我！

刘大嫂　（一看，一屁股坐到地上）没得命了，“艳照门”哦！

小　黄　（接过照片一看）衣服穿得好好的嘛。不就是刘经理和这位……

小　江　（自报家门）小江。

小　黄　……和这位小江的合照吗？（细看）不过两个人的头是靠得近了一点，手是搂得紧了一点，笑容也太灿烂了一点。

刘大嫂　（哭）这一点一点加起来问题就大喽！

〔小黄把照片放下，扶刘大嫂起来。

小　黄　大嫂您先起来，问明白了再说啊。

刘大嫂　（一把拉住小黄哭）小黄啊，我们从此以后要同病相怜喽！

小　黄　（闪到一边）您这叫什么话呀！

〔小江扑哧一笑。

刘大嫂　（凶巴巴地跑到小江面前）你还好意思笑？我问你，你这个“小四”是什么时候转正的？

小　黄　（急了）我可不是小三啊！

刘大嫂　又没说你，不打自招。

〔小黄忙捂住嘴。

刘大嫂　再不整顿整顿，我们家就能演《甄嬛传》了！（对小江）一个一个来，你先说。

小　江　你看了我的名片就明白了。（递给刘大嫂）

刘大嫂　（接过来读）某网站某论坛版主兼管理员兼记者。（对小黄）

乖乖，等于她相当于港口开发公司老总兼道路项目部经理兼大楼保安？

小　黄　（聪慧地）我有点猜到了。小江，你是想来采访刘经理的是不是？

小　江　姐姐啊，大嫂要是有你这个智商……

〔刘大嫂手叉腰瞪她。

小　江　（改口对小黄）大嫂跟你一样有肚量！（转对刘大嫂）你们别计较我偷听啊，我是想近距离地最自然地看看刘经理，然后再采访他。据我从消息灵通人士那里找来的情报，他每天天一亮就到重型装备产业园道路施工现场去忙了，我要不想想点子我见不到大神哎！大嫂，我是你老公的铁杆崇拜者，不过仅仅是崇拜！我跟他豆腐青菜，一清二白，到现在连面都没有见过。

刘大嫂　哄鬼！你们俩的照片天上掉下来的？

小　黄　（走到二人中间，笑）是 PS 过的吧？

刘大嫂　（对小黄语重心长地）小黄，当小四虽然不好，但是你也不能屁啊屁地骂她。

小　黄　（笑）大嫂，是 PS，不是……那个骂人的字。现在电脑技术可厉害了，能把两张照片拼成一张，再洗出来。

刘大嫂　（恍然大悟）哦！等于小江把她的照片和我老公的照片拼起来过过瘾的？

小　黄　（笑）对！

刘大嫂　哼，还是不对头。小江，你不去跟王力宏拼，不去跟周杰伦拼，你跟我老公拼什么东西？

小　江　大嫂哎，我已经过了追捧娱乐明星的年纪了，现在我佩服的是你老公那样的模范标兵！（很文艺腔的，还加上动作）他，是抗台风的英雄；他，是保护公共财产的楷模；他，上过电视上过报纸……

刘大嫂 说人话。

小　江 （恢复正常说话口气）网上有他的资料和照片。

刘大嫂 怪不得，刚才倒把我吓了一跳。

小　江 尤其是刮台风那天……

刘大嫂 他三天三夜没回家，电话又打不通，把我急得要死。

〔狂风暴雨声，偶尔有惊雷声。

小　黄 （对刘大嫂）我虽然不在现场，可是同事们仔仔细细地讲给我听过。那场超级台风叫“梅花”，来势凶猛。刘经理带着大家抢险救灾，奋战在抗台排涝的第一线。（转向观众）他和大家伙儿顶风冒雨加固设施，撤离施工机械，疏散人员，排除积水，还清除道路杂物，抢修排水管网。

〔风雨声渐止。抒情音乐起。

小　黄 （看看刘大嫂又看看小江）那三天，刘经理困了就打个盹儿，渴了就喝口冷水，饿了就嚼一袋方便面。台风过去以后，我发现他眼睛熬红了，嗓子喊哑了，人也憔悴了。

刘大嫂 （擦泪）死东西，回家来什么都不肯说！

小　江 （插嘴）他是怕你担心嘛。

小　黄 也是他习惯低调。后来领导想给他荣誉，他说一线职工最辛苦，自己说什么也不肯接受表彰。

〔音乐止。

小　江 大嫂，就因为刘经理是这样的人，才有那么多像我一样的年轻人把他当偶像啊！

小　黄 所以也才有像我一样的新老职工尊敬他、敬佩他，想为他做

点儿事，尽点儿心……（指指衣架上的工作服）

刘大嫂 （手一挥）好了，我相信你们不是小三小四了。

小　江 （笑）大嫂，你今天来就为了不放心刘经理太有魅力啊？

刘大嫂 （爽朗地）才不是呢！我是看到你们两个美女才临时开始瞎怀疑的。我今天来是带了儿子的小测验卷子给他看，门门100分，叫他放心工作，家里老的小的有我呢！我为他们老刘家作贡献，他就安心为港口作贡献，港口就为全市作贡献。这么算算，我还是蛮重要的吧？

小　江 （笑）有你这样的家属，有刘经理这样的干部，难怪港口蒸蒸日上了。

小　黄 （无意中回头在窗口一瞥）哎，刘经理来了！

〔刘大嫂和小江抢着往门口奔，两个人一撞，差点跌倒。

小　江 （尴尬地）大嫂，您先请！

刘大嫂 我批准你先走，还准你采访个够，老刘不配合我揪他耳朵。不过呢，我有个交换条件。

小　江 什么条件？

刘大嫂 （对小江）你帮我拍张照，然后跟我老公那张穿工作服在海堤子上拍的特别帅的照片 P、P……

小　江
小　黄 （齐）PS！

刘大嫂 对！

〔三人大笑。

〔切光。

上　课

时间：上午。

地点：马路边。

人物：张进财，男，四十多岁。

李二宝，男，二十多岁。

吴奶奶，女，六十多岁。

胡大嫂，女，三十多岁。

警　察，男，三十岁左右。

〔幕启时舞台中间一长桌，桌后一椅，组成一摊位。桌上有传单、宣传册等。桌身缠横幅（或以别的形式拉一小横幅），写有“通四海投资理财”字样。

李二宝　（手拿传单对观众，老老实实地）大爷，您要理财吗？（朝另一方向的观众）大姐，过来看看资料吧，就占用你一点点时间。

〔张进财背着手很有气派地上。李二宝朝反方向张望，无意间朝后退了两步，正好撞到张进财身上。张进财吓了一跳。

李二宝　（闻声回头，惊）张张张……

张进财　我叫张进财，不叫张张张！你后脑勺没长眼睛啊？

李二宝　（困惑）有人后脑勺长眼睛吗？

张进财　你……算了算了，跟你个呆瓜说不起来。哎，我刚才可观察过你了，你那样发传单不行。

李二宝　那应该怎么办？（摸头）

张进财　还是让本经理给你上上课吧。（到摊位后坐下）

〔李二宝从桌上拿起笔和小本子做恭敬记录状。

张进财　吸引客户投资是有诀窍的。一、要利用有些人想发横财、赚快钱的心理，用高回报掩盖高风险，进行利诱；

李二宝　啊？

张进财　二、给他几颗小甜枣儿，换他一个水蜜桃，先给他点小恩小惠，他才容易上钩；

李二宝　（觉得不对）张经理……

张进财　（不耐烦地一挥手继续说）三、弄到他的钱了，刚开始一定要按期、足额付利息，巩固他的信心，别那么快露馅儿；

李二宝　不是，我想问……

张进财　（打断）还能不能虚心学习了？四、取得了点成绩不能满足，不能骄傲，要怂恿客户再去发展“下线”，扩大资金链，把更多的人滚雪球似的给他滚进来……

李二宝　（忍不住）你这不是骗人吗？公司招人的时候没说要搞这些歪门斜道呀！

张进财　（桌子一拍，站起）你懂什么？这叫骗人吗？这叫……技巧。叫融资。

李二宝　（嘀咕）我看是非法集资。

张进财　（上下打量他）还以为是个能培养的小年青，原来是个一根筋。我跟你说……

〔胡大嫂扶吴奶奶上。

张进财　（小声威吓李二宝）客户来了，你别胡说八道，搅黄了公司生意我跟你没完！（脸一变，满面春风迎上去）胡大嫂啊，欢迎欢迎！这位是……

胡大嫂　这位是我的邻居吴奶奶。吴奶奶，这就是他们的门店经理张进财。

〔张进财热情地与吴奶奶握手，用力过猛，吴奶奶被摇得东倒西歪，李二宝忙上前扶住。

吴奶奶　哎哟这个姓张的太热情了，差点把我摇散架。

张进财　我是太迫切地想为您服务。

李二宝　得了吧，你是……

张进财　（隔在李、吴二人之间）吴奶奶，公司好不好，首先问客户，你问胡大嫂就行了。

胡大嫂 （笑对吴奶奶，说快板的节奏）老邻居啊吴奶奶，我已投了十万块，利息高达十个点，财源滚滚奔家来！有好处要大家分，才介绍你到“通四海”。

张进财 （戒备地扫了一眼李二宝，拉吴奶奶到一边）吴奶奶，你听见了吧？胡大嫂就是个活生生的招牌……哦不，活生生的例子。我们公司王老板是社会知名人士，明星企业家，经常上电视；公司还有酿酒、豆制品等实体经营项目支撑，厂房崭新，设备先进，不信可以领你参观。

胡大嫂 （插嘴）可不是吗？不是熟人还不挑你发这个财呢。

〔李二宝在张、胡二人身后向吴奶奶大打手势，意图阻止。

吴奶奶 （关心地）小伙子啊，都立过秋了，还有蚊子盯着你咬啊？你看你个手挥来挥去的，你是不是O型血啊？

〔张进财猛转头瞪李二宝，李二宝回瞪他一眼。

吴奶奶 （看看张进财又看看李二宝，对张进财）我还是再想想吧。以前我儿子介绍的投资理财好像不是你们这个样子的。

张进财 （拿过一叠传单和宣传册，指指点点）老人家，理念要更新啦，听我好好给你上一堂课吧。新型理财，就要打破传统。一切交给我们打理，不用你操半点心。

李二宝 （强行挤到张进财身前对吴奶奶）就是说，你投的钱多了少了你也半点没得数。

吴奶奶 这个……

张进财 （强行挤到李二宝身前）人性化合作，就是你成为我们的一员以后会有礼品相送，比如米和油……（变魔术似的，左手一掏）今天先送你肥皂，惊不惊喜？

吴奶奶
胡大嫂 （齐）惊喜！

张进财 （右手一掏）外加洗发水，高不高兴？

吴奶奶
胡大嫂 （齐）高兴！

张进财 以后还组织旅游和聚会，让你的生活充满欢声笑语，开不开心？

吴奶奶
胡大嫂 （齐）开心！

李二宝 别上当，他刚才说过小恩小惠是小甜枣，后面就要你们的水蜜桃！

吴奶奶 （听不懂）我家又不种水果。

张进财 吴奶奶，再想想我们的厂房和项目，老板的口碑和信誉，加上我们十个点的高额回报，您还犹豫什么？

胡大嫂 过了这个村没这个店了。我那十万块一投进去，利息来得又多又快！

李二宝 他刚才说了，开始要按时足额地付利息，后面就……

吴奶奶 （掏出存折）能按时足额地付不就蛮好的？人家还有厂房有项目，跑得了和尚跑不了庙，再说，还有旅游……

张进财 （大喜）对对，比你的儿子女儿还贴心……（接存折）

〔李二宝劈手夺过存折，往吴奶奶手里一塞。

张进财 （怒）你是想死啊？（见手机响，接）喂，啊？（片刻后）哦。（失魂落魄地挂了机）

李二宝 （拿手在他眼前晃了两下）还活着吗？

张进财 等于死了。

李二宝 出什么事了？

〔警察上。

警　察　出大事儿了。“通四海”投资理财公司涉嫌非法集资，侵吞客户资金，被人举报，讨债的把大门都堵住了。

胡大嫂　什么？！

〔张进财转身想溜，李二宝迎面拦住，警察抓住张进财。

警　察　（对张进财）你们公司的经营状况我们已经调查清楚了，利用融资来的钱投的都是些虚假项目，厂房设备早就抵押给银行，还一直用新成员的钱堵老成员的洞，现在连拆东墙补西墙也撑不住，别说本金还不出，就连利息也没法付了。我说得对吗，张经理？

〔胡大嫂浑身直抖，动作夸张。

吴奶奶　（扶胡大嫂）来的时候你扶我，这下子我要扶你了。

张进财　警察同志，我我我就是个跑腿的，你们还是找王老板吧。

警　察　王老板潜逃未遂已经被抓住了，（笑笑）你也没那么无辜啊，每一单 3 个点的业绩提成难道不是你拿的？

李二宝　（鼓掌）这下坏人要遭报应了。

警　察　（向李二宝等三人）他也是主要责任人之一，要带回去调查。

李二宝　（举手）我愿意去做证！他半小时前还在给我“上课”，说了好多骗人的花招。

警　察　好！谢谢你！

张进财　（小声骂李二宝）你个脑后长反骨的东西！

警　察　老实点！（押张进财走）

吴奶奶　（担心地抚着胡大嫂的背）你不是在打摆子吧？要抖到什么时候才停啊？

胡大嫂　（突然不抖了）等等！（跑上前）警察同志，我投了十万块，我的损失国家能赔偿多少？我看过这个公司的执照，也是工商部门注过册的……

警　察　大嫂，现在注册公司很容易，要有风险防范意识。政府最大限度追赃挽损、强制执行完资产后，要是公司还无法偿还，一切损失就要自己承担，（对胡、吴、李）切记，参加非法集资，不受法律保护。

胡大嫂　我……我……（跳起来上前就要揪张进财的衣领子）

张进财　（往警察身后躲）我的个亲妈妈哎！

警　察　（对张进财）现在知道怕啦？（押张进财下）

李二宝　（把左右膀的袖子一撸）我去做证！（随下）

吴奶奶　（轻碰一下胡大嫂）你还好吧？

胡大嫂　（反应过来，哭骂）我好什么好啊？那些杀千刀的，当初说的比唱的好听，结果弄得我血本无归啊！（哭着下）

吴奶奶　今天可真是好好地上了一课了！胡大嫂哎！（颤巍巍追下）

〔切光。

小　戏

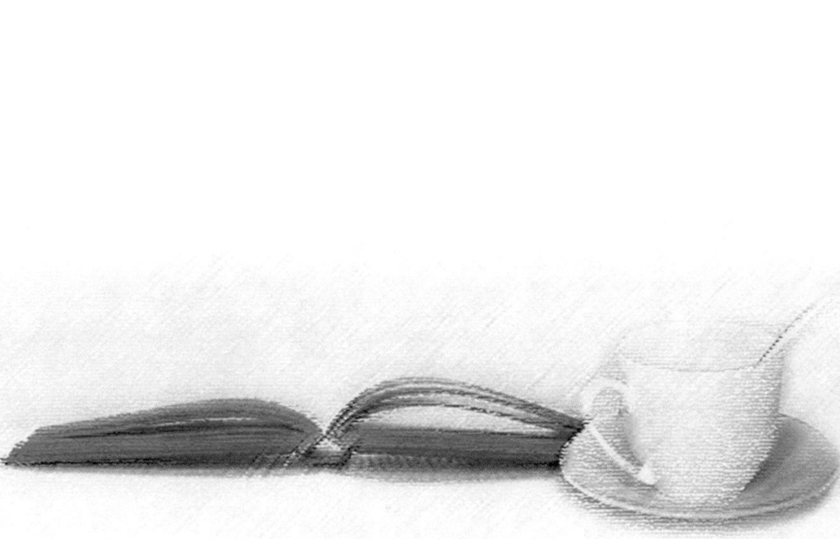

小扬剧

河　忆

时间：傍晚。

地点：运河边，何家老屋。

人物：张　露，女，二十八岁，镇江运河管理处工作人员。

何永芳，女，六十多岁，张露母亲，一生挚爱运河的画家。

一段记忆是一个人的历史，千万个人的记忆累积起来就是运河的历史、民族的历史。记忆中有离合悲欢、恩怨纠缠，有故土难离、心结千千，然而更有诚信守诺、真情毕现。一言或难尽，长忆胜千言。

——作者

〔光启。远处，运河、虎踞桥、老屋。

〔室内，何永芳坐在桌边画画，身边一只旧皮箱。她停笔看看箱子，走到窗边眺望运河，片刻后又回来画画，下意识又看看箱子，举止木讷奇特。

〔张露快步上。

张　露　唉！

（唱）眼见运河貌改变，
规划整修新机缘；
重任在肩不知倦，
连日奔走促搬迁；
谁料最硬“钉子户”，
竟然出在家里边；
不管她神情异样语躲闪，
定要她回心意把大局顾全！

（进门）妈！

何永芳　露露？（连忙迎上）怎么不声不响就回来了？

张　露　不声不响就对了，跟我们家这环境气氛正好合拍！

何永芳　（反应明显迟钝）什么？

张　露　你看看周围，还有声有响吗？左邻右舍全都搬走啦！

何永芳　（岔开）饭好了……

张　露　（生气）饭饭饭，我还吃得下去吗？我身为镇江运河管理处的一员，到处去做人家工作，自己家反而不搬，主任在会上都点了我好几回了！

何永芳　我、我去盛饭……（欲进内）

张　露　（发作）妈！你过去可是全市有名的画家，妙手丹青，境界高远，现在怎么变得这么神神秘秘、奇奇怪怪？

何永芳　我……（颓丧地坐下）

张　露　（越说越气）新房子环境那么好，劝了无数遍，就是不肯搬！今天你同意要搬，不同意也要搬！我已经联系了搬家公司！

何永芳　（急得站起）什么？你……（愣了愣）我、我想说什么的？（神色迷茫，看见箱子，走过去）

张　露　（哭笑不得）又来了！什么都不说了，我来帮你收拾！（顺势要拿箱子）

〔何永芳本能地一把按住箱子。

何永芳　不动！

张　露　（起疑）这箱子里什么宝贝？我看你一直锁着？

何永芳　（说不清）这箱子，这箱子……

张　露　（气）你不说，我也不想知道！（上前拉箱子）

何永芳　露露！

〔何永芳猝不及防，张露失手将箱子倾倒，里面的物件洒了一地。

〔张露愣住了。

何永芳 （一急，清醒）这？这……

〔何永芳颤抖着，跪下满地收拾，手忙脚乱。

张　露 （慌）妈，我不是故意的……（忙扶妈妈坐下）

〔张露蹲身将地上的物件收拾进箱子。

张　露 （被一幅画吸引）运河，虎踞桥，老房子？（发现）妈，这幅画是画的我们家旁边的运河呀？

何永芳 露露，对不起，妈拖了你的后腿，可我实在是离不开老屋、离不开运河啊！

（唱）何家几代伴运河，
日升月落望清波；
客船垂柳虎踞桥，
桩桩件件印心窝。
相识相恋运河畔，
相伴何惧岁磋磨；
你爸出差遭车祸，
故地故人思念多。

张　露 （感动）妈，你不要难过……（发现病历，拿起）病历？何、永、芳！

何永芳 （一下子回过神来，欲抢回）给我……

张　露 （不放，细看，惊）阿尔茨海默症！

何永芳 （仍想徒劳地抢病历）不是……

张　露 （一躲）妈？怎么你？什么时候的事？

何永芳 （低头）是……半年前的事了……

张　露 怪不得！

（唱）一纸病历把她判，
怕我忧心不敢说；
记忆时续又时断，
满怀悲苦无奈何。
难怪日日心神乱，
内外煎熬心思盘；
我未能体谅反责过，
想到此怎不叫人泪如梭！

（抱住妈妈，泣）妈，对不起，对不起……

何永芳　（凄然）现在还没到最严重的地步，我就怕有一天连你也记不得了，连你爸爸也记不得了……

张　露　（抽泣）不会的，妈，你还有我，还有你的画，还有一家三口的老照片……

何永芳　（触动）老照片？

张　露　怎么？照片很重要？

何永芳　（着急地乱转）太重要了！照片在……

张　露　（启发）我曾无意中见你从箱子里拿出过照片……

何永芳　对了，箱子夹层里！

〔张露忙从箱子夹层中取出一张照片。

张　露　一张黑白照片？这两个小孩是谁？这个女人又是谁？为什么你要珍重地藏在箱子夹层？

何永芳　（顿了顿，叹息）两个小孩是你姐姐，这一个，是你的……亲生母亲……

张　露　（震惊）亲生……母亲？（试探）妈，你又犯糊涂了是吗？

何永芳　不，千真万确……

张　露　究竟是怎么回事，妈，今天你一定要告诉我！

何永芳 （回忆了一会儿）那一年你爸陪我到贵州山区写生，遇到了你的亲生母亲。你生父刚刚去世，她一个人养不起三个孩子，求我们把刚出生的你带出大山……

张 露 （倒退）不，不不，这不是真的！

何永芳 你母亲把你交到我们手中时，哭着求我们对你要像对自己的孩子一样，我和你爸当场承诺：不是亲生胜亲生，必定用我们这一生兑现诺言！你看看照片背面，我和你爸写的日期和题字……

张 露 （扔照片）我不看，你骗人！你骗人！！

何永芳 （拾起照片）刚才你看到的画有两幅，一幅我们保存，还有一幅就在你亲生母亲手中！露露！

（唱）我何尝不想母女骨肉连？
我何尝不想与你血脉牵？
我曾想抹去真相断后患，
你爸说势必自责年复年；
因此上留下画儿作纪念，
运河旁老屋藤蔓绕炊烟；
共承诺与你生母来日见，
凭此画寻亲母女再团圆。

〔何永芳递过照片。张露伸手接过，落泪。

何永芳 我和你爸后来去找过，可你妈已经带着你两个姐姐离开了。

张 露 这就是你和爸爸一直没有搬家最大的原因？

何永芳 是……

张 露 你守在这里，就是为了怕我的生母找不到我？

何永芳 是。

张 露 爸爸去世后，你就一个人等在这里？

何永芳 是！

张　露 （哽咽）妈妈，你好傻！我会设法寻找生母，何必在这里日复一日苦等？乔迁也不是拆迁，将来老屋建成博物馆，就像你这一幅幅画一样，为运河留住更多的记忆，不也很好吗？

何永芳 （含泪微笑）是妈太钻牛角尖了，妈只想到答应过你爸爸，答应过你生母……

张　露 （拉起母亲的手）你为什么不早些告诉我呢？早说了你也不用辗转反侧，这么痛苦……

何永芳 多少次真相到了嘴边又咽下，怕你难过也怕你有了生母疏远我；查出病后，我又怕有朝一日失去记忆，你从此不知道你的身世！最后，我就记在了记事本上，等你将来自己发现……

张　露 （拿起笔记本）记事本……（翻开）"露露，不要嫌妈妈啰嗦，记住：辣的不能吃，你过敏；睡觉不能超过十一点，伤身体；对男朋友不能太急躁，伤感情……（哽咽，翻过一页）妈妈病重了，但妈妈不能搬家，因为你还有亲生妈妈。也许哪天她来与你相认，这世上好歹还有个疼你爱你的母亲……"

（哭）妈，二十多年来你怎样疼我爱我，我上学你怎样教我帮我，我生病你怎样怜我惜我，难道因为没有血缘关系就能淡忘吗？妈妈，你就是我的亲生母亲——（拿起旧照片）

（唱）一张旧照片捧手上，

张露我酸甜苦辣五味俱尝；

母亲她二十八年秘密藏，

守承诺信比金坚世无双！

（捧起笔记本）

记事本

笔笔真情，难舍难放，

句句记着疼爱，

字字让人神伤；
但请那
运河老屋为我作证，
养育之恩铭记不忘，
母女之情地老天荒！

何永芳　（泪如雨下）露露！

张　露　（落泪）妈！
（唱）你可知女儿与你
心灵相通，牵挂相仿，
运河的女儿运河相傍，
代代依恋，非比寻常。
母亲呀，
你看运河，千年过往，
长忆无言，诉尽沧桑，
那胸怀何等气象，
何尝在意何尝犹豫彷徨？
它也曾经历风雨，
盛衰枯荣，起伏跌宕，
却自淡然，平和安祥。
但盼这世间亦如运河水，
清澈不变，大爱荡漾，
真情不改，永驻心乡；
至善至纯，永恒流淌，
至诚至信，永润心房；
天地辉煌人如愿，
四海沐春光！

〔伴唱声中，台上道具变成一幅幅画着运河的画幅。

〔张露搀扶着何永芳，步步向前，如同徜徉在运河两岸。

〔天幕上几十年来镇江段运河风光的变迁一幅幅掠过。

〔灯光变幻，如同光阴。“镇江运河博物馆”的牌匾从上方缓缓垂下，定格。

〔光渐暗。

（注：关于唱词韵脚，所押的是扬剧之韵，并非普通话之韵。此注。）

小淮剧

减 压

时间：某日下午。

地点：“减压公司”。

人物：陈老师，女，三十岁出头。

老　王，男，三十多岁。

侍者甲，女，二十多岁。

侍者乙，女，二十多岁。

〔幕启时台上一张精致小圆桌，两把椅子。桌上一副扑克牌。正后方一扇屏风。

〔两侍者引陈老师上。

陈老师　（两面张望）这……就是网上炒得火热的“减压公司”？

侍者甲　对！专治压力大，情绪坏，忧郁症。

侍者乙　发泄完毕，包你一身轻松。（拍三下手）

〔老王从屏风后出，头戴写有“减压”二字的帽子。

侍者甲　（一指老王）陈老师，您就拿他减压吧。打不还手，骂不还口……

侍者乙　还签了保密协议，绝不透露客户资料，只管放心。（鞠躬）

〔二侍者同步退入屏风后。

老　王　陈老师您好，我是金牌客服老王。

陈老师　金牌客服？

老　王　不是吹的！

（唱）想打但求不打脸，
想骂别提我儿妻。
陪哭陪笑你吩咐，
陪说陪聊没问题。

陈老师　（惊讶）我在网上看到广告，抱着试试看的念头来的，没想到是真的。

老　王　（手势请张老师坐）请问，你想怎么减压？

陈老师　要打下不了手，要骂张不开嘴。随便聊聊吧。

老　王　（意外，一愣）你选了个性价比最低的项目。前天有个小伙子高考落榜，是带着拳击手套来的。

陈老师　啊？

老　王　昨天有个老太太受了儿媳妇的气，足足骂了我半个小时。我提醒她再骂要续费了，她才肯走。

陈老师　你这是什么工作啊！

老　王　（无奈一笑）你人好，不打不骂，我就陪你谈谈心，看能不能帮你减压。哎，你为什么压力大？说说看！

陈老师　说来话长！

（唱）尽职责无怨尤安分守己，
我本是向阳中学一老师。
一日与学生校园过，
一把雨伞惹话题。

〔侍者甲自屏风后拿伞出，已换了学生服装，随陈老师唱词与陈老师一起做各种动作。

陈老师　（唱）学生为我把伞打，
路人说我将学生欺。
学生自己把伞打，
路人责我不会教孩子。
我为学生把伞打，
路人说伦常颠倒太稀奇。
我自己单独把伞打，
路人骂不顾学生太自私。
我一气收伞任雨淋，
路人笑笨学生遇到笨老师。
我一急和学生共撑伞，

路人嘲做秀做到了法兰西。
贴子上网纷纷议，
惊动教育局开会研讨这师生如何打伞的大难题！

老　王　（大笑）简直莫名其妙。来来，边打牌边聊，更有“疗效”。陈老师，你以前上学的时候经常考试吧？

〔侍者甲退入屏风后。

陈老师　（奇怪）是啊。

老　王　（发牌）有没有考砸了的时候？

陈老师　（笑笑）有啊，当时又怕家长知道又怕面对同学，就跟到了世界末日一样。

老　王　现在再回头看呢？

陈老师　那算什么事啊，多少年前……（悟）你的意思是？

老　王　你现在就好比以前考砸了的时候，眼下觉得严重，长远了想想有什么了不起？一辈子磕磕绊绊难免，只要跳得出来就都不是个事。

陈老师　（一震）有道理！（感激地）老王你脾气好又有头脑，怎么到这个地方工作的？

老　王　我老婆得了慢性病，儿子还在上大学，我又被服务了二十年的公司裁掉了……

陈老师　为什么？业务不精？

老　王　一级技工。

陈老师　人缘不好？

老　王　同事家的宠物都喜欢我。

陈老师　那怎么会……

老　王　（勾起心事，深深叹息）唉，技术拼不过计策，钻研比不过钻营。（心烦，扯下写有“减压”二字的帽子往桌上一扔）

陈老师　（同情，不知不觉调换角色）具体情况说给我听听呢，放松心情，减轻压力。（下意识把老王的帽子戴上）

老　王　（看看手上的牌，出了一张）

（唱）小王一出大王到，

夹在中间如深沟……

陈老师　（出牌，理解地唱）

你想说顺得哥情失嫂意，

进退两难直挠头？

会不会是你自己太敏感，

哪有这许多恩仇？

电视书籍负能量，

灌输阴谋与阳谋。

老　王　（点头站起，放下牌唱）

就算双王全在手，

未必就能很顺溜。

陈老师　（站起，放下牌唱）

你想说倘若小牌零零碎，

纵有双王也难无忧？

你不知小牌再顺亦无用，

缺了大牌仍滞留。

团队确需好领袖，

上下齐心奔前头。

老　王　（站起，唱）

同事手段老辣我不及，

输得我浑身冷嗖嗖。

陈老师　（唱）再会记牌会出牌，

不及好牌能把底兜。

老　王　（唱）辛苦做出点起色，
　　　　　　　　早有人做弊把牌偷。
陈老师　（唱）再会计算会“厚黑”，
　　　　　　　　实力还是决胜筹！
老　王　（唱）我守规则他不守，
陈老师　（唱）你有原则他付东流。
老　王　（有所悟，唱）
　　　　　　　　我看似吃亏实受益？
陈老师　（点头，唱）
　　　　　　　　他似占便宜身难抽。
老　王　（释然，唱）
　　　　　　　　业务过硬
陈老师　（唱）腰杆直，
老　王　（唱）内心强大
陈老师　（唱）不发愁。
陈老师　（唱）人活一世不就图个堂堂正正响响亮亮洒脱自在逍遥
老　王　游？

〔以下乐声中二人对话。

老　王　（欣然而笑，忽醒悟，站起）这到底是谁在帮谁减压啊？
陈老师　（亦醒悟，不好意思地站起）真是的，我倒忘了我是来减压的了……（突发奇想）你觉不觉得，我们每个人都既是客人又是客服，既能帮人又要人帮？只不过现在好多人都只顾自己，对他人只言片语的安慰也难得。老王你别灰心，像你劝我的话，这辈子磕磕绊绊多了，只要跳得出来就都不是个事。
老　王　（动容）陈老师，谢谢你！（从陈老师头上拿下帽子搁到一边）

〔陈老师这才注意到，不由失笑。

〔二侍者从屏风后出。

侍者甲 （慌张地）不好了不好了，网友举报我们非法经营，马上就有人来查封！陈老师你还是快走吧。

陈老师 我本来就准备走了。

侍者乙 （对老王）你也不能再干下去了。

老　王 我本来就准备辞职了。

〔二人默契一笑，下。

二侍者 （齐摸头）什么情况？

〔汽车声传来。二侍者狼狈急下。

〔光渐切。

〔幕后伴唱：

一段小插曲，
有笑也有愁。
莫道荒唐言，
滋味此中留。

小越剧

觅　渡

时间：七夕之夜。

地点：觅渡桥头。

人物：云静，女，三十二岁，外来创业者。

何青，女，三十岁，报社记者。

水灵，女，二十八岁，公司会计。

〔觅渡桥边，杨柳依依。

〔树下两张石凳，隔着三个各自手执玫瑰的女人。

〔幕后伴唱：

七夕之夜影双双，
觅渡桥边柳丝扬；
觅渡觅渡觅何渡？
人生渡口在何方——

何　青　（唱）又见觅渡波荡漾，
曾流走多少好时光？

水　灵　（唱）又见觅渡心惆怅，
谁解水灵我心中伤？

云　静　（唱）又见觅渡神惚恍，
谁知云静我心事藏？

何　青　（唱）人生就该向前闯，

水　灵　（唱）此生再难笑脸扬；

云　静　（唱）五味尝尽迎希望，

三　人　（唱）微信群互慰互携诉衷肠！
七夕觅渡来相聚，
风雨丽人姐妹相约人生渡口再起航。

〔水灵走到一边等待。何青、云静互相走近。

何　青　云静姐，还是我们先到！

云　静　（笑）你这假小子，永远风风火火的。你可记得，我们“风雨丽人”微信群三姐妹第一次见面时，你毛里毛躁直来直去，险些把水灵妹妹吓着了？

何　青　（笑）什么时候的事了，还翻旧账呀？要我说，直来直去有直来直去的好处，今天我们就治重病用猛药，把真相告诉她！

云　静　（担忧）我有点担心这真相她接受不了……

何　青　她早晚要知道，一年前她失恋受挫，投水自尽，救了她性命却失去了自己性命的人就是……

云　静　不要再说了！

何　青　（恳求）云静姐，她要是再这样消极任性自我糟践，你们就是白白牺牲！

云　静　（愣）这……

〔水灵发现二人，走来。

水　灵　云静姐，何青姐。

云　静　水灵？你来啦？（向何青示意）

何　青　（反应过来，忙）哈，记者何青、果园老板云静，祝我们的会计师水灵姑娘节日快乐！

水　灵　（于石凳上坐下）我的心早已死了，只剩下一副皮囊，哪里还有什么快乐？

何　青　（急）又来了！又来了！看你这副不死不活的模样，我就恨不得弄你一巴掌！

云　静　何青！（缓和气氛）你这个炮筒子脾气，哪里像是苏州人？人家都说苏州女人连吵架都好听……

何　青　（没好气地）那是因为他们不认识我。

云　静　（扑哧一笑）你呀，就是嘴硬心软。也不知道是谁成天在背后说，一定要帮水灵驱除心魔？

何　青　哼，那是我太乐观了。（看水灵）为她这种提不起放不下成天沉迷过去的人，不值得！

水　灵　（受刺激）我提不起放不下？我沉迷过去？你们活得顺顺当当快快活活，当然不知道什么叫曾经沧海，什么叫刻骨铭心！

何　青　顺顺当当快快活活？你知道云静……

云　静　（急阻）何青！（转对水灵，淡淡笑着）我没有你们有文化，我不懂曾经沧海，刻骨铭心，可是妹子，我知道人活着要向前看，往前走。

水　灵　走？往哪里走？

（唱）我与他青梅竹马两无猜，
　　我与他同上大学整四载；
　　幸福的生活同描绘，
　　觅渡桥情定画未来；
　　电梯坠毁成噩梦，
　　平地风云遭祸灾；
　　一年来此身虽在魂不在呀，
　　苟活于世徒悲哀。（泣）

云　静　他走了，回不来了，你活着，就要好好地活，不要让他失望……

水　灵　（喊）站着说话不腰疼，你哪里体会得到我的心情！

何　青　住口！不许你这样对云静说话！

水　灵　（吃惊）好，好，我连累你们了，谢谢你们这几个月对我的关心，我退群！（拔腿就跑）

云　静　水灵！

何　青　等等！

〔水灵止步。

何　青　等我把话说清楚，你要退群随便你！

云　静　何青，我来说！

何　青　不让我竹筒倒豆子我会憋死的！水灵！

（唱）你一年之前受重创，

投水自尽险酿祸殃。

陕西小伙为救你，

不幸自己溺水亡。

你可知云静就是他遗孀？

你可知那时她刚刚做新娘？

你怎能自暴自弃负期望？

你怎能口出利语将她伤！

水　灵　（大惊，对云静）什么？你就是……

〔云静含泪点头。

何　青　她就是程新的爱人，她老公程新就是为了下水救你而牺牲的人！那时他们结婚才一个月，从陕西来苏州才半个月，分离却是整整一生！

水　灵　（震动）云静姐，你怎么不早点告诉我？（哭）

云　静　（唱）只怕你一旦知真相，

又把这新的枷锁扛。

水　灵　（唱）只说这伤心之地我心碎，

怎知你生离死别隔阴阳！

云　静　（唱）“风雨丽人”含深意，

姐妹同把滋味尝！

水　灵　（唱）亏欠姐姐一条命，

水灵今生永难偿！

（哭）云静姐，对不起，对不起！（欲跪）

云　静　（一把扶住）水灵！

〔二人流泪相拥。

云 静 我理解你的痛苦，刚失去程新时，我也消沉过，放弃过，是善良热心的苏州人帮助了我，社区听说了程新的事，又听说我们从陕西来到苏州是以打理果园为生，就让媒体发动单位和市民来买我家苹果。我就是那时认识了热心的记者何青……

何 青 云静姐……

云 静 看着一张张订单，一封封邮件，一个个笑脸，我慢慢、慢慢地缓过来了。我想，我要为程新，为那些好心人，好好地活着……（哽咽，对水灵）所以呀妹子，你也要好好地活，明白吗？

水 灵 （哭着）姐姐！

何 青 我们在微信里发现了你，知道你就是程新大哥救的人，云静姐就和我商量建了“风雨丽人”微信群。看你一直沉溺在负面情绪里，怕你七夕在家胡思乱想，云静姐说约你出来过节，我劝她干脆当面锣对面鼓，说出一切，打开你的心结！

水 灵 （拭泪）对不起，我不争气，让你们操心了。云静姐，你放心，以后我……要换一种活法。

何 青 （竖大拇指）哎，这还像句话！

云 静 今天约你还有一件事，我们想请你来帮忙。

水 灵 我，能帮忙？

云 静 我和何青以她们报社为依托，响应社区支援西部扶贫计划，把我陕西老家的苹果运过来卖。我还打算把程新见义勇为的奖金和我打理果园的收入拿出一部分，成立一个小小的慈善基金！

水 灵 （振奋）慈善基金？

云 静 对！

（唱）要把阴霾天空彻底照亮，
这基金就叫“一缕阳光”。
多少人与亲人生死别，
多少人遇急难倍凄惶；
基金为他们提供咨询，
基金为他们排遣悲伤，
基金为他们带去安慰，
基金助他们重新远航！
何记者宣传和推广，
水灵你财务是内行；
风雨丽人携手往前闯，
捧出爱心渡人渡己，

三　人　（唱）让古城温馨如三月暖阳！

何　青　（鼓掌）水灵终于重获新生，太好了！

水　灵　（不好意思）何青姐……

何　青　（故作神秘地）哎，我要告诉你们一个小秘密……

云、水　什么秘密？

何　青　今天下午，我第三次相亲又失败了，正好我们三个单身大龄女青年七夕夜约会！（大笑）

云　静　（忍俊不禁）你呀！

水　灵　你还笑得出来？

何　青　为什么不笑？也许第四次就有幸福等着我。

云　静　（开心地）对！为什么不笑？幸福就在前面等着我们！

〔幕后伴唱：
七夕之夜影双双，
觅渡桥边柳丝扬；

觅渡觅渡觅何渡？

人生渡口在前方！

〔三人造型。

〔光渐暗。

小扬剧

上　岸

时间：傍晚。

地点：江边，江中。

人物：陆主任，女，三十岁不到，社区主任。

老　江，男，三十多岁，货郎船主。

〔幕后老江与渔民对话声。

〔渔民：老江，老江——

〔老江气急败坏地：喊！喊魂呐！

〔渔民打趣：你急急忙忙的是怕陆主任找到你吧？

〔老江：你上你的岸，我行我的船，废话少说，闲事少管！

〔陆主任幕后唱："弃舟上岸成效显——"上。

陆主任　（接唱）江畔少见货郎船。

原先一排浮江面，

只余一艘犹迁延。

最后堡垒最难克，

终极"对手"最难缠。

今日我亲身来把利害讲，

定要将老江这头犟牛岸上牵。

〔老江上，弄船。

陆主任　请问这位大哥，这艘货郎船的船主到哪里去了？

老　江　（大大咧咧地）什么事？

陆主任　（观察他）我是社区主任，姓陆，找他聊聊天。

老　江　（一惊）不晓得老江到哪块去了，我是过路的。（欲走）

陆主任　过路的，怎么知道他姓江呢？

老　江　（又一惊）我住附近，是他好哥们儿，但是关系再好，也不能把他拴在我裤腰带上哎。（见陆主任看船）这个船是他借给我用用的。

陆主任　太好了。这位大哥，我听说他江心小岛上有几个朋友，经常去说说心事，喝喝小酒。岛上找人，十有八九，就麻烦你开着他违章停靠的货郎船陪我走一走。

老　江　（不服气）违章停靠？（双手叉腰）凭什么说人家违章？凭什么？

陆主任　一有外国货轮停泊，他就非法卖菜卖酒卖生活用品；没有《登轮证》就敢挂靠，不仅违章，还违法呢。

老　江　这个……

（唱）她明显来者意不善，
　　　句句到位我心发寒。

陆主任　（唱）他明显心虚又胆战，
　　　神色慌张掩饰难。

老　江　（唱）江上浪大你受不了，
　　　吐得你肠搅胃也翻。

陆主任　（再次欲上船，笑唱）若有问题不怨你，
　　　出了事情我自承担。

〔陆主任上船状。

陆主任　（笑，催）我已经上船了，你倒是快开呀！

老　江　（上船状）哼，你可坐稳了啊！

〔老江故意把船开得东倒西歪。陆主任调整着身体。二人戏曲身段。

老　江　（得意地）我说江上风浪大吧？吃得消吗？

陆主任　（笑）我16岁玩过山车，20岁攀岩，30岁生日学会了蹦极，你说吃不吃得消？

老　江　（赌气罢手）原来是个运动健将！

陆主任　（笑着掠掠头发）哎，这位大哥，你跟老江是好朋友，为什么

不劝他弃舟上岸?

老　江　上岸，吃什么喝什么?

陆主任　我们会帮他善后呀。

老　江　（嗤之以鼻）善后? 上回来的王主任也是这么说，结果把我……（捂嘴）

陆主任　把你……

老　江　把我老江兄弟骗上岸去种葡萄，又不找人教他技术。一个开船的种水果，专业完全不对口。后来上级来检查扶贫情况，王主任就把老江拉去在葡萄架子前面拍了个照，采了个访，从此撒手不管。老江是没办法才又回船上去的。你说这种干部，老百姓还能信任吗?

陆主任　（诚恳地）我不搞形式主义。你帮我劝劝你的朋友，再信我们一次。

老　江　（没好气地一指）江心小岛到了，你找你的人，我回我的家。（推陆主任上岸）

陆主任　（轻盈躲开，踏上岸边）我根本不想上岛……

老　江　那你非要上船?

陆主任　（笑）我是怕在岸上你说不了三句就跑了，才把你引到这货郎船上。

老　江　一个比一个套路深，没得几个是好人！（坐到石头上）

陆主任　哎，你记不记得，以前有一艘货郎船，两口子为了给外轮卖啤酒，被漩涡打翻，最后人没捞到，只捞上来几件衣服！

〔老江一抖。

陆主任　你又记不记得，另一位船主也出了事故，命拣回来了，可胳膊少了一条……

老　江　（颤声）脚掌切掉一块！

陆主任 你要是真为老江着想，就不该让他拿命冒险！

老　江 （一拍腿）老江的难处你哪里懂啊！

（唱）想当初千里迢迢跨过省，

异地生活难扎根。

没奈何正当职业无处寻，

迫不得已甘沉沦。

这条船为他遮风挡雨，

这条船让他能够生存，

这条船有他十年回忆，

他不忍说走就走从此与船两离分！

陆主任 （动容）我明白！可是……江上生活害处多，他壮年得了关节炎，每逢阴雨发作，疼得直哼；船上生活太危险，到现在没人敢嫁，还是单身一人……

老　江 （心酸）没想到你对他这么了解……

陆主任 （从包中拿出药来）呐，驱风湿的膏药和胶囊，你转交老江，有时间我再陪他到正规医院好好看看他的关节炎。

老　江 （接过，感动）这怎么好意思……

陆主任 三十几岁的人五十几岁的身体，要当心呢。（递过药去）

老　江 （颤颤接过，哽咽）我……我代老江谢谢你……

陆主任 关节炎关节炎，现在，他也到了人生的关节点啦，就看他能不能把握住了！

老　江 （一震）陆主任，不瞒你说，我，就是老江！（抱头蹲下）

陆主任 你终于肯承认啦！（扶）江大哥——

（唱）你身世坎坷家中贫困，

说到扶贫不帮扶你帮谁人？

煌煌“中国梦”个个有一份，

春雨阳光终需洒落泥尘。

我深知，
你的为难，你的处境，
一片两片白发，
三更四更泪痕。
偏只能，
五病六灾，咬牙强忍，
七磕八碰，苦苦支撑，
九霄云外，醉里梦魂。
自到社区做主任，
几番调研，几番颤震。
你的情况实不能再等，
劝你割爱，挥别前尘。
你如今，
局限小船，狭窄气闷，
何不上岸，畅快飞奔。
与其虚飘逐浪居，
何不去踏踏实实行路程。
从今后积极振奋，
一份工作，堂堂正正，
一个家庭，安安稳稳，
再无忧伤，再无困顿，
潇潇洒洒，笑对人生，
更盼那——
天下男女，尽开欢颜，
走上坦途，走向灿烂，
幸福指数，节节攀升，
风清日朗人如愿，

光耀满乾坤！

老　江　（激动）说得太好了！陆主任，其实种葡萄，也蛮好的……（害羞）

陆主任　（笑）我来之前都帮你安排好了，技术资金销售一条龙；过几天再到婚介所给你找个老婆！

老　江　真的啊？乖乖隆地咚！

〔画外音。渔民：韭菜炒大葱！

老　江　（笑啐）呸！

陆主任　老江，那你是待在船上，还是跟我——上岸啊？

老　江　（笑）上岸，走！

〔二人相对大笑。

〔乐声中二人做开船、乘船戏曲身段。

〔定格。

〔切光。

小锡剧

归 还

时间：清晨。

地点：公园。

人物：傅瑶，女，三十岁左右。

小李，男，二十多岁。

傅萍，女，三十岁不到。

〔光起。公园景色。一张石椅，花娇树翠，鸟鸣幽幽。

〔傅瑶焦急地坐在石椅上。

傅　瑶　（唱）丧魂落魄三昼夜，
犹如整整过三年。
他不幸牺牲在武汉，
我手机丢失在公园。
手机遗落事非小，
内存仲杰临终言。
屋漏偏逢连阴雨，
伤痛之余焦虑添！

〔傅萍边喊边上：姐——

傅　瑶　傅萍？

傅　萍　到处找你找不到，就知道你肯定又在这里……（顿住）

傅　瑶　（轻声）这是我跟他第一次见面的地方……

傅　萍　姐，不要难过，手机肯定能找到。

傅　瑶　你怎么知道？

傅　萍　（得意地）我把你手机失窃的事发上网了！

傅　瑶　（惊）啊？

傅　萍　借网络的力量，看那个小偷往哪里躲！

傅　瑶　（不安）说不定是我心神不定，自己丢了手机……

傅　萍　那他也不该见财起意！三天了，你打了多少电话他都不接，姐，你就别心软了！

（唱）姐夫英魂留战场，
　　你痛失爱侣实堪伤。
　　临终遗言一朝失，
　　好似雪上又加霜。
　　来龙去脉发上网，
　　群情涌动意气昂。
　　人肉搜索不放过，
　　管叫他无所遁形奉还手机把该担的罪责扛。

〔演唱中，傅瑶迅速上网察看。

傅　瑶　可昨晚我又打了电话，他接了！我告诉他，我手机里有重要的东西，只要他还我手机，我绝对不会举报他，还可以给他钱。

傅　萍　（急）你这是向恶势力低头，助长歪风邪气！

傅　瑶　（也急了）他已经答应到这里还我手机，你这网上一炒，他想来也不敢来了呀！

傅　萍　这……（忽然发现）哎？你看，那边有人过来了！会不会就是……

〔二人一起向左边看去。

傅　瑶　（唱）花丛之侧现身影，
　　步履匆匆中年人。
　　激动伤感又忐忑，
　　我且先自报家门。
　　满怀希望迎上去……（上前）

傅　萍　哎呀，过去了过去了！不是他！

傅　瑶　（唱）真好似劈头冷水浇一盆！

傅　萍　姐，别着急，再等等。

傅　瑶　我就怕他看到网上的东西……

傅　萍　（又发现）哎，那边有人过来了！

〔二人一起看向右方。

傅　瑶　（担忧）但愿是他……

傅　萍　（唱）喷泉之畔步迟钝，
老者蹒跚脚沉沉。
专业碰瓷稳准狠，
谈判难度加十分。
满怀斗志迎上去——

傅　瑶　（失望）过去了，又不是……

傅　萍　（唱）难道说真为胆怯怕现身？

傅　瑶　那人多半知道风险，不敢来了……

傅　萍　（明显不自信）或许……或许他财迷心窍，愿意冒险……

傅　瑶　（沉吟）会不会人家看我这边有两个人，怕有陷阱？

傅　萍　要不，我回避一下？

傅　瑶　（紧张地）哎，前边来人了！

〔二人紧张地看向前方。

傅　瑶　（唱）林荫小道一青年，
瞻前顾后谨慎行。

傅　萍　（唱）帽子口罩加眼镜，
遮遮掩掩怕见人。

〔姐妹对视，一振。

二　人　（唱）打起精神迎上去，
管它机率有几成。

傅　萍　姐，我赶紧回避。万一真是他，看到多个人，怀疑你给他挖坑。

傅　瑶　（看着林荫道方向）也好！

〔傅萍下。

〔小李上，裹得严严实实。

〔傅瑶观察小李，小李也借余光看傅瑶。

傅　瑶　（试探地）请问你是不是……

小　李　你……是傅瑶？

傅　瑶　是，是！你是小李？

〔小李迟疑地点点头。

傅　瑶　（激动）太好了，你终于来了！

小　李　（不安地）我，我来还手机……

傅　瑶　（拿钱）我准备好现金了……

小　李　（退开一步）不，我不要钱。

傅　瑶　（意外）不要钱？

小　李　（羞愧）对不起，那天看到你落下手机，我一时糊涂……可你爱人是英雄。我要是跟你提钱，我还算个人吗？

傅　瑶　你？你怎么知道我爱人？

小　李　（结结巴巴）我……我破解了手机密码，看到了刘医生给你的留言……

〔傅萍忍不住冲上。

傅　萍　喂，你怎么能侵犯人家隐私？

小　李　（惊）你是……

傅　瑶　（忙）不要紧张，这是我妹妹傅萍。

小　李　（心有余悸）你妹妹？！

〔傅萍手机响。

傅　萍　喂，小丽？网友锁定了几个目标？（瞄一眼小李忙住口）

小　李　（取下眼镜、口罩）我知道，网友正在人肉我，点赞最多的一条跟帖说：这个小偷连英雄的手机都不放过，人面兽心，千夫所指，不得好死，必须把他公之于众。

傅　瑶　你……都看到了？

傅　萍　贴子是我发上网的，跟我姐毫无关系！

小　李　（苦笑）现在……无所谓了。

傅　瑶　那……（不解）你既然知道有风险，为什么还来？你又不是为了钱。

小　李　手机不还，我这一辈子会吃不下饭，睡不着觉啊！

（唱）也曾想躲在家中图侥幸，
终究是辗转反侧汗淋淋。
险将手机二手卖，
看到遗言暗暗惊。
英雄姓刘名仲杰，
报上见过他大名。
义无反顾赴前线，
为国主动去请缨。
有情有义真勇士，
顺手牵羊我罪不轻！
若网友将我来举报，
自作自受承担后果我也甘心！

傅　瑶　（感动）小李，谢谢你。

小　李　（意外）你不怪我？

傅　瑶　（真诚地）我要由衷地感谢你。

小 李 （感愧）你这样，我更加羞愧！给，你的手机！（双手捧上）

傅 瑶 （颤抖着接过手机，流泪）仲杰，你终于回到我身边了！

（唱）百感交集热泪涌，
如获至宝握手中。
得而复失这手机，
日日夜夜牵魂梦。
小李啊，
幸得你解我困窘，
免我回忆尽成空。
姐有一番肺腑言，
字字句句发由衷：
你一时不慎生贪念，
及时回头悔盈胸。
明知危险仍出现，
足见善意已复萌。
问世间芸芸众生，
谁天生就把礼义通？
谁从不动摇不犯错，
谁一世坚定始至终？
但盼得，
人心也如这身躯，
良药去病健如龙。
再多磨难再多痛，
挺过风雨见彩虹，
顶天立地展身心，
举步向前更从容！

小　李　（感愧交集）我明白！谢谢你！

傅　萍　（对小李）你不要担心，网上一阵风就过去了……

小　李　网上过去了，但心里不能让它过去。我会永远记得今天！（深深一躬）

傅　瑶　（扶）小李！

〔小李转身，在一束追光中慢慢走下。姐妹俩目送他离开。

〔定格。

〔光渐暗。

小京剧

主　角

时间：放学后。

地点：小剧场。

人物：杨云燕，女，四年级学生。

张老师，女，小京班老师。

徐　丽，女，五年级学生。

江小玲，女，四年级学生。

向　超，男，五年级学生。

五个扮演龙套的同学，男女均可，简称甲乙丙丁戊。

〔幕启时为小剧场布置，有两把椅子。

〔杨云燕、徐丽、江小玲、向超随着戏曲旋律有的练嗓子、身段，有的练台步、刀枪。

〔音乐止。

向　超　哎哎，大家伙儿休息一下吧，这一练都练了一个多小时啦。

徐　丽　呀，只顾排练，没注意时间，怪不得浑身又酸又痛。

江小玲　（温柔地）徐丽，来，我帮你捏捏。

徐　丽　（笑）还是江小玲最好。

〔江小玲帮徐丽捏肩。向超忽然对二人打个手势，指指杨云燕。

〔杨云燕轻声哼唱，碎步圆场。

向　超　（笑）杨大小姐走火入魔了。

徐　丽　（佩服地）要不怎么能是我们“小京班”的当家花旦呢？

江小玲　（羡慕地）杨云燕最棒了。同样的念白，她说得就比我漂亮；同样的唱词，她唱得跟我不一样。

向　超　（压低嗓子）哎，你们看她这状态，是不是有点过了？是不是有点奇怪？

众龙套　真的太拼了，真的很奇怪！

杨云燕　（在另一边，唱）

听众人那边纷纷说奇怪，
云燕我眼皮都不抬一抬。
算一算戏曲交流时间好紧，
谁有功夫释疑猜？

一折《穆桂英挂帅》，
放在了最后用来压台。
若不能大放光彩，
我必然终生遗憾满怀！

〔江小玲走过去轻拉了拉杨云燕。

杨云燕 啊？怎么了？

江小玲 你歇会儿吧，张老师叫我们有张有弛。

杨云燕 张老师还叫我们拼尽全力呢！这次跟日本小学戏曲交流，咱们的京剧可不能被他们的能剧比下去！

〔江小玲不敢再说。

向　超 （对杨云燕）你呀，就是好胜心太强……

杨云燕 不是……

向　超 那为什么这么拼命？

杨云燕 不告诉你。

向　超 嘁，不说拉倒！

〔杨云燕回身练了两个动作，突然一声痛呼，坐在地上。
〔五个龙套围上，七嘴八舌。

龙套甲 怎么了怎么了？

龙套乙 好像扭了脚。

龙套丙 我的天，这一时半刻好不了啊！

龙套丁 关键时刻掉链子！

龙套戊 她可是主角呀！

〔杨云燕勉强想站起，再次坐倒。徐丽、江小玲忙一边一个把她架起来。

向　超　（生气又着急）叫你休息你不听，出事了吧？

杨云燕　我没事，我……我还能上！

向　超　演《八仙过海》你倒能上，演铁拐李。

〔众龙套笑。

〔徐丽瞪了他们一眼，五人忍笑互扮鬼脸。

徐　丽　现在不是开玩笑的时候，我们的演出可怎么办呐？

向　超　怎么办？凉拌，砸了锅啦。

杨云燕　呸，你才砸锅。我明天就能好！（触到伤处）哎哟！

江小玲　（低头看）哎呀，都肿了！

向　超　（也俯头去看）这好有一比了。

龙套甲　比从何来？

向　超　活像个发面馒头！

杨云燕　你们……幸灾乐祸！

向　超　（正色）不是我们要笑你，是你这样子肯定参加不了三天后的交流演出。你只能演演站在后面不大走动的龙套。

杨云燕　（骄傲地）我演龙套，你们谁能演主角？

向　超　主角嘛……（指指江小玲）只能是B角江小玲了。

江小玲　（又惊又忧又喜）我？

杨云燕　不行！

向　超　怎么不行？

杨云燕　她没演过主角！

向　超　谁也不是天生会演主角，你多教教她，给她突击辅导一下。

杨云燕　想得美！反正就是不行！

向　超　（生气）你太自私了！

（数板）自己大意扭了脚，
不肯让贤还发飙。

杨云燕　（数板）小玲从来是B角，
匆匆换上根不牢。

向　超　（数板）就你心高又气傲，
团队精神尽数抛。

杨云燕　（数板）我的心事你怎知道，
犯不着跟你絮叨叨。

向　超　（数板）你到底让是不让？

徐　丽　（数板）有话好说声别高。

江小玲　（数板）句句惊魂像火药，

杨云燕　（数板）字字锥心志不摇！

向　超　你太没集体观念了！

徐　丽　杨云燕，你的脚伤得挺严重，"穆桂英"又是武戏……

杨云燕　（求援似的看江小玲）江小玲，你说呢？

江小玲　我……我帮理不帮亲。（低头）

杨云燕　（冷笑）我看你是想趁机做主角！

〔江小玲一愣，哭着坐到一边。众龙套忙过去安慰。
〔徐丽摇摇头，悄悄下。

向　超　别说江小玲不是你说得那样，就算她想当主角又有什么不对？舞台又不是你们家的！

众龙套　就是！

向　超　为你一个人耽误一折戏，你就不亏心吗？

〔杨云燕不理，一瘸一拐找把椅子坐下。
〔江小玲见状，擦擦泪过去欲劝。杨云燕气鼓鼓转过身去。江小玲僵住。

〔袁老师、徐丽急上。

向　超　（惊讶）袁老师……（把徐丽拉到一边）你喊老师来的？

徐　丽　（小声）谁叫你们越吵越凶？

向　超　（小声）多事。

袁老师　（走过去摁住杨云燕）别动，老师给你擦药油。

杨云燕　谢谢老师。

袁老师　（边擦边说）伤是小伤，但三天内很难好。为了保证演出顺利，确实需要换人。

杨云燕　（急）我能坚持！

袁老师　（看着她）老师知道你心气儿高，可也知道你平时并不是不明事理。这次为什么这么固执，能把原因告诉我吗？

杨云燕　（轻声）我不想说，心里会痛。

袁老师　如果不说心会更痛。相信老师，所有的心事没说的时候是心事，说出来就成了往事，再回头已经是故事。（抚摸杨云燕头发，柔声）到底什么原因？

杨云燕　（忍痛站起，含泪）袁老师，我家有位太婆婆，从小最疼爱我。我去年忽然高烧四十度，她一整夜守在床前给我喂药、敷冰袋，可是……

袁老师　可是怎样？

杨云燕　袁、老、师！

（唱）熬到天亮我退烧，

她却倒地无脉搏。

我和爸妈嗓子都喊破，

一声声呼唤泪滂沱。

千呼万唤唤不回转，

万语千言也无从说，
从此世上再没有，
我白发慈祥的太婆婆！

〔抒情的戏曲旋律中杨云燕念白。

（白）袁老师，一个人活到九十岁了，怎么说离开就离开了呢？一个那么爱我疼我的亲人怎么说不见就不见了呢？她房间里的奖状、奖章、证件明明都在，怎么人就不在了呢？（痛哭）

〔众同学拭泪。

袁老师 （心疼地搂住杨云燕）老师懂了，是你太婆婆生前爱听《穆桂英挂帅》，是不是？

杨云燕 （哭着点头）妈妈说，太婆婆以前是新四军，年轻时最喜欢听的就是英姿飒爽、抵抗外敌的“穆桂英”。三天后是太婆婆去世一周年，我就想无论如何要演好这出戏给她看的，谁知道……（抽泣）

向　超 杨云燕，对不起，我刚才太过分了。

杨云燕 （脱出袁老师的怀抱，哽咽）不，应该我向你们，特别是向江小玲道歉，是我脾气不好。

徐　丽 （过去和袁老师一起把杨云燕扶到椅子上）杨云燕，你放心，太婆婆不会因为你受伤没演主角就失望的。我天分没你们好，进社团以来一直演配角，只要戏排得好，我就像自己演了主角一样高兴，爸爸妈妈也逢人就夸我。

袁老师 徐丽说得对，一出戏能够演得好，主角配角都重要。就好比你太婆婆他们能够革命成功，也是不讲个人英雄主义，甘于奉献，勇于牺牲。云燕啊——

（唱）中华美德讲谦让，
后退也能向前方。
不是主角又何妨，
集体强才真的强。

徐　丽　（唱）太婆婆是老革命见多识广，

向　超　（唱）自有那不凡胸襟和眼光。

江小玲　（唱）云燕你成全他人获成长，

杨云燕　（唱）她定会满面含笑在天堂！

（白）袁老师，同学们，我明白了！江小玲，我马上就给你讲我的表演心得，你一定要把穆桂英演好啊！

江小玲　（感动地）哎！我保证！

〔锣鼓起，众人《穆桂英挂帅》造型。

〔江小玲上前亮相，杨云燕退向后方，与众龙套站成一排。

〔戏曲音乐中光切，只余一束追光打在杨云燕身上。她站得笔直，满脸肃穆，认真投入。

〔杨云燕画外音：太婆婆，您在天之灵，看到了吗？

〔乐声中光渐切。

小音乐剧

小音乐剧

思　归

时间：随剧情而变。

地点：随剧情而变。

人物：李　琳，女，三十岁，老师。

杨小波，男，三十岁不到，打工者。

李　父，男，六十岁出头。

李　母，女，六十岁左右。

刘　丽，女，三十多岁，咖啡屋主。

黄　旭，男，三十多岁，程序员。

街市行人若干。

〔暗场中响起神秘的“嗒嗒嗒嗒”的键盘敲击声，继而音乐化入——

〔音乐声中启光：咖啡屋，置有两张客座小桌；背景大屏上是一杯香气飘逸的咖啡，飘逸的香气缭绕出“恐归”两个颇具艺术感的美术字。

〔靠边的一张客座面对面坐着李父李母老两口。他们戴着帽子，戴着口罩，一言不发，加上光线较暗，看不清面目，几乎引不起人的注意。特写光照着另一张空无一人的客座。

〔台口一群各式人等舞蹈，有拿包的、刷手机的、接电话的、小两口勾肩搭背的，一幅社会众生图。

众　人　（唱）街市上人来人往，
或愉悦亦或忧伤。
刹那间众生登场，
满大街咖啡飘香。

〔伴唱间，李琳、黄旭随着人群上，相互寻找到彼此，踩着节拍走进咖啡厅。

〔咖啡屋主刘丽上，做了个“请”的手势。

〔刘丽陪同李琳、黄旭走向空着的那张客座桌子。

〔音乐变奏——

李　琳　（唱）走下讲台，来到这里，

黄　旭　（唱）放下编程，且喘口气，

刘　丽　（唱）欢迎光临，我的主场，

三　人　（齐）今日小聚会，商议大问题。

〔乐止。

〔其间，杨小波端着托盘，为客服务。

李　琳　（面向背景墙念）“恐归”！这字缭绕得好，活脱脱我们“恐归”族的九曲回肠！

刘　丽　情有所发嘛。这位设计者是我的闺蜜，也是一位资深的“恐归族”。

杨小波　（边摆弄咖啡边好奇地）“恐归族”？

刘　丽　你新出来打工不知道，“恐归族”就是没结婚而被老家的父母拼命催婚……

李　琳　（接话头）一到节假日就不敢回家的城市青年。

杨小波　（自语）还有不敢回家的？

黄　旭　咱们不仅有微信群，还经常聚会减压……

杨小波　（对刘丽）老板，您也是……

刘　丽　（点头）没错，“恐归族”！

〔乐起。

刘　丽　（唱）恐归！恐归！

五味杂陈诉与谁？

女人啊，三十尚是花中蕊，

没奈何，在爸妈眼中已脱了水。

爸焦虑，妈着急，

恨不得乘龙快婿从天坠。

李　琳　可不是吗？

〔隔桌的李父、李母突发一阵呛咳。

〔众人向他们瞟了一眼，并未理会。

刘　丽　说吧李琳，今天你约我和黄旭，又想解决什么问题啊？

李　琳　唉！

（唱）国庆长假年年有，
回家、探亲，好事变成了万斛愁。
咖啡香里宜思构，
来找刘丽你帮我解烦忧。

刘　丽　（接唱）去年你请黄旭充男友，
也是在咖啡香里把计谋。

黄　旭　（接唱）不用问，我的表演没纰漏，

刘　丽　（接唱）没说你不给力，
只是这次又该如何来筹谋？

黄　旭　打开电脑搜一搜，答案自然有！爸妈问假期为什么不回来？

刘　丽　（唱）百度说气候反复感了冒，
知乎说工作繁重添烦忧，
360告诉我们，
男友升级为未婚夫，
要到准公婆家走一走。

李　琳　（鼓掌，唱）这个创意实在妙，
笑不休，真的笑不休！

〔一边的李父李母霍地站起，走到李琳一桌人面前。众愣。

刘　丽　两位是？

〔李父、李母一把拉下口罩。

李　琳　（惊诧）爸！妈！

李　父　接着笑啊！上次就觉得情况不对了，不突击检查一下还真不知道你们叫什么“恐归族”！

李　母　去年过年回家，你说（看向黄旭）他是你男朋友……

黄　旭　阿姨好，我叫男朋友，不不，我叫黄旭……

李　母　还给我们看照片，一张张地秀恩爱……

李　琳　那怎么是秀，是真……（拉拽黄旭）过来呀你！

黄　旭　（往后缩）是……

李　父　是个骗局！

李　琳　（嘀咕）那不是怕你们……

李　父　怕？你们是怎么看你们父母的！

（唱）瞒瞒瞒，骗骗骗，
隔阂猜疑藏心间！
还以为父母是老封建？
新中国建立都已七十年。
多少新理念，
多少新锐观，
老爸老妈也随时代在改变，
看得懂你们这代新青年！

年轻人　（接唱）我们这一代，
多少无奈苦，多少拼搏难。

黄　旭　（接唱）我是年轻的程序员，
总想着立业应在成家先。

刘　丽　（接唱）我经营着这间咖啡馆，
喜欢的就是自由自在无绊牵。

李　琳　（接唱）我一心想到山区去支教，
见不得，山里的孩子求学难。

李　母　（意外）支教？你怎么不早说？

〔以下母女争执，杨小波急得两边劝却白费力气。

李　琳　早说迟说有分别吗？你们总喜欢规划我要走的路！
李　母　那是怕你走弯路！
李　琳　你怎么知道不是我追求理想的路？
李　母　你怎么知道我和你爸就一定不会支持你走这条路？
李　琳　就您现在这个态度我就知道绝不可能支持！（背过脸）
李　母　你……（气得发抖）

〔画外唱：没法沟通，没法沟通，
　　　　　这个世界难沟通。

李　父　（唱）疼她怜她生养她，
李　母　（唱）把心操碎也无用！

〔画外唱：没法沟通，没法沟通，
　　　　　这个世界难沟通。

李　琳
黄　旭　（唱）再苦再累再拼命，
刘　丽　父母永远不认同！

〔画外唱：两代之间关山重，
　　　　　一条鸿沟无形中！
〔杨小波拦不住，忧急交加，哭了。
〔众愣。

刘　丽　杨小波，你哭什么呀？
杨小波　（哽咽）李琳姐，阿姨，你们不要吵了……

〔音乐起。

杨小波 请你们听我说说我打工前的事儿……

〔变光。

杨小波 那时候我是个“游戏少年”，不交朋友，不找工作，不谈恋爱。爸妈急坏了，天天叮嘱，周周催促，选了好日子让我和一个优秀的女孩子相亲。我随口答应，戴着耳机，玩着游戏，叫他们先去，我要打完这局。

〔突然一声刺耳的刹车声骤然响起。
〔惊雷，闪电。
〔一个女人的画外音：小波，你爸妈……

杨小波 （怔）爸，妈……（爆发）爸，妈——（痛心疾首）我再也不让你们着急上火，再也不让你们失望难过了，你们说我骂我管我，就是不能抛下我！我不想一个人啊！（蹲下抽泣）

〔忧伤的音乐起。

杨小波 （缓缓起身，唱）
那天的大雨，我永不能忘记。
家里的桌上，少了两套餐具。
从此再没人絮絮叨叨，
从此再没人喊我起床，催我休息。

李　琳 （领悟，唱）
每一个不耐烦的曾经，
都令人刻骨铭心！
每一个从前的日子，
都是无比珍贵的回忆！

刘　丽 （唱）那絮絮叨叨，

多么值得珍惜！

黄　旭　（唱）想起爸爸妈妈，

胸口涌起暖意。

李　母　（温柔地搂住杨小波）好孩子！

（唱）失去的已经失去，

人生的路终究要靠自己。

孩子们呐，你们是我们的亲人，

我们的愿望只有一个字——

李　父
李　母　"好"！（齐唱）盼着你们好是我们最大的期许！

李　母　（擦泪，对女儿）支教是好事，你如果想好了，就去吧！我和你爸爸……会祝福你的！

李　琳　妈！

（轻轻唱）往前走，父母故乡在后头。

祝福我，实现理想和追求。

往前走，牵挂关怀在后头，

祝福声，声声将我心弦叩。

祝福像，金色阳光一缕缕，

阴霾散，天空海阔飞沙鸥。

年轻人　（合唱）从此，我们不再恐归，不再恐归！

〔李琳与父母相视而笑。

李　琳　爸，妈，其实你们也不用担心我嫁不出去，这次一起去支教的一位男老师人不错，对我好像也……

李　母　（顿时喜悦）这个不是假的吧？

李　琳　（笑）要是真的志同道合，我不会让缘分错过。

李　父　（竖大拇指）漂亮！

杨小波 （故意）李琳姐，你不是“恐归族”吗？

李　琳 我们只是恐归，又不恐婚，更不恐爱。

黄　旭 就是，真爱来了，为什么要拒绝？

刘　丽 叔叔、阿姨，将来你们第一次见女婿，一定要在我的这间咖啡厅。

李　父
李　母 哎！

〔开场时的众行人上，载歌载舞。

众　人 （合唱）街市上人来人往，
　　　　或愉悦亦或忧伤。
　　　　让我们看见彼此，
　　　　让世界温馨回荡。

〔乐止，光收。

〔键盘敲击声中灯光复明——

〔舞台上只剩下李琳在追光下的小桌旁对着电脑工作。随着“嗒嗒嗒”的键盘敲击声，大屏的一台电脑屏幕上，出现“剧终”二字。

李　琳 （在电脑关机音乐声中站起，对观众）你们刚才看到的，是我写的一篇小说，今天终于完成了。要是现实也像我在小说里写得那么圆满，那么理想，该多好啊，您说是吗？

〔幕后：李琳老师，你爸妈从老家看你来啦！

李　琳 啊？！

〔猝然而起的几声钢琴敲击，混乱而仓促。

〔切光。

回　响

时间：当代，秋天的清晨/当年，战争岁月。

地点：当代的茅山山麓/当年的茅山某村。

人物：小　昊，男，十四岁，新四军某部小号手。

赵　鹏，现代男孩，二十岁左右，某歌舞团演员。

徐　杰，男，十八岁，新四军某部战士。

山　妹，女，十岁，茅山村村民。

连　长，男，四十多岁，新四军某部连长。

姜大嫂，女，五十岁，茅山村村民。

蒋薇薇，当代女孩，二十岁左右，赵鹏同事兼女友。

江　婷，女，二十岁左右，新四军某部战士。

刘　坤，男，三十多岁，茅山村村民。

歌舞团演员、新四军战士（由同一批演员饰演）。

〔光启。近处一棵老松，松下一块山石；不远处是小昊雕像。

〔众歌舞团演员上。

〔乐声中众演员合唱：

一尊雕像，巍巍然耸立，
向苍穹吹奏着一个传奇。
这传奇流传久远，
这传奇，播洒神秘，
播洒神秘！

〔赵鹏跑上。

蒋薇薇 赵鹏，等等我，我都追不上你了！你怎么了？

赵　鹏 采风采风，采完了风我不还是个配角？薇薇，我可是咱们团唱歌最棒的，我可以连续唱一上午都不觉得累！可为什么团长总让我演配角？我不服！

蒋薇薇 不管怎么样，在我心里你永远都是最棒的！

赵　鹏 薇薇，我多想——

（热烈地唱）给我一个舞台，
给我一片天地。
我要做镁光灯下的焦点，
不要当光圈外的绿叶毫无声息。
给我一个舞台，
给我一片天地。
我要用我的律动统领舞台，
让我的明星之梦由掌声托起！

〔众演员鼓掌。

〔一阵鞭炮声响，紧接着传来一阵隐隐军号声。

赵　鹏　（诧异地）军号？

蒋薇薇　哪儿来的军号声？

演员甲　想起来了，我曾听人说这是茅山的第五大奇观。

演员乙　对对，山下放鞭炮，山上响军号。（笑）

演员丙　这军号听着真让人振奋！

赵　鹏　（径自走近雕像看基座的铭文）薇薇，我想一个人呆会儿。

蒋薇薇　（欲言又止）那……好吧。

〔蒋薇薇与众人下，蒋薇薇犹自回头。

〔赵鹏靠着雕像坐下，入梦。

〔灯光渐朦胧，音乐转虚幻。

〔雕像伸展四肢，“活”了过来。

〔众新四军战士上场，配合歌声跳起了操练舞。

小　昊　（唱）花儿鲜红，叶儿透亮，

战士不负好辰光；

鸟儿啁啾，泉水叮当，

英姿飒爽练兵忙。

赵　鹏　（惊，一跃而起）这是……新四军？！

〔赵鹏退到后区，打量着众人。

连　长　（关切地）小昊，你回来了？情况怎么样？

小　昊　报告连长，我在城里探听到了确切情报，敌人会在后天进攻！

连　长　（欣慰）到那时我们的主力部队早已赶到！干得好！

小　昊　（摸着头笑）谢谢连长！

山　妹　小昊哥哥，把你的军号给我吹一下吧？就一下。

小　昊　那怎么行？（珍爱地）军号就是我的武器。

徐　杰　（笑）武器？要杀鬼子，靠的还是机枪，你呀，只是配合我们的。

小　昊　瞎说！连长说，每个岗位都有作用！

赵　鹏　（喃喃）每个岗位都有作用？

小　昊　号手是指挥员的传声筒！没有我，你们就不知道什么时候冲锋，什么时候撤退！

徐　杰　（逗他）连长是看你年纪小，在后面吹号安全，照顾你小孩子的。

〔山妹气得冲向徐杰，被徐杰甩开。

小　昊　（气极）山妹！

〔小昊冲向徐杰扭打。江婷、刘坤等人急忙过来拉住。

刘　坤　小昊，你怎么能打人呢？

江　婷　是徐杰先说小昊的。

连　长　阻击战还没打响，自己却先打起来了，害不害臊！

〔小昊、徐杰不敢回嘴，但互不服气。

〔姜大嫂上。

姜大嫂　（见状忙打圆场）小昊，来，帮大嫂包腌菜团子。

〔小昊走来，明显还带着气。

山　妹　妈妈，我想吃团子！

姜大嫂　做好了才能吃呀。

众　人　晒腌菜喽！

〔众人舞蹈。赵鹏加入。

（唱）腌菜团子鲜呀，
腌菜团子香，
包给同志们来品尝，
来品尝哎！
腌菜团子鲜呀，
腌菜团子香，
盼望我们打胜仗，
打胜仗哎！
腌菜团子腌菜团子腌菜团子腌菜团子，
军民情义长哎——

〔连长向小昊打个手势，叫他过来，赵鹏也跟来。

连　长　（微笑）还没想通？

赵　鹏　（旁白）做陪衬的心情，别人怎么会懂？

小　昊　（摸摸头）连长，要不，我也扛枪杀鬼子吧？

连　长　你……

（唱）哪一次战斗的打响，
没有催人奋进的号角嘹亮。
它让我们步调一致，
它让我们凝聚力量。
它让我们创造永远的辉煌。

小　昊　（唱）它将一滴滴水汇成大海的波涛，
它将一个个战士集成祖国的脊梁。
不要小看我这样的配角，
就像螺丝钉牢牢地拧紧钢梁。

（说）连长，我明白了！

赵　鹏　（旁白）我，明白了吗？

〔一阵激烈的枪声。

刘　坤　枪声这么近，就在韦岗一带！

小　昊　情报明明说敌人后天才会进攻啊！

徐　杰　敌人的行动提前了！

小　昊　连长，怎么办？

众　人　连长，怎么办？

连　长　要想办法拖延到主力部队赶过来……（沉思）

小　昊　报告连长，我有办法！

连　长　（抬头）说！

小　昊　我跟姜大嫂要点过年的鞭炮，再找个铁皮筒，到对面的小树林里点起来放，保证跟枪声一模一样……

徐　杰　还是我去吧！

小　昊　那条小路容易迷路，只有我最熟！

徐　杰　你年纪太小……

小　昊　可是只有我……

连　长　（打断）小昊、徐杰，你俩一起去，把敌人往小树林的方向引，能拖一刻是一刻。徐杰，一定要保护好小昊！

徐　杰　是！

〔小昊拿起军号就走。

姜大嫂　小昊，腌菜团子做好了我给你留着。

山　妹　小昊哥哥，我等你回来一起吃。

小　昊　（笑着挥手）等我回来。

〔小昊、徐杰下。

连　长　江婷，组织大家跟我到村口布雷！

江　婷　是！

连　长　刘坤，请你把民兵队组织起来，照顾好妇女儿童。

刘　坤　是！

〔音乐起，夹着枪声号声。众人以舞蹈表现各自情状。

〔赵鹏站到后面高处，众人在前。另一演区以歌舞展现小昊、徐杰战斗场面。

赵　鹏　（唱）穿过树林放鞭炮，
号角嘹亮冲云霄。
火光映红林与草，
子弹在风中呼啸。
敌人纷纷追着跑，
少年坚守不动摇！

〔一声枪响。满台红光。

〔小昊中枪。徐杰惊呆。

〔静场。

山　妹　（哭喊）小昊哥哥，你回来！你还没吃到腌菜团子呢！

姜大嫂　（哭叫）小昊好孩子，团子还热乎着，我这就去盛，这就去盛，你等着！

徐　杰　（痛哭）小昊，你不是配角，你是最勇敢的战士！

〔光暗，众隐去，两束追光打在小昊和赵鹏身上。

〔小昊起身，与赵鹏二人相互打量。

小　昊　（唱）茅山的风啊，你轻轻地吹。

赵　鹏　（唱）轻轻吹开你那紧锁的双眉。

小　昊　（唱）你是谁？你是谁？我好奇你眼中为何有泪水。

赵　鹏　（唱）我为何？我为何？我感慨你永远不说苦和累。

小　昊　（唱）我多想，再听听，鞭炮声如同军号。

赵　鹏　（唱）我多想，再见你，吹着号驰骋南北。

小　昊　（唱）我甘心为了革命，为了革命走向战场。

赵　鹏　（唱）我愿意为了舞台，为了舞台把青春挥。

小　昊
赵　鹏　（齐唱）我愿意为了明天，为了明天把理想追！

〔小昊走向后方恢复成雕像。

〔赵鹏望着雕像。

〔蒋薇薇跑上。

蒋薇薇　赵鹏，你还在这儿？没事儿吧？

赵　鹏　（看着雕像）薇薇，你说，小号手是不是让人仰望？

蒋薇薇　是啊！刚才我还和大家在网上搜了他的事迹呢！

赵　鹏　我觉得，我心里的阴霾被他照亮了！以后我要快乐地歌唱！

〔众歌舞团演员上，与蒋薇薇交换着欣喜的眼神。

〔音乐起。

〔赵鹏、蒋薇薇与众人载歌载舞。

众人齐　（唱）这是个美丽的传说，

像鲜花盛开在人们心窝，

绚烂了你，芬芳了我，

献身岗位为了我们的国……

〔小昊带着笑容缓缓走来。

〔赵鹏、蒋薇薇向小昊迎上。

〔光渐切。

情景剧

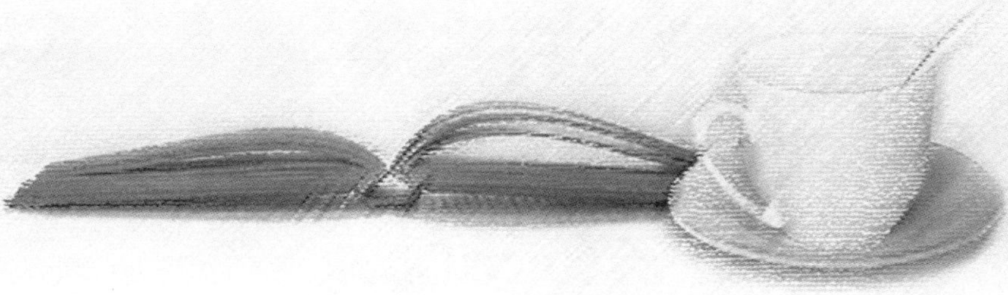

变　迁

时间：随剧情而变。

地点：老火车站广场。

人物：张　浩，男，老师。

林　涛，男，老师。

徐梦圆，女，老师。

〔音乐：歌曲《金梭和银梭》。

〔沙画显示 20 世纪 80 年代初刚落成三四年的老火车站面貌。钟楼、喷泉、壁画。

〔光起。舞台正中是钟楼的景片。偏右一株小树，树下一把双人椅。

〔戴着眼镜的张浩、高大的林涛、俏丽的徐梦圆说说笑笑快步上。徐梦圆脚下一绊，张浩扶住。

张　浩　（紧张）要紧吗？没崴了脚吧？

徐梦圆　哪有那么娇气。

林　涛　徐梦圆，你还真是不解风情。人家张浩那是关心你。要是换了我，就算摔得鼻青脸肿他也不会皱下眉头的。

张　浩　喂！

徐梦圆　（单纯地笑）别开玩笑了，我们大晚上赶来是看新火车站的！（指景片）看这钟楼，多神气！（虚指）那喷泉，多漂亮！还有刚才里面的壁画，多美！

张　浩　（儒雅地）我问了里面的工作人员，那幅画叫《满眼风光北固楼》，用了 1820 多块瓷砖呢！

徐梦圆　也只有咱们镇江有这么气派的火车站，这么精美的巨型壁画，可惜……

林　涛　可惜什么？

徐梦圆　可惜我们三个的单位都在基层，这次来市里学习培训才有机会过来。要是在市区当老师，我一个星期来七天。

〔张浩、林涛笑了。

林　涛　哎，我们请这广场上的钟楼做个见证，打个赌吧？

张　浩　赌什么？

林　涛　赌我们仨将来谁是最优秀的老师，谁能为祖国的“四化”输送最多人才。

徐梦圆　（激动地）赌就赌！当老师男人哪有女人有耐心啊？我赢定了！

林　涛　（伸手）击掌为誓！

徐梦圆　（右手与他击掌）钟楼作证！（左手打手势叫张浩）

张　浩　（上前与二人分别击掌）好，钟楼作证！

〔三人定格。光渐弱。演员隐至钟楼景片后。

〔音乐：《忘情水》。

〔沙画显示大润发、商业城和多了肯德基和小吃店的人流如织、全盛时期的火车站。

〔光起。张浩、林涛各拖一箱子从钟楼景片后出。

林　涛　火车站的人气真是不得了啊！老老少少，高矮胖瘦，穿西装的，扛麻袋的，什么人都有。

张　浩　（推推眼镜）外加两个三十出头的“老小伙子”。

林　涛　（笑）三十多岁是事业的黄金期嘛。你看，我俩和徐梦圆都调到市区来了。我们有机会代表学校参加省里的会议了。徐梦圆“优秀教师”都连拿三年了。

张　浩　（笑指钟楼）钟楼作证，我们仨打的赌，到底谁赢了？

林　涛　好像……似乎……

张　浩　你就承认吧，徐梦圆干得比我俩好。

林　涛　（抓抓头）难道当老师真是女人强？想想就不服气。

张　浩　（轻给他一拳）当爸爸的人了，还这么争强好胜。

林　涛　你呀，是在异性面前不争强，在徐梦圆面前不好胜。

张　浩　（忙）我娶了，她嫁了，日子过得都挺好，你别老提这茬儿。

林　涛　（笑搭张浩肩膀）说到你心里去了吧？

张　浩　家庭好，工作好，朋友幸福，城市繁荣，（看看左右）一切都很圆满，这就够了。

〔光渐弱。演员隐至钟楼景片后。

〔音乐：周杰伦《菊花台》，隐喻火车站走进了“秋天”。

〔沙画：万达、八佰伴、高铁站拔地而起，密集的人流明显流往高铁站。

〔光起。

〔50 多岁的张浩从左侧上，徐梦圆拎着一小袋水果从右侧上，两人均低头走路，险些撞上。

徐梦圆　张浩！

张　浩　徐梦圆！

徐梦圆　（欣喜）还真是无巧不成书。我路过附近，顺便来转转的。

张　浩　要不是大街上碰到，一年也见不了几回。

徐梦圆　我们这个年龄，在家忙孙子，在学校忙学生，哪里有空？

〔张浩帮徐梦圆拿过水果，一起到双人椅上坐下。

徐梦圆　（四顾打量）变了好多。

张　浩　跟你我一样，老了。

徐梦圆　（笑）大润发、商业城没那么火了，八佰伴、万达成了明星。老火车站没那么火了，南广场高铁站成了明星。

张　浩　（笑着起身）别伤感嘛，再怎么变，一年还有 150 万的客运量。再说，有变化是好事，一成不变才可怕。

徐梦圆　（也起身）说得是。就像镇江一中搬家了，外国语学校来了。

张　浩　说起学校，我倒想起来，你有没有看到网上在讨论，中国的男孩子缺少阳刚之气，可能跟女老师多有关？

徐梦圆　（生气）这话我可不爱听。你怎么不说是独生子女多了，在家惯的？你怎么不说，韩国的男演员个个打扮得不男不女对追星的孩子产生了不良影响？你怎么不说……

张　浩　（举双手）我说我正式投降。

〔徐梦圆笑了。

张　浩　（指指她）年过半百了还这么大肝火，小心影响健康。

徐梦圆　年过半百，是啊，一转眼二十多年了。

〔二人看钟楼。

〔光渐收。演员隐身钟楼景片后。

〔音乐：徐誉腾《绿皮火车》。

〔沙画：万科、丹徒新区、苏宁广场。老火车站拆迁情景。“呜”的一声，最后一班 K527 次列车驶离站台。

〔光起。

〔60 多岁的张浩、徐梦圆缓缓踱步，到钟楼前停下。

张　浩　林涛怎么还不来？

〔徐梦圆就像没听见。

张　浩　（看看她）送别我们心爱的老火车站他还迟到。

〔林涛步履矫健地上。

林　涛　谁说我坏话呢？

〔张浩笑了。徐梦圆沉默地坐到长椅上。

林　涛　你坐公交方便，我那只能叫嘀嘀快车。幸亏九华山路扩成了四车道，要是像以前机动车、非机动车不分，非得再迟半小时，被你们说上一箩筐闲话不可。

张　浩　我只说了一句，你就发了一车子牢骚。

〔张、林齐笑。

徐梦圆　（忽然站起）你们不用硬撑着了。越这样越让我觉得自己是个病人！（按住颈部）

〔张、林忙走过去。

张　浩　（欲扶徐梦圆）又痛了？

徐梦圆　（避开）是痛，不是早告诉你们了吗？偏要假装什么都没发生。医生说了，腺瘤，开了刀才知道良性恶性！

张　浩　徐梦圆……

徐梦圆　（冷笑）老火车站才 39 岁就要退出历史舞台，我都 60 多了，是不是该知足了？

张　浩　（手足无措）你别这样……

徐梦圆　那要怎么样？（指四周）钟楼老了，喷泉没了，壁画移走了，所有车次全调到南广场去了。不管是物还是人，都该被淘汰了！

张　浩　梦圆……

徐梦圆　别这么叫我，你是我什么人？

林　涛　（插到二人中间）够了！

〔张、徐惊诧地看他。

林　涛　（对徐梦圆）你这么对他不公平！

张　浩　林涛！

林　涛　（对徐）你生病心情不好可以理解，但不能拿一个关心你牵挂你倾慕你的人出气！

〔徐梦圆看张浩。张浩转过头去。

林　涛　（缓下语气，对徐梦圆）对不起……

徐梦圆　不，我要谢谢你。（看张浩）你就没什么要说的吗？

〔张浩欲言又止，林涛鼓励地拍拍他的肩。

〔抒情音乐起。

张　浩　（鼓起勇气）还记得三十多年前来看火车站吗？那晚的月亮像今天一样好。那天，我觉得这里很宏伟，很壮观。后来南广场起来了，北广场冷清了，我对这里的感情始终如一。现在这儿设施老化，站房漏雨，地道渗水，空调故障，不得不拆了，我对它……也不会有半点改变。

徐梦圆　（感愧交集）张浩……

张　浩　火车站是新是老，都是一代人的记忆。你是少女还是病弱的老人，都是我一生的知己。（不由老泪纵横）

〔徐梦圆泪流满面。林涛掏面巾纸给她。

张　浩　车站老了需要改造重建，并不是放弃它；身体差了需要手术治疗，也不能放弃自己。我上网查过，甲状腺的病十有八九和情绪有关。三十多年了，我没求过你什么，但是现在，我这个因为缺乏勇气而错过了爱情的老朋友，请求你念在我的这点情怀，好好地配合医生，把病治好，将来一起见证火车站的明天。

〔徐梦圆哭着连连点头。

〔抒情音乐止。

林　涛　（擦一把泪，豪迈地）来，打个赌，徐梦圆肯定能战胜病魔！

张　浩　（伸手）赌了！

徐梦圆　（与二人分别击掌，含泪笑着）兴衰更迭才是大千世界，起落浮沉就是我们的人生。我明白了，我不放弃！

张　浩　（看一眼钟楼）三十年哪，钟楼看过多少人在这里来来去去，离离合合。今天，我们再次请它作证！

徐、林　（齐）请钟楼作证！我们一定赢！

〔三人造型。光渐弱。

〔音乐：《光阴的故事》。

〔沙画：未来新火车站概念图。人如潮涌，一列列火车风驰电掣。

〔光起。

〔张浩、林涛、徐梦圆欣喜地边走边看。

张　浩　没想到才一年多就焕然一新。

林　涛　没想到还能看到以前那样爆棚的人气。

徐梦圆　没想到我还有命等到这一天。

张　浩　还说呢！你那个医生太糊涂，把你的亚急性甲状腺炎误诊成腺瘤，差点白开一刀。幸亏又看了专家门诊。

徐梦圆　（笑得平和）有惊无险总是好事。

林　涛　（朗笑）人好，城好，国家好！看看眼前这双层结构，八千平米，人头攒动，更胜当年！哎，我们约好，以后每个月老兄弟姐妹都来这里逛一逛，怎么样？

徐梦圆　行啊，反正退休了，孙子也大了。

张　浩　（看四周）我想到一个词，你们猜猜。

林　涛　红红火火？

张　浩　太普通。

徐梦圆　重现辉煌？

张　浩　接近了。

徐梦圆　别卖关子，快说！

张　浩　（对徐梦圆，一语双关）涅槃重生！

徐梦圆
林　涛　（一起鼓掌）好！

〔《光阴的故事》副歌部分响起：“流水它带走光阴的故事改变了我们，就在那多愁善感而初次流泪的青春……”

〔钟楼景片后走出年青时的张浩、林涛、徐梦圆，两组人互相打量，走近，执手，造型。

〔歌声荡气回肠。

〔切光。

风　景

时间：现实与回忆。

地点：随剧情而变。

人物：侯小旭，男，初中生。

陶代祥，男，初中生。

尹文文，女，初中生。

谈映霞，女，初中生。

同学甲乙丙。

〔幕启。大屏显示火车站候车厅外广场。

侯小旭 同学们，别送了，我进站了啊。

尹文文 （故意）好啊，那我们走啦——

侯小旭 喂，真走啊？——再陪陪我嘛！

〔同学们都笑。

尹文文 就知道你舍不得我们。放心吧，侯小旭同学，初二（3）班送行团一定会陪你到上车之前。

侯小旭 （笑）这还差不多。我都快转学了，以后都不在一个省了，你们不抓紧时间看看我，将来可没那么容易想见就见。

谈映霞 陶老师怎么还没来呀？

侯小旭 （无所谓地）实在赶不上也没事，反正他平时比我爸还凶。

陶代祥 喂！

侯小旭 （笑）不好意思，忘了陶老师是你的亲叔叔了。

陶代祥 哼！

谈映霞 （忙转移话题）侯小旭，你爸妈在候车厅里会不会等得着急？

侯小旭 谁叫他们工作调动，害得我没毕业就跟你们分开，让他们急去。

陶代祥 这熊孩子，生了等于不生。

侯小旭 （笑）陶代祥，你这家伙，还记得我当初怎么帮你的吗？

陶代祥 （摸摸头）那糗事你要提多少遍才罢休啊。

尹文文 说起这事，开头挺好笑，结尾太吓人！

侯小旭 （陷入回忆）那是初一上半学期……

〔光变。大屏上显示学校操场。
〔众人排成一队，侯小旭在旁。

侯小旭 同学们，今天的体育课做体能测试。我们按学号来，尹文文先跑。谈映霞计时。
谈映霞 收到！

〔在同学们的助威声中，尹文文轻盈地跑了一圈。
〔大家鼓掌。

侯小旭 下一个，陶代祥。
陶代祥 饶了我吧！
侯小旭 （走到他身边低声）我会帮你的。

〔轻快音乐中，胖胖的陶代祥迈着笨重的步子吃力地跑。
〔侯小旭暗中打个手势。同学甲乙丙上前半扶半推。

尹文文 哎哎哎，你们干嘛？
同学甲 有人陪能激发他的斗志。
尹文文 鬼扯！

〔陶代祥直喘气。三个同学渐渐推不动。

陶代祥 我……我跑不动了！
侯小旭 姿势不对，我来给你纠正。

〔侯小旭过去和甲乙丙三人一起推着陶代祥跑，动作滑稽。
〔谈映霞笑弯了腰。同学甲乙丙边推边笑。

尹文文 （拦住）停！

〔音乐止。

尹文文　你们这是作弊。

侯小旭　我们是帮着同学一起进步。

尹文文　这是测试，又不是训练！

侯小旭　（恼羞成怒）我是体育班委，老师不在，我说了算！

尹文文　你就是仗着体育老师不在才给你的好朋友开后门儿！

陶代祥　（息事宁人地）算了算了，当我零分好了。

侯小旭　胡说！陶代祥的成绩，就照刚才的算。

尹文文　那我就报告班主任！陶代祥虽然是陶老师的侄子，但陶老师铁面无私，一定会叫你俩一起写检查！

侯小旭　（气）你明知道会让陶代祥写检查还要捅到陶老师那儿，我看你和陶老师一样不近人情！（晃了晃）

尹文文　（也气）好啊，你说陶老师不近人情？

侯小旭　我说了，怎么样？大不了你再去报告！（忽然晕倒）

陶代祥　哎呀，怎么了？

尹文文　（也慌了）不会吧，这就气昏过去了？

谈映霞　他这两天脸色一直不好，恐怕不止是气的……（试了下侯小旭额头）天哪，好烫！

同学甲乙丙　我们去找老师！（奔下）

〔灯光变暗。大屏上是医院病房。

〔几个同学化身病床。

〔侯小旭脱了外衣，露出里面的病号服，躺到床上。

〔陶代祥等人退开。尹文文、谈映霞走到床前。

侯小旭　（低沉地）你们怎么来了？

谈映霞　来看看你。（故作轻松地一笑）尹文文还给你买了花呢！

〔尹文文笑着把花递上，被侯小旭随手一扔。

尹文文 你！

侯小旭 再好看的花也会枯，再年轻的人也会死。

谈映霞 别瞎说！

侯小旭 是瞎说吗？（看看二人）白血病有多严重，你们总不会不知道吧？

谈映霞 你别怕……

侯小旭 别跟我说空话！生病的不是你们，你们当然不怕！

尹文文 好心当成驴肝肺！

侯小旭 我不要廉价的同情！

尹文文 同学们关心你是廉价吗？陶老师一听说就从外地赶回来是廉价吗？学校知道治病要用钱，联系报社发动捐款还联系最好的医院，是廉价吗？

侯小旭 （一怔）真的？

尹文文 学校和报社还怕泄露你的隐私，特地不提你的姓名，想得这么周到，也是廉价吗？

侯小旭 对不起……

谈映霞 （心软）尹文文，别说他了，他心情不好。

尹文文 我们心情就好了？（对侯小旭）陶代祥为你的病哭得眼睛都肿了，谈映霞天天晚上对着星空为你祈祷……

谈映霞 （羞涩阻止）尹文文！

尹文文 ……老师同学们都急得像热锅上的蚂蚁，你以为我们心情有多好？（流泪）

侯小旭 （忙坐起来）尹文文……

〔谈映霞上前扶住侯小旭。

侯小旭 我刚才态度那么差是因为……就像谈映霞说的，我害怕……（哭了出来）我不知道我这么小会得这么可怕的病，不知道人会一天到晚连着发烧，不知道明天还能不能醒过来见到爸爸妈妈老师同学……

〔谈映霞为他披上外衣。

尹文文　（拭泪）现在所有人都在努力，你只要自己不放弃，一定会好起来的！

侯小旭　（哭着）对，我一定会好起来的！

〔灯光恢复到开场时。大屏上是火车站外广场。

〔侯小旭穿好衣服站起。

尹文文　真庆幸你好了。

侯小旭　可我也要走了……（看了下手机）

谈映霞　陶老师怎么还没到？快来不及了呀！

侯小旭　（随意地）大概他临时有事，我到了那边给他发消息吧。

尹文文　这哪能一样呢！

侯小旭　（笑）反正就是告个别嘛。

陶代祥　（听了侯小旭的话脱口而出）侯小旭，还记得你刚出院时我到你家看你的那天，咱俩说了什么吗？

侯小旭　我向你打听一个秘密，你偏偏守口如瓶。

谈映霞　什么秘密啊？

侯小旭　救我的人到底是谁。

尹文文　人家做好事不留名呗！

侯小旭　我就不信所有人都不知道。但问爸爸爸爸不说，问妈妈妈妈不理，问陶老师反被他批评一顿，说心要放在该放的事上，你们说气不气人？

〔车站广播：乘坐 D4132 的乘客请注意，本次列车即将到站。

请没上车的乘客抓紧时间检票上车。

侯小旭 （对陶代祥）我临走前最后一个心愿，就是要知道我的救命恩人是谁？你那天在我家死也不肯说，可我看出来，你当时就知道了！

陶代祥 我本来答应不说的……

尹文文 人家都要走了，你还保什么密呀？

陶代祥 （看看侯小旭，看看众人）有一次我到叔叔家玩……

侯小旭 陶老师家？

陶代祥 对！我无意中在房门外听见婶婶叫叔叔要多休息，调理身体，才知道原来经过配型，叔叔的骨髓和你相配……

侯小旭 （一惊）你是说……

陶代祥 （点点头）他怕你听说捐骨髓的人是他会有心理压力，也不希望你总想着去报答他，就叫几个知道真相的人一起瞒着你。

〔乐起。

侯小旭 （喃喃地）原来是陶老师！我还一直嫌他对我们太严厉，还觉得能不能当面告别无所谓……我，我要给陶老师打电话！（掏出手机）

〔手机响了。

侯小旭 （一看）陶老师！（忙接）陶老师，您怎么没来？

〔陶老师画外音：对不起小旭，我临时参加一个公益活动，来不了了，只能电话跟你说声一路平安……

侯小旭 （带着哭腔）没有您我哪有平安？没有您我就活不成了！是您给了我第二次生命！（哽咽着喊）您为什么不早告诉我，为

什么不让我走之前再见您一面，为什么不让我向你道歉、道谢，您知道我会多遗憾多难过吗？（哭了）

〔陶老师画外音：你知道了？是陶代祥说漏了嘴吗？小旭，过去的已经过去了，记住老师的话，人生就像坐火车，一站一站，要看向前方。

侯小旭 （抽泣着）虽然要看向前方，但来路上的风景，学生永远不忘！（跪下）

〔众人一怔，忙上前扶起他。

〔乐声中，侯小旭与众人紧紧相拥。

〔光渐切。众人如剪影。

倒　叙

时间：当代。

地点：京口公安分局外、案发现场、火车站候车室、公园。

人物：金怡，女，四十岁左右。

康康，男，二十岁左右。

记者，男，三十岁左右。

小陈，女，二十多岁。

儿子，男，二十岁不到。

〔幕启时舞台中间偏后方竖立着一块宽而高的背景板，板上悬着一幅喷绘图：京口区公安局外。

〔记者手拿话筒，脖子上挂着照相机。小陈双手拦住记者。金怡在小陈身后。

金　怡　记者同志，我真没什么好采访的，您能别这么敬业吗？

记　者　那您别主动说，被动回答我的问题就行了。

小　陈　（调侃）还挺善解人意。

记　者　那是！（对金怡）听说您出生于军人家庭？

金　怡　（摇头）我父母都是工人。

记　者　（尴尬）哦……听说您从事刑事技术工作20多年啦？

金　怡　（摇头）不不，我还没到四十岁。

记　者　（更尴尬，抓头）哦……听说您获得过很多荣誉，刚刚还通过指纹破了个大案子？

金　怡　（仍摇头）不不不，要不是侦查团队所有兄弟姐妹协力同心，我一个人破不了案。

记　者　（不死心）听说……

小　陈　你听说的真多呀，可惜没一个情报准确。

记　者　（不死心）金主任……

〔金怡手机响。

金　怡　（接）喂，好，我马上来！（挂，对记者）不好意思我有任务，你说的那案子我徒弟小陈都知道，您问她吧。（向小陈悄悄做个手势）

〔小陈悄悄回了个“耶”的手势。

〔金怡猛然跑了。

记　者　哎金主任……（眼见小陈拦着，追之不及）这么厉害的警察从眼皮子底下跑了！上次没采访成功这次又是，我还不如找块豆腐一头碰死算了！（捶头）

小　陈　（兴奋）问我呀。我早憋了一肚子话了。我们金主任破案的本事那叫一个强，我从她身上学的东西那叫一个多，刚刚破案的过程那叫一个传奇……

记　者　嘿，这师徒俩性格南北极呀！来来来，咱们上那边坐着说。

〔二人走入背景板后。

〔康康从背景板后走出。

康　康　（对观众）金怡就是我妈，一个平时开朗活泼，骨子里却很低调的人。当然，工作时，她的状态是非常高昂的。比如 24 小时前……

〔嘀嗒嘀嗒钟声响起。

〔康康翻开下一幅喷绘图：案发现场。

〔金怡手拿勘查器材，和小陈匆匆从背景板后出。两人都戴着口罩、头套、手套、脚套。

金　怡　（帮小陈紧一紧头套）丫头，进案发现场前要确定戴好三套一罩！

小　陈　哦！

金　怡　我拿足迹灯打光找足迹，你去处理关键部位的指纹！

小　陈　哦！

金　怡　还有……

小　陈　哦！

金　怡　我还没说你哦什么呀。我是叮嘱你尽量少喝水，即使渴了也只能润一口，省得老要上厕所！

小　陈　哦！

〔钟声止。

〔二人分头勘查。

康　康　（微笑着在旁）我妈和小陈配合得好默契，时间一分一秒流过，不知不觉已经过了……

小　陈　（接口，就像接着康康的话）两小时了，金主任，你歇歇吧，你有腰肌劳损。

金　怡　（勉强起来扭了扭腰）好，休息过了，接着干吧。

小　陈　（担心地）可是……

康　康　（接口，就像接着小陈的话）可是我妈工作起来从来不听人家的劝，不过她也总能注意到别人没注意的小细节。

金　怡　（对小陈）发什么呆呀？全处理完啦？

小　陈　处理完了。您的腰……

金　怡　我的腰不需要处理，你倒是过去看看那个化妆盒吧。（一指背景板后）

小　陈　（一愣）嫌疑人没必要动化妆盒吧？

金　怡　（果断地）不能放过任何蛛丝马迹。来！

〔二人走入背景板后。

康　康　（对观众）案情就从化妆盒的指纹上得到了重大突破。这就是我妈，一个专业、敏锐的人。当然，她也有她的另一面。比如一小时前……

〔嘀嗒嘀嗒钟声响起。

〔康康翻开下一幅喷绘图：汽车客运站外。

〔金怡和儿子拖着行李箱上。金怡已经换上了便装。

儿　子　我的妈呀！

金　怡　哎！

儿　子　不是喊你，只是抒发一下感情而已。

金　怡　（敲一下儿子的头）坏小子！

〔钟声止。

儿　子　我要严肃地批评你：你多久之前就说陪我去旅行了？我等得花儿都谢了，我容易吗我？每次临门一脚你就出状况。

金　怡　（愧疚地）这回不会了，你看不是都到车站了吗？再者说了，国庆节也不会有人找我的。

康　康　（对观众）马上就有人找。

金　怡　（对儿子）有人找我也不去。

康　康　找你你还是去。

〔金怡手机响。

金　怡　（接）喂，什么？有凶案？立刻到现场？小陈已经到了？（心虚地边说边看儿子）我都快上车了……那什么……是吧？

儿　子　（叹了口气）别眼巴巴地看着我了，批准你去。

金　怡　（如释重负）好，我这就来！（挂手机）乖儿子，真懂事！

儿　子　（笑了）又不是第一次了，早习惯了。

金　怡　（闻言愧疚）下次妈妈一定补偿你……

儿　子　不用补偿我，但是要补补课，多看《名侦探柯南》。现在的年青犯罪嫌疑人都是看着那类动画片长大的。

〔金怡听了更内疚，回身拉住儿子的手。

金　怡　你这么支持妈妈，妈更觉得对不起你……

儿　子　（挽起金怡的胳膊）你更对不起你的腰。可得当心你那腰肌劳损哪，回头我请小陈姐多看着你。

金　怡　好孩子！（看看手机）妈要走了。

儿　子　我送送你。

〔二人携手走入背景板后。

康　康　（对观众）这就是我妈，一个深爱儿子同时又公而忘私的人。你们肯定在奇怪，为什么火车站的那个儿子不是我。我……是金怡妈妈的另一个“儿子”。我叫康康。两个月前……

〔嘀嗒嘀嗒钟声响起。

〔康康翻开下一幅喷绘图：幽静的公园。

〔金怡从背景板后出。

康　康　（迎上，急切地）阿姨，这事儿您一定得答应我！

金　怡　（坚决地）不行，阿姨不答应！

康　康　（掏出钱来）您收下！

金　怡　（有点生气了）这是阿姨资助你的钱，为什么又还给我？要跟我算这么清楚吗？这是公园，推推拉拉的也不嫌难看！

〔二人推拒中康康不慎倒地。金怡忙上前扶他起来。

〔钟声止。

金　怡　（心疼地帮康康掸灰）你看你！

康　康　三年多前我也曾“失足摔倒”，也是您拉我起来，我才能走回正途。

金　怡　（感慨）以前的事还提它干嘛？

康　康　以前的事我一天都没有忘。

〔抒情音乐起。

康　康　16岁那年因为偷东西被带到派出所，是我第一次见到您。从此您就关心我，教育我，帮我联系学校，帮我找工作，资助我钱物。我今天来还钱，并不是见外，是想告诉您我改好了，自立了！

金　怡　（动容）阿姨懂了！

康　康　您给我的温暖我全都满满地存在心里，每当遇到挫折就取一点出来暖暖我自己。您知道的，我爸我妈在我很小的时候就离了婚，把我像踢皮球一样踢来踢去，我只能和修拉链的爷爷相依为命。是您让我找回了母爱。我经常偷偷地想，您要是我妈妈……就好了！

金　怡　（嗓子哽了）有你这些话，我……（改口）我这个干妈再多付出十倍也心甘情愿！从今后你也是我的好儿子！

康　康　（激动流泪）妈！

〔二人相拥。

〔音乐止。

〔记者从背景板后出，不停摁着照相机。金、康二人躲闪。

金　怡　（遮康康的脸）喂喂，别拍这孩子，尊重年轻人隐私！

记　者　（仍拍）我躲树后面看了半天了，还有什么隐私？把我感动得心口一抽一抽的！（迅速转对康康）小伙子别害臊，男人哭吧不是罪。（迅速转对金怡）原来金主任你有两个儿子，你简直就是镇江的闲人马大姐呀！我要对您进行专访！（转对康康）你同意吧？不说话代表默认。（转对金怡）你看你儿子都赞成，你就别再推辞啦！

金　怡　（连连摇手）哎哟记者同志，我就是千千万万警察中的一个，普通得不能再普通，你挖不出什么猛料来的。

记　者　我下决心了，这样的好警察不宣传宣传谁……

〔金怡悄悄向康康打了个手势，康康悄悄回了个“耶”的手势。金怡猛然跑了。

记　者　哎金主任……（眼见康康拦着，追之不及，遗憾地）这么有爱心的警官就这么从眼皮子底下跑了！我发誓，下次再有机会一定要逮住她！

康　康　（笑了）咱们打个赌，你一定逮不住。

记　者　（不服气地）哼，走着瞧！

康　康　（笑）让时间来做见证吧。

〔嘀嗒嘀嗒钟声响起。

〔切光。

话　剧

五幕话剧

虹

时间：当代。

地点：一个普通的中型城市。

人物：蒋　玫，女，二十多岁，戏剧编剧。

曹　晖，男，二十多岁，戏剧导演。

蒋宏生，男，五十岁不到，企业家，蒋玫父亲。

文镜棠，女，四十多岁，居家，蒋玫母亲。

蒋　毅，男，六十多岁，大家长，蒋玫祖父。

蒋　莉，女，二十多岁，电视剧演员，蒋玫姐姐。

汪　俊，男，三十岁左右，公司职员，蒋玫姐夫。

赵团长，男，四十多岁，剧团团长。

张卫国，男，七十岁左右，剧团老编剧。

张　妈，女，六十多岁，蒋家保姆。

另有刘总、马小姐、戏剧众角色、音乐众音符、众汉字等。

序　幕

〔幕启时台上一张办公桌，一张双人沙发，一张玻璃茶几，整体显得寒酸。

〔赵团长正打电话。

赵团长　刘总，我这点酒量您还不知道吗，何况我还有胃溃疡……什么，要牺牲在酒桌上才叫壮烈？（满脸赔笑）听您的！不就是一条命嘛，什么时候来拿，您定！好咧！（挂机）

〔张卫国迟疑着上。

赵团长　（整理着桌上的文件，一时没看见张卫国）他妈的拉赞助费还要搭上我的命，我就这么贱？除了胃溃疡我还有高血脂、脂肪肝、胰腺炎，全是你们这帮孙子害的……（一抬头）张老师，又是您？

张卫国　赵团长。

赵团长　还是为那事儿？

张卫国　还是……

赵团长　是我上次说得不够清楚吗？

张卫国　不不，够清楚了，我就是想……这是我一生的心愿……

赵团长　（不由火起，站）我还一大堆心愿呢！我希望我们剧团像八十年代那么风风光光，希望我们能招到更多的好编剧和好演员，希望中国企业家能跟洋鬼子一样慷慨资助文化事业，谁来满足我呀?

〔张卫国被连珠炮轰得不断退后，被茶几一绊。茶杯随之落地，“当”的一声脆响。他手忙脚乱地去拾碎瓷不小心扎了手。

张卫国 哎哟!(吮手指)

赵团长 (自觉失态)对不起张老师，我不该这么跟您说话!(对内喊)曹晖——

〔曹晖上。

曹　晖 赵团长，有事吗?

赵团长 帮张老师收拾收拾。

〔曹晖答应一声，麻利地过去帮忙。

张卫国 对不住了。

赵团长 张老师，请您原谅我说得直接了点。您是我们剧团资深的老编剧了，您的要求要是在我能力范围之内我义不容辞，但剧团现在这情况……我真的帮不了您!

〔张卫国苦笑着站起，慢慢下。

曹　晖 (有些不忍地看张卫国的背影)他还是为了他的剧本来的?

赵团长 可不是?论理他是前辈我不该说，一辈子没上过大戏，退休多少年了，就在家歇歇养养老算了，不声不响突然写了个戏就想排，他也不想想，要是上个戏这么容易我还用得着这么到处求爷爷拜奶奶的?

曹　晖 要说他也挺不容易……

〔蒋玫快步上。

蒋　玫　同情心不能代替判断力。

曹　晖　（笑）蒋老师。

蒋　玫　（纠正）叫我蒋玫。我们是同龄人，别把我当老太太那么尊敬。在公交车上给年纪不大的人让座人家会伤心的。

曹　晖　（笑）不愧是编剧，出口成章。

蒋　玫　（一笑）谢谢曹导夸奖！这位张老师的剧本也托人带给我了，说是请我斧正……

曹　晖　你觉得他写得怎么样？

蒋　玫　（斩截地）还没看。我自己的剧本刚刚完稿，敬爱的赵团长又交给我融资的任务，暂时没时间也没精力顾他那个。

曹　晖　张老师这么大年岁，难得写个剧本……

蒋　玫　（抢白）他毕竟很多年没写戏了，完全游离在这个圈子之外，现在的观众需要什么他了解吗？他能写成什么样的剧本想都想得出来。

曹　晖　（不满）你这不是还没看吗？断语下得太早了吧？

蒋　玫　（不理他，对赵团长）我把本子打印出来了。（从包里取出给赵团长）先回去了，晚上还有一场硬仗要打。（欲走）

赵团长　（讨好）对，再使劲跟你老爸和爷爷游说游说，我这边也在做着工作呢。你要是反败为胜，我就不用再去跟那个酒鬼刘总软磨硬泡了。我还想多几年阳寿呢！

蒋　玫　我尽力！（下）

曹　晖　（摇头）不知道什么样的家庭，培养出蒋老师这样的……奇女子来。

赵团长　你来的时间短，不知道他们家呀……（欲言又止）比较复杂！

〔切光。

第一幕

〔距前幕几小时后。蒋家客厅。一套华贵堂皇的组合式家具。显眼处有发财树，左侧有文竹。文竹附近的角落自成世界，古琴、琴架、琴椅，椅套是松绿色，透着清雅。

〔蒋玫捧着小花瓶上，蒋莉追上。

蒋　莉　爷爷和爸爸让你考虑的事想得怎么样了？

蒋　玫　（边说边把小花瓶放到餐桌中央）还好意思说，要不是你回来吹嘘电视圈效益怎么怎么好，他们也不会想起来用逼我改行当交换条件。

蒋　莉　不是改行，是改个类型。现在还有多少人爱看戏？你上一个戏能挣多少钱？凭你这么惊世骇俗的才华……

蒋　玫　别拍这么惊世骇俗的马屁。

蒋　莉　（笑）你要是点个头，我就把你推荐给制片人，从此脱贫致富，走上康庄大道。

蒋　玫　（半开玩笑）你就在电视上搔首弄姿好了，不要干涉你妹妹这么空谷幽兰的人物。

蒋　莉　啊呸！死丫头，天生一副毒舌，看哪个男人敢要你。

蒋　玫　（弄好了花，退后两步观赏）不劳你操心。（左右看看，忽然朝发财树一指，又朝文竹一指）看见没有？

蒋　莉　（顺着蒋玫手势左右一看）怎么了？

蒋　玫　我宁可当清雅的文竹，不做富贵发财树。

蒋　莉　（到沙发边一屁股坐下，翘起二郎腿）我无语。（突然大声向台左）爷爷，爸，我搞不定她！

蒋　玫　玉皇大帝来了也没用。

〔蒋宏生扶蒋毅上。

蒋宏生　玫玫，你又淘气了。

〔蒋莉扶蒋毅至沙发坐下。

蒋　玫　爸，爷爷，我上次说请你们帮忙的事儿……

蒋　毅　笑话奇谈，蒋大编剧也有求人的时候？

蒋　玫　（迅速地）是“请”，不是“求”。

蒋宏生　还是为了你新写的剧本没钱投排是吧？

蒋　玫　赵团长急得不得了……

蒋　毅　所以几次三番把主意打到我们蒋家来？对不起，蒋家不扶贫。

蒋　玫　不是扶贫，是给你亲孙女亲手写的本子投资。

蒋　毅　有回报才叫投资。

蒋　玫　爷爷什么意思啊？我们家就缺这么点儿钱？死卡着我！

蒋　毅　再有钱也是我一分一分挣来的，怎么花出去，得让我觉得值。

〔蒋玫刚想反击，蒋宏生拉她坐到餐桌旁，蒋玫复站起。

蒋宏生　（自己坐下）玫玫，爷爷并不是成心和你为难。他不是说过了吗？只要你答应写电视剧，你这台戏的所有费用由公司解决。

蒋　玫　你们这不是要挟么？

蒋　莉　别说那么难听嘛，做人要现实点。

蒋　玫　那你怎么选了个最不现实的人当老公？

蒋　莉　哎你……

蒋宏生　（对蒋玫）当编剧是你的选择，当初虽然我们不赞同，最后还是支持你了。

蒋　玫　支持我最好能善始善终。

蒋宏生　近年戏剧的处境很艰难。

蒋　玫　所以你女儿该知难而退？

蒋宏生　不，这叫良禽择木而栖。

蒋　玫　我自信我是良禽……

蒋　莉　得了吧，你是什么好鸟。

蒋　玫　（看都不看蒋莉）但我眼里的“木”是戏曲，是话剧，是舞台。电视剧不过是随着市场风向东摇西倒的杂草。

蒋　莉　是吗？《大明宫词》呢？《似水年华》呢？

蒋　玫　你还举得出第三个吗？

蒋宏生　（温和地）你是不是太偏执了？玫玫，做人要活泛一些。爸爸自幼也喜欢书法，但要不是中途转向跟着你爷爷搞企业，你和莉莉有现在这么好的成长环境？

蒋　玫　你要不是当初听爷爷的，没准当上大书法家了！你们爱干嘛干嘛，我知足常乐，凭我的收入，我完全可以过上我想要的生活。

蒋　莉　是呵，还没睡到大桥底下去，你的生活多美好啊！知足常乐，你别叫家里公司给你的戏投资啊！

蒋　玫　（白了她一眼）能不能别添乱？这里只有当事人自己有发言权。

〔蒋毅摆手，蒋莉忙噤声。

蒋　毅　（对蒋玫）我也是当事人，我也发发言，啊？既然都是编剧，你为什么就不能换个类型？或者，两样都兼顾？只要你答应，爷爷一定投资。

蒋　玫　真要说理由？

蒋　毅　嗯，我听听。

蒋　玫　（一笑）我先声明，我曾经认真研究过，不是无的放矢——电视剧是典型的俗文化。

蒋　莉　喂喂，当着和尚骂秃子啊！

蒋　玫　（不屑地）我倒第一次听说“俗文化”是骂人。哦，你说到和尚倒启发了我，写电视剧得时时刻刻念叨：收视率、收视率、收视率，跟和尚念“阿弥陀佛”似的。每一集那最后的所谓“悬念”真是俗不可耐，一刀举起来，还没杀呢，结束了；老婆跟人偷情，大门一响，老公回来了，又结束了。再看电视剧的开头，第一集不吸引人，人家就换台了，所以开场要么血流成河，一场大屠杀；要么一个人站在楼顶上，摇摇晃晃准备跳楼；要么一场大火，两对夫妻吓昏了头，把婴儿抱错了。以为这就勾起了观众的兴趣，不由得他不看。

蒋宏生　每个门类有自己的规律，这也无可厚非嘛。

蒋　玫　“巧合”那就更别说了，也不怕人家说编剧瞎掰，有多巧就敢写多巧。两个人几十年没见，在上海、香港这种几百万上千万人口的大都市愣是碰上了。有缘无分的恋人，一个在前，一个在后，隔了几步，他就是看不到，前面那位一回头，后面的刚好蹲下来系鞋带；后面的站起来了，前面的又被一辆该死的车给遮住了。要不怎么说“无巧不成书”呢？

蒋　毅　（猛然站起，怒喝）够了！

〔众人怔住。

蒋　毅　我就看不惯你身上这股假清高，什么都入不了你的法眼。除了你喜欢的，其他全是狗屁——跟你妈一个德行！

〔文镜棠和手捧一只精致茶盅的张妈上，闻言止步。

蒋宏生　（不安地看看文镜棠）爸，你扯哪儿去了？

蒋　毅　（余光瞄了下文镜棠）我说错了吗？

蒋　莉　（忙走到母亲身边，笑打圆场）妈，爷爷在生玫玫的气……

文镜棠　（贤惠地）爸，有什么事，慢慢说。您血压高。（从张妈手里拿过茶盅递过去）这是降血脂的苦瓜茶，您小心烫。

〔蒋毅余怒未歇，冷脸不接。场面僵持。

蒋宏生　（接过茶盅给蒋毅）爸，镜棠是为您身体着想。

蒋　毅　（这才接过）哼，把我的脸喝成苦瓜才好。（喝了一口，"噗"的一声吐出）这么苦！（把茶盅一摔）

张　妈　（忙弯腰去收拾）哎呀这么好的茶盅……幸好有地毯，没碎没碎。

蒋　玫　（忍无可忍）爷爷你太过分了！你懂不懂什么叫尊重？你应该跟妈道歉！

蒋　毅　长辈给晚辈道歉？

蒋　玫　二十一世纪的今天，很奇怪吗？

蒋　毅　到哪个世纪家里也有个主次！

蒋　玫　那这个主也是爸爸。

蒋　毅　（猛敲拐杖）混账！

文镜棠　玫玫你少说两句。

蒋　毅　反正，你不改行，跟家里要钱排戏的事提也别提！

蒋　玫　叫我改行的事儿你们也休想！

蒋　毅　我手上钱再多也不是谁想要就能要得到的！

蒋　玫　我就不信我蒋玫的戏会死在亲爷爷手上！（欲走）

蒋　莉　这么晚你去哪儿？

蒋　毅　（喘着粗气）让她走，走了就别回来！

蒋　玫　（从皮包里拿出钱包晃晃）里面有银行卡。舞台剧的编剧虽然清贫，住一晚快捷连锁酒店还是没问题的。（下）

蒋宏生　（上前）玫玫！（回头看蒋毅，不自觉地止步）

蒋　莉　爸，我们扶爷爷进去休息吧？

〔蒋宏生点头，与蒋莉默默扶蒋毅下，临下前歉意地望一眼文镜棠。文镜棠朝他点点头。

张　妈　（待三人走后，把茶盅捧到手里，小声地）你……您怎么受得了的？

文镜棠　（淡淡地）我有我的世界，外人干扰不了。

〔文镜棠走到左侧文竹附近坐下，打开琴谱，缓缓奏起古琴曲：《渔樵问答》。

〔张妈手拿茶盅，无法理解地看她。

〔光暗。

〔光复明。月色下的河滨公园。垂柳依依，一张长长的石椅。蒋玫、曹晖各站石椅一侧。

曹　晖　没想到在这儿碰到你。

蒋　玫　平时你是碰不到的。

曹　晖　（笑）今天是什么特别的日子？

蒋　玫　今天发生了点特别的事情。

曹　晖　（观察她）看起来那场硬仗没打赢。

蒋　玫　（嗔）废话。

曹　晖　（笑了）直到你骂我这一刻，我才感到咱俩是同龄人。

〔蒋玫也笑了，在椅子上坐下。曹晖想坐，蒋玫不许。

蒋　玫　两个人太挤了。

曹　晖　（开玩笑）这么霸道？

蒋　玫　我爷爷的遗传。

曹　晖　（大笑）我可看出暴风雨的源头了。
蒋　玫　（笑笑，看月亮）还是嫦娥好，除了吴刚，没任何人烦她。
曹　晖　嫦娥应悔偷灵药，碧海青天夜夜心。
蒋　玫　（嘴硬）那是嫉妒她的人瞎编的。
曹　晖　如果有一天，你的家人都不在你身边，你会怀念吵架的时光。
蒋　玫　（抬头看他）你说说，当个戏剧编剧为什么不招人待见？
曹　晖　这是个伪命题，很多人并不这么认为。
蒋　玫　（终于说出）但我家人想让我写电视剧。（顿了顿）也是呵，以我的起点，一集两万，一年写两部，一套房子就有了。
曹　晖　你……不会革命意志动摇了吧？
蒋　玫　（斜睨他）正话反话都听不明白？
曹　晖　（释然）那我就放心了。
蒋　玫　（奇）放心？
曹　晖　（窘）我的意思是，我的战友就不会撇下我孤军作战了。
蒋　玫　（有点感动）曹晖，（拍拍身边）来坐着。
曹　晖　（笑）咦，你刚才不是嫌两个人太挤吗？
蒋　玫　现在好像不觉得挤了。（模仿戏曲花旦韵白）请——坐！
曹　晖　（笑着模仿小生念白并做手势）有——座！（笑坐蒋玫身边）
蒋　玫　说说，你为什么会选这一行？
曹　晖　因为这是我的理想！
蒋　玫　（感喟地）这个年代，像我们这样执着于理想，是不是太傻了？
曹　晖　理想是心中的彩虹，不管外面的人怎么看，我们自己知道它有多美、多好、多值得付出。

〔音乐起，抒情，柔美，优雅。

曹　晖　在学校时我就喜欢塑造角色，把他们从纸上竖到台上……

〔灯光变得迷离如梦。

曹　晖　古代的、现代的、帝王将相、文人墨客、男女老少、三教九流……

〔七八个角色上，有的古装，有的现代装，有年少，有年长，各色人等。

曹　晖　然后让他们动起来，活起来，感受起来……

〔众角色有的作哭泣状，有的作大笑状，有的勾肩搭背十分亲热，有的你推我搡几挥老拳。

蒋　玫　（被曹晖动情的诉说感染，接口）然后把我们的精魂化作他们的血肉，用他们的人生折射大千世界……

〔曹晖拉起蒋玫的手走到众角色中，左顾右盼，穿插来去。

蒋　玫　就在这块小小的舞台上，在三堵看不见的墙里，生生不息！
曹　晖　（热烈地）有人说咱们戴着镣铐跳舞，可我觉得那恰恰是它的魅力！
蒋　玫　在其中流连忘返，沉醉不知归路……
曹　晖　惊起一滩鸥鹭……

〔二人相对大笑。
〔众角色在笑声中悄然下，灯光复如初。

曹　晖　所以，你不会放弃你的戏剧梦的，是不是？
蒋　玫　当然！
曹　晖　即使眼面前有点小挫折？
蒋　玫　大坎坷我也不怕。我朋友给我起过一个绰号：坦克。

〔二人大笑。

蒋　玫　（伸出手）曹晖，认识你，我真开心！

曹　晖　（伸出手）我也是！

〔光渐弱，二人互望如剪影。

〔切光。

第二幕

〔距前幕一个月后。幕启时在蒋家客厅，布置如前。餐桌上换了华贵明丽的桌布，是鲜亮的虾子红。蒋玫带回的花瓶仍在，红花在瓶中傲立。

〔蒋毅威严地坐着，蒋宏生恭敬地站在一旁。

蒋　毅　这丫头，越来越大胆了。家长的话处处违拗不说，这回干脆不问家里意见，直接把男同事往家带了。

蒋宏生　那个曹晖……恐怕不是普通同事。

蒋　毅　才多久啊，就发展到见家长的地步了。条件真好也就罢了，偏偏又是个吃剧团饭的。两个人正在鼓捣玫玫写的那个新戏呢吧？

蒋宏生　来了看看再说吧。

蒋　毅　我是为了玫玫好，她老拿我当仇人看。待会儿你的立场一定要跟我一致。导演？哼，越是跟这些文化啊艺术啊扯上关系我越不可能同意！没有他，玫玫大概对排戏还没那么起劲。

蒋宏生　……也别弄得太僵，玫玫脸上不好看。

蒋　毅　（锋利地看他一眼）我要你提醒？

蒋宏生　（赔笑）爸爸一向最有分寸。

〔蒋玫、曹晖上。曹晖提着礼物。

蒋　玫　爸，爷爷。（引见）这是曹晖。

曹　晖　伯父，蒋爷爷！

蒋宏生　（打量着他）你好小曹。

曹　晖　初次上门，一点心意，您别见笑。（送上礼物）

蒋宏生　（接过，带笑）太客气了，坐。

〔蒋毅只是冷眼旁观。蒋玫拉曹晖坐到餐桌边的椅子上。

蒋　玫　（一回头）这桌布谁换的？

蒋宏生　我叫张妈换的。

蒋　玫　爸，你以前蛮有品位的，现在也退化了。

蒋宏生　（不以为忤，笑）哦？

蒋　玫　这花是大红的，这布又是虾子红，接近而不相同，犯了色了。

蒋宏生　（笑）就你有那么多讲究。

蒋　玫　（笑）妈和姐姐他们呢？

蒋宏生　你妈头疼，在房里休息，吃饭了我叫她。你姐姐今天拍戏，要晚一点到。

蒋　玫　早不拍晚不拍，偏赶上今天拍。

蒋　毅　（突然开口，言外有音）总要顾全大局啊，人不能太任性。

蒋　玫　爷爷，想说什么您直接说，用不着含沙射影。

蒋　毅　（“哼”了一声，对曹晖）小曹怎么想到报考剧团的？学了四年，就在个小剧团里干导演，值得吗？

曹　晖　（微笑）假如一件事我做之前要反复掂量值不值得，那这件事根本就不值得做。

蒋宏生　（赞许）说得好。

〔蒋毅咳了一声。

蒋宏生 （忙笑对蒋玫）还不给小曹倒杯水。

蒋　玫 哎呀，张妈，泡杯碧螺春来！

〔张妈幕后答应。

蒋　毅 玫玫，你跟小曹认识才一个多月吧？

蒋　玫 白头如新，倾盖如故。

蒋　毅 说人话！

蒋　玫 认识的时间虽然短，但感情很好，了解很深。

蒋　毅 （瞥一眼曹晖，挖苦地）一个编，一个导，感情肯定好了。

蒋　玫 （故作不知）谢谢爷爷！我那个新戏就将是我们俩的首次合作。（不无挑战地）到时请爷爷去看。

蒋　毅 排得出来再说吧。

〔张妈手捧茶杯上。

曹　晖 （快走几步迎过去接）我自己来，你小心烫。

蒋宏生 （观察着曹晖）这个杯子比较特别，虽然透明，看得见茶色，但是有薄薄的夹层，不会烫着手。

曹　晖 （感兴趣地举高杯子端详）伯父真会享受人生。

蒋　玫 才不是他的主意，是我妈特地托了朋友定制的，我妈追求的才是精致人生。

蒋　毅 玩物丧志。

蒋　玫 对于一个被你们剥夺了工作权的女人来说，她唯一的“志向”不就是把日子过得精致点吗？

蒋　毅 说得像你妈做了多大的牺牲，别人求还求不来呢。

〔蒋玫刚想反驳，曹晖暗中朝她打手势。蒋玫便不吭声。蒋宏生和蒋毅尽收眼底。蒋毅看看曹晖没说话。蒋宏生对曹晖点头笑笑。曹晖不好意思地笑笑。

蒋　毅　（对蒋玫）头一回听不见你顶嘴，还真不大习惯。

蒋　玫　是不是若有所失？要让您找回平时的乐趣那太简单了。

〔蒋莉、汪俊上。

汪　俊　（毕恭毕敬地）爸好！爷爷好！

〔蒋宏生、蒋毅点头。蒋毅拐杖点点，示意他坐下。汪俊想坐沙发上蒋毅旁边，蒋毅拐杖一拦。汪俊急急退到餐桌一侧坐下。

〔蒋莉在几人中间快速游走了一圈，用一种古代宫廷里的小碎步，像穿花蝴蝶一般。

蒋　玫　又是从哪个朝代穿越回来的？在这儿卖弄风情。

蒋　莉　（热烈地）汉代！我跟女主角一起长大，然后……

蒋　玫　你变成了坏人，为了出人头地拼命陷害姐妹，勾引皇上，阴险恶毒，神憎鬼厌。最后的最后，良心悔悟，为时晚矣。一代妖姬，死在男女主角怜悯的目光里。

蒋　莉　嘁，懒得跟你说。（拿起桌上果盘里的橙子剥着吃，随意地）曹晖吧？你好。

曹　晖　你好蒋莉！（主动上前和汪俊握手）你好！

蒋　玫　这是我姐夫汪俊。他这辈子最大的不幸是娶了我姐。

蒋　莉　胡说，那是他上辈子修桥铺路修来的福分。

蒋　玫　（跑到汪俊那儿看他）多可怜啊，上辈子做苦力，这辈子受欺压，但愿下辈子你有双倍的补偿。

〔蒋莉笑打蒋玫，蒋玫躲闪，险些栽到曹晖怀里。曹晖扶住她。蒋毅敲敲拐杖。众静。

蒋　毅　张妈，叫镜棠出来。

曹　晖　（对张妈）这里交给我吧，麻烦你请阿姨出来。

张　妈　这……谢谢啊！（下）

〔曹晖放置碗筷。

蒋　毅　（看怪物样地看汪俊）你就这么坐着？（不由得）曹晖第一回进家门也比你有眼头见识。

蒋　莉　（轻推汪俊）傻子，去帮忙啊。

〔汪俊忙上前帮手。二人挨个儿放杯盘碗勺，叮叮叮地脆响。

蒋宏生　（对蒋莉轻声）到公司上班半年了，毫无进步。

蒋　莉　那得爸爸多教他。

蒋宏生　我找了经验最丰富的严科长带他，结果没一件不办砸了的。我都没敢跟你爷爷说。

蒋　莉　（叹口气）我以前感情用事，看上了他会画画儿，没想到他别的一窍不通。

蒋宏生　（看看正忙碌的曹晖）小曹倒还好。我看得出来，你爷爷心底里也觉得他不错。

〔文镜棠、张妈上。

蒋宏生　好些了？

文镜棠　（虚弱地）不要紧……

蒋　毅　（盯着她，锐利地）你不是中西医都看过了吗？多少年了，三天两头地复发，是心病吧？

蒋宏生　（骇然变色）爸爸！

〔众人全看向他们。只有汪俊还是机械迟缓地摆着筷子，漠不关心。

蒋　玫　爷爷，今天的主题是曹晖，跑题了要扣你的分。

蒋　毅　考官从来只有一个，就是你爷爷我。（转对文镜棠）你那个箫又找回来了吧？

文镜棠　（失声）是你？

蒋　毅　（慢慢站起）小曹在这里，有些话我回头再问你。不错，箫是我看不顺眼，叫人拿去卖了。你倒也神通广大，居然又弄回来了。大概市里的乐器行、小摊子都被你逛遍了。

文镜棠　（喃喃）我本来就该猜到的，没想到真是爸爸你……

蒋　毅　箫是你的宝贝，那这张琴呢？

文镜棠　琴？

蒋　毅　有客人在，你就弹一个吧。雅人嘛，总要做点雅事。

蒋宏生　（上前拦在中间）爸，不合适吧？

蒋　毅　（绕过蒋宏生，逼近文镜棠）怎么，箫不准人碰，琴也不肯弹吗？

文镜棠　今天头痛，怕弹不好。

蒋　毅　弹吧，心病还要心药医。

〔汪俊放好了餐具，坐下玩手机。众人皆站，他一人坐着。

〔文镜棠迟疑地走到琴后，正要坐下。蒋玫抢前两步坐到琴凳上，不由分说地套护指。

蒋　毅　说的是你妈，不是你。

蒋　玫　谁弹不是弹？反正您又听不懂。

〔蒋毅变色。

曹　晖　（急接口）没想到蒋玫这么厉害，琴棋书画样样精通。

蒋　毅　小曹是个聪明人，我就不绕弯子了。你不适合我们蒋家。你跟玫玫和她母亲是一类人。家里这样的人，太多了。除非……

曹　晖　（听出转机）除非怎么样？

蒋　毅　你是个素质不错的小伙子，反应也灵活，要是能进公司来帮忙那就不同了。

蒋　玫　（气愤）爷爷，你逼我改行没成功又怂恿曹晖？

蒋　毅　你那个戏东找西找，还没找到冤大头吧？只要曹晖加入我们公司，我不仅接受他做我蒋家的孙女婿，还把你以后所有戏的排练费全包了。

蒋　玫　嚯，挺大方啊？但是他的追求，他的志趣就从此牺牲了？

蒋　毅　（对曹晖）你怎么想？

曹　晖　谢谢蒋爷爷对我的信任……

蒋　玫　曹晖！

蒋　毅　（眯起眼看曹晖）说。

曹　晖　（坚定地）不过，我不会放弃我的志向！

蒋　玫　（松了口气）好样的曹晖。爷爷不过想把你变成另一个姐夫。

汪　俊　（坐着，一觉才睡醒的样子）我？

蒋　毅　（扫一眼汪俊）你倒坐得稳如泰山。你在公司捣的乱当我不知道呐？你岳父不说，也有其他人向我报告。

汪　俊　（忙站起，惶惭地手都不知怎么放）对不起爷爷！

蒋　毅　（轻蔑）你对不起的人多了。

蒋宏生　（不安）爸，我不说是不想您再操心……

蒋　毅　跟你无关。（指指文镜棠）箫既然找回来了，你就留着吧。不过你给我安分一些，把日子过踏实啰。（扫一眼蒋玫）你，将来就算你真敢跟曹晖结婚，我也不会参加你们的婚礼，不会承认他是我们家的一分子，更不会给你写的东西出一个子儿！（下）

蒋　玫　（对蒋毅背影）您把钱双手捧到我面前我都不要！您就睁着眼等着我的戏上演吧！（愤然在琴上一拨）

〔铮的一声大响。文镜棠如被电了一般，捂着头倒下。众惊。

蒋　玫　（忙死死托住）妈——

蒋宏生　张妈，去拿药来！

〔暗转。

〔光复明。演员吊嗓子的“咿咿咿呀呀呀”之声遥遥传来。剧团办公室里，布置简易。曹晖拖地，蒋玫抹桌。

曹　晖　从没见过你爷爷那么强势的老人。

蒋　玫　他孙女儿更强势，所以他的反对你可以无视。

曹　晖　除了你，你们全家好像都怕他。

蒋　玫　爸爸的公司是爷爷打下的基础，到现在他还是公司里的大股东，手下的老臣子唯他之命是从，爸爸只能算半个当家人。

曹　晖　直白点说，谁有钱谁就有底气。

蒋　玫　大概是年纪老了，这两年他的心理似乎也有点问题，以前还不至于这样不分场合，不留情面……（寻思）也可能一个人在宝塔尖儿上呆久了，自然而然地要唯我独尊。

〔片刻沉默。

曹　晖　有句话我可能不该问，他……他为什么那么针对你妈？

蒋　玫　（神情黯然）我也只听到一星半点……以后再说吧。

〔赵团长和张卫国一逃一追上。张卫国跑得跌跌撞撞。

蒋　玫　（诧异）你们干嘛？

〔张卫国停下扶桌直喘气，赵团长也停下在另一边擦汗。

张卫国　赵团长，请你帮忙关心！这个戏我构思了十年，写了整整一

年！（连连鞠躬）

赵团长 张老师，你从我家门口追到单位，你就放我一条生路吧。（也连连鞠躬）

张卫国 （一咬牙）只要你肯排，剧本你们怎么改都行！

赵团长 您去堵有钱人吧！比如常发集团的刘总，拔根寒毛比我的腰都粗呐！

曹　晖 （看不下去，把蒋玫拉到一边小声地）蒋玫，能不能再私下请你爸想想办法？

蒋　玫 （也压低声音）可能吗！那天你也看见了，公司的事爷爷做主，爸爸根本不敢违抗，我的戏都不成，他们会给外人投资？再者说了，张老师自已对自已的剧本都没信心，随便我们改，要是有信心能说出这样的话来？他们那一代人，吃亏在没有经过系统训练，我有工夫帮他改还不如自己重写一部。

曹　晖 哦。

蒋　玫 （敏感地）你生气了？

曹　晖 （笑笑）没有。（走过去扶张卫国）张老师，先到会客室歇会儿，有话等赵团长缓过劲儿来再说。

〔曹晖扶张卫国下。赵团长浑身放松，陡然脱力，坐到地上。蒋玫笑，上前扶起。

赵团长 哎呀幸亏小曹解围……（想起）哎，你们家对曹晖印象怎么样？

蒋　玫 还好。我带曹晖回去并不是征求意见，只是象征性的尊重，好比现在有些单位招人，早就内定好了，还正儿八经地考试，走个程序而已。

〔赵团长手机响，边站起来边接。

赵团长 刘总！您亲自打电话来啊？……什么？一起吃饭唱歌？编剧导演都得去？好，好好！（挂机，看蒋玫，苦恼地摸头）

蒋　玫 领导，别这么看人，瘆得慌！我可声明，坚决不陪土豪吃饭唱歌，谁爱去谁去！

赵团长 （要哭）谁爱去啊？还不是为了戏为了剧团吗？你爷爷是没指望了，难得刘总松口，事关大局，你就放放你那小姐架子吧！

蒋　玫 （咬牙，少顷）那……你问曹晖，他去我就去。

〔切光。

第三幕

〔前场次日。幕启时是卡拉 OK 的大包厢。长长的半圈猩红色沙发，两张大理石茶几，一张上有果盘，另一张有遥控器、十几个啤酒瓶子。右侧一角有点歌器。

〔蒋玫、曹晖并肩而坐，很是亲密。

〔曹晖用牙签戳了一块水果喂蒋玫。

蒋　玫 （凑过去吃）这个刘总，也真奇怪。有赵团长陪他就够了，非把咱俩也扯进来，还说和各行各业的人都打过交道，唯独没见过“活的”编剧导演，这心态跟逛动物园看火烈鸟有什么分别？要不是因为跟爷爷赌一口气，我就不来！

〔赵团长上。

蒋　玫 刘总人呢？

赵团长 刚才和他在外面抽了会儿烟，这会儿接一个要紧的电话。对了，我刚才在那边的包厢看见你姐夫了。

蒋　玫　（惊讶）汪俊？他在这？他跟姐姐说晚上陪客户谈事情嘛。

曹　晖　也许……是在 KTV 里谈？跟我们一样？

赵团长　（迟疑了一下）本来我不该管你家的闲事，不过那包厢里就他和陪唱的小姐两个人……

〔蒋玫站起来就往外走。

〔刘总上，二人差点撞到。

刘　总　怎么了蒋老师？

蒋　玫　（勉强笑）刘总。

刘　总　（大手一挥）来来来，我们接着唱。

〔蒋玫无奈回座，曹晖在另一边为刘总倒酒。

赵团长　（过去敬酒）刘总，为了您对戏剧事业的慷慨支持，我再敬您一杯！（一饮而尽）

刘　总　（大声喝彩）好！赵团长爽快，可对了我这个老粗的脾气。这样吧，咱们先喝一轮，一杯五千！然后换大杯再喝一轮，一杯一万！

赵团长　这个……

刘　总　有难度？

赵团长　豁出去了，舍命陪君子！（又一杯）

刘　总　（一拍大腿）爽！难得这么开心，我决定为大家献歌一首。

赵团长　这半天了您才露这一手，跟您在商场上一样后发制人，高！我们洗耳恭听。

蒋　玫　（对曹晖耳语）听完了洗耳。

曹　晖　（想笑又忍住）刘总想唱哪首，我去点。

刘　总　麻烦你了老弟，就那个什么……《春天里》吧。

曹　晖　好！（到点歌器那揌键）

〔音乐起。七人舞蹈着上，饰演七个音符。他们各穿着红橙黄绿青蓝紫七色衣服，款式相同，每人胸前写着一个音符。

〔天幕上现歌词。

刘　总　（走到台前唱歌，声情并茂、明显走调）还记得许多年前的春天，那时的我还没剪去长发，没有信用卡没有她，没有24小时热水的家。可当初的我是那么快乐，虽然只有一把破木吉他，在街上在桥下在田野中，唱着那无人问津的歌谣……

蒋　玫　（对曹晖）原来许多年前的春天，他的歌已经无人问津了。

〔刘总唱得荒腔走板。七个音符你推我撞，东倒西歪。

〔蒋玫下意识想捂耳，赵团长连连示意，她只好放下手。

刘　总　（唱）如果有一天，我老无所依，请把我留在，在那时光里。

如果有一天，我悄然离去，请把我埋在，在这春天里……

蒋　玫　（对赵团长）走调走到哪里去了？

赵团长　调子走了不要紧，资金来了就好。

〔刘总把第一段最后一句拖得无限的长，七个音符朝同一方向踮起脚尖，长时间摆出痛苦的造型。刘总一闭嘴，七人立刻跌倒在地。

刘　总　（去关了音乐）不行了不行了，中气不足了。

〔赵团长等三人鼓掌。

赵团长　（敬酒）哪里，祝贺！演出成功！

刘　总　献丑了。（与赵团长干了一杯，看曹晖）哎，曹老弟，你烟不抽酒不喝要当和尚啊？女色近不近？

赵团长 （笑把曹晖往蒋玫身边一推）您看，郎才女貌，天造地设呀！

刘　总 （拍脑袋）哎哟喂，我这都没看出来。（亲热地猛拍一把曹晖）老弟啊，这么才貌双全的女朋友，早二十年你老哥我就下手了！

赵团长 刘总太幽默了，小曹来敬一杯。（悄对曹晖）挡一下，我要顶不住了。

〔曹晖刚要敬酒，蒋玫上前拦住。

刘　总 （不快地）蒋老师不给我面子？

蒋　玫 当然不是，敬酒太普通了，不符合您的身份，我是让曹晖唱首歌献给您。

刘　总 （笑了）哦哦！文人，（对赵团长）这就是文人，跟我们俗人就是不同。

〔蒋玫、曹晖过去选歌。七个音符站起来活动手脚，运动员似的热身。

曹　晖 搞什么鬼？

蒋　玫 帮你解围呀，能不喝就别喝，不然赵团长千疮百孔的健康就是你的榜样。

曹　晖 （笑）好吧。（选歌）就这首。（走到台前）

〔音乐起：《一起吃苦的幸福》。音符们随着曹晖的歌声缓缓、抒情地起舞，时而环绕曹晖，时而四散分开。

〔天幕上现歌词。

曹　晖 （唱）我们越来越爱回忆了，是不是因为不敢期待未来呢？

你说世界好像天天在倾塌着，只能弯腰低头把梦越做越小了。是该牵手上山看看的，最初动心的窗口有什么景色。不能不哭你就让我把你抱着，少了大的惊喜也要找点小快乐……

〔蒋玫倾听着，渐渐走向曹晖身后，动情地望着他。

曹　晖　（唱）就算有些事烦恼无助，至少我们有一起吃苦的幸福，
每一次当爱走到绝路，往事一幕幕会将我们搂住。

刘　总　（对赵团长）哎呀你们团出人才呀！都是你培养得好！

赵团长　（欣慰）是他们自己努力！

〔在第一段和第二段的过门中，马小姐上。刘总兴奋站起。

刘　总　各位各位，这就是这家KTV最漂亮、最性感，歌唱得最好的马小姐！

赵团长　（言不由衷地）幸会幸会。

刘　总　（对马小姐）怎么才来？

马小姐　（娇声）人家有事呢！

刘　总　（笑对曹晖）你介不介意我把你打断？

曹　晖　（笑）不介意。

刘　总　好，我亲自帮马小姐点歌！

〔音乐一变：《伤不起》。七个音符的舞蹈风格陡然改变，变得矫揉造作，俗气可笑。

马小姐　（在台前唱）你的四周美女有那么多，但是好像只偏偏看中了我；爱过后就不来找我，总说你很忙，没空来陪我；你的微博里面辣妹很多，原来我也只是其中一个；万分难过，问你为什么，难道痴情的我不够惹火？

〔马小姐歌喉极甜腻，刘总站在她旁边闭着眼打着拍子如痴如醉。

蒋　玫　（对赵团长）我可以出去找我姐夫了吗？

赵团长　她一唱完你就走。

蒋　玫　嗯，不然就得罪了刘总是吧？辜负了这首广场舞大妈最爱的神曲。

赵团长　忍忍吧，有我和小曹陪着你呢。

马小姐　（唱）伤不起，真的伤不起，我想你想你想你想到昏天黑地。电话打给你，美女又在你怀里，我恨你恨你恨你恨到心如血滴。伤不起，真的伤不起，我算来算去算来算去算到放弃。良心有木有，你的良心狗叼走，我恨你恨你恨你恨到彻底忘记！

蒋　玫　（小声）原来歌词里还能骂街。

〔曹晖笑。

〔手机响，马小姐接。

刘　总　（不满地）先唱完先唱完！

马小姐　（对手机）好啦，我等一下就来。（挂机，对刘总）不好意思啊刘总，我有点好急好急的事走开一下。（轻推他手臂）您大人有大量，原谅人家一次啰！

〔刘总赌气不理。

马小姐　顶多……（右手食指点在腮帮上）顶多下次我陪您唱个通宵。

蒋　玫　（小声对曹晖）多么销魂，你喜欢这号儿的么？

曹　晖　（笑）我喜欢正派又泼辣的。

刘　总　（对马小姐）好吧，今晚表现不好，下回连本带利。

〔七个音符一齐吐出一口长气，一溜儿跑下。

马小姐　（娇笑）我自罚一大杯！（饮干）
刘　总　（扫视蒋玫等）看看，马小姐心里还是有我的。
赵团长　是的，是的。

〔刘总挥挥手，马小姐下。
〔曹晖为二人倒酒，向蒋玫暗中打个手势。
〔蒋玫悄下。

赵团长　来来刘总，咱们接着喝，喝了再唱，不尽兴不回家。
刘　总　（高兴了）这是你说的啊！我回头把我压箱底的几首好歌唱给你们听……

〔舞台旋转，另一表演区转到观众面前。
〔与先前包厢一样的布置。
〔汪俊拖着马小姐喝酒。

汪　俊　再干一杯！（欲抱）
马小姐　（灵敏地闪身，伸指在他额上一戳）被你害死了，差点把刘总那样的客人都得罪了。
汪　俊　那让我赔偿你吧。（醉笑）我讲画给你听好不好？
马小姐　画你的头，次次都跟我说这些没用的。你画的画要能卖钱我就服了你。
汪　俊　（掰手指头）《江帆楼阁图》《溪山春晓图》《梅竹双雀图》，多美……现在的人都太忙了，没人看了。

〔马小姐自己倒了杯酒小口地喝，坐得远远地打量汪俊。
〔蒋玫上，见状停步。

汪　俊　还有明代的《关羽擒将图》……（好像就在他眼前）人物高大，

气势雄壮，红绿金粉，鲜艳夺目。我当时就跟我师妹说这个好！也不能老是渔翁啊，树啊，鸟啊，搞得古中国就像个植物园。师妹说不喜欢画后面的泉水石头，没有必要。我跟她讲，那是南宋院体山水画的规矩，代代相传，不能缺的。我师妹夸我博学，她夸我……（惘然地）多久没人夸我了？（挪到马小姐身边）为什么那时候我没娶了她呢？

马小姐 死远点儿，人家新衣服才上身。

〔蒋玫进。

马小姐 咦，你不是刘总的朋友么？

蒋　玫 （冷冷地）还是汪俊的小姨子。

汪　俊 （惊了一下）蒋玫……

蒋　玫 想不到吧？（瞥了马小姐一眼）看来你来这里找马小姐不是一次两次了，要是姐姐看见会怎么想？

马小姐 （识趣地）你们说家事吧，我走了。

蒋　玫 等等。汪俊是个老实头儿，我猜是你主动找他的，你能不能别缠着他？（见马小姐想说话，打断）他和刘总不同，他没钱。

马小姐 （气）你当我图他的钱？

蒋　玫 （笑）可别说你爱上他了。

马小姐 就他？嘁，我是可怜他！

汪　俊 什么？你……连你也可怜我？

马小姐 连我？我低人一等，我贱，我不配可怜你是不是？也不撒泡尿照照，像你小姨子说的，你又没多少钱，一趟一趟地来，我凭什么老跟你干耗着？还不是因为你说你在你老丈人家天天受气，大男人哭得跟个孩子一样。

汪　俊 （羞愧难当）别说了，别说了！

蒋　玫 （斥）姐夫，你也是太没分寸了，在 KTV 里逮着个人就说家里的事！

〔马小姐哈哈大笑。

蒋　玫　（居高临下地）有什么好笑？

马小姐　我笑汪俊没说错，你们家果然个个都能训他。

〔蒋玫一愣。

马小姐　你也知道我是外人了，怎么就当着我的面，大人训小孩似的说他？你倒挺有分寸的。

蒋　玫　你是贵姓马吧？你应该像你的姓一样，跑得快一点。（向外一指）出门向右不送。

马小姐　（冷笑）刚才是你不让我走的，当我稀罕？（欲走）

〔汪俊跳起来拦住。

蒋　玫　（生气）姐夫你干什么？

汪　俊　（借酒直说）我不准她走。这个世界上只有她拿我当个人，哪怕是可怜我也行。不像你们，在公司，在家里，我只是你们蒋家的一条狗！

蒋　玫　（怒）胡说八道！至少我就从来没这么想过！妈也没有！爷爷那种性子，我和我妈也被他骂得劈头盖脸的，他又不是只针对你一个人！

马小姐　我真走了，受不了你们。

〔汪俊死拦不放。蒋玫气急拉他。汪俊不慎把蒋玫推倒。

汪　俊　（有点清醒了，忙过去扶）你……你伤着没有？

〔蒋玫挣扎站起。

汪　俊　（看看马小姐）要不，你先走吧……

马小姐　（走了两步回头）汪先生，你要么就死心塌地给有钱人当上门女婿，要么就结结棍棍地当个硬汉子，别像现在半吊子……（顿了顿）弄得自己这么纠结。（叹了口气，下）

汪　俊　蒋玫，可能你没看不起我，但是你爷爷是明目张胆地看不起我，你爸爸是恨铁不成钢地看不起我，你妈妈根本看也不看我。你姐姐，你姐姐是一边后悔嫁给我一边看不起我。

〔曹晖上，听到汪俊的话，停在门外。

汪　俊　我是个男人，我有自尊心的，我……（舌头大了）我以前在“美院”是尖子生，比全班人都画得好，老师说我最有灵气……（哭了）自从到了你家，我……我他妈就像乡下中学的文科第一名到了城里的重点理科班，我谁也不如了我……（栽在沙发上睡着了）

蒋　玫　（推汪俊）姐夫，姐夫！

曹　晖　（进门）让他睡会儿。

蒋　玫　（一抬头）你怎么来了？

曹　晖　我担心你，怕万一他喝醉了你不好对付……

蒋　玫　（看着沙发上的汪俊）我倒担心他不好跟姐姐交待。

曹　晖　你不告诉蒋莉不就行了吗？我们私下多跟汪俊谈谈，让他有个宣泄的渠道。

蒋　玫　（诧异）那不是骗姐姐吗？

曹　晖　汪俊的处境你不是没看见，你也为他着想着想。

蒋　玫　你是男人当然帮他说话。

曹　晖　我不是帮……

蒋　玫　我已经告诉姐姐了。

曹　晖　（吃惊）什么时候？

蒋　玫　找汪俊之前在走廊上打电话的。有什么问题让两口子处理吧，谁是谁非我们又不是裁判官。我不能瞒着家里，否则就是我个人的品德有污点了。

曹　晖　（笑笑）你的想法真是与众不同。

蒋　玫　你不赞成？

曹　晖　我是不懂！（因为生气声音渐渐高了）你有没有发现你很苛刻？生命是柔软的，需要弹性。

蒋　玫　需要弹性不代表没有原则。

曹　晖　有了原则不等于缺乏同情。就像你对那个经常求赵团长排他剧本的张老师。你只会对人家百般挑剔，你就不想想他是在什么条件下一个字一个字地爬格子的。你可以选择不看他的剧本，但你应该对人家有起码的尊重和恻隐之心！

〔蒋玫想说话，曹晖作手势让她先别说。

曹　晖　你总说艺术高于一切，但艺术本身难道只有美没有善吗？没有对芸芸众生的悲悯，你的技巧高到天上去也没用啊！福楼拜的《情感教育》技巧无与伦比，但就是没有《包法利夫人》感人。亨利·詹姆斯的晚年三大杰作为什么不如《一位女士的肖像》？因为后者有关切有爱。说回戏吧，汤显祖、关汉卿、曹禺、田汉，哪一个像你这样把艺术追求变成文化洁癖的？你看不起电视剧，但电视剧里照样有经典。港剧《金枝欲孽》、美剧《绝命毒师》、英剧《唐顿庄园》，你接触过吗？看过哪怕一集没有？（指汪俊）再说这个人，他跟你没有血缘关系可却是你的亲姐夫。你爷爷跟你血脉相连你又怎么对他？他是跋扈、嚣张、极端，你呢，你是用另一个极端去对抗他的极端！他对你跟你母亲不留情面，你对他何尝有过尊敬、孝顺和体贴？（转身就走）

蒋　玫　（脱口而出）你去哪儿？

曹　晖　我去看看赵团长醉了没有。（停了停）我没你这么放心。（下）

〔舞台旋转，在此过程中蒋玫呆呆地站着，汪俊时不时地打着呼噜。蒋玫、汪俊的表演区转到后面，刘总、赵团长的包厢转回观众眼前。

〔赵团长头趴在点歌器上睡着了。刘总正要出去。

〔曹晖小跑着上。

刘　总　老弟啊，来得正好，待会儿我司机就上来了，你帮他一块把老赵架到我车上去。（走）

曹　晖　刘总，冒昧问一下，您和赵团长商议的事儿……

刘　总　（笑了）到底是年轻人，沉不住气。赞助费的事我还没最后决定，老赵是个爽快人，我不会让他等回话等太久的！对了，蒋老师好像是蒋宏生蒋总的女儿呀？

曹　晖　是啊，怎么了？

刘　总　（笑）没事没事，随便问问。

〔赵团长头一滑，向前往地下冲。曹晖箭步过去扶住。

刘　总　（看看醉酒的赵团长）做生意不容易，你们搞戏也不容易。我小时候跟我姥姥带个小板凳去看戏，我就奇怪这些人是怎么编得出来的，有人物有故事，看得我们在台下又笑又哭的。所以今天我特别提出来要见你和蒋老师两个编剧导演的呢。

曹　晖　（叹）编剧导演也不过是凡夫俗子罢了。

刘　总　你们是俗中的不俗，凡中的不凡。我们只会过日子，你们能叫人在台上演出来别人怎么过日子，这怎么同呢？

曹　晖　（真诚地）您过奖了！

刘　总　等我司机来吧。（走了几步，忽然回头）我唱歌是不是很难听？

曹　晖　（猝不及防）啊？

〔刘总哈哈大笑着下。

〔曹晖扶着赵团长，愣愣地看向门口。

〔切光。

第四幕

〔距前场一天，傍晚。蒋家客厅。景同第一幕。

〔幕启时张妈和张卫国站在舞台一角，蒋玫面朝他们。

蒋　玫　没想到你们是老乡。

张　妈　都是张家村的，小时候一起长大。他让我带他来又不肯进屋。

蒋　玫　进来坐吧张老师，哪有站在门口说话的。

张　妈　他说只说几句就走。

张卫国　我要说的蒋老师你都知道。我不求别的，只求你抽个空把我的剧本看看，哪怕看一幕，就看一幕！（从胸口衣服里往外掏钱）我没多少钱，但不能叫你白辛苦……

蒋　玫　（哭笑不得，拦）张老师，您别，您是我的前辈，这不是钱的问题。就算我看过了，老实说也难上演。赞助方反反复复，赵团长更不可能同意。

〔张卫国手一抖，钱掉了一地。

张　妈　就……没其他办法？

〔张卫国蹲下哆哆嗦嗦地拾钱。张妈帮他。蒋玫看他良久。

〔曹晖的画外音：“你可以选择不看他的剧本，但你应该对人家有起码的尊重和恻隐之心！”

蒋　玫　（吸了口气）剧团马上要上我一个新戏，张老师，要不我加一下你的名字，你算是编剧之一……

张　妈　（大喜过望）好啊！

张卫国　（断然）不好！

〔蒋玫、张妈愕然。

蒋　玫　您是剧团的老编剧了，赵团长都是您的晚辈，只要我提出来他不会反对的。

张卫国　（低声但坚决地）我不要不属于自己的东西！

蒋　玫　（意外，起敬）张老师！

张卫国　小时候我就是个戏迷、戏痴，（沉重地）可我底子差，该学文化的时候碰上了“知识越多越反动”，我只能到处找书看，找剧本读。“文革”快结束时我进了剧团，以为能好好学习施展身手了，年青一代的编剧又上来了。后来，他们有的跳槽下海，有的改写电影电视剧，我再想写，却发现自己身体坏了，精力差了，视力也……说起来像个笑话，我在剧团几十年，空挂了一个编剧的名，没能正儿八经地写活一出大戏！（叹）蒋老师，我们这一代人，你不懂啊！

蒋　玫　（真诚地）以前不懂，今天……有点懂了。

张卫国　我不想出名，不想赚钱，不想获奖。

蒋　玫　我信！

张卫国　（欣喜）蒋老师！

蒋　玫　叫我蒋玫，您才是我的老师！您的剧本我那儿有，回头我一定认真看。看完了，我请张妈约您，有好说好，有歹说歹。

张卫国　（高兴地）哎，哎！

蒋　玫　不过张老师，我要说真话，即便剧本不错，排演的可能性也极小……（见张卫国失望的神情）也许……我能想办法推荐它发表到省里的戏剧刊物上。

张卫国　（顿了一下，赶紧）那也好。

〔蒋宏生喊着“张妈——”从另一边上。

蒋宏生　（奇怪）人呢？

张　妈　来啦！（对张卫国）你自己回去吧。路上小心点啊。

张卫国　哦！（对蒋玫）谢谢你啊蒋老师！

蒋　玫　叫我蒋玫。

张卫国　（感动）好，再见，蒋玫。

蒋　玫　再见张老师！

〔张卫国朝相反方向走。

张　妈　哎哎，那边！走反了！

〔张卫国反应略显迟钝，转身，慢慢下。

张　妈　（对蒋玫）张卫国一辈子没成家，没老婆没孩子，就好个写戏，一个人写了多少年。你千万帮帮他呀！

蒋　玫　张妈你放心。我说到做到。

〔蒋玫、张妈进内。

蒋宏生　都跑到门外干嘛？

张　妈　来了个……乡亲。

蒋宏生　别叫老先生听见，回头又说你。晚饭快一点，饿了。

张　妈　我这就去！（下）

〔蒋莉、汪俊上，刻意保持距离，互不搭理。二人不约而同坐到沙发上，蒋莉立刻起身到餐桌边坐下。

蒋宏生 小两口怎么了？

蒋　莉 （眼不看汪俊）说呀，有胆子做没胆子说？

蒋　玫 姐夫，是我告诉姐姐的，没别的意思，就是……

汪　俊 说开了也好。从昨晚到现在，我想了一天一夜。

蒋宏生 什么事这么严重？

蒋　莉 你的好女婿在 KTV 里勾搭别的女人！也不怕染病！

蒋宏生 汪俊，是真的吗？

〔汪俊不吭声。

蒋宏生 （严峻地）你默认？

汪　俊 爸爸，你觉不觉得蒋莉的反应很奇怪？

蒋宏生 （摸不着头脑）奇怪？

蒋　莉 别想转移视线！（想冲到汪俊那边）

〔蒋玫拉住蒋莉。

汪　俊 一般女人知道老公出轨，除了愤怒，还会伤心、难过、失望，蒋莉是鄙夷、嫌弃、咒我得病。爸，您也是男人，您说她这反应是单纯因为爱我吗？

蒋　莉 学会倒打一耙了啊？自己对老婆不忠还怪我不够爱你。你看看你，提起来不像个粽子，放下去不像个糍粑，粘粘乎乎，窝窝囊囊，进公司这么久了连领带都打不好，叫人哪一只眼睛看得上！

汪　俊 （苦笑，始终只对蒋宏生说话）她终于把实话说出来了。其实您心里也是这么想的吧？汪俊是个什么东西呢？一个攀了高枝的穷小子，一块扶不起来的烂材料，本事不大，能力不强，赏他一碗饭吃是给他脸，竟然还敢跑出去勾三搭四，真是杀了他都脏了刀！

蒋宏生 （点了根烟）当你自己这么评价自己的时候，你指望外界会怎么高看你？

汪　俊 （站起来，激烈地）不，是你们蒋家上下歧视我，我才没有自信；我越没有自信，你们越歧视我！我刚进公司你们就逼着我填鸭子似的学这学那，两个月不到就给我三项任务。我根本没时间适应……

蒋宏生 别人想接任务，想有机会还轮不到。

汪　俊 （不理他，继续说）我办砸了，你们又合起伙来攻击我，人前人后议论我。我又不是商界奇才，生下来就三头六臂！

蒋宏生 蒋家的女婿必须迅速成长，独当一面。

汪　俊 （喊）口口声声蒋家蒋家，我姓汪，不姓蒋！（指蒋莉）她以后生了孩子也是汪家的种！

蒋宏生 （淡淡地）你太激动了，换个时间再谈吧。

〔蒋毅上。

蒋　毅 吵什么？隔了两道门还听见鬼喊鬼叫。

汪　俊 （挑衅地）我出轨了，鬼混了，丢了你们家的脸，哈哈！

蒋　莉 不要脸！

蒋　毅 （看看汪俊）抽什么疯？你的账回头再算。（朝蒋宏生）你上个月收购了一家公司？

蒋宏生 （一愣）对。

蒋　毅 好大的手笔，事先为什么不同我商量？还故意瞒着我那几个老兄弟？瞒得真紧，下午我才听到消息。

蒋宏生 （顿了顿）我想自己做一回主。

汪　俊　哈哈，好玩！真有趣！这个家就是个火药桶，谁跟谁都不对付。（鼓掌）

〔蒋莉上前一把拖住汪俊就走。

汪　俊　干什么？

蒋　莉　去会会你那个风骚的第三者！

汪　俊　（情绪几近癫狂）咦？（凑到蒋莉脸上）好像有点吃醋，有点像个受了伤的妻子的样子了。

蒋　莉　快走吧你！

〔蒋莉硬拽着汪俊下。

蒋宏生　（掐灭烟头）玫玫，你先进房吧。

〔蒋玫看看二人，走了几步，又回头看一眼，下。

蒋　毅　你这两年虽然有进步，离老谋深算还差得远。要不是我替你看着，公司能有今天？这么快就等不及了，（拐杖一顿）想造反！

蒋宏生　（笑笑，涩然地）哪有人自己造自己的反？你这话，证明在你眼中公司还是你的，不是我的。你该不会真觉得公司做大了全是你一个人的功劳吧？

蒋　毅　功劳是我的，你只有苦劳。

蒋宏生　所以你退而不休，借着你那些老部下，人不在，影子在，件件插手，事事掣肘。

蒋　毅　原来你心里这么多怨气。怪不得要瞒着他们打突击战。

蒋宏生　我要的就是这个时间差，我想试一试自己的商业直觉。

蒋　毅　（沉默半晌，观察蒋宏生）不对，（摇头）事情不对。

蒋宏生　（不安地躲闪）什么不对？

蒋　毅　这个重大决定不是你这种性格的人做得出来的。（拄着拐杖在室内慢慢地走，每一步都听到“笃”的一响）你是我的儿子，我最清楚你的为人：想得多，做得少；稳重有余，魄力不足。你不是这种毛躁急进、敢于出手的性子。（靠近，逼视着他）是那个女人在你背后当军师吧？

蒋宏生　（不语，片刻后）在爸爸眼里，我一辈子都是拿不了主意的孩子。从前学书法时是，现在做总裁了，还是。

蒋　毅　你活到八十岁我也是你爸爸。我一天不死，就得替你看着这份家业。

蒋宏生　（难得的冷嘲）是替我，还是替你自己过于旺盛的掌控欲？

蒋　毅　（半真半讽）你居然敢这么跟我说话，我倒有点欣赏你了。

蒋宏生　你知道刚才我为什么没有斥责汪俊吗？

蒋　毅　你觉得你和他都被我欺压？

蒋宏生　程度上有些差异，处境上同病相怜。（起身下）

〔蒋玫上。

蒋　玫　今天的晚饭又少了三个人吃。

蒋　毅　爱吃不吃。

蒋　玫　爷爷，我不是想跟您吵架，只想跟您聊聊天。

蒋　毅　聊天？太阳打西边出来了啊？

蒋　玫　曹晖跟我说，您脾气虽然不好，我对您也不够体谅，大家是极端对极端。

蒋　毅　（复杂地）嘿！

蒋　玫　他也不是各打五十大板，大概是以和为贵的意思吧。何况在蛮不讲理、出口伤人等方面，我得了您的隔代真传，张三李四不说王二麻子。

〔蒋毅被她说得笑出声来，咳嗽。

蒋　玫　（也笑了，帮他捶背）这么大年纪了又有高血压，还天天不安生，骂完了孙女骂媳妇，骂完了媳妇骂儿子，偷空儿还要找张妈妈训训话。小心把人得罪完了，将来老得不能动了没人伺候。

蒋　毅　至少你这个小犟种会服侍我的。

蒋　玫　（意外）您这么相信我?

蒋　毅　我看人最准。这个家里，数你身上那股气最正。当然，（不太情愿地）曹晖也不坏。

蒋　玫　（笑，感慨）原来好好聊聊是这么简单的一件事。

蒋　毅　（也感慨）却没几个人肯尝试。爷爷有很多话，不知道说了给谁听。

蒋　玫　我愿意听。

蒋　毅　你爷爷也不是天生就好勇斗狠。（眯起眼睛，思绪飘远）几十年前，我和你奶奶都喜欢金石书画，祖上都是诗礼人家，家里足有几大箱子收藏。后来时势变了，有天晚上，被一帮年轻人闯进来“破四旧”，烧的烧了，撕的撕了，砸的砸了——几代人的寄托一件没剩！比拆了我的骨头还疼啊！你奶奶差点就跳了江！打那以后我就发誓，从此以后，我跟我的子孙再也不沉溺任何东西。只要有机会，我要做就做最强的，要当就当最横的!

蒋　玫　（怜悯地看着蒋毅）爷爷不说，我们也不会知道你这段伤心事。

蒋　毅　（苦笑）最讽刺的是两个孙女婿又是搞艺术的，大概是天意。

蒋　玫　可是你天生是一个痴人啊爷爷。你有没有发现，你经营生意也像在经营艺术，你还是沉溺下去了，不过是在不同的领域。你把生意看得这么重，不是为了钱，是为了满足感，一旦公司有个闪失，你可能又会像上次失去你那些收藏一样受不了的。

蒋　毅　（震动）你这孩子戏写得太多了，看人这么透！你说的这些我自己都没想过！

蒋　玫　（笑了）不过不用紧张，人这一生要是找不到一件事儿全心全意付出，不是太无趣了么？除非你到金山寺去当和尚，人家高僧要不要你还得另说。

蒋　毅　（笑啐）哪儿学来的，一套一套的。你的话大体上对的，不过爷爷不完全是为了自己的沉溺才这么在意公司，也真是想万一哪天我不在了，能给你们这些舞文弄墨的败家精留下点儿家底。但这回你爸爸这一鲁莽……

蒋　玫　（担心）有问题吗？

蒋　毅　表面上没什么，长远看来有很大的利润空间，但我就是觉得哪里不对劲儿。更要命的是……（望着蒋玫）为了收购这家公司，我们花了太多的钱，流动资金基本全被套住了，还跟几家交情好的银行借了贷。你爸爸这个决定等于一场赌博，赢就猛赢，输就大输。要是事先收到风声，我绝对不让他冒险！

蒋　玫　已经这样了，也只好顺其自然了。但愿是您多心。

蒋　毅　（提起蒋玫的手拍拍）小丫头，跟你说说话，心里倒没那么堵了。

蒋　玫　（有意转移他注意）想不到我这朵玫瑰花还能变成解语花。

蒋　毅　（笑）就算从前你是个浑身带刺的小玫瑰的时候，我对你也不全是否定的。

蒋　玫　真的假的？

蒋　毅　你那份清高我见了就来气，但你那股子倔强却特别像我。全家只有你像我。

蒋　玫　好啊，原来你是这么想的，那你干嘛总说我像我妈？

〔文镜棠上，手里捧着长寿花。

文镜棠 爸……

蒋 毅 （视文镜棠如空气，对蒋玫）你那个戏，进度怎么样了？

蒋 玫 （愣了下，站起，一手亲昵地扶着文镜棠的右臂）刘总的态度还好，只是没肯最终签约。

蒋 毅 （傲然地）蒋家倒得看别人的脸色？你等他三天，三天不转账，就不必他费心了。

蒋 玫 （不敢相信地）爷爷愿意出钱？

蒋 毅 瞧你那又惊又喜的劲儿，看来这辈子是跟戏剧杠上了。

蒋 玫 您说“这辈子”，我就想到我们剧团一个老编剧叫张卫国，是张妈的同乡，他一辈子无妻无子却迷恋戏剧，唯一的心愿就是能有人把他的戏搬到台上。说老实话，从前我抵死地要写戏，其实也有一部分是跟您赌气。张老师这样对戏剧无怨无悔不屈不挠，让我感动，也有点惭愧，我觉得他心里的那些念想和追求，比我更纯净透亮。

蒋 毅 哦？那个张卫国，多大年纪啊？

蒋 玫 比您还大几岁吧。

蒋 毅 写得好不好呢？

蒋 玫 我还没看本子，之前只翻了一两页。他是手写的，字又小，我还得帮他打到电脑上去。

蒋 毅 外面卧虎藏龙，不要小看了人。他的年龄和阅历，加上几十年名利场外的闷头钻研，恐怕不是等闲之辈。

蒋 玫 （略怔）我倒没深想过……

蒋 毅 刘总那头，三天后你告诉我情况。

蒋 玫 （又开心起来）哎！

蒋 毅 （这才看文镜棠）什么事？

文镜棠 爸爸，我照您说的把长寿花修剪过了，您看这样行吗？

蒋 毅 还好，放到阳台上去吧，记得施肥。

蒋　玫　花肥好臭，老让妈干这个她受不了。

蒋　毅　赏花的时候怎么不嫌臭？好比你养宠物，不能只图它好玩，不清理它的大小便吧？早前叫张妈弄了一回，放那么浓的肥料，把花都腌死了！

蒋　玫　那以后交给我来弄。

蒋　毅　偏不要你！你的剧本不要忙了？过几天资金到位没有后续工作了？

文镜棠　（无奈）不要紧玫玫，我来吧。

〔手机响，蒋毅接。

蒋　毅　（失色）什么？

文镜棠　（紧张）怎么了？

蒋　毅　（厉声）你查清楚了？……没法挽回了？（颤声）好，好，好……（手机落地，晕倒）

蒋　玫　爷爷，爷爷！

文镜棠　（打手机）宏生，快送爸爸去医院！

〔暗转。

〔救护车声。

〔光复明。医院病房。一张病床，一张床头柜，床头柜上有一盆长寿花。蒋毅躺在床上，文镜棠坐在床边。一门之隔，蒋玫在门外怔怔地站着。

〔曹晖急上。

曹　晖　怎么样？我进去看看！

蒋　玫　（一拦）好不容易睡着了，妈在里面陪他，过会儿吧。

曹　晖　怎么说中风就中风了？

蒋　玫　他本来就是“三高”，又爱吃油腻，又好发脾气。公司一出事，他急火攻心就……

曹　晖　公司到底怎么了？把你爷爷经过大风大浪的人急成这样。

蒋　玫　（犹豫了一下）爸爸用大价钱收购了一家公司，结果人家是个空壳，一切都是精心布下的骗局。爸爸他……太想做出业绩证明自己了……

曹　晖　把我吓坏了，一来担心爷爷，二来也担心你。

蒋　玫　（流泪）曹晖，你不生我的气了吗？我还以为你一辈子不理我了呢。

曹　晖　（给她擦泪）我当时说得太急了，过后想想，不能全怪你。

蒋　玫　（哽咽）不，我的确有问题，我刚照你说的跟爷爷和解，刚刚像真正的祖孙一样聊天儿，没想到就……曹晖你说，是不是人生注定是残缺的？

曹　晖　别难过，天大的事，有我和你一起面对！（握住蒋玫的手）听说你爸也住院了？咱们先去看看他吧？

〔蒋玫点头。二人下。

〔门内文镜棠站起。

文镜棠　爸爸，我来看你了。你躺下了，宏生又为公司的情况急得病了，你说蒋家靠谁来撑呢？

〔风声，山雨欲来。

文镜棠　（笑了一笑）爸爸博古通今，一定听过“妻贤夫祸少，子孝父心宽”。你儿子是很孝顺的，你儿媳妇却不大贤惠。宏生接管公司以后，胆子很小，对你早请示晚汇报。可是我慢慢地怂恿他，叫他“独立”，叫他“自主”，叫他对你阳奉阴违。他做得越多，我越对他体贴。他越激进，我越给他鼓励。我本来是想看你们父子不和，叫你生生气、堵堵心，可没想到他一自作主张就闯出这么大的祸来。（叹了口气）看来他还是不如你精明，这一点我不能不说声佩服。但是算了，和我没关系了，我也是时候逃脱这个金碧辉煌的牢笼了。

〔文镜棠拿过那盆花来给蒋毅看。

文镜棠 你最喜欢长寿花了，为这盆花，我和张妈没少挨你的骂。你对花的感情比对人的感情深多了。你看，我代你养得多好。（淡淡地）但你知不知道，我闻见那股花肥的味道就想呕？

〔把花盆搁下。

文镜棠 （挺直身子，压抑着愤怒）有一件事，我早就想告诉你了。当年靖宇家里被打成反动派，他躲到外地，怕连累我才没带我走。靖宇临走前说他会写信托宏生转给我——因为我是地主的狗崽子。我等啊等，等了两年等不到靖宇的消息，不知道他在南在北，是生是死，不得已嫁给了宏生。蒋莉出生的那天，宏生抱着孩子说对不起我，说靖宇跟他是好兄弟，信任他才把所有写给我的信托他代转。但他因为太喜欢我，把信扣下了。你没想到吧？那天宏生把信都给我看了，靖宇一直在信上说让我等他，发誓他一回来就娶我……（哽咽）当初我和靖宇一个弹琴，一个吹箫，我们俩还编了曲子，把两样乐器融起来，那时候我们多开心啊！我知道，宏生虽然喜欢我，但是他天生仁厚胆小，不是你，宏生想不出、也不忍心用藏信这一招！你看，你默认了，我早知道是你！

〔一道闪电刷的亮过，跟着一个惊雷。

文镜棠 后来靖宇回来，我已经成了蒋家的人。靖宇出国了，娶了别的女人，我伤心得几个月睡不着觉，从此落了个头疼的毛病。你不但没有半点愧疚和同情，还常常挖苦刺激我。爸爸，说也奇怪，你当时那么看得起我，处心积虑地帮你儿子，真正到我嫁过来，你又百般地侮辱藐视我，这是为什么？你呵斥我的时候多得意啊！你是家长，你居高临下，你永远正确，你说一不二，你就是蒋家的天——可惜天塌了！你成了一个废人！

〔接连两个炸雷。

文镜棠 你毁了我的一生，我微弱的反抗竟能引出公司意料之外的大祸，老天……（咬牙）果然公平。（指花盆）祝爸爸像这长寿花一样，健——康——长——寿！（头也不回地下）

第五幕

〔距前幕数日。蒋家客厅，布置如前，文竹、发财树如故，只是一些华贵的工艺品不见了。

〔蒋莉来回走着如同困兽。蒋玫、汪俊旁边看她。

蒋　玫 姐，你能不能安静会儿？

蒋　莉 爷爷倒了，爸爸病了，妈妈关在房里一天了！

汪　俊 妈多半是头又疼了。（走向蒋莉）

蒋　莉 （指他）站住！

〔汪俊原地站定。

蒋　莉 这是蒋家的事，跟你无关。（绕过他径自在沙发上坐下）

汪　俊　到这个时候了你还有心情算旧账？

蒋　莉　真算旧账上次就跟你一块去 KTV 了。我去了没有？

汪　俊　没有，所以我很感激你。你比我想象的……有人情味。

蒋　玫　姐夫，姐姐就是个刀子嘴豆腐心……

汪　俊　（对蒋玫一笑）蒋玫，我走以后，你要好好照顾你姐姐。

蒋　玫
蒋　莉　（同时）走？去哪儿？

汪　俊　以前我曾经有过一个梦想，就是当画家。结婚以后因为全家反对，我再没敢碰过画笔，但我心里的渴望一天也没有平息！很多次我偷偷拿出从前画的画来看，想我的半途而废是否对得起年少时的自己？只是，我逐渐习惯了好吃好喝的日子，消磨了志气，也不想上进。现在，对家里是一个考验，对我个人，倒或许是个契机。我想出去闯一闯，带着画笔，带上画纸，带着从前的激情和拼劲！

蒋　莉　（懵了）可是公司需要你……

汪　俊　公司从来就不需要我。等爸爸病好了，加上爷爷的老部下，公司未必就没有救。我留不留下，无关大局。

蒋　莉　（真急了）那我呢？你就不管我了吗？

汪　俊　（温柔地）我不敢请求你等我，如果有一天我实现了我的追求而你还愿意接受我，我会回来找你。也许就在不久以后，也许要过很久以后。

蒋　玫　姐夫你……决定了？

汪　俊　决定了！你曾说每个人心中都有一道虹，（顿了顿）我现在就要去寻找它！（欲走）

蒋　莉　汪俊！

汪　俊　怎么？

蒋　莉　（泣）当初爱上你，就因为你的画，因为你身上的这股子艺术气质，可渐渐地你麻木了，平庸了，我只会怨你，就从没想过你为什么会变成这样……现在我又看到了过去的你。我也不敢要你一定回来找我，可不管是在不久以后，还是要过很久以后，只要你回过头来，你会看见我总是在这里等着你！

汪　俊　蒋莉！

〔二人紧紧拥抱。蒋莉泪下。

〔汪俊松手欲走。

蒋　玫　姐夫，我今天像是不认识你了，又像是才刚刚认识了你。你一定能找到你想要的！

汪　俊　谢谢！（大踏步下）

蒋　莉　（摇晃了一下）我，我进去躺会儿。

蒋　玫　（真诚地）姐，我从来没见过你在哪部戏里有这么真挚的表演……（觉得不妥）不是，姐，我其实想对你说，今天你和汪俊都让我刮目相看！

蒋　莉　（欲哭）谢谢你，玫玫。（疾步下）

〔蒋玫望着蒋莉的背影。

〔张妈上。

蒋　玫　张妈你回来了？我有事跟你说。

张　妈　好，你先说，回头我也有事……跟你说。（声音有点哽）

蒋　玫　张妈，你另外看看有没有人家要雇你的。我们家用不起了。（拿出一个信封推过去）这是两个月的工资，不要嫌少。多我也拿不出了。

张　妈　（忙把信封塞回蒋玫手里）我在你们家几年，老先生和先生在钱上从来没少过我一分。你和你姐姐穿不了的衣服，还送我拿回去给孙女儿穿。我不是个没良心的，这钱你们自己留着应急。

蒋　玫　张妈……

张　妈　（温厚地）再有什么事，也不能把身体弄坏了。不用为我操心，我出来做只是不想闲着，我儿子家里不短我一碗饭。

蒋　玫　（感动）张妈……（想起）你刚才说有什么事要跟我说的？

张　妈　哦，我回去找张卫国，他，他的眼睛已经不大看得见了。

蒋　玫　（诧异）为什么？

张　妈　我也是这次回去才知道，他眼睛有毛病好长时间了，医生说要不了多久，怕是就要……瞎了！

蒋　玫　（大惊）什么？

张　妈　（带着哭腔）他瞒着所有人，就这还再三关照我叫我别跟你说，要不然，好像他是拿这个病逼你帮他似的。

蒋　玫　（大悟）怪不得他那么着急要看到自己的剧本上演！（走回餐桌边坐下又站起）

张　妈　（上前）是我不好，家里闹成这样还拿别的事给你添堵。（悲叹）各人有各人的命数，我就是想问问，你说你把他的剧本都看过了，能不能早点跟他当面说叨说叨，趁他还能看到一点？不然他就只能听你的声音了。

蒋　玫　（仿佛突然清醒过来，拿起手机拨打）喂，曹晖，是我！张妈告诉我张老师眼睛快失明了！（一顿）所以我做了一个决定：把我的剧本撤下来，我们俩一起帮张老师改他的戏，一起说服赵团长，一起争取刘总，务必在张老师失明之前把他的戏竖到台上！（挂机）

张　妈　（目瞪口呆）姑娘……我真不知道说什么好了，但是你们家公司……

蒋　玫　公司的事我帮不上忙。与其坐在家里叹气，不如去做我能做的。张妈，麻烦你把我的决定告诉张老师，让他有个盼头！

张　妈　（抓住蒋玫的手，落泪）姑娘你是个好人，是个好人呐！

〔文镜棠提着箱子上。

张　妈　（揩泪）我去做饭。（急下）

文镜棠　张妈怎么了？

蒋　玫　说来话长，咦，妈，你要去哪？

文镜棠　我要出趟远门，拿上那张琴，就好走了。

蒋　玫　（有预感）连琴也拿走？

文镜棠　（神色迷茫）你爸爸出院后你跟他说一声吧。（走向古琴）

蒋　玫　汪俊走了，您也要走？

文镜棠　他为什么走？

蒋　玫　为了理想。

文镜棠　（一愣，随即）哦，理想，是啊，每个人都该有理想的，不是吗？早在你出生之前，我就想过或许会有这么一天，尘归尘土归土，现在你和莉莉都大了，我也可以了无遗憾，撒手离开了。

蒋　玫　（上前双手拦住）不，我不让你走！

文镜棠　（摸摸蒋玫的脸）妈妈被你爷爷欺负这么多年你是亲眼看见的。

蒋　玫　可爷爷……中风了。

文镜棠　他做过的事却不能一笔勾销。家里向来只有你帮妈说话，你是个好孩子。（柔情地）有曹晖照顾你，妈很放心。

蒋　玫　（要哭）可你一个人在外面漂泊，我不放心！

〔蒋宏生上。

蒋宏生　玫玫，让妈妈走。

〔母女俩齐看他。

蒋宏生　蒋家欠她的太多，如今家败了，不该再强迫她留下来同我们一块承受。

文镜棠　蒋家是烈火烹油还是油尽灯枯，并不在我心上。

蒋宏生　（轻声）我明白。你从来不是个看重物质的女人。我是不想你留下来陪我吃苦。我很支持你离开，旅游也好，找华靖宇也好……

文镜棠　（笑了一声）他早就儿女成群了，我找他干什么？

〔蒋宏生咳嗽。蒋玫忙倒水给他。

蒋　玫　爸你身体还没好，干嘛突然从医院跑回来？

蒋宏生　汪俊刚才去跟我道别。我想莉莉心情一定不好，回来看看她。没想到……你妈妈也要跟我道别。

〔文镜棠快步走向古琴。

蒋宏生　镜棠，多年夫妻，这把琴能不能留给我做个纪念？

文镜棠　（惊）你要我的琴？

蒋宏生　（点头，走到琴边）你有华靖宇的箫，你不孤单；我有你的琴，我也有个寄托。

〔二人互视良久。

文镜棠　好，你喜欢，就留着吧。（转身走向门口）

〔蒋宏生坐下戴上护指，缓缓弹奏起来。

蒋宏生　我弹一个《阳关三叠》，送你走。

〔文镜棠停步，却不回头。

蒋　玫　（惊讶）爸爸，你什么时候学会了弹琴？

蒋宏生　爸爸拜师学了很久，想给妈妈个惊喜，想跟你妈妈说，爸爸虽然比不上华靖宇的才气，爱你妈妈的心是一样的。

蒋　玫　（震动）妈……

文镜棠　（淡淡地）怪不得你手上多了泡、多了茧。

蒋宏生　比不了你心上的条条伤、道道痕。

文镜棠　（叹了口气）宏生，就当我欠你的吧。

蒋宏生　不，是我欠你。我半生受制于爸爸，扣下华靖宇给你的信，拆散了你的好姻缘，又不敢在爸面前维护你。你要走，我没有权利留。

文镜棠　（似怒似悲）为什么你只想到你对不起我？为什么你不恨我乱出主意搞垮了公司？为什么你不怨我这么多年还在你枕边思念另一个人？

蒋宏生　（住手不弹）搞坏了公司是我判断失误，我确实不如爸爸老辣。出了事把责任推给女人的男人根本不算男人。你思念华靖宇是对的，他有艺术天赋，箫艺精绝，出国改攻西洋乐器竟又能声名鹊起。我生平只爱写几笔书法，还被爸爸中途制止，我是个没用的人，怎么能反过来怨你呢？镜棠，是我误了你，我……对不起你！

〔文镜棠泪水涔涔而下，丢下皮箱，转身疾奔过去，搂住蒋宏生。

文镜棠　宏生，我做了孽，我想走，并不全是怪你，更是为了逃避！

蒋宏生　不不！（也流下泪来）耽误你一生的是我，毁了爸爸心血的也是我。你不能责怪自己。

蒋　玫　（过去抱住父母，哭着）爸，妈，你们谁都不许走，谁都不欠谁。哪怕外面风雨飘摇，我们至少有小小的温暖！

文镜棠　（松开二人，含泪）玫玫，妈不走了。妈要留下来重新生活。（似在自语）有一种战争刚刚胜利就已经失败了；有一种旅程刚刚开始就已经结束了；妈妈一直以为此生只有遗憾，今天我才知道，其实我早就拥有了世上最宝贵的东西。宏生，我总怨恨你欠我的。原来是我欠你太多，让我用余生慢慢弥补，好吗？

蒋宏生　（泣不成声）镜棠……

〔暗转。

〔敲击电脑键盘声。

〔光复明。舞台后方蒋玫在电脑前手动如飞，曹晖在旁站着。

曹　晖　没想到张老师的剧本如此厚实，赵团长看了你打好的第一幕也直说想不到！

蒋　玫　我们先前还大言不惭地说要帮他改戏。（边打字边说）想想真神奇，汉字就那么多，由不同的人排列组合就成了不同的作品。在张老师笔下，它们会有那么浓的美感，那么深的奥义。

〔乐起。七个汉字上。七位演员分别饰演一个汉字，各人胸前写着“一”“个”“上”“的”“天”“地”“人”。

〔蒋玫曹晖在乐声中交谈，七个汉字则在明快的乐声中舞蹈，时而拆分，时而合并，时而手挽手列成一排。

曹　晖　是啊，我们现在可以做的，就是锦上添花，让舞台呈现更完美，更好地完成他的心愿！

蒋　玫　（陷入遐思）一个老编剧，心心念念为戏剧，兢兢业业几十年，没上过一个戏，要怎样的毅力才能不改初衷……

曹　晖　（不假思索）只有心中有信念的人才能做到，因为，他的心中始终有彩虹。

〔乐止。汉字凝立不动，深情地望着它们的使用者。

蒋　玫　（跳起，一把抓住曹晖的手）曹晖，我们把剧名改了吧？征求一下张老师的意见，把《桃李人家》改成……

曹　晖　（也激动了）我知道你要改的剧名是什么！

蒋　玫　什么？

曹　晖　我们一起在手心写出来。

〔二人拿起笔，迅速在手心写字。

蒋　玫　一、二、三！

〔二人同时亮出掌心。

二　人　虹！

蒋　玫　（欢喜得像个孩子）果然心有灵犀！

〔曹晖深情地看着有了很大改变的蒋玫，情不自禁在她脸颊上深深一吻。

〔赵团长边打手机边上。蒋玫忙推开曹晖。

〔众汉字对二人调皮地做个手势，推电脑下。

蒋　玫　赵团长，正要找您呢！

〔赵团长对她做手势示意别说话。蒋玫、曹晖聚到他身边。

赵团长　刘总，您再考虑考虑。

〔刘总边接手机边从另一侧上，在舞台右边站定。

刘　总　不用再考虑了，我想得非常清楚，也说得很到位了。

赵团长　我就是不懂，明明谈得好好的……

刘　总　老赵啊，你这个人还有点蛮牛精神，我也不怕跟你直说吧，其实那时候我准备赞助，一小半是为了我对编剧这一行确实有点感情，一大半是我打听到蒋玫是蒋宏生的女儿。蒋宏生碍着他老子不敢帮忙投钱，我投资给他女儿排戏，等于卖他个人情，以后两家公司好合作。现在你看蒋家成什么样子了？一台戏说多不多说少不少，一百来万总是要的，我总不能看着它打水漂吧？

赵团长 这这这我们万事俱备，您说撤就撤叫我们怎么收场呢？

刘　总 老赵啊，闲话不讲了，我是个粗人，帮我跟蒋老师、曹老弟打个招呼，啊？（挂，下）

赵团长 （呆若木鸡，片刻后）刘总那边……砸了。

蒋　玫 （气愤地）他怎么能这样？

曹　晖 他没和我们签约，我们拿他没辙。

蒋　玫 （看曹、赵）我们就这么白忙一场？

〔蒋宏生上。他明显消瘦，却精神了许多。

蒋　玫 爸，你怎么来了？

赵团长 （勉强迎上握手，笑得比哭还难看）蒋总……

蒋宏生 （握手）赵团长。（对蒋玫）刘总那边怎么样了？

蒋　玫 刚打了退堂鼓。

蒋宏生 （对赵团长）有关那出戏的情况，玫玫跟我、跟镜棠都提过，我们对张老师也很尊敬。既然刘总这边资金没法到位，那这笔钱……就由我们出吧。

赵团长 （喜出望外，一把拉住蒋宏生的手）哎呀，蒋总，您帮了我们大忙了！帮了大忙了啊！

蒋　玫 （欣喜，却又为难地）爸，可公司状况……

蒋宏生 我们不把赵团长当外人，有什么说什么：公司确实遇到了困难，可破船也有三斤钉，瘦死的骆驼比马大，蒋家虽然遇到重创，但是投一台戏的钱还拿得出来。

蒋　玫　爸！

曹　晖　伯父，您为什么要帮我们？

蒋宏生　（停了停）为了玫玫和你的理想，为了那位老编剧，也为了所有像我和镜棠一样有爱好有追求但一生没能实现的人。其实我知道，这也是玫玫爷爷现在的心愿。

〔音乐缓缓起，就像从每个人的心中流出。

〔暗转。

〔光复明。剧场内。

〔张妈扶着张卫国上。

张卫国　（摸索着）剧场漂亮吗？

张　妈　漂亮！

张卫国　观众多吗？

张　妈　多！

张卫国　灯亮吗？

张　妈　亮得很呢！

张卫国　（欣慰地）好！（片刻后）舞台大不大？

张　妈　幕没拉开，不过看着挺宽敞，应该不小。

张卫国　那道幕是不是厚厚的，红色的？

张　妈　你怎么知道？

张卫国　我当然知道。

〔蒋玫、曹晖、赵团长上。

蒋　玫　张老师，张妈！

张卫国　（伸手探路）蒋老师，你来啦！赵团长和曹导也来了吧？你们都是我的恩人呐！

〔众人皆惊。

蒋　玫　张老师，您怎么……

张　妈　（叹息）唉，昨天还勉强能看见一点，今天早上起来就……

蒋　玫　（痛心）张老师……

张卫国　没什么，我早就知道，我有心理准备，这就是命。

〔蒋宏生、文镜棠、蒋莉上。

蒋宏生　张老师，祝贺您的戏今天正式演出！

张卫国　您是？

蒋宏生　我是蒋玫的父亲。

张卫国　（激动）没有您，这出戏没有今天。而且我听张妈说了，你们自己处境也难，谢谢您，谢谢您啊……（深深鞠躬，却不是正对面）

蒋宏生　（忙扶，诧异）张老师，您的眼睛？

蒋　玫　（难过地）今早起就完全看不见了……都怪我，我应该早点看张老师的剧本，应该早点做出决断，应该快点打印。要是我们再快一点，哪怕再早一天，再早一天也好啊！

蒋宏生　玫玫，你别这样……

张卫国　千万别这么说，蒋老师，要不是你，我张卫国将留下终生遗憾。没事的，看不见，没关系，我还有两只耳朵，我的眼睛看不见，我的耳朵能“看见”，我能看见！

〔众人皆动容。

〔静场钟声。灯灭，一个大光圈罩着众人。

〔一个磁性的男中音：尊敬的观众朋友们，晚上好！欢迎您来到光明大剧院观看大型无场次扬剧：《虹》。请您将手机关闭或调至静音状态，演出期间，请勿随意走动、大声喧哗，感谢您的配合。

〔张卫国激动得微微发抖。

〔戏曲旋律骤起，如飞瀑流泉。众人随之看向前方。

张卫国　（流泪）我看见了，我看见了！我真的看见了！这是我的戏，我的戏上演啦——我等了一辈子，我这辈子睡里梦里都在盼着这一天呐！

蒋　玫　（紧紧握住曹晖的手）曹晖，我好高兴，好高兴啊！

文镜棠　（对蒋宏生，万千感慨）人生如戏啊……

〔切光。

尾声

〔光启。

〔鸟鸣啁啾。张妈扶着张老师从舞台后方慢慢走上。

蒋　玫　张老师还是没能亲眼看到他的戏。

曹　晖　生命中难免遗憾，至少他听到了。

蒋　玫　（点头）至少他为了心中的虹努力过。还有爸爸。爷爷病倒了，反而激发出了爸爸的能量，看他成天为公司操劳，我总担心他会倒下，可他不但精神抖擞，在家里还重又拿起毛笔练起了书法。爸爸说：墨的味道真香！

〔蒋玫话声中，蒋宏生推着坐在轮椅上的蒋毅上。文静棠随侍在侧，不时弯腰问候蒋毅一两句。

曹　晖　伯母的精神也好了许多，性格似乎也比过去开朗，脸上渐渐有了微笑。

蒋　玫　是啊，妈还经常和我一起去陪爷爷说话，推着他到走廊上看看外面的蓝天碧树、芳草斜阳。爷爷看妈妈的目光里，多了友善和歉疚。

曹　晖　你说汪俊会回来吗？

蒋　玫　我不知道。每个有梦的人都值得钦佩，说实话，要不是碍着姐姐，我真想大声说：“姐夫，好样的！”

曹　晖　希望蒋莉能熬得过去。

蒋　玫　她需要时间，或者，下一个令她心动的电视剧角色会让她暂时得到安慰。

〔二人对白中，蒋莉和汪俊由两侧走上，似在两个空间，交错而过。

〔天幕上忽现一道巨大的彩虹。

曹　晖　（指）彩虹！

蒋　玫　（欣喜地）真的！（陶醉）好美啊！

曹　晖　（拉起蒋玫的手）朝着彩虹走吧，看看前面还有什么。

〔蒋玫、曹晖相视一笑，和舞台上所有的人一起，迎着绚烂的虹，慢慢走向舞台深处。

〔切光。

〔剧终。

大型儿童剧

课本里的长征故事

时间：当代／长征时期。

地点：现场／草地／老山界。

人物：钟 爷 爷，男，六十多岁，红色后代，慈祥的老人家。

卢 进 勇，男，十五六岁，战士。

小　　李，女，十三四岁，战士。

无名战士，男，十七八岁，战士。

梁　　波，男，十五六岁，小红军。

老 班 长，男，四十多岁，炊事班班长。

小　　方，男，十五六岁，小红军。

小　　袁，男，十五六岁，小红军。

钟　　浩，男，十七八岁，文职战士。

徐　　丽，女，十七八岁，医务人员。

陈　　辉，男，十七八岁，掩护部队战士。

大　　嫂，女，三十多岁，瑶族居民。

大　　哥，男，三十多岁，瑶族居民。

山　　神，男，四十多岁，幻想中出现的拟人化的“老山界”。

众士兵，众学生。

〔钟爷爷矫健地上。

钟爷爷　孩子们，咱们到了！

学生甲　钟爷爷，这就是您一直说要带我们来的地方吗？

钟爷爷　是啊，知道这是哪儿吗？

学生乙　（抢话）我知道！是纪念馆！

钟爷爷　那你知不知道，这纪念馆是纪念什么的？

〔学生甲乙互看，又看别的学生。

钟爷爷　（肃穆地）是纪念长、征！

学生乙　（举手，兴奋地）长征！我知道我知道！长征就是红军战士为了追寻革命真谛走过的很长很长的一条征途！

钟爷爷　（疼爱地摸摸他的头）哪有这么简单。（对他，也对别的学生）长征是人类历史上的伟大奇迹，中央红军进行了380多次战斗，攻占700多座县城，击溃了敌军数百个团，共经过11个省，翻越18座大山，跨过24条大河，走过荒草地，翻过大雪山，行程两万五千里。

众学生　哇！太厉害了！（不禁纷纷收起零食和手机等）

学生乙　（天真地）要是能见到长征的战士该多好！

钟爷爷　立刻就能见到！

众学生　（惊喜）真的？

钟爷爷　（指）看！

〔众学生一起看向雕像，神情里满满的好奇。

钟爷爷　（一丝苍凉）那就是为了纪念牺牲的战士而建的雕像。

〔学生甲上前，摸其中一座雕像手中拿着的“火柴”。

钟爷爷　（忙阻止）别乱动！

学生甲　（吐吐舌头）钟爷爷，为什么他手里紧紧捏着几根火柴呀？

钟爷爷　要不，爷爷就给你们讲一讲这“七根火柴”的事儿吧？

众学生　（鼓掌）太棒了，我要听！

〔暗转。钟爷爷和众学生下。

〔狂风暴雨声。

〔光起。右侧一棵小树。

〔音乐前奏中雕像“复活”了。十六名战士有的挑担，有的被人搀扶，有的自己艰难行走。其中一名年轻战士前后照应着需要帮助的战友，把他们一个一个推进下场门。他的动作越来越慢，直到昏倒在小树下。风雪漫天迷人眼，最后两名战友遮着面，弓着身，相互扶持，顽强向前，竟没有发现那名昏倒的年轻战士。台上只剩下他一人。

〔音乐一变，十五六岁的卢进勇和更年轻的小李上。二人一段舞蹈，表现与风雨搏击。

卢、李　（齐唱）草地的天气真是怪，
风雨雷电说来就来。
你发威我也不认栽，
一步步坚持向前迈。

〔舞蹈。

卢、李　（续唱）唱着歌互相把劲鼓，
又冷又饿我苦苦挨。

里外的衣服全湿透，
多希望有根小火柴。

〔乐止。风雨声渐止。

小　李　（把衣服一角挤出水来）卢哥，这草地说刮风就刮风，说下雨就下雨，简直翻脸不认人。

卢进勇　（笑）别发牢骚了，抱怨有用吗？首长一直叫咱们乐观一点。（指天空）小李你看，星星不是又出来了吗？

〔二人抬头望天，片刻默然。

卢进勇　这满天的星星就像玻璃，像水晶，像宝石。

小　李　（娇憨地）有白的，有淡蓝的，还有一颗黄的！

卢进勇　有大的，有小的，还有米粒儿那么细的！

小　李　（搓搓手，哈口热气）有的呆呆地不动，有的一闪一闪真调皮，还有一颗划过了天空！（对卢进勇）原来星星也跟人一样，有不同的脾气。

卢进勇　跟人一样……是的，这大大的天空就像咱中国，这满天的星星就是我们红军。天空再黑再暗，我们也能把它占领，把它照亮。

小　李　说得太棒了！（打个寒噤）

卢进勇　（看她）你冷啊？

小　李　（跺跺脚）星星再好看，也挡不住草地上的寒湿气啊！

卢进勇　你们女孩子不禁冻。（一摸口袋）唉，火柴早用光了。要不然，我们就能点个火堆，烤烤衣服，再喝碗热汤。

小　李　热汤？（捂肚子）被你一说我更饿了。上一顿什么时候吃的我都想不起来了！天哪，火柴也没有，干粮也没有，可怎么办？我挨不住了！

卢进勇　好了，别叽叽喳喳了，越说越饿。

小　李　我嘴上不说，肚子也在咕噜咕噜地说呀！

卢进勇　（试图分散她的注意力）咱们聊点儿别的吧？

小　李　（固执地）我就想到吃的！

卢进勇　（有点生气）小李同志！

小　李　（也生气）饿还不许说啊！

卢进勇　娇气！这点苦都不能吃，没有钢铁般的意志！

小　李　我知道要有钢铁般的意志，我还知道人是铁饭是钢呢！

卢进勇　你再多喊两嗓子，保证体力消耗得更快更彻底。

小　李　你……（一屁股坐下）你欺负女同志！

卢进勇　（窘迫，搔搔头，蹲下）哎，你没事吧？

〔小李扭过头去赌气不理他。

卢进勇　（笑了，一摸裤子口袋）咦，什么东西鼓鼓的？

小　李　（顿时来了希望）最好是吃的。

〔卢进勇用力掏啊掏，托到掌心给小李看。

小　李　（欢呼）青稞面粉！

卢进勇　（笑）被雨水一泡成了青稞面糊糊！

小　李　（扑过来）没事没事，我不嫌弃！就算青稞粥也行！

卢进勇　（拦）等等！你看，一共就鸡蛋这么大，要是我们敞开吃，三两口就没了。前面还有那么远的路，怎么撑得过？

小　李　那怎么办？

卢进勇　得省着点儿吃。

小　李　省……好吧，你说怎么省？

卢进勇　看我变个戏法给你看。

小　李　我不要看戏法，我要吃东西！

卢进勇　我变个跟吃有关的戏法给你看，要不要？

小　李　那……还可以。

〔卢进勇故意做出种种有趣的动作，好像魔术师一般。小李不由得笑了。卢进勇这才小心地把面粉捏长。

卢进勇　看，我把青稞面糊糊先捏成个长条，再分成两段，你一半，我一半。但是你那一半也不能一扫而光，每次只能吃一小截。（递半段给小李）

小　李　（等不及地抢过，掰下一小截）这戏法好吃！

卢进勇　（忍俊不禁）从来只听说过戏法好看，没听过戏法好吃。

小　李　好香啊！卢哥你也吃！

〔卢进勇正要吃自己的半段，听到动静停了下来。不远处躺在小树下的无名战士动了动。

小　李　你干嘛？

卢进勇　有没有听到什么声音？

无名战士　同志，同志……

小　李　好像有人在喊我们！

〔卢、李二人起身寻找，终于发现了无名战士，忙跑到小树下。卢进勇托住无名战士的头。

卢进勇　（略一检视，对小李）是饿的！（忙把自己的半段青稞面递给无名战士）

小　李　哎，你别全给他呀！

卢进勇　（怒）你说什么？

小　李　呸，我的意思是，你给他一些，我也从我的口粮里省给他一些。不能全用你一个人的口粮。

卢进勇　（羞惭）对不住，误会你啦！

小　李　（笑）难得你还会道歉。（想把自己的青稞面喂给无名战士）

〔无名战士推回去不接受。

小　李　（不解地）你……

无名战士　（有气没力地）我……没救了，不要浪费粮食。

小　李　（着急）胡说八道，吃了就好了！

〔卢进勇也把自己的青稞面往无名战士嘴里塞。

〔无名战士侧头避开。

小　李　你这位同志……怎么这么犟！你饿得脸都脱色了，不要命啦！

卢进勇　小李！

无名战士　（对卢进勇指指自己腋下）这……这里。

〔卢进勇一怔，伸手进去掏出一个纸包。

小　李　（好奇）纸包？包的啥？

卢进勇　（打开一看）是几根火柴。

小　李　（兴奋）火柴！有火柴就能生火取暖，就能烧开水、烤衣服……（再一看）可惜太少了！

无名战士　不……不少了。（吃力地数着火柴）一、二、三……四、五……六、七……一、二、三、四……五、六、七……

卢进勇　七根火柴。

无名战士　对，七根火柴！请你们把……把火柴带给……（接不下去）

卢进勇　（替他说）带给大部队，给其他战友们。

无名战士　（欣慰地）对，对！（伸手过去紧握住卢进勇手中的纸包，殷切地看卢进勇）

卢进勇　（反握住他的手）我们一定会做到的！

无名战士　（笑了）谢……谢谢……

小　　李　（笑）谢什么呀，毛委员说了，我们来自五湖四海，都是为了一个目标走到一起来的……你还是快吃……

〔无名战士头一偏，没了气息。

小　　李　（愣住了）同志！（晃晃无名战士的身体）同志！（哭腔）同志！（望卢进勇）卢哥，他……

卢 进 勇　（沉重地）我知道。

〔悲凉音乐起。

小　　李　（哭了）他死了，就比我大几岁，他就死了！一口青稞面没吃，饿着肚子就死了！我第一次看到战友死在我面前！（大哭）他到死还把火柴抓得紧紧的，还在想着大部队想着大家！（抱起无名战士的上半身痛哭失声）

〔卢进勇接过纸包珍重地拿着。
〔乐起。

卢 进 勇　（唱）一二三四五六七，
七根火柴握手里。
带着战友的体温，
凝聚战友的心意。
你的眼神我记得，
它告诉我们不放弃。
你的嘱托我记得，
把光明温暖传下去。
自始至终不知道，
你叫什么来自哪里。

自始至终都知道，
你是我们的好兄弟。
你已经无声无息，
仍然要扶你坐起。
你目送我们离开，
我们永不会把你忘记！

〔乐止。

卢进勇 （强忍悲痛，擦擦泪）小李，现在不是哭的时候。

〔卢进勇与小李一起把战士扶得半坐着，靠在树干上。

卢进勇 （对无名战士郑重地）同志，你放心！（转身）

小　李 （恋恋难舍）走啦？

卢进勇 走！

小　李 （一步三回头）真走啦？

卢进勇 我们要赶上大部队，把七根火柴交给他们，才不辜负这位同志的心意，明白吗？

小　李 （最后回头看一眼无名战士）明白！（掉头就走）

〔卢进勇、小李下。

〔天幕上现出一根火柴的微光，再变幻成一个熊熊燃烧的大火堆，照亮了周围。

〔暗转。无名战士下。钟爷爷、众学生上。

学生甲 （擦着眼睛）钟爷爷，您讲得太好了！那个战士要是不牺牲该有多好！

学生乙 （抽着鼻子）后来他们有没有找到大部队啊？

钟爷爷 卢进勇和小李从无名战士那里得到了力量，顺利追上了大伙儿。

众学生 （拍着心口）哦！幸亏追上了！

钟爷爷 （慈爱地）你们都是善良的好孩子。对了，现在你们家里都用什么打火？

学生甲 打火机！

学生乙 煤气灶！

众学生 （七嘴八舌）“我们家做饭用微波炉。”“我家用电饭煲。”“我家是高压锅、电烤箱。”

钟爷爷 总之很少用火柴了是吧？听了前面的故事，你们应该知道，我们生活中极为平常的火，在那时可是无比的珍贵，是希望，是光明，是生机。无名战士把能生火的火柴让给别人，就是把希望和生机让给了别人。

学生甲 钟爷爷，您这一说，我又想哭了。

钟爷爷 （摸摸他的脸）在你们周围，也许有人比较自私，只顾自己，还觉得那叫有个性；也许有人比较冷漠，从不关心他人和社会，还觉得那是理所当然。你们虽然还是孩子，也要从小学会判断是非，辨别黑白，不受坏风气的影响，多学无名战士那样舍己为人的崇高精神。

众学生 （都点头）嗯！

学生甲 （拉着钟爷爷的衣服下摆）钟爷爷，您再给我们讲一个关于长征的故事吧？

学生乙 我也想听！

众学生 我们都想听！

钟爷爷 （笑）你们刚进纪念馆时，吃东西的吃东西，喝饮料的喝饮料，玩手机的玩手机，可没现在这么积极要听故事哦！

学生甲 （不好意思地）我们以后不会啦！

钟爷爷 嗯。在这样的地方，我们就该诚心诚意，虔诚庄重。看你们这么乖，爷爷就再讲一个吧。（想了想）看看，咱们刚才边走边说，不知不觉走到了长征纪念馆的第二展厅了，这个展厅的主题是：无名英雄纪念厅。

孩子甲 无名英雄？

钟爷爷 这倒提醒了我。《七根火柴》里那位战士直到牺牲也没人知道他的名字，这样的无名英雄其实还有很多，我下面就再讲一个无名英雄的故事，主人公也不知道姓什么叫什么，只知道大伙儿都管他叫“老班长”。这老班长啊，最近的心情可有点不好，连小红军梁波都看出来了……

〔暗转。钟爷爷、众学生下。

〔机枪扫射声，飞机轰鸣声。

〔梁波上。

〔光起。

梁　波 （朝天空，双手叉腰）你们这些坏家伙，围追堵截了一路！哼，你们越横，我们越勇；你们越打，我们越强！

〔飞机、机枪声渐歇。

梁　波 （找）哎，小袁小方去打水去了半天了，怎么还没回来？老班长又到哪儿去了？（对观众）说到老班长，我总觉得他这两天跟平时不大一样，心事重重的。不信？那不是他来了……（手势）

〔老班长忧心忡忡地上。梁波闪过一边偷偷观察。

老班长 （唱）长途远征路茫茫，
病弱不堪风雪霜。
主力先行争朝夕，
四人垫后苦奔忙。

带着三个红小鬼，
组织托付不敢忘。
只盼早日出草地，
会合部队心欢畅。
发愁如今快断粮，
一条鱼儿也钓不上。
更愁我这身体差，
像风中蜡烛快无光。
可怜孩子瘦又黄，
走得跌跌又撞撞。
照料革命接班人，
万千重担压给我这炊事班的老班长。

〔乐止。

老班长　（叹气，又自我鼓励）答应了指导员要把三个小家伙带出草地，我可不能自己先垮掉！（努力挺直腰板）

〔梁波猛地跳出。

老班长　（吃了一惊）哎哟，吓我一跳！

梁　波　（调皮地敬礼）报告老班长，吓唬你的是机智勇敢、坚强无畏的战士梁波！

老班长　（被逗的一笑）嗯，梁波小同志最机智，最勇敢，最坚强。

梁　波　（不满）同志就同志，为什么要说“小同志”！

老班长　你才十五六岁，本来就小嘛。

梁　波　（不服气地）尿泡虽大无斤两，秤砣虽小压千斤！

老班长　好好，你说得都对！（转而想起心事，又叹息）

梁　波　（跑上两步，看老班长的脸）老班长，你有什么心事，为什么叹气？

老班长 （掩饰地）哪有心事，我只是……嗯，跟你们一样，饿了嘛。这人一饿，心情就不好，就会叹气。

梁 波 （上前为老班长捶背，笑嘻嘻地）没别的？

老班长 没别的。（轻推开梁波，白了他一眼）你们仨还是数你身子骨硬朗，半饥半饱好几天了还有精神嬉皮笑脸。

梁 波 （模拟老班长平时的语气，一本正经地）咳，革命战士要乐观，不管遇到什么困难，都不能被打倒。（恢复自己语气）哎，这可是您教我们的哦！

老班长 （疼爱地拍拍他，忠厚地笑）难为你还记得。（顿了顿，别有深意地）以后我嘱咐你别的话，你也要放在心上啊！

梁 波 （好奇）什么话？

〔老班长想说话，忽然咳嗽，摇摇欲倒。梁波忙扶住。

梁 波 （担心地）老班长，你怎么了？

老班长 （笑笑）没事没事，走，给你们做饭去。

〔乐起。小袁、小方抬着一口小锅踩着节奏上。老班长接过锅去，在舞台左侧以舞蹈动作表现生火做饭过程。三少年在右侧齐舞，每当想到左边帮忙就被老班长赶回，做手势叫他们卧倒休息。小袁、小方刚躺下闻到鱼汤味又爬起来咽口水，梁波却忧虑地看老班长忙碌的身影。

老班长 （唱）聚草根，捡树叶，生上一堆火。
挖土灶，横铁丝，架上一口锅。
最后三条小鱼儿，吃完就断伙。
那边三个少年郎，不知该如何？

小 袁 鱼汤鱼汤喷喷香，

（齐唱）一闻不禁口水淌。

小　方　叫声亲爱的老班长，

快快填咱的肚肠。

梁　波　（唱）看看小袁和小方，

一脸猴急露馋相。

再看消瘦老班长，

手抖肩颤脸蜡黄。

老班长　（分别给三人盛汤，唱）

小袁，吹吹凉，

小方，当心烫。

还有小梁波呵，

小心鱼刺，

一口一口慢慢尝。

〔三少年端碗。小袁、小方贪婪地喝汤吃鱼。

梁　波　（吃了几口）老班长，为什么我没看过你吃鱼？

小　袁　（一拍头）对啊！梁波不说我还没注意哩！

小　方　（想了想）你从来没跟我们一起吃过饭。

老班长　我吃过了。（见三人半信半疑，故意摸摸嘴，很有回味似的）我一起锅就吃了，比你们还早呢！

〔小袁想说话，梁波使眼色制止。待老班长收拾锅碗到舞台左侧，梁波才打个手势，三人聚在一起。

小　袁　我怎么觉得不对劲儿啊！

小　方　我们以前太粗心了！今天……我也觉得老班长有事瞒着我们。要不我们去跟踪跟踪？

小　袁　（举手）我也去！

梁　波　（俨然大哥哥的口气）三个人一块目标太大，我一个人去就行了。你俩去睡觉。

小　袁　可是……

梁　波　（威严地）快去！

小　袁
小　方　（互相手一摊）好吧！（到一边躺下）

〔梁波悄然掩到台左，伸长了脖子看。

〔老班长手捧着碗，皱眉艰难地嚼着，咽着。

〔梁波一个箭步跳出，伸手夺过碗来一看，失声惊呼。

老班长　（一把捂住他嘴）别出声！莫让小袁、小方听见！

梁　波　（掰开他的手）你吃的是草根，是我们三个人吃剩下的鱼骨头！你还说你一起锅就吃，你……你骗人！

老班长　（双手连摇）小点儿声！你比他们大两岁，要沉着！

梁　波　（又急又气又难过）你为什么这样？鱼很难钓吗？你不是把那根金黄色的缝衣针弄弯了做成鱼钩了吗？你还说有金色的鱼钩，就永远不怕饿肚子！

老班长　（躲开梁波的目光）光有鱼钩有啥用？这一带的水塘鱼太少了，作鱼饵的蚯蚓也太难找了。我……我眼睛又坏了，天黑一点就看不清楚……

梁　波　（急切地）我帮你一起找！

老班长　（罕见地严厉）不行！党员要服从上级分配！你的任务是坚持走路，是安定小方、小袁的情绪，增加他们的信心。（一阵剧烈咳嗽）

〔梁波见状，伤心地扑到老班长怀里。不料老班长竟在这轻轻一扑下倒了下去。

梁　波　（大惊）老班长！（托老班长的上半身）

老班长　（几番挣扎却坐不起来，情知不好）看来我刚才的话要收回了，以后钓鱼、找吃的要由你主要负责，他俩，还太小。我……是不行了……

梁　波　（哭着连连点头，又摇头）不会的，你不会有事的！

老班长　（艰难地）你……你先把我埋好，再骗小袁、小方说快要走出草地了，我先走一步和前面的部队联系去了。无论如何，你不能让他们垮了，要把他们……带出去见指导员！这金色的鱼钩……就给你了。（递过鱼钩）

梁　波　（接过，泪如雨下）保证完成任务！

老班长　（伸手缓缓地替他擦眼泪，微笑）不许哭，你是机智勇敢……无畏……坚强的战士梁波……

梁　波　（哭）是，我是机智勇敢……（手往下一沉）

〔老班长头一侧，死去。

梁　波　（哭喊）老班长……（一看小袁、小方的方向，忙捂住嘴）

〔梁波一路哽咽着把老班长的尸体挪了下去。

〔小袁、小方醒来。

小　袁　你刚才有没有听到谁叫了一声？

小　方　（睡眼惺忪）没有啊。（朝台左张望）咦，人呢？老班长不在，连……梁波也不在。

小　袁　（紧张）会不会跟我们失散了？

小　方　（嘴硬）瞎说！又没有起风暴，又没有急行军，怎么可能……失散？

〔夜鸟啼鸣。

〔二人毕竟年纪小，不由得害怕起来，互相依偎着，无助地左右乱看。

〔梁波上。

小　袁
小　方　（忙迎过去）梁波梁波，总算看见你啦！你去哪了？老班长呢？

梁　波　（若无其事地笑着）你们问问题跟开机关枪似的，让我先回答哪一个呀？告诉你们个好消息吧，我们就快走出草地了。

小　袁
小　方　（喜）真的？

梁　波　那还能有假？

（唱）老班长赶到了前面去，
跟大部队先取得联系，
他在草地边儿上等着，
咱三个跟上他的足迹。
还说要煮一大锅鱼汤，
白得像奶，冒着热气。
还说要加上青菜面疙瘩，
让我们吃得稀里呼噜，呼噜稀里！

小　袁
小　方　（喜笑颜开，鼓掌欢呼）太好了，太好了！

梁　波　（眼泪夺眶而出，忙擦掉泪水，强笑）天亮了，咱们出发吧！

小　袁　好，向着草地边缘，出发！

小　方　向着一大锅鱼汤，出发！

梁　波　（坚毅地）向着胜利，出发！

〔梁波紧走两步上前，一手一个，携着二位小战友往前走去。小方、小袁做说说笑笑状，中间的梁波神情坚定。

〔天幕上现出了晨曦下草地的边缘。

〔三人下。钟爷爷、众学生上。

学生甲 后来呢？

学生乙 肯定走出草地了吧？

钟爷爷 对。三个小战士靠着有一顿没一顿的鱼汤，加上野菜和树根，凭着毅力走出了草地。而老班长却永远留在了那片草地上。小方、小袁很多天后才知道真相，泣不成声。梁波一生都珍藏着那枚金色的鱼钩，一生也不能忘记老班长的精神和情操，不能忘记他黑黑的皮肤、凹陷的眼睛和瘦得皮包骨头的身形。孩子们，听了这个故事，你们有什么感受？

学生甲 （真诚而稚气）以后我再也不浪费粮食了，每顿保证把饭吃光，把菜吃完，把汤喝干净。

学生乙 （急急补充）在家吃不完就放冰箱，在外面吃不完的就打包带回家！

钟爷爷 （笑了）你们知道粮食的宝贵，懂得珍惜，是不错。可是老班长的故事还不止告诉了我们这些。还有做人要信守承诺，要有责任感，有担当。（见学生困惑的神情）可能你们现在还不太明白，这么说吧，说话要算话，承诺了就无论如何都要做到。

学生甲 就像老班长一定要带着小红军出草地？

钟爷爷 （赞许地）对！他用生命的代价兑现了自己的诺言。

学生乙 可是钟爷爷，假如我答应了人家一件事，后来发现这件事非常难非常难，怎么办呢？

钟爷爷 （比划着）困难像弹簧，你强他就弱，你弱他就强。长征难不难？难！战士们怕不怕？不怕！他们迎难而上，坚定不移，最后就把困难给克服了！

学生甲 （机灵地）咦，钟爷爷，我觉得，好像又有故事听了！

学生乙 （讨好地）钟爷爷，您看现在才十点半钟，离吃午饭还早着呢！

众学生 再讲一个，再讲一个！

钟爷爷 好，那爷爷就抓紧时间再给你们讲一个。刚才不是在说征服困难吗？下面的故事就是讲这个的。

〔暗转。钟爷爷、众学生下。

〔光起。虫声唧唧。

〔戴着眼镜的文职战士钟浩、女医务人员徐丽、掩护部队的战士陈辉边说话边上。三人均是十七八岁年纪。

〔背景板上画着野外的风景，远处依稀有人家。

〔乐起。

徐　丽 钟浩，累吗？

陈　辉 （抢话）你怎么不问问我呀？我嘴上起皮，脚底生泡，你这个卫生员，太偏心了。

徐　丽 （小嘴一扁）你是战士呀。

陈　辉 （指钟浩）他不是啊？

徐　丽 他是文职战士，我们的笔杆子，不像你，大老粗，经得起摔打。

陈　辉 （摸头）我怎么听着不像表扬呢？

钟　浩 （笑了，插到他俩中间）哎，部队派咱仨来探路，可不是来斗嘴的啊。（扭开水壶欲喝，一愣）

陈　辉 最后一滴水刚才被我喝了。（夸张地笑弯了腰）

徐　丽 （在陈辉背上拍了一掌）就你最幸灾乐祸。

钟　浩 缺粮少水，这路还怎么探啊？大部队还等着我们报告“老山界”附近的情况呢！

徐　丽 （一指）哎，前面有炊烟，一定有人家！

〔瑶族风格的音乐起。

徐　丽　（唱）炊烟儿轻轻飘，
　　　　　　小溪将房子绕。
　　　　　　枝头上是小鸟，
　　　　　　那屋里住的是……（伸头看）

〔瑶族大嫂从背景板后走出，一见三人欲躲。

徐　丽　（接唱）住的是美丽善良的瑶族大嫂。

〔以下几句对话在歌曲间奏中完成。

钟　浩　大嫂！

〔大嫂反而跑起来。陈辉上前拦住。

陈　辉　我说大嫂，你跑什么呀？我战友越喊你还越跑得快。

〔大嫂浑身颤抖。

徐　丽　（唱）阳光呵当空照，
　　　　　　蓝天呵多美好。
　　　　　　竹篱笆小院落，
　　　　为什么主人你……（观察着）

陈　辉　（完全没注意到异样）我们赶路累了，能上你家喝口水吗？

大　嫂　（低头害怕地）我家太破，没东西招待你们呀！

徐　丽　（接唱）主人你浑身发抖一心只想逃？

〔乐止。

陈　辉　（手一挥）不用招待，喝口水就行！

徐　丽　大嫂，您是瑶族的老乡吗？

大　嫂　（自顾自地申辩）瑶族人，没有鸡鸭，没有牛羊，没有酒肉，就我一个人在家，什么也没有……

陈　辉　（急）你到底听没听见我的话呀？我说只要喝水……（上前一步）

〔大嫂惊叫一声，腿一软坐倒在地，忙爬起来跪下。

大　嫂　军爷饶命啊！军爷！

陈　辉　（忙去扶她）我怎么跟你说不通呢！

〔大嫂拼命磕头。

钟　浩　（上前非常温和地）老乡，您别怕，我们不是坏人。

〔大嫂抬起头来，半信半疑。徐丽趁势扶起她。

钟　浩　您是认错了人吧？以为我们是附近国民党的流兵？

大　嫂　你们不是吗？

钟　浩　（推了推眼镜，笑）您分不清军装的区别？

〔大嫂终于点了点头。

钟　浩　我们是人民军队，人民军队从来不伤害老百姓。你要是同意，我们就进去歇会儿；您要是不肯，我们就走。

徐　丽　（补充）我们是红军。

大　嫂　呀！红军？你们是红军？我……我弄错了！我糊涂了。（看看三人）怪不得，怪不得。我刚才就应该看出来了。要是坏人，早就又打又骂，直接闯进我家了。

陈　辉　哎哟喂，你才反应过来啊？（得意地显摆）瞧瞧我这五角星八角帽，瞧瞧这身朴素的灰军装……（边展示衣帽边神气地走来走去）那是不折不扣的小红军啊！

〔大嫂和钟浩、徐丽都被他逗笑了。

大　嫂　（拉着徐丽，招呼钟浩、陈辉）进来进来，都进来！

〔大嫂从背景板后搬出三张小凳子给三人坐，又取出水和点心。

大　嫂　（对徐丽）这是烤嫩玉米，（对钟浩）这是烤粑粑，（对陈辉）给，这是煨红薯。

〔陈辉、徐丽想吃，钟浩阻止。

钟　浩　大嫂，咱们只喝水，不能吃你家的东西。我们多吃一点，你就少了一点。

大　嫂　没关系呀！我自愿请你们吃。

钟　浩　我们有纪律，不拿群众一针一线。

〔陈辉、徐丽迟疑了一下，把点心送回。大嫂不接。

大　嫂　（急）你们这么瘦，怎么能不吃点点心？

〔钟浩仍“不妥协”地摇头，把自己和两个战友手中的点心送回。

大　嫂　（无奈接过放下，感叹）这样的兵，我没见过。

陈　辉　（对钟浩）看，大嫂生气了不是？

大　嫂　（忙摇手）不不，我是说，没见过这么好的军队！

陈　辉　（显摆）那是！一路过来，大家都这么说！

钟　浩　（笑）嘿，说你胖你还喘上了。少说话多喝水吧。

大　嫂　（伤感地）家里好久没这么热闹了！

徐　丽　（细心地）您家人呢？

大　嫂　（伤心地）国民党都收重税，抓壮丁，我男人躲到外面不敢回

家，隔好久才偷偷回来一次。家里平常就是我一个人。（哭）

〔徐丽心软，难过地抱住大嫂安抚。

大　嫂　（抽泣着）国民党还欺辱我们，有事没事跑来把家里好点的东西抢走，一句话说不好，就是一个耳光。（捂脸）

钟　浩　（像个小大人）苛政猛于虎！

陈　辉　啥意思？

钟　浩　坏政府比老虎还害人！

大　嫂　（放开徐丽，擦泪，给三人添开水）要是你们红军早点来就好了。有一次有个亲戚告诉我，有一支军队不害人，不欺人，不打人，还帮助别人，叫红军。他跟我说了许多许多你们的事。我就在心里想：哪一天红军来了，我们的日子就好过了。

钟　浩　红军还在长征，在和国内外的敌人做斗争，但是总有一天我们会回来帮你们的。

陈　辉　（把碗一搁）说得好！（兴奋地）大嫂，我们马上就要翻越前面的“老山界”了，征服敌人，就从征服那座大山开始！

大　嫂　（惊）老山界？那是天险！那里有山神，凡人不可能过去的！小兄弟，小妹妹，你们不要白白送命啊！

钟　浩　（自豪地）您放心，没什么难得倒咱！（看看天色）不早了，得走了。

〔三人起身，大嫂欲言又止。

钟　浩　（发觉）大嫂，怎么了？

大　嫂　没……没什么。

钟　浩　那就再见啦！谢谢您的开水！

大　嫂　哎呀，只是烧几碗水而已。

〔三人走。

大 嫂 （眼巴巴望三人背影，片刻后）等等！

〔钟浩等回头诧异。

大 嫂 我实在挨不住了！跟你们说实话吧，其实我男人……晌午才偷偷跑回家看我，刚才我那么紧张，就是怕他给你们抓走。

〔大哥从背景板后出，有些畏缩。

大 嫂 别怕呀，你听了半天了，应该晓得他们是好人、好兵、好军队！

大 哥 （连连点头）是，是！

钟 浩 大哥你好！等我们胜利了，就回来跟你们再相聚。

〔陈辉、徐丽好奇地观察大哥。

大 哥 我……我和她（一指大嫂）是想……

〔大嫂对他点点头，心有灵犀。

陈 辉 哎呀你们可真把我给急死了。有什么话倒是说呀！

徐 丽 （嗔怪）谁都像你呢，爆炭脾气。大哥大嫂，别理他，有话您就说，我们马上也该出发了。

大 嫂 （下了决心）我想让他给你们当向导，我怕你们不识路。

钟 浩 太好了！（转念一想）可是您刚才还说老山界很危险，怎么又让大哥……

大 嫂 是危险，但我更怕你们遇险……你们这么小，人又这么好……

钟 浩 （感动地）大嫂！

大 嫂 小兄弟，小妹妹，去吧。（对大哥柔声地）你也去吧，自己当心……

大　哥　（恋恋地看着大嫂）哎。（背上一个筐，吸了口气）走了！（再不回顾，当先领路）

〔钟浩等三人欲走，忽又回头，齐齐向大嫂行了个礼。大哥回望。

〔大嫂百感交集地哭出了声，挥手又像道别，又像催他们远行。

〔音乐骤起。众战士舞蹈着上。大嫂推背景板下。

〔钟浩、大哥等三人随众战士起舞，作登山状。大哥时时在前引路，对三人以动作作指点、照拂之状。

陈　辉　（唱）夜半攀到山腰上，
大嫂话儿响耳旁。
如果真的有山神，
一定又高又壮又嚣张。

众战士　（唱）山神山鬼本领再高强，
艰难险阻不能把我们的脚步挡。

〔“山神”率领部众上，与众战士对峙。

徐　丽　（唱）我要大胆来想象，
想象“山神”已登场。
他凶残冷酷暴君样，
打破了宁静与安祥。

众战士　（唱）山妖山怪放马过来吧，
风霜雨雪冷不了我们的热血热肠。

〔“山神”和部众亮出各种奇特的兵器，慢慢向前逼近，蠢蠢欲动。众战士也慢慢向前，严阵以待。

钟　浩　（唱）从来正邪不两立，
千军万马又何妨！

魔高一尺道一丈，
小小书生意激昂！

众战士 （唱）山精山灵迷不了我们的眼光，
地形难辨我们的斗志反高涨！

钟　浩 （喊）过老山界啰——

〔众战士与想象中的“山神”及其部众激烈交锋，其实是红军翻越老山界的一种具象和象征。此段群舞可考虑加些戏曲的程式化动作。

〔“山神”军团节节败退，狼狈而逃。众战士大获全胜，齐声欢呼。

〔众战士退后，有的坐，有的站，三三两两，组成一种错落有致的造型。

〔音乐止。山风声。

〔钟浩等三人和大哥在一片静寂中凝望。

陈　辉 （解开外衣，披襟当风，一手搭住钟浩）终于登上山顶了！

徐　丽 哎，那星星点点的是什么？

大　哥 越来越多了，像一条条长龙。

陈　辉 火把，是大部队的火把！

〔天幕上现出画面，一条条火把组成的金线，为黑暗中的高山镶上一条条金边，格外夺目。

钟　浩 （陶醉地）那么多火把，排成那么多个“之”字形，从山脚到山顶，比天上的星星还亮！比中午的太阳还壮观！

陈　辉 （取笑地）你这个小书生，又开始抒情了。

徐　丽 （抢白）书生也能闹革命，这叫文武双全。

陈　辉 喂，你成天这么偏心我可不答应了啊！

徐　丽　（俏丽一笑）那你跟首长告状去！我才不怕呢！

大　哥　（兄长般温厚地笑）你们真像一家人。

钟　浩　本来就是一家人，祖国就是我们的家。（望眼前景色）小时候爷爷就告诉我，中国是世界上最美最美的国家。为了让她永永远远这么美丽，叫我做什么我都愿意！

陈　辉
徐　丽　（齐）我们也愿意！

大　哥　我……我也愿意！

〔四人相视而笑。

众战士　我们也愿意！（纷纷走上前来）

〔钟爷爷、众学生上。

〔钟浩等定型如雕像。

钟爷爷　（看着钟浩等）老山界是他们这支队伍长征中所过的第一座难走的山。但是他们后来走过了金沙江、大渡河、雪山、草地以后，才觉得老山界的困难，比起这些地方来，还是小得很。

学生甲　那就是说，后面的困难更大！

学生乙　可是红军还是打败了困难！

众学生　"太伟大了！""是我的偶像！""以后遇到困难我也要勇敢！"

钟爷爷　（欣慰）你们能这么想，爷爷的故事就没白讲。（忽起童心）你们说说，刚才的故事里你们最喜欢谁？

学生甲　我喜欢钟浩，有知识有文化！

学生乙　我也喜欢钟浩，脾气好又细心！

众学生　"我们也喜欢他。""他虽然文乎乎的可是非常胆大。""还很浪漫！"

钟爷爷　（忍俊不禁，笑）我也最喜欢他。

学生甲 为啥为啥？钟爷爷，您一定又能说出我们说不出的道理来！

钟爷爷 因为……（自豪）因为钟浩就是我的父亲！

众学生 啊？！

学生乙 天呐，您也太幸福了吧？有参加过长征的英雄父亲！

众学生 是啊是啊，羡慕嫉妒恨！

学生甲 怪不得您对长征的事儿这么熟！

学生乙 怪不得您对长征的感情这么深！

众学生 难怪校长要请您当我们的校外辅导，带我们参观长征纪念馆！

钟爷爷 （笑）小调皮，一个比一个机灵。

学生甲 哎钟爷爷，您父亲钟……老爷爷他多大啦？

钟爷爷 （笑）他现在九十多岁了，还天天读诗、背诗。

学生乙 什么诗啊？我们也想学。

钟爷爷 毛主席咏长征的诗！

〔乐起。

〔天幕上现出行书体的毛泽东咏长征诗。

〔钟浩等众战士走上前来。

〔钟爷爷、大哥与钟浩等三人，和全体战士一起朗诵，伴随着震撼人心的音乐。众学生崇敬地听着。

钟爷爷、大哥、钟浩等三人、众战士 红军不怕远征难，万水千山只等闲。五岭逶迤腾细浪，乌蒙磅礴走泥丸。

钟爷爷 （对众学生）是不是气势如虹？孩子们，一起大声读吧！

〔众学生激动地加入到众战士之中吟诵。

所有人 金沙水拍云崖暖，大渡桥横铁索寒。更喜岷山千里雪，三军过后尽开颜！

〔音乐至最高潮。众人造型。

〔切光。

大型儿童剧

课本里的红色故事

时间：当代/战争年代。

地点：教室/公交车站、山中、草地、河边/雨来家。

人物：女老师，女，二十多岁，小学老师。

海　娃，男，十三四岁，放羊的孩子。

山　妹，女，十一二岁，海娃的朋友。

小胡子，男，三十岁左右，日本兵头目。

陈歪嘴，男，三十岁出头，伪军头目。

张队长，男，二十多岁，游击队队长。

王二小，男，十二三岁，儿童团员。

东　条，男，三十岁左右，日本军官。

日本兵，男，二十岁出头，日军军官的左右手。

雨　来，男，十一二岁，水性极佳的孩子。

铁　头，男，十一二岁，雨来好友。

李大叔，男，三十多岁，区交通员。

山　本，男，三十岁左右，日军头目。

雨来妈，女，三十多岁，农妇，雨来母亲。

众同学、众游击队员、众乡亲、众日军、众伪军。

〔幕启时是教室，一张讲台，一张长方的可移动的黑板。讲台上有语文书、点名册等。

同学甲（男） （清清嗓子）嘿，我说，昨天是我们扫地的，今天该你们扫了。

同学乙（男） 男生组全体支持！（举拳）

同学丙（女） 还全体呢，一共就两个人，真好意思说。

同学甲（男） 没听老师说吗？真理往往掌握在少数人手里。

同学丙（女） 真理就是，昨天我们拖过地了，今天轮到你们拖了。

同学丁（女）
同学戊（女） 女生组全体同意！（鼓掌）

同学甲（男） 还全体呢，加起来才三个人，真好意思吹。

同学丙（女） 三个人也比你们多一个，要按投票，我们还三比二呢！

同学甲（男） 哎，我们昨天扫地是重体力活儿，今天应该休息休息，擦擦黑板就行了。

同学丙（女） 哼，我们昨天拖地累得腰酸背痛，今天应该保养保养，抹抹讲台就行了。

同学甲（男） 反正我们不扫地。

同学丙（女） 反正我们不拖地。

同学甲（男） 成心占便宜是不是？

同学丙（女） （叉腰）成心想偷懒吧你？

同学甲（男） 还女生呢，一点也不温柔体贴。

同学丙（女） 还男生呢，一点没有绅士风度。

同学甲（男）
同学乙（男） 强词夺理。
同学丙（女）
同学丁（女） 蛮不讲理。
同学戊（女）
同学甲（男）
同学乙（男） 刁钻古怪！
同学丙（女）
同学丁（女） 面目可憎！
同学戊（女）

〔女老师快步上。

女老师 怎么回事？隔多远都听得见你们在吵架。

〔五人慌。

女老师 同学之间要友爱、团结，德育课上说过多少遍了？（见众同学低头，缓和语气）谁能告诉我，到底发生了什么事？

〔同学丙举手。

女老师 好，你说。
同学丙（女） 男生说昨天扫过地了，今天只擦黑板；我们觉得昨天拖过地了，今天应该只抹讲台，所以……
女老师 所以从放学到现在，快四十分钟了，这教室是既没扫也没拖，净顾着斗嘴了是不是？

〔众同学站着不吭声。

女老师 （摇摇头）你们呐，还是平时过得太安逸，生在这个时代太幸福了。一个个都被宠成了小皇帝小公主，为值日这么点儿小事也不能发扬一下风格。要是在几十年前的战争年代，难道也这么鸡毛蒜皮、斤斤计较吗？

同学甲（男） （不好意思地）老师，战争年代的孩子是怎么样的？您能给讲讲吗？

女老师 （想了想，随手拿起讲台上的语文课本，翻了翻）好吧，既然你们想听，老师就给你们讲个“鸡毛信”的故事。这篇课文你们还没学到，我先给你们读一段有趣的原文：“鬼子越来越近。海娃着急了，把鸡毛信往哪里藏呢？他看着胖乎乎的羊尾巴，心头一动，就抢到前面抱着那只带头的老绵羊，把它尾巴根的长毛拧成两根细毛绳，把鸡毛信折起来，绑在尾巴底下。海娃什么也不怕了，他把羊鞭甩得响响的，朝着鬼子赶过去。”

同学甲（男） 哇噻，这个海娃好厉害啊！老师老师，您快给我们讲讲他的事迹！您讲起来绘声绘色的，肯定比读课文更好听！

女老师 （笑了）就数你的性子急。（对众同学）这个故事叫《鸡毛信》，主人公名叫海娃，是个十三四岁的半大孩子。故事开始时，他正在山坡上放羊。当然了，他和你们一样，也有自己的小伙伴儿，那个女孩子叫做山妹……

〔光暗。复明。课桌黑板等皆已不见。天幕上是一片翠屏似的青山。台中央偏后处有一块岩石。台右是两棵绿树。

〔音乐起，海娃、山妹甩着羊鞭赶着一群羊（道具），双人舞。

〔乐止。

〔海娃摸身上。

山　妹 海娃，你又找鸡毛信啦？走一路摸一路，都摸了七八回了。

海　娃　（掏出鸡毛信迎风一晃）鸡毛信表示重要，这封信上插着三根鸡毛，那是重要中的重要。我爸叫我赶紧送给三王庄游击队的张队长，我怎么能不上心呢？

山　妹　（摸摸信，好奇地）是什么情报呀，这么要紧？

海　娃　是——我也不知道。

〔山妹笑出了一串银铃儿。

海　娃　嗐，你笑什么呀，虽然我不知道信里写了什么，但也能猜到一点。

山　妹　真的？

海　娃　一定是能让游击队打胜仗，让鬼子兵吃败仗的消息！

山　妹　（崇拜地看着鸡毛信）哦！

〔鬼子进村的音乐。

海　娃　（无意中一瞥前方）糟糕！

山　妹　（随之一看，惊）鬼子兵！

海　娃　有日本兵，也有本地的坏蛋组成的伪军！我爸说，伪军是中国人欺负中国人，跟日本兵一样坏！

山　妹　（拉海娃）我们跑吧！

海　娃　来不及了！

〔枪响。山妹惊叫。

海　娃　（努力镇定）别怕，他开枪只是警告我们别逃跑。但是鸡毛信……（看手）

山　妹　哎呀，他们越来越近了！

海　娃　鸡毛信放身上肯定会被搜出来！

山　妹　他们马上就到啦！

海　娃　（急得团团转，忽然停步）有了！

山　妹　什么？

海　娃　快来帮忙！

〔海娃甩着羊鞭唤来领头的大羊，与山妹协作把大羊的长尾巴编成“绳索”，再把鸡毛信折起来绑进去。海娃仔细端详。

〔音乐止。

海　娃　应该看不出来。

山　妹　（佩服地）海娃你真聪明！鬼子不可能想到鸡毛信会藏在领头羊的长尾巴编成的“绳子”里边！

〔海娃拉拉山妹，二人站好。

〔一队鬼子兵上，有些枪尖上挑着粮袋。日本兵领头的是小胡子，伪军带队的是穿着黑衣的陈歪嘴。

山　妹　（向海娃靠了靠）他们刚刚抢过粮食。

海　娃　（轻）嘘！

小胡子　（用生硬的汉语）小孩子，可疑的！在这里，干什么？

〔山妹浑身发抖。

海　娃　（上前一步）我们是放羊的。

小胡子　放羊？（打量海娃）真的，这么，简单？

海　娃　（用力点头）是啊，我们是那边村里的放羊娃。（甩甩手上的羊鞭做证）

〔小胡子本能地向后一躲。陈歪嘴忙上前抓住鞭子，瞄了瞄。

陈歪嘴　太君，这个确实是放羊的鞭子。

小胡子　真的，这么，简单？

陈歪嘴 （把鞭子朝海娃怀里一扔）太君要是不放心，我来搜搜他们的身。

小胡子 哟西。陈，你要仔细地搜。

〔陈歪嘴和一个伪军分别搜海娃和山妹，均无所获。

陈歪嘴 搜过了，没发现。

小胡子 （在海娃屁股上踢了一脚）滚蛋吧，放羊娃。

〔海娃大喜，拉起山妹，赶着羊儿就走。

陈歪嘴 等等！（对小胡子献殷勤）太君，让两个小孩子赶着羊跟我们走一段吧？到前面找个背风的地方生火烤羊肉吃。就算煮碗羊肉汤，（明显咽了口口水）也不错呀！皇军辛苦，也要喝点羊汤补补。

小胡子 哟西，陈，你对大日本帝国很忠心！

陈歪嘴 应该的应该的，大东亚共荣，中日一家亲！

海　娃 （对山妹轻声地）不要脸！

山　妹 （也轻声）汉奸！

小胡子 （对陈歪嘴）陈，你这句话的，不对。

陈歪嘴 （惊诧）是是，太君您多指教。

小胡子 不是中日一家亲，是日中不分家，日本，前面；中国，后面。

陈歪嘴 （双手一拍）哎呀您说得太对了！茅塞顿开，茅塞顿开！

小胡子 什么开？

陈歪嘴 没什么没什么，我是说，您的话让我好像瞎子见了光。

小胡子 嗯。那就出发吧。

〔众人走。两个伪军押着海娃、山妹随军。

海　娃 （悄对山妹）那个日本兵的头儿，嘴上的小胡子难看得要死，咱给他起个外号叫“小胡子”怎么样？

山　妹　（觉得好玩）好呀！

海　娃　那个拍马屁的家伙嘴有点歪，咱就叫他“陈歪嘴”。

山　妹　（想笑又忍住）嗯！

小胡子　好了，就在这里，休息。

〔陈歪嘴把随身带的军用小折叠凳递到小胡子屁股底下，请小胡子靠到岩石上。

小胡子　牵羊，杀，这头。（指向领头的大羊）

〔海娃、山妹大惊。

山　妹　（拉海娃衣角悄声）鸡毛信在羊身上……

海　娃　报告小胡子……不不不，报告太君，这只羊是“领头羊”，这群羊的头领，年纪大了，肉又硬又柴不好吃。

陈歪嘴　（过去查看，回头）太君，放羊娃没说假话，这只羊老了，没有那边的嫩。

小胡子　（狐疑）真的，这么，简单？

山　妹　（轻对海娃）他怎么老说这句话？

海　娃　是他的口头禅。

小胡子　（扫一眼海娃）这个小东西，为什么，好心提醒？不正常！

陈歪嘴　（想想）太君英明！（转对海娃）说，有什么阴谋？

海　娃　（装傻）什么叫阴谋？

陈歪嘴　阴谋就是……肚子里的坏水！

海　娃　（按按肚子）我没吃脏东西呀，为什么肚子里会有坏水？

陈歪嘴　（不屑地）傻蛋！太君问你，为什么我们抢了……（改口）“征用”了你家的羊，你不但不记恨还主动告诉我们哪些羊好吃。

海　娃　（一拍脑袋）哦，原来你问的是这个意思呀！我就是想，你们吃羊吃高兴了，可能会放我们走！要是吃到又老又瘦的羊肉，你们不高兴，就要把我们带得离家越来越远了呀！

陈歪嘴　（看小胡子）太君您看？

小胡子　（闭目养神）杀羊，吃肉，睡觉。

陈歪嘴　是是！（指挥两个伪军牵两头小羊下）

〔光转。天幕上变成一轮明月照青山。日本兵整整齐齐躺成一排睡觉，伪军则横七竖八散了一地。陈歪嘴打呼。一个伪军哨兵背向海娃等站着打哈欠。

〔海娃蹑手蹑脚起，推醒山妹。山妹揉揉眼，欲发问，海娃忙捂住她嘴。山妹点头示意明白。海娃放开手，二人一前一后摸到领头大羊边。哨兵一动。二人吓得蹲下躲到羊后，见哨兵只是伸懒腰，才解下羊尾巴上的鸡毛信，绕过哨兵跑向舞台右侧。

山　妹　（脚一歪）哎哟！

哨　兵　什么人？啊？放羊娃跑了！

〔众鬼子兵惊起。

〔舞台分左右两演区，情节同时推进。鬼子兵等在左，海娃、山妹在右。

山　妹　都怪我不好！被发现了，怎么办啊？

小胡子　追，追上撕拉撕拉的！

海　娃　前面有条放羊的小路，你抄这条近道去找张队长，把鸡毛信给他！（把信递给山妹）

陈歪嘴　太君有令，全体戒备，孩子逃跑，格杀勿论！

山　妹　我走了，你呢？

海　娃　我往另一边引开他们，你见到张队长请他和游击队来救我！

山　妹　你一个人能挨那么久吗?

海　娃　能挨多久是多久！快走!

山　妹　可是……

海　娃　没什么可是，我是男子汉，你女孩子家家的，难道让你掩护我跑吗?（急了）你走啊!

山　妹　（哭了）海娃，你可不能死啊!

海　娃　（哽咽，忍泪）我死不了，我还没跟你学会唱“放羊歌”呢!

〔鬼子兵荷枪实弹逼近右演区。

〔海娃一推山妹，山妹哭着下。海娃没走几步就被追上。小胡子用枪托劈头盖脸一顿打，随即抽出刺刀，杀机毕现。

陈歪嘴　太君，这孩子忽然逃跑，多半有古怪，说不定跟游击队有关系，要不要先审审他?

小胡子　（刺刀架上海娃的小脖子）你的，为什么跑?

海　娃　我……我……（陡然夸张大哭）

小胡子　你的，哭什么?

陈歪嘴　他怕死。

海　娃　（哭诉）谁不怕死啊?我就是怕死，才带妹妹跑的。

小胡子　妹妹，人呢?

海　娃　回家找妈妈了。

陈歪嘴　你一个小子，还跑不过她一个丫头?满嘴鬼话。

海　娃　（哭）才不是鬼话！我又想妈妈，又想我的羊；一边准备跑回家，一边又舍不得那些羊，回头看啊看的就……跑慢了嘛！我妹妹那死丫头片子，没我那么喜欢羊，结果她跑掉了，我被你们抓住了！呜呜呜!

小胡子　（收起刺刀）真的，这么，简单?

海　娃　（索性往地上一坐，捂头大哭）妈妈呀，我要妈妈!

〔众鬼子大笑。

小胡子　你的，起来。

〔海娃止哭爬起。

小胡子　你天天在这一带放羊，游击队，见没见过？
海　娃　（略一想）见过。
小胡子　（留意）大概在哪里见的？
海　娃　（指）那边。我们村有个人参加了游击队，我还去他们那里玩过呢。
小胡子　（喜形于色）你的，知道游击队的老……老巢？
陈歪嘴　小子，只要你带我们突袭游击队，太君就放你回家。
海　娃　（惊喜状）真的？
陈歪嘴　好好带路，将功补过。
海　娃　不是我吹牛，要没有我，你们肯定找不到！

〔舞台黑，只一束追光打在海娃身上。

海　娃　（快板）边走边看我边想，
不知山妹怎么样？
兄妹情深好牵挂，
下落不明愁断肠。
鸡毛信啊有没有，
顺利送给张队长？
游击队啊能不能，
关键时候从天降？
故意走得慢又慢，
一步也要晃三晃。

存心往右带错路，
地雷等着鬼子尝！
爸爸早已教过我，
记号在地雷边上。
认准记号能保命，
任凭鬼子去瞎闯。
万一鬼子踩了雷，
我在身旁也遭殃，
海娃不悔也不怨，
留给别人做榜样！

〔光复明。

海　娃　（一指）穿过前面的树林就到了。

小胡子　你先走。

陈歪嘴　太君英明！

小胡子　（对陈）你也先走。

陈歪嘴　太君英……啊？我也先走？

小胡子　（狡猾又无情）你和你的人在前面押着放羊娃，先走，我们在后面，接应。

陈歪嘴　（嘀咕）这不是让弟兄们给你蹚雷吗？

小胡子　你的，还不走？

陈歪嘴　（苦笑，硬着头皮）是！（一把拽过海娃来）小鬼，你第一个。

海　娃　（装作不在乎）第一个就第一个。（当先而行）

陈歪嘴　（带伪军跟上，左右看看）还好，看来没事，这小林子里边还蛮凉快的。

〔地雷猛地炸响。众伪军纷纷踩雷而死。后面的日本兵卧倒射击。海娃趁乱飞奔。

海　娃　（边跑边叫）陈歪嘴你个大汉奸，到阴间凉快去吧！

〔枪声。海娃倒地，捂右腿。

小胡子　（举枪瞄准海娃，狰狞地）我就知道，不会真的，这么，简单！

〔张队长率游击队上。音乐起。双方以舞蹈形式激烈交战。游击队全歼日本兵。小胡子负伤欲跑，张队长一个潇洒的遥射，将其击毙。乐止。

张队长　（忙去给海娃包扎伤口）好孩子，疼不疼？叔叔先给你简单包扎一下。

海　娃　不疼！哎哟！（改口）不怕疼！

〔众战士笑。

海　娃　张队长，是山妹告诉你我在这附近的吗？

张队长　（麻利地包扎）对！她急得不得了，我们也是急行军赶过来的。

海　娃　那鸡毛信……

张队长　（包扎好，与另一战士一起扶海娃站起）收到了！

海　娃　（感兴趣地）信里写的啥？

张队长　是关于鬼子炮楼的岗位分布和换防时间。咱们的主力部队已经根据情报去砸鬼子的炮楼了，准能大获全胜！（拍拍海娃）海娃啊，这次全亏了你这个小英雄！

海　娃　（笑）你们才是英雄呢！哎，张队长，这回能缴到好多枪吧？

张队长　估计都是崭新的三八式快枪！

海　娃　（兴奋敬礼）报告，我也要支枪，打鬼子，打伪军！

〔张队长与战士们大笑。

〔切光。

〔光起。恢复教室的布置。

同学甲（男）　这故事太痛快了！难怪我爷爷奶奶总是一遍一遍地看《鸡毛信》的老电影呢！

女老师　别只顾了痛快，你们想想，海娃在性命攸关的时候还想到山妹的安全，有逃生的机会让山妹先走，他跟山妹计较过吗？

同学甲（男）
同学乙（男）　（羞惭）没有……

女老师　在那么危险的情况下，海娃还惦记着要把鸡毛信送给张队长，他算过自己的小得小失吗？

同学丙（女）
同学丁（女）　（羞愧）没……没有……
同学戊（女）

女老师　（循循善诱地）为了打鬼子，敢蹚地雷阵，甚至做好了可能牺牲的准备，如果生在今天，他会为了谁值日，谁扫地，谁拖地和同学吵架吗？

众同学　不会……

同学甲（男）　老师，您别说了，我们都难为情死了！

女老师　（指指他们）你们呐！

同学甲（男）　等一下我们就扫地！

同学乙（男）　（举拳）男生组全体支持！

同学丙（女）　那我们女生负责拖地！

同学丁（女）
同学戊（女）　（鼓掌）女生组全体同意！

同学甲（男）　我们还要擦黑板，

同学乙（男）　倒垃圾。

同学丙（女） 我们要抹讲台，

同学丁（女）
同学戊（女） 擦窗户！

女老师 看来老师的故事没有白讲，你们还真从海娃、山妹身上学到了东西。（看看窗外）不早了，今天就别值日，明天早上提前半小时来打扫一下卫生吧。

众同学 哦！

同学丙（女） 天快黑了，从学校到大马路有一段的路灯坏了，一个人走怪害怕的，（拉另两个女生）我们一块儿走。

同学甲（男） 女生就是胆子小，路灯坏了有什么好怕的？

同学丙（女） 怕坏人，怕野狗，怕大怪兽，不行啊？

〔众同学笑。

同学甲（男） 老师您看她，五年级了还怕大怪兽。哎老师，反正也迟了，您要是没什么事儿，能不能再给咱们讲一个关于勇敢的故事，教育教育她？（指同学丙）

同学丙（女） （白了他一眼）你想听故事可别拿我当理由。（在老师身后向同学甲扮个鬼脸）

女老师 （笑）好吧，我今天就算给你们几个开小灶，多上一堂德育课吧。（对同学丙）待会儿我陪你们走，把你们送到公交站台。

同学丙（女） （雀跃）谢谢老师！那我们听小英雄的事迹就没后顾之忧，更起劲儿了！

女老师 我接下来要讲的故事叫《王二小》。

〔《歌唱二小放牛郎》旋律起。

女老师 也许你们对这个名字不陌生，也许你们对他的事有模糊的印象，但是老师还是要给你们详详细细地讲一讲……

〔歌声中切光。女老师、众同学下。

〔光复明，天幕转为一片青翠的草地，日正当空。台中间偏后有块岩石。十二三岁的王二小悠闲地牵着牛上。牛由人扮。

〔戏曲锣鼓点。

〔王二小与牛儿的表演，可展示一些身段方面的技艺。

〔锣鼓止。

王二小　玩够了吧？（亲昵地摸牛头）大黄，咱俩得警醒着点儿。我是革命的儿童团员，你是革命的小黄牛。我不能只顾了放牛，还得站岗放哨；你不能只顾了吃草，还得侦察敌情。要是鬼子来了，咱要想办法给八路军叔叔通风报信，要是情况紧急，咱就……（顿住）

〔牛儿发出“哞哞”的叫声。

王二小　（亲热地搂住牛脖子）你听得懂我的话，还听得到我心里没说出来的话，对吧？爹妈死了，除了爷爷，你就是我最亲的亲人。我知道我说的每句话你都明白。

〔王二小与牛嬉戏。

〔一队日本兵悄然上。为首的军官姓东条，戴着洁白的手套，看上去颇为儒雅。

〔牛叫，似在示警。王二小一回头，猛然一惊，随即镇定下来，若无其事地拔草喂牛。

日本兵　你，叫什么名字？

王二小　我姓王，叫二小。

日本兵　你，知不知道怎么……走出这条山沟？

王二小　呀，你们是不是迷路了？这座山可大了，转弯拐角，岔道最多，难走得很呢！

日本兵　（凶狠）怎么难走？

王二小　光说说不清。

日本兵　（急躁地）那你就画！

王二小　（手一摊）没纸没笔。

日本兵　（指）地上有树枝，你，画地上。

王二小　山地这么硬，树枝这么细，怎么画得起来……

〔话没说完，日本兵的刺刀伸了过来。王二小看他，并无惧色。

日本兵　（狰狞地）就用这把刺刀画，画不出来，刺刀就刺进你的小肚子！

王二小　（倔强）我爷爷说，有事求人，就要有求人的样子。有人逼你，刀架在脑袋上也不能答应！

日本兵　（大怒）你竟敢……

东　条　不用急。（上前，缓缓地压下日本兵的刺刀）不用急。

王二小　（盯着他的军服）你是他们的队长吗？

东　条　（看看自己的军服，看看王二小，感兴趣地）我是大日本帝国的军官，我姓东条。你在这里放羊，是本地的孩子吧？

王二小　（不答，反问）为什么你的中国话说得这么好？

日本兵　（气）不是叫你问话，是叫你回答长官的话！

东　条　（微微一笑，气定神闲）王二小，是不是我回答了你的问题，你也会回答我的问题？

王二小　是的，我爷爷说，做人就该说话算数。

东　条　（拍了拍手）很好，你爷爷很有意思。你问我为什么中国话说得好，因为，要打败一个对手，就要先变成他，对他的一切了如指掌。我可以算是个中国通。知道什么叫中国通吗？

〔王二小摇头。

东　条　就是对你们中国的文化、历史、哲学很有研究。我们日本的文字是参考你们中国的汉字造的，汉语我也一直在下功夫苦学。怎么样，轮到你回答我了吧？你是本地人吗？

王二小　是。

东　条　你对这一带的地形一定很熟悉啰？

王二小　熟！

东　条　带我们走出山沟，我不伤害你，还送你点我们日本的小玩意儿，好不好？

王二小　（不答，反问）你们出去是要到附近的庄子扫荡吗？

日本兵　不是叫你问话，是叫你回答长官的话！

东　条　（一笑）不要急躁。（对王二小）你这么小，也知道扫荡吗？

王二小　我们村被别的日本兵抢过烧过，死了好多人……

日本兵　八格！（拔枪指王二小）

〔牛儿护主，上前欲顶日本兵。日本兵欲开枪。

王二小　（惊）住手！

东　条　（观察王二小的反应）只要你肯带我们出去，我不仅不伤害你，而且，（故意顿了顿）也不伤害你的牛。

王二小　（有点慌，看看牛）你们这么多大人，有刀有枪的，干嘛要跟一头牛过不去？

东　条　它不是一头普通的牛，还是你的好朋友。好朋友的性命就在你手里。王二小，你自己选择。我从来不强迫别人，哪怕对方是个小孩子。

王二小　（沉默半晌）好，我带你们走。

日本兵　（生硬的汉语）这……还差不多。

王二小　大黄在这里吃草，吃完了它自己会回家。

日本兵　（不耐烦地）随便！

东　条　不不，把牛牵上。

王二小　（意外）带牛走？

东　条　（深深看了王二小一眼）对，带上你的朋友。

〔光变。天幕上仍是草地，但夕阳西下。

〔众人走得气喘吁吁。

日本兵　（拉过王二小左右开弓打了两个耳光）你，怎么带的路？我们，在绕圈子！

王二小　（一抹嘴边血迹，看了眼手掌，头一扬）我不是说过，这座山很大岔路很多吗？要走到晚上，才能出得去！

东　条　（看看四周，精明地摇摇头）王二小，你在撒谎。如果没有记错的话，这块石头我之前见过。

王二小　山上……山上到处都是这样的石头，人和人还有长得像的，石头跟石头像，有啥奇怪？

东　条　（怒意一闪即逝，微笑）好，我看出来了，你胆子大，有骨气，但是我们皇军的目的也非达到不可，怎么办？真为难啊！（叹气，看天，突然向日本兵做了个手势）

〔王二小还没反应过来，日本兵一枪打中牛儿。牛晃了晃，扑通倒地。

王二小　（悲呼）大黄！（冲过去）大黄，大黄！

〔一速追光打着王二小和大黄。

王二小　（不住地推牛）大黄，你应应我，你叫两声！大黄你动一动啊！（见牛始终不动，哭了）大黄，你就像我的亲人一样，像我的兄弟一样！爷爷前几天还笑我说，哪天你死了，我也要伤心死了！我以为你还能陪我好多好多年，我以为你能看着我长大，看着我从儿童团员变成战士，你怎么那么快就死了呢！（哭）

〔大黄站起。王二小抱住大黄，相依相偎。

大　黄　二小，我走啦，你要保重啊！

王二小　（抽泣）我不要保重，我要你活过来！

大　黄　咱俩不能再做伴儿了。你要听爷爷话，吃饭按顿吃，睡觉别踢被子。

王二小　（哭喊）大黄，我要给你报仇！

大　黄　报仇？

王二小　对！鬼子烧杀抢掠，到处害人，今天如果出了这条山沟，乡亲们和区干部就要遭殃了！我要给以前被杀的乡亲，给你，报仇！我要把他们带到八路军叔叔的埋伏圈里去！

大　黄　太危险了！

王二小　我不怕！

〔光复如初。大黄仍在原地躺着。

王二小　（打定了主意，假作愤怒，对东条）你们为什么杀我的牛？！

东　条　（缓缓地）这就是不诚实的代价。

王二小　我要是不听你的话，你是不是也要杀我？

东　条　我想，那是完全有可能的。而且，我会把你的牛作为今天全体士兵的晚餐。

王二小　你……（似乎思想斗争了一会儿）好，我带你们出去。

东　条　（玩味地打量着他）真的回心转意了？

王二小　我还小，我不想死！另外我有个条件，不准你们吃大黄，要把它好好埋了……

东　条　（笑了）没有问题……

王二小　（抢话）再找个人给它披麻戴孝。

日本兵　八格！要我们帝国军人给你乡下的一条牛戴……戴孝！不想活了！

〔王二小头一扭，不说话。

东　条　（看看王二小，略作权衡，对日本兵）也不是不行。

日本兵　长官！

东　条　少安毋躁，听我说。牛，在中国神话里是太上老君的坐骑。据说道家的大师老子出关骑的也是牛。这种动物，还是很尊贵的嘛。再说，（对日本兵压低了声音）中国有句话叫大丈夫能屈能伸，你，就委屈一下，出了山沟，这小孩就交给你处置，你想怎么折磨他，都可以。（拍拍日本兵）

日本兵　（无奈）哈咿！

〔日本兵招呼另一个士兵拖着牛的尸体下，不久复上，日本兵头上扎着个白布条，勉强算是“戴孝”。

王二小　（端详）挺好看的。

〔日本兵狠狠瞪他一眼。

东　条　（对王二小）可以走了吗？

〔王二小点点头。

〔《歌唱二小放牛郎》歌声起，歌词出字幕，也有着阐述情节的作用：“二小他顺从地走在前面，把敌人带进我们的埋伏圈，四下里乒乒乓乓响起了枪炮，敌人才知道受了骗。敌人把二小挑在枪尖，摔死在大石头的上面，我们那十三岁的王二小，可怜牺牲在山间……”

〔王二小歌声中指指点点带路状，众日本兵跟随，有时东条会和日本兵交谈。

〔乐止。众人止步。

东　条　到了？

王二小　到了。

东　条　出口在哪里？

〔王二小吹了一串长长的口哨。

东　条　你在干什么？（随即醒悟）你在报信？大家小心！

众士兵　哈咿！

王二小　哈哈！迟了！

东　条　（枪指王二小，阴鸷地）我看未必。

〔四面八方响起喊杀声。

王二小　你已经进了埋伏圈！

〔两声枪响，两个日本兵倒地。

东　条　（惊怒）八格！（一把揪住王二小衣领）

王二小　你怎么不说中国话了？

〔京胡、锣鼓，金戈铁马，沙尘滚滚。

〔八路军并不正面出场，只见众日军拼命抵抗，苦苦支撑，但不时有人倒下。东条抓着王二小躲闪，有时把王二小作盾牌挡在身前。

〔响亮的几声枪声，那为牛戴孝的日本兵怪叫一声摇摇晃晃地倒地。东条娴熟地举枪还击，渐渐退到舞台一侧。

王二小　不好，有个缺口！不能让他跑掉！

〔王二小一挣下地，奋不顾身抱住东条双腿。东条毫不犹豫，扯开王二小就往大石头上一扔。满台红光。

〔东条转身想逃，一连串密集枪声。东条全身抖动，倒在地上，与王二小相隔不远。

王二小　（艰难地）活、该！

东　条　你……为什么……这么做？

王二小　（想指而不能抬手）你们……成天扫荡，害了多少父老乡亲！你们连一条牛……都不放过！

东　条　你答应带我们出山，你爷爷不是说过……说话要算数的吗？

王二小　你还说过，要……打败敌人，就要先变成他！

〔东条一怔，神情复杂地大笑，笑着笑着气绝身亡。

〔话外音："二小，你怎么样？""二小，叔叔帮你止血！""二小，你别怕！"

王二小　（露出笑容）八路军叔叔，我不怕，二小……不怕！

〔《歌唱二小放牛郎》旋律起，字幕："干部和老乡得到了安全，他却睡在冰冷的山间，他的脸上含着微笑，他的血染红了蓝的天。秋风吹遍了每个村庄，它把这动人的故事传扬，每一个村庄都含着眼泪，歌唱着二小放牛郎。"

〔大黄上。

〔王二小与大黄开心嬉戏，如同开场时，而伴奏如泣如诉。王二小留恋地一步三回头，终于下场。大黄发出"哞哞"的叫声，独自在草地上怅望。

〔光渐切。

〔光复明。台上恢复一块讲台、一个移动黑板的教室布置。

〔三个女同学抹着泪，男生也神情凝重。

女老师　这就是王二小的故事，就是那首耳熟能详的歌曲的由来.

同学丙（女）　（抹泪）我还以为王二小能像海娃一样得救呢!

同学甲（男）　哪可能次次都是大团圆结局呢，唉!

同学丙（女）　王二小太勇敢了，我要向他学习!

众同学　我们也要向他学习!

同学丙（女）　以后我要练练胆量，不怕黑不怕怪兽不怕坏人!

女老师　话也不能这么说，你还是个学生，警惕性高、晚上注意安全也是对的。不能从一个极端跳到另一个极端。

同学丙（女）　哦!

女老师　（对众同学）大家要记住，勇敢并不是鲁莽，是要讲方法、讲对策的。比如小英雄雨来，就特别聪明，特别会发挥自身的强项去克服困难，寻找转机。

同学甲（男）　（机灵）哎，老师，又有第三个故事听了?

同学乙（男）　（举拳）男生组全体支持!

同学丙（女）　不行不行，老师白天上课，刚刚又连讲了两个故事，嗓子多累呀！应该歇歇!

同学丁（女）
同学戊（女）　（鼓掌）女生组全体同意!

同学丙（女）　（忍不住）不过……（有点不好意思地从书包里掏出一个盒子）老师，我这有金嗓子喉宝……

同学甲（男）　哎呀，我还以为你有多心疼老师，最后拐了个大弯儿，还不是跟我一样想听故事?

同学丙（女）　瞎说……

女老师　（笑）别调皮了，你们要真想听雨来的事迹，老师高兴还来不及，怎么会嫌嗓子累？（看了下手机）六点多了，这个故事讲完，咱们就回家。

同学甲（男）　老师，我预习过那篇讲雨来的课文，好像和讲海娃、王二小的情节有点像。

女老师　这也不奇怪。他们面对的都是来势汹汹的日本人，他们自己都是以弱对强、智勇双全。但细想想还是不一样。好比王二小，最让我们感动的是他不屈的精神，是一种“义”。雨来呢，他的经历更传奇，侧重的是他的机智。

同学乙（男）　老师，您快讲吧，我们都心痒痒的了！

女老师　（幽默地）这部“红色大片”发生在当时的晋察冀边区，那里有一座美丽的小村庄叫芦花村，有一条清澈的大河叫还乡河……

〔光转。女老师、众同学下。

〔天幕上是波光粼粼的河水，远处依稀可见村落人家。舞台左侧空置，右侧是居家的简单摆设：小饭桌，锅灶，椅子，桌上有碗筷等。

〔铁头小跑着上，雨来妈追上。

雨来妈　铁头，站住！

〔二人一逃一追进了家，围着小桌打转。雨来妈手一伸，扭住了铁头的耳朵。

铁　头　哎哟哎哟，耳朵要掉了！

雨来妈　（放手，给铁头揉耳朵，嗔）坏小子，知道痛啦？

铁　头　婶子，你下次再揪我耳朵我就报告我妈。

雨来妈　（笑）报告也没用。你是我干儿子，我们家雨来也是你妈妈的干儿子。她能帮我管雨来，我也能帮她管教你。

铁　头　天哪，一个妈就够我受的，还摊上了两个妈！

雨来妈　（笑，爽利地）少废话，告诉婶子，雨来呢？

铁　头　还用问吗？在河里玩呢！

雨来妈　胡说，我刚才到河边找了一圈没见他影子。

铁　头　骗你是小狗，他从东头游到西头，从水面潜到水底下，你咋逮得到他呢？

雨来妈　（嘀咕）天天玩水玩不够，难怪乡亲们说他上辈子是一条鱼。哎，你早告诉我不是早完事儿了，这一路躲我像躲日本鬼子似的，发的什么神经呐？

铁　头　雨来跟我有约定，兄弟俩互相不出卖。

雨来妈　（笑骂）我呸。臭小子，等他回来告诉他，我到东庄他舅舅家去一趟，锅里有剩饭，叫他老老实实在家看家，读读识字课本，免得将来……

铁　头　（接）做个睁眼瞎。

雨来妈　（笑）知道就好！（下）

铁　头　婶子走了，敌情解除，没人骂雨来了，这下可以叫雨来回家了。（一路喊着）雨来，雨来——（跑下）

〔乐起。

〔雨来从左侧上。

〔雨来独舞，做出游泳的样子，轻松诙谐又体现出高超技巧。

雨　来　（唱）雨来天生就爱水，

仰面能在河上睡。

乡亲夸我像条鱼，

浪里白条姿势美！

能深潜，会憋气，

甩甩手臂蹬蹬腿。
一个猛子扎下去，
你开汽船也追不回。

〔间奏。铁头和小伙伴们上。铁头戏水状，有的小伙伴挥着钓竿钓鱼，有的采荷叶，有的弯腰捉青蛙。

铁　头　（唱）我也来戏水，
伙伴甲　（唱）钓鱼回家煨。
伙伴乙　（唱）荷叶当帽戴，
伙伴丁　（唱）还把青蛙追。
雨来、众人　（合唱）太阳亮亮水微微，
天儿蓝蓝草翠翠。
尽情玩耍多开心，
芦花村边笑声脆。

〔乐止。

伙伴们　回家吃饭喽——（一哄跑下）
铁　头　雨来，你妈去你舅舅家了，给你留了饭在家。
雨　来　那你就到我家吃。
铁　头　（笑）我最喜欢婶子做的菜了，（对空气吸鼻子）香啊！
雨　来　（笑敲他头）你不应该叫铁头，应该叫馋猫。对了，我妈还交待什么没有？她最喜欢瞎操心，肯定不只说了这两句。
铁　头　说叫你看看识字课本……
雨　来　别做睁眼瞎！哎哟，耳朵都听得出老茧了。

〔二人笑，走到台右雨来家，先套件衣服，后盛饭吃。
〔李大叔舞台左侧上。

李大叔　（抹汗）好险！差点儿被鬼子堵在沟里了！（看门）这是雨来家！

〔雨来、铁头放下碗，擦擦嘴，掏出课本边看边议论着什么。
〔鬼子口令声，脚步声。
〔门里门外同时警觉。李大叔欲上前敲门，又止步想从另一边下。雨来恰好开门看见。

雨　来　李大叔！鬼子是来追你的吗？

〔脚步声越来越响。

李大叔　（点头）快关上门别出来。（欲跑）
雨　来　（忙跳出来拉了李大叔进门）快进来！

〔铁头忙关门。

雨　来　李大叔，你刚才怎么不进来呀？
李大叔　大叔是区里的交通员，是鬼子要抓的人，大叔不想连累你们。
雨　来　才不是连累呢。咱是一家人！
铁　头　（看室内，挠头）你家小，东西也少，往哪儿藏呢？
雨　来　不怕，（压低声音）后院儿有个地窖，隐蔽得很，就算鬼子走到你们头顶上也发现不了。
李大叔　（喜）好！（一手一个拉起两孩子）走！
雨　来　（挣开手）地窖是自己家挖的，地方小，只能躲两个人。你跟铁头快过去，我跟他们打打岔，分散他们的注意。

〔一队鬼子上，在门外张望。

李大叔　这哪儿成啊？不能叫你一个人应付鬼子！
雨　来　我这么小，这又是我家，他们不会怀疑的！

〔铁头拉李大叔走，李大步走了几步又回头。

〔日军头目山本趾高气昂地上，腰间别枪，左手拿着个小包。他右手一挥。最前面的日本兵拍门。

雨　来　（急，对李大叔）你被他们抓到会没命的！我一个小孩子正好打掩护呀！（死推李大叔）

〔李大叔一跺脚，与铁头小跑，又疾回身指桌上课本，下。

〔雨来把课本塞进胸口，急开门。日本兵迎面飞起一脚，雨来灵活地闪过。日本兵一踢没中，怒，想再打。

山　本　别动手！

日本兵　（不甘心）那小子他……

山　本　（骄横地）是你指挥我，还是我指挥你？

〔日本兵不敢再说。以下山本的汉语发音都不太准确，但能流畅地表达意思。

山　本　小孩，刚才有没有人进来？

雨　来　有啊。

山　本　（喜）什么人？

雨　来　（绘声绘色）还不止一个呢！

山　本　（倒有点意外）哦？这些人在哪里？

雨　来　就在这里，（指对方，煞有介事）就是你们。

日本兵　活够了吗？（上前扬手）

〔雨来头一缩让过，作出畏惧的表情。

山　本　一个不理解我们意思的乡下小子而已。别跟他啰嗦，搜！

日本兵　哈咿！

〔众日本兵乱翻一阵，无所获，看山本。山本手向左向右一指，四个日本兵下，不一会儿复上，一齐摇头。

山　本　（沉吟）三个房间都没有吗？

日本兵　是！我到后院看了，也没有我们要找的人。

山　本　明明是朝这个方向来的，这里也只有这一户人家，怎么会突然消失？难道会飞吗？（看雨来一眼）押过来！

〔日本兵把雨来胳膊扭到身后推到山本面前。

山　本　你叫什么名字？

雨　来　（天真无邪的样子）你先告诉我我再告诉你。

山　本　我姓山本。

雨　来　哦，你姓山，叫本。

山　本　（摇手）不不，我们日本人的姓多数是两个字，跟你们支那……跟你们中国人，不一样。

雨　来　好吧，那我也告诉你，我叫雨来。雨就要来了，那个雨来。嘻嘻。

山　本　雨就要来了，（出神，蛮横的神色变成忧虑，喃喃地）美国人炸毁了我们的航母，苏联人可能也要对我们宣战，一场大雨，确实就要来了。

雨　来　（这次是真听不懂）你在说啥？

〔山本上前轻轻拨开日本兵的手。雨来胳膊一得自由，立刻夸张地互相揉搓。

日本兵　长官，（不确定该不该说）您刚才的意思是不是说，我们……快回家了？

山　本　也许，不过军人的天职是服从，（转看雨来）就算回家，也要先完成上面的任务。（从包里拿出糖果、面包）小孩，这些，你没吃过吧？比馒头、糕饼好吃。

雨　来　（老实不客气地拿来就吃）又香又甜，好吃。

山　本　（诱惑地）我再问你一次，刚才有没有人来过？

雨　来　什么样的人？

山　本　（与日本兵对视一眼）四十几岁，高高的，瘦瘦的，嗯，脸嘛，还有点黑黑的。

雨　来　（又吃了块糖）没见过。

山　本　（失望）那你在家里，有没有听到什么声音？

雨　来　（吃面包）风声，鸟声，还有远一点的芦苇杆子声，河水声。

山　本　（瞬间变脸）小东西，你吃我的点心，不提供我消息？

雨　来　（诧异）原来你们的规矩是吃了东西就要给消息啊！可我没消息好给啊！早知道不吃了。我还以为你喜欢我，请我吃的呢！

〔日本兵欲踢雨来。

山　本　等等！（抢上前一拳打中雨来鼻子）我亲自来！（揪住雨来头发）怎么样，想起来没有？

雨　来　（擦鼻血，似乎极委屈地）明明没见过外人，你非逼着我说假话！妈妈说，宁可不说话，不能说假话。

〔山本一搡，把雨来推得趺趺撞撞退后好几步。

山　本　（对日本兵）你看他是真傻假傻？

日本兵　我看真傻假傻，都不重要。（做个杀的姿势）

山　本　（点了点头）有道理。（转对雨来）你要是真没见过那个人，代表我们扑了空，皇军心情不好，只好拿你开刀；你要是假装没见过他，就是包庇共党，你的小命更保不了，明白？（揪着雨来胸口摇晃，凶相毕露）

〔雨来塞在衣服里的课本掉了出来。

山　本　（拾起一看，冷笑）爱国课本，你们还有国吗，真可笑。拿去，撕掉！

雨　来　（笑吟吟地）撕掉也没事，我全背下来了。

山　本　（蔑视地）乡下小子，能背得出什么？

雨　来　（不笑了，昂然地）“我们是中国人，我们爱自己的祖国！”

山　本　（大怒）就是你们这个“祖国”，把大日本帝国的军队死死拖在亚洲，害得我们无法实施和德国东西夹攻苏联的计划，现在又……该死，该死！（喘息）

日本兵　长官，你太看得起他了，他怎么听得懂这些？

山　本　（神经质地）他听不懂，你也听不懂吗？我说，立刻枪毙！

〔雨来浑身一震。

山　本　（狞笑）小东西，害怕了？

〔雨来强忍住恐惧，瞪着山本。

山　本　（残忍而快意地盯着雨来）死到临头，不说话了？之前不是很会说的吗？

雨　来　是你让我说的，我说一句话你可别生气。

山　本　（戒备地）什么话？

雨　来　（一指山本的脸）为什么你的鼻子这么扁，这么难看？

山　本　（暴跳如雷）处死！处死！

雨　来　等下！

山　本　（狰狞地）求饶只会死得更痛苦！

雨　来　不是求饶，我……我有个最后的请求……

山　本　（捏着自己的鼻梁，情绪极不稳定地）请求，课本里的语言，有趣，说吧，我要听听。

〔光暗。
〔几声枪响。
〔凄惨的哭声。
〔舞台左半部分光暗。右半部分光起。雨来家，雨来妈哭倒，李大叔、铁头、众乡亲苦劝。

雨来妈　（坐在地上，呼天抢地）雨来啊，我的雨来啊。天杀的鬼子，丧尽天良呐！
李大叔　（自责地）大妹子，都怪我！如果不是我，雨来不会死！
雨来妈　（哭）他大叔，不怪你，换了我我也要掩护你！你是交通员，是干革命的，是咱老百姓的亲人！雨来做得对，这孩子……（痛彻心扉）是个明事理的好孩子呀！

〔铁头和众乡亲都哭了。

雨来妈　（泣诉）早知道有这一天，他活着我就不该经常骂他训他，儿是娘的心头肉，是娘的命。老天爷，你只要让雨来活过来，你就把我的命拿了去吧！！

〔李大叔泪下，与铁头一道扶雨来妈起来坐下。
〔蓦然间雨来跑上。众人呆了。

雨　来　妈！
雨来妈　（揉了揉眼）雨来！
雨　来　妈——
雨来妈　雨来！（迎上前）
雨　来　妈，是我，我回来啦！（扑到妈妈怀里）

〔铁牛、李大叔、众乡亲互相笑着无声庆贺。

雨来妈　（紧紧搂住）雨来，我不是做梦吧？你好好地在家呢！

雨　来　（也搂住妈妈，含泪笑着）妈，我快给你勒死了！

雨来妈　呸呸，不准再说“死”字。快告诉妈，你是怎么逃出来的？

雨　来　（吸吸鼻子擦擦泪）开始我以为我完蛋了呢，后来也不知怎么的，忽然想起你和乡亲们都说我像条鱼，水性好，我就给鬼子下了个套儿……

〔舞台右演区光切。左演区光起。

〔左侧光区，雨来、山本、日本兵恢复之前的情形。

雨　来　我……我有个最后的请求……

山　本　（捏着自己的鼻梁，情绪极不稳定地）请求，课本里的语言，有趣，说吧，我要听听。

雨　来　我怕火烧，怕挨枪子儿，但是最怕的是呛水。小时候有一次掉下河，进不了气，肺都要炸了，要不是邻居救我我就死了！（诚恳地）以后……以后做梦我都怕水，平时见了河都绕着走。他们笑话我，说我是个住在水边上的旱鸭子。要是你们行行好，把我带到离河最远的地方杀我，我……我做鬼也不缠你们。

〔众日本兵都不怀好意地笑。

山　本　知道他们笑什么吗？

雨　来　（假意惧怕）笑什么？你……你们不会是要……

山　本　对，你猜得很对，你怕水，我偏要把你丢下河，活活淹死！（拉起雨来就走）

雨　来　（大喜，又压制喜色）你们……你们这些坏蛋，不得好死！

〔左侧光切。山本、众日本兵暗下。右侧演区光起。
〔雨来妈、铁头、李大叔、众乡亲大笑。

雨来妈 你这个鬼灵精，今天可是靠着还乡河拣回了一条小命。
李大叔 大妹子，他靠的不是河，是紧要关头能沉得住气，想得出点子！
铁　头 雨来，我铁头服了你了！全村的孩子都服了你了！
雨　来 （搂住铁头的肩，向众人笑）鬼子没打死我，又没抓到李大叔，会不会回来报仇呀？
雨来妈 这阵子我们恐怕要避一避了。不过人在就好，（拉起儿子）人在就好。
李大叔 不久的将来，人民子弟兵也会回来找鬼子报仇的。小日本是秋后的蚂蚱，蹦跶不了几天了。

〔右演区光切。雨来等人带着桌子等道具暗下。
〔左演区光起。
〔女老师推着辆自行车与众同学上。

女老师 那天，雨来一被日本人推下河就沉到了水底，越游越远。日本人知道上当，连放几枪都没打中，气得哇哇乱叫。

〔众同学轰笑，纷纷鼓掌。

同学甲（男） 雨来太棒了，
同学丙（女） 太聪明了，
众同学 （七嘴八舌地）“太可爱了！”“了不起！”“最强大脑啊！”
女老师 你们说，我们要不要为机智的雨来、勇敢的王二小、信守承诺毫不计较的海娃献上我们由衷的敬意？
众同学 （齐声）应该！

〔右演区光起。全台明亮。天幕上现出夜间的马路和公交车站。

女老师 （感慨）那是个如火如荼的年代，有许多可歌可泣的事迹。那些红色小英雄的形象是那么鲜明，隔着几十年岁月，好像还能看到他们当初的一哭一笑，一喜一怒，一片稚嫩却感人的情怀。这些故事，只要好好地讲，用心地讲，就不会只存在于课本里，还会印在咱们的脑子里，心田里。

同学甲（男） 谢谢老师！您今天给我们上的这堂课我们真的深受启迪。

同学丙（女） 我对他们是又喜欢，又佩服，又崇敬。

女老师 （欣慰）老师希望你们有时间多看多读这样的红色故事，把小英雄的喜怒哀乐讲给你们的同学和朋友听。

众同学 （齐）哎！

女老师 （一看）好了，公交站到了，老师也要回家了，明天见！

众同学 “老师再见！”“明天见！”“老师您慢走！”

〔乐起。一段热烈而温馨的歌舞（如能把自行车用起来就更别致），表现师生道别的场景和太平盛世的繁华。

〔切光。

小话剧

黄 昏

时间：夏季某天的黄昏。

地点：姚家客厅。

人物：江昕敏，女，四十多岁，新上任的副局长。

姚 忆，女，二十多岁，某大学艺术系学生，江昕敏女儿。

姚启明，男，五十岁不到，某中学物理老师，江昕敏丈夫。

吴 妈，女，五十岁出头，姚家新雇的家政人员。

张校长，男，五十多岁，某中学校长，姚启明上级。

〔幕启。装潢典雅的客厅。张局长端坐沙发。吴妈手忙脚乱地擦茶几。

〔张校长手机响。

张校长 （接，避着吴妈，悄声）喂，还没见到人呢！你们等我的结果，我得等人家有空啊。江副局长新官上任，又是出了名的女强人，你以为我心里不打鼓？“丈夫外交”路线？我也想走啊。偏偏老姚又最怕人家提他有个当副局长的爱人。这往古了说，就是贾琏碰到王熙凤；往近了说，就是灰太狼撞上红太狼啊。最后还不是得我自个儿硬着头皮上？

〔江昕敏内声：是哪位找我？

张校长 （电话）先不说了，等我的消息——希望是好消息。（挂）

江昕敏 （边说边上，满面春风）哟，是张校长！等急了吧？不好意思啊，我不知道是您，手头有点小事要处理。

张校长 （局促微笑）哪里，您贵人事忙。

江昕敏 （笑）您这可是骂我。（转向吴妈）泡杯茶也要提醒吗？高罐儿里的是龙井，绿铁筒子里是碧螺春。（向张校长）您喜欢哪一种？

张校长 随便，随便的，我喝茶没有讲究。

吴　妈 你……您快选一种我好去泡。

江昕敏 （对吴妈不满，皱眉）那我替张校长做主，就是碧螺春吧。

〔吴妈下。

江昕敏　（笑）张校长难得上门，是顺便来玩玩还是有什么事儿？

〔张校长事到临头又犯怯，欲言又止。

江昕敏　（察颜观色，明白）您是我们老姚多年的老领导了，有什么话您只管说。

张校长　（吸了口气）有您这句话，我就大胆直说了。今年学校想多争取几个中级教师、高级教师职称的指标，可这名额实在太有限……（感慨）外面一直嚷嚷着我们不重视人才，殊不知学校有学校的难处，没有局领导的关心根本解决不了任何问题。我本来想托老姚传个话儿，请江局长代为打听看有没有办法，后来觉得这事不算小，还是自己来拜访您更礼貌。

江昕敏　您太见外了。老姚是您手下的兵，您让他回来告诉我，哪用得着您亲自跑一趟？我们还讲什么客套呢！说起来我是管着你们学校那一摊儿，而且，不瞒您说，人事部门那边我也有几个熟人。嗯，这样吧，我不敢打保证说一定办得成，但可以保证一定尽力。

张校长　（大喜）太谢谢您了！有您扶持，事情就成了一大半。您这可是帮了我们大忙了！

江昕敏　当个家不容易。（似乎随意地）这就好了。老姚上次发扬风格，把高级教师的名额让给了别人，这回总算可以解决了。

张校长　（意外）姚老师这次也要……

江昕敏　（"扑哧"一笑）老领导您想想，他在学校年头也不短了，吃苦受累培育了那么多物理尖子，给学校带来多大声誉？他在学校的耕耘还没获得相应的肯定呢！我这是老鼠上秤台——自称自赞了，可也是不折不扣的大实话。这高级教师一拿到，别说他了，我心里先暖烘烘的。（热切地）老领导，真谢谢您，这事能解决全靠您对老姚的照顾！

张校长　（被这连珠炮轰得昏头胀脑）没什么没什么，应该的应该的。（起身）

江昕敏　不坐了？我送送您。

〔张校长挥手下。

〔江昕敏把张校长送至台口，挥手作别，回来坐下，顿时不像刚才那么精神饱满、神采飞扬，默默想着心事。

〔吴妈端茶上。

吴　妈　太太，茶。

江昕敏　（从沉思中惊醒，瞄了一眼茶杯）你真行啊，客人走了，你茶也来了。（想发火，终于疲乏地）算我看走了眼，千挑万选看中你，猛一瞧还像挺利索的样子。（见吴妈傻笑）还有，下次不许叫我"太太"。

吴　妈　（委屈）人家电视里都是这么喊的嘛。

〔幕后姚忆清脆的声音：你看的是《大宅门》吧？

〔姚忆说笑着跑上。

〔吴妈怕再挨骂，借机带着茶杯夹手夹脚地下。

江昕敏　这么晚才下课？吃过了？

姚　忆　不在家吃了。晚上系里有舞会，我忽然想起来家里还有一件黑色斜条纹的无腰长裙，穿出去比身上的更好，回来换一下，待会儿就走。晚上就穿这衣服拍照片，发到微信上，妈记得要帮我点赞哦。

江昕敏　那衣服像睡衣似的，怪模怪样的。

姚　忆　你不懂。

江昕敏　我不懂？我看是你们艺术系太会折腾。今天歌赛明天舞会，一帮子小年青正经事不做，成天凑在一块儿附庸风雅，男的全是雪莱济慈，女的都是勃朗宁夫人。

〔姚忆使劲揉眼，动作很夸张。

江昕敏　（关心地）怎么了？

姚　忆　是对你刮目相看。（大笑）

江昕敏　（仍然绷着脸）没大没小。以后大学毕了业工作了，可得收敛收敛，特别是跟男的。你一个小姑娘家，不知道好歹……

〔姚忆走到江昕敏腿前蹲下，仰看着她的脸。

姚　忆　（轻声地）妈，你是不是有什么心事？你这两天心情不好。

江昕敏　（没想到女儿这么懂事，愣了一下）没什么……（摸摸女儿的头发）大概是太累了。（出了会儿神）小忆，要是我同你爸分开了，你跟谁过？

姚　忆　（吃了一惊）你们吵架了？

江昕敏　我问你啊！

姚　忆　（赌气）我谁也不跟——爸有什么不好，你要离开他？

江昕敏　（勉强笑了笑）不是我要离开他，是他不想跟我过。你也渐渐的大了，有些事咱们母女俩也该交交心了。现在这个社会，做女人比从前更难。你一味依附男人吧，他觉得是他养着你，当然谈不上什么尊重；你要是太有本事吧，他又觉得你压倒了他，自尊心又受不了……

姚　忆　你说爸……

江昕敏　你爸爸是个好男人，不过是个传统的好男人。他当物理老师当得很成功，这么多年了，算得上桃李满天下；你妈呢，一样也很成功，偏偏是在教育口上成功，在一般人眼里，就是你爸领导的领导了。我心里明白这一层，所以处处小心，可惜防不胜防。（笑笑）上个月我们去参加你赵叔叔儿子的婚礼，有人介绍他是“江局长的丈夫”，他当时就变了脸。不是我前后圆场，差一点就得罪人。

姚　忆　老爸气量这么小啊？人家叫你“姚夫人”他就满意了？一个称呼嘛，算得了什么？（站起，扶着椅子背）

江昕敏　他最近还监视我的行动，偷翻我的东西。

姚　忆　什么东西？

江昕敏　我一直装在盒子里，放在很保密的地方，他要不是监视我，不可能找得到的。这东西落到他手里，我们这个家也就维持不了多久了。

姚　忆　（松了口气）妈，你说的是不是这个？

〔姚忆翻开衣领，脖子上露出一条精美的蓝宝石项链。

江昕敏　（出乎意料）怎么在你这儿？（愠怒）你怎么乱翻妈的东西？

姚　忆　（撒娇）好妈妈，别生气，女儿是不小心碰到那幅挂在墙上的《岁寒三友图》，哪知道后面别有洞天。我真不是故意的。（拉着母亲的手晃来晃去）妈——

江昕敏　你呀，这一生不知道要磨掉我多少阳寿。

姚　忆　（笑）你不是老说儿女是小讨债鬼，父母是前世欠了债的？（稍微正经一点）我后来就发现了那个小盒子，古色古香的，沉沉的，是红木打的吧？再后来就看到了这条项链，真漂亮，简直有点像《泰坦尼克号》里的“海洋之心”。本来我想就还给你的，可后来……（兴奋地）我就想起了舞会，在舞会上戴这个肯定抢镜！（用舞步转着圈）怎么样？你女儿有没有魅力？（见江昕敏“哼”了一声，忙停下，试探地）妈，你要是不高兴，我就把项链还给你？

江昕敏　这还像句话。

姚　忆　啊？你真要收回啊？

江昕敏　（不禁笑了）鬼丫头！这链子有特殊意义，不然，妈能不给你？

姚　忆　（调皮地）是不是你的初恋情人送给你的？

江昕敏　胡扯，我哪有什么初恋情人，是你爸的……对了，你爸今天不回来吃饭吧？

姚　忆　他早上上班前不就说过了？也怪，爸什么时候成了大忙人啦？早出晚归的。

江昕敏　是啊，你也发现他反常了。他现在不比从前，动不动找岔子跟人怄气……

姚　忆　怎么我从来不知道？

江昕敏　关起门来发火，还要请你现场观摩？我也知道他看我提了干有压力，所以这一阵总不大在家。

姚　忆　那这个项链又是怎么回事？

江昕敏　这是姚家一代代传下来的，惯例是由姚家的男人娶媳妇的当天晚上送给新娘……（叹了口气）同你爸爸结婚以后，你奶奶问我为什么不戴项链？我说我从来就不知道有什么项链。你奶奶是个精明人，猜到了原委，就去问你爸，你爸说要自己留着项链，谁也不送。

姚　忆　（不得其解）他为什么要这样？

江昕敏　（酸酸地）大概他认为我不是他最爱的人，不该得到这条项链吧。

姚　忆　你们不是自由恋爱的么？

江昕敏　是的。（顿了一下）可在我之前，你爸爸有过一个女朋友。他们两人一起下乡插队，感情不同寻常。据说那女人弱柳扶风，小鸟依人……

姚　忆　是不是这样？（故作台湾腔，带肢体表演）哎哟，你好坏呀！不要这样了啦！（换个姿势）人家要买钻戒，好不好嘛？（换惊恐表情）我好怕怕哦！（换嗔怒）你怎么可以这个样子？

江昕敏　（气愤而鄙夷地）真恶心！可你爸就吃那一套！我听你奶奶说

过，那时候你爸寄家信回来满纸都是说她！可悲的是，他没想到他们的海誓山盟在现实面前不堪一击——那女人为了弄到回城名额，搭上了一个高干子弟。更可悲的是，你妈在结婚前完全不知道这些事儿。

姚　忆　（同情地）可怜的妈妈！（顿了顿）可怜的爸爸！妈，你那时一定很好看，要不然老爸心高气傲，又刚吃过女人的亏，不会追你的。

江昕敏　我那时候跟你现在一样，喜欢文学艺术，还会写两首诗呢！要是认真算的话，是我先向你爸暗示的。

姚　忆　（惊呼）哇，你好前卫啊！

江昕敏　……结了婚以后，一来我要适应现实，二来你爸恐怕感觉“得不到的就是最好的”，始终惦着那一个。我也就一步一步蜕去了浪漫。二十年一过，就成了这样。

〔吴妈上。

吴　妈　（慌慌张张地）太太……

江昕敏　（立刻变了个人似的）跟你说了别叫“太太”，一叫一股子霉味！

〔吴妈搓着手走到一边不敢做声。

姚　忆　想不到这里面有这么多曲折……哎？这项链怎么到你手里了呢？

江昕敏　这就是你妈最后的一点“情怀”。我恨这链子，就琢磨着要叫他看不见，省得他整天“睹物思人”。我天天打扫房间时找它，你爸藏得再好，男人家究竟粗心，禁不起我日日月月年年地找，终于给我拿到了。你爸懊恼得几天吃不下饭，可他并不知道我早已知道了链子的事，不好来问我。你奶奶没吭声，我想她心里是有数的。有一天你爸出差了，我干脆请个木匠在《岁寒三友图》后面做了个小机关。我当时真怕你奶奶听到声音过来干涉，但她那天一天都躺在床上，说是病了。唉，这样善解人意的婆婆，难得的。

姚　忆　（理解）难怪前年奶奶去世，你哭得比爸爸还伤心呢！

吴　妈　（着急，忍不住）太……（记起江昕敏的话，转向姚忆）我看见你爸爸在楼下面跟人说话，马上就要上来了。

姚　忆　（吓了一跳）我去把项链放好！（急下）

江昕敏　（看了吴妈一眼，第一次有温和的意味）你为什么要跑来告诉我？

吴　妈　我……我没有文化，可我也是女人，我知道做女人最不简单。太太……（吓得猛然停住，见江昕敏并无怒意）……您虽然嘴上狠，可我看得出来您心里头最苦了……

江昕敏　（想不到吴妈会这么说，红了眼圈，随即掩饰）谢谢你，下次我们说话不准再偷听了。我知道“听壁角”是你们这一行的本事。

吴　妈　哎，哎。

〔门铃响，吴妈开门，姚忆在门铃声中由内跑出。江昕敏看了看姚忆的脖子，放心地点了点头。

姚　忆　这吴妈总算做了件好事，要是让爸爸看见我戴着……

〔姚启明上，姚忆忙住口。

姚启明　（阴郁地）晚饭好了？

吴　妈　（实话实说）没煮你的饭。

姚启明　（不看吴妈）去煮。

〔吴妈边答应边走，走到右侧台口，回身悄悄指指姚启明。姚忆打手势叫她别添乱。吴妈小跑着下。

姚启明 （淡淡地）连饭也不带煮我的了。

江昕敏 （带着笑）早上你自己说不回来吃的。

姚启明 我现在回来了。

江昕敏 （仍然笑着）不是去烧了吗？正好我们也没吃。

姚　忆 （有意活跃气氛）好好好，我们很久没全家一块儿吃饭了。

姚启明 （低沉地）因为你妈太忙了。

江昕敏 （装作没在意）小忆你晚上不是去参加舞会吗？

姚　忆 不去了。同学哪有老爸老妈重要？

江昕敏 老姚。

〔姚启明到沙发上坐下，充耳不闻。

江昕敏 老姚？

〔姚启明拿起报纸来看。

江昕敏 （大声地）老姚！

姚启明 我不聋，听得见。

〔姚忆假装玩手机，不时紧张地偷看二人。

江昕敏 （半晌才尽量平静地）今天张校长来过了，说想多争取几个职称名额。我想他是你的领导，就答应帮他看看。

姚启明 （语气稍缓）嗯。

江昕敏 （想给他一个惊喜）我还借这个机会，跟他敲定了你今年评高级教师的事儿。

姚启明 （抬起头，手里仍拿着报纸）你怎么能这样？你这不是乘人之危么？

江昕敏 （大为失望，冷笑）他来找我，本来就是走后门。乘人之危对不正之风，我不觉得有什么问题。

姚启明 （愤怒地）张校长不是为了自己，是为学校。你趁机要挟，成了什么人了？他看我成什么人了？同事们看我成什么人了？

〔姚启明摔报纸，起身。

姚启明 我找他去！

江昕敏 （陡然站起）站住！

〔姚启明停下来，但不回头。

江昕敏 你找他干什么？

姚启明 告诉他我不拿这种事做交易，而且今年还有个德高望重的老同志等着评职称，我不跟人家争。

江昕敏 （讥讽地）好高的觉悟。

姚启明 比你高些。

江昕敏 凭你的资历，早该评高级，你没跟我商量就让给了别人。

姚启明 （沉痛）跟你商量了，还让得了吗？

江昕敏 （软下来一些）你就不能听我一次？

姚启明 （依然强硬）你就不能听我一次？

江昕敏 你能不能把对外人的体贴分一半到家里？

姚启明 你能不能把为家里的算计分一半给别人？

江昕敏 你以为你这叫正直？

姚启明 你以为你这叫顾家？

江昕敏 少装清高！

姚启明 少耍威风！

江昕敏 你迂腐！

姚启明 你市侩！

江昕敏 无能！

姚启明 卑鄙！

姚　忆 （爆发）别吵了，求求你们！（向江昕敏）妈，你这么做就是叫爸爸为难啊！他以后还怎么为人师表？（向姚启明）爸，你心里老搁着那条项链，你又叫妈妈怎么忍受得了呢？（抽泣）

江昕敏 （喝止）小忆！

姚启明 （大惊）你说什么？你……（看江昕敏）你们怎么知道？

姚　忆 你们刚结婚时妈妈就知道了！爸，你是教物理的，总该知道“受力面积越小，压强越大”。妈妈的心就只有那么大，你要叫一个女人为你受多少折磨你才甘心呐！（失声痛哭）

〔音乐陡然起。

姚启明 （震动）我……

江昕敏 （流泪）我……

姚　忆 （抽噎着）你们……

〔三人默然。

〔后台吴妈喊声：饭熟了！

姚启明 吃……吃饭去……

姚　忆 （竭力冷静地）平时都是我听你们的，今天你俩听我的。我们说清了项链的事，说清了职称的事，说清了所有的事，再吃饭。不然女儿陪你们饿着！

〔三人僵立。

〔吴妈催促渐急：饭要冷啰。天都快黑啰！

〔光渐暗，台上三人互望，迟疑地行动，但一时拿不定主意朝哪个方向。

〔乐声中切光。

广播剧

广播剧

车厢的故事

〔火车有节奏的行进声，伴着舒缓的音乐。

解说员 一列火车在长长的铁轨上快速前行。天空阴沉沉的，几朵灰云像铅笔素描，预示着新年的第一场雪。又到春节了，处处涌动着返乡的人潮。不管是老是少，是富是贫，是商人、工人还是学生，都加入了回乡与亲人团聚的队伍。此刻，开往临湖市的列车上就坐着许多归心似箭的乘客，其中有的在看书，有的在打盹儿，有的望着窗外出神。

〔脚步声。音乐止。

解说员 列车长带着列车员走了进来。列车长三十来岁，端庄秀美。列车员却是个瘦瘦高高的男青年。他一路走一路打量，显然对火车上的环境相当好奇。

列车长 （轻声）怎么样小张，第一天上班还习惯吗？

列车员 （笑着大声地）谢谢列车长，还好。

列车长 （亲切地）小声，没看到乘客睡着了吗？

列车员 （压低声音）还是您想得周到。

列车长 咱们要用“心”服务，这火车才是名副其实的“和谐”号。

列车员 哎。

列车长 我到那边车厢看看。

列车员 （急于表现自己）我也去，跟您学习！

〔脚步声。

解说员 两人一前一后的走了。车厢的另一头，另外两人也是一前一后的走来。前面的小伙子左手拿着帆步包袱，右手提着精致的行李箱，后面的小姑娘则紧追不舍。

小姑娘 哎，不用不用，我自己的箱子我自己拿。

小伙子 没事儿！

小姑娘 真不用了……哎，我就坐这儿！

小伙子 好咧！

〔放置行李的声音。

小姑娘 （明显松了口气）大哥，谢谢你呀。

小伙子 （笑）这点小事谢啥呀！

小姑娘 （笑）我还以为……你抢着帮我拎东西，待会儿会跟我要辛苦费呢！

小伙子 （笑）那不成了坏人了吗？我是看你箱子重，帮个忙。

小姑娘 大哥心地真好！你这是要去哪儿啊？

小伙子 俺回临湖，跟俺爹俺娘一起过年！

小姑娘 （笑）回家的感觉很棒吧？

小伙子 可不是！大妹子，你是大学生吧？

小姑娘 （自豪地）我大四了，明年就毕业。

小伙子 俺上高中的时候，成绩也好着呢，就是家里太穷，没能供我再读下去。

小姑娘 （同情地）太可惜了。

小伙子　（乐观地）不可惜，俺现在在外面打工，也是凭本事吃饭嘛！对了大妹子，俺去洗把脸，（迟疑了一下）俺这包能不能……

小姑娘　（快爽地）我帮你看着。

小伙子　谢谢啊！

〔脚步声，身体相撞声，列车员呼痛声。

小伙子　（慌）不好意思撞到你了，你有没有事啊？

列车员　（顺口）有事去医院了。

小伙子　不好意思啊！

列车员　（“大度地”）先生，您走路看着点儿！

解说员　小伙子离开了，列车员还在掸着笔挺的制服，仿佛被小伙子一碰，上面就有了看不见的污秽，需要一再整理似的。过了片刻，他才想起自己的职责。

列车员　这位旅客，请准备出示您的车票。

乘客甲　“给！”

列车员　谢谢！大爷，麻烦您！

乘客乙　小伙子，这是我和老伴儿的两张票。

列车员　谢谢！你好，请出示车票。

小姑娘　好！

解说员　正在列车员弯腰给小姑娘验票的当儿，小伙子回来了。他眼看前方，压根儿没注意到座位旁边多了个人，一屁股坐在列车员膝盖上。

列车员　（惊呼）哎哟妈呀！

〔小姑娘和众乘客大笑，有人笑得咳嗽。

小伙子　对不起，太巧了，又是你啊！

列车员　（大怒）你……（忍住）票！（接过，一看即归还）身份证！

小姑娘 你怎么不跟我们要身份证，只跟这位大哥要？你这不是有意找岔吗？

列车员 对不起，这是我的职责。

小伙子 （笑）没事，我拿给你就是了。

〔小伙子摸索衣服声，钥匙和硬币的碰撞声。

小伙子 咦！没了！

列车员 没了？

小伙子 去哪儿了？

列车员 问你自己呀！

小伙子 哦，买票……窗口！

列车员 你丢在卖票的窗口了！

小伙子 对对对！

乘客甲 报身份证号不就行了。

小伙子 （底气不足地）大兄弟，报号儿行吗？

列车员 （压制着不耐烦）报吧。

小伙子 （静了片刻）俺不记得号码了。

乘客乙 车票上有。

小伙子 3709091986……

〔列车员在验票机上按键的声音。

小伙子 四个星星……

列车员 实名制知道吗？这四个星就是防你们这种逃票蹭票的人的！

小伙子 我……

小姑娘 这隐藏的四位数是你的生日。

小伙子 （紧接）九月九！

〔列车员按键声。

小伙子 （接着往下报号）121X。

列车员 （几乎有点惊喜地）不对!

小姑娘 （疑惑地）你是不是按错了?

列车员 不信是吧?哪，我把验票机给你，你自己试试。

小姑娘 我试就我试……

〔验票机按键声。

小姑娘 大哥，真不对啊!

小伙子 （苦恼）咋会这样啊?

列车员 水落石出了吧?真相大白了吧?证据确凿了吧?（警惕地）先生，你的身份很可疑嘛!

小伙子 大兄弟，俺不可疑啊!你看，这上面写的王重阳，就是俺!

列车员 你是王重阳?我还周伯通呢!你以为拍《射雕英雄传》啊?没身份证补票去吧。

小伙子 （倔强）你拉俺干嘛?这票就是俺的，俺为什么要补票啊?

小姑娘 对啊，事情还没弄明白呢!

列车员 还不明白吗?身份证没有，身份证号不对，那就证明不了他的身份，那这票就可能不是他的!好，如果硬要说这票是他的也行，（自信地）那我完全有理由怀疑这票是他……偷的!

〔众乘客惊呼。

小伙子 （惊怒）大兄弟，你说话嘴上得积德啊!俺王重阳从来不偷不抢，行得正，站得直。这票是俺辛辛苦苦挣钱买的!

列车员 谁知道你这票怎么来的?（愤世嫉俗地）你看现在这个社会，装聋作哑的人还少吗?有些人视力明明一点五，硬把自己装成瞎子，天天跟游魂儿似的在街上讨钱；有些人四肢健全却假装残疾，跪在路旁边磕头磕得咚咚响，前面还放着一张纸，写满了所谓的“悲惨遭遇”。再多一个像你这样想蹭票的农民工，也不稀奇啊。

小伙子　俺不是那种人！

列车员　别说了，跟我走。

小伙子　俺爹娘在等我吃年夜饭！

列车员　今天你不补票，就别想下车！

小伙子　（屈辱地）只要让俺回去，俺……补票！

列车员　早承认不就完了吗？

〔片刻的寂静，毫无声音。随即响起手机声。

小伙子　（接手机）喂，娘，（强作轻松）俺快到了……还有半个多小时……俺带了口服液、芝麻糊、脑白金给你和爹……路上？你放心，挺顺利的……哪会呢？俺不惹事，人家对俺也挺客气，挺照顾的……哎，哎，回去再说呀！（忍不住一声抽泣，随即忍住）

列车员　（恨铁不成钢似的叹口气）你说你有这么疼你的妈，怎么就做了这种事呢？早知今日，何必当初，走吧。

小姑娘　站住！

列车员　干嘛？

小姑娘　是不是没有身份证就不能证明有身份？

列车员　那你证明？

小姑娘　你是男人吗？

列车员　你说呢？

小姑娘　你的男人证呢？没有啊？没有男人证怎么证明你是个男人？

列车员　什么逻辑啊？

小姑娘　你的逻辑啊。有男人证就是男人，没有男人证就不是男人。

列车员　人身攻击了啊！

小姑娘　人身攻击？那人证呢？没有人证怎么证明你是人？不能证明你是人你就没资格当乘务员，就没资格查别人的票！

〔众乘客鼓掌叫好。

列车员　我……我不跟你胡搅蛮缠！这位先生，你今天也别补票了，咱们找乘警去！

解说员　列车员拿起小伙子的包就走。小姑娘灵机一动，迅速掏出手机来拍摄。列车员本来气势汹汹，一侧头看到小姑娘在拍视频，吓了一跳，忙遮着脸左躲右闪。小姑娘的手机随着列车员的脸来回移动。

列车员　（气急败坏）你你你干什么？

小姑娘　我要把刚才的画面发到网上去。

列车员　（大惊）你是不是偏心偏得过了头了？你说，他是不是没有身份证？

小姑娘　对！

列车员　那他的身份证号是不是有问题？

小姑娘　也对！

列车员　那我怎么证明他是王重阳？

小姑娘　那你凭什么说他不是王重阳？

小伙子　俺真是王重阳啊！

小姑娘　（忽然，轻声念）王重阳，重阳……大哥，你是重阳节九月初九的生日？

小伙子　那还有假吗？

小姑娘　（笑叹）哎呀，你刚才报的是阴历生日，阳历生日多少？

小伙子　俺不记得了。俺从来都是过阴历啊！

小姑娘　（兴奋地）没关系，我手机上有万年历！

〔手机调试声。

小姑娘　你几几年的？
小伙子　86年。
小姑娘　喏！（不无讽刺地）列车员同志，大哥的生日是10月12号，请你拿验票机再验一次。
列车员　（不屑地）多此一举。

〔验票机按键声。

列车员　（难以置信地）哎呀，对了！
小伙子　（大喜）大兄弟你看，是我，王重阳！大妹子，太谢谢你了，要不是你，俺今天就回不了家了！
列车员　（窘迫，小声）怎么会这样？
小姑娘　水落石出了吧？真相大白了吧？证据确凿了吧？（俏皮地笑）我要把这件事图文并茂地发到网上去。嘻嘻。
列车员　（阻止、恳求）哎哎，你别……
小姑娘　（不笑了，正色地）你以为你是打假卫士，其实你就是个势利眼！亏你还是文明城市的一员，也不怕给你们临湖市丢人！绿化搞得好有什么用？你心里荒成了沙漠！地上干净算什么？脑袋干净才是真文明！

〔众乘客大声喝彩。

列车员　（勉强辩解）这是我的职责……我那……

〔脚步声。

列车长　怎么了？

列车员 列车长……

小姑娘 您是列车长？您来得正好！他歧视这位大哥，硬说人家的票是偷的还要赶人家下车。现在人家的身份信息核对正确了他还想抵赖！

列车员 （惭愧地）我原来以为……

小姑娘 那是你以为，不是事实！

列车长 （由衷地）你批评得对！他第一天上车，还没进入角色……小张，你不违反规定是对的，但咱们不能只认死理，不通情理；不能先入为主，不凭本心。

列车员 （羞愧地）知道了。

列车长 小伙子，我是列车长，刚才的事我也有责任……

小伙子 不不不，您千万别这么说！

小姑娘 （不服气地）大哥……

小伙子 （打断）大妹子，他们有他们的规矩，他们也不容易！再说了，我们是坐他们这趟车才回的老家，我们得记人家的好。

〔抒情音乐骤起，柔美得让人落泪。

小姑娘 （衷心地）大哥，你真是个好人！

列车长 （唏嘘）多好的小伙子……

解说员 乘客们都被小伙子的宽容厚道感动了，车厢内剑拔弩张的气氛烟消云散，有一种善意在空气中悄悄弥漫。列车员也被这新的氛围感染，磨磨蹭蹭上前，突然向小伙子鞠了一躬。

列车员 大哥，对不起！

众乘客 （惊讶、赞许）“哟哟你们看！”“这还差不多！”

小伙子 哎哎大兄弟，这是怎么说的！

列车员 大哥别拦我！我人生的第一趟车出得不够漂亮，以后我会调整的！

小姑娘　（扑哧一笑）知错能改，算你是个好人。回头我就把手机里的视频删了。

列车员　嗐!

小伙子　（笑着）今天为我的事给大家添了这么多麻烦，要不，我帮你们打扫一下车厢吧?

列车员　那怎么行?!

小伙子　没关系，反正我平时也经常干活儿。

列车长　（笑了）看你说的，平时，你们给城市奉献了这么多，所要的回报却这么少。累了一年了，今儿就在我们这“和谐号”上好好歇歇。

解说员　列车长上前扶着小伙子坐下，给他冲了一包奶粉，双手捧杯，郑重地递过去，充满着尊敬、理解与怜惜，如同献上了一束心灵的鲜花。小伙子愣住了，小姑娘和列车员也愣住了。车厢内所有的乘客都愣住了。过了良久，大家才仿佛回过神来，有的掏出两个鸡蛋，有的拿出一盒饼干，有的递过一个苹果，纷纷过去放到小伙子怀里。

乘客甲　来，吃，天天那么辛苦是该补补。

乘客乙　孩子，我这个味道好。

列车员　大哥你接着吧，别辜负了人家的心意。

小姑娘　先喝奶粉吧，暖暖身子。

列车长　不只暖身子，还暖暖心。

解说员　小伙子的眼睛湿润了。他望望周围那一双双关切的眼睛，看看怀里那一份份吃的，慢慢接过那冒着热气的茶杯，吹了吹，喝了一口。

列车长　（期待地）怎么样?好喝吗?

小伙子　（哽咽）好喝，谢谢您，谢谢大家!（哭了）

〔抒情音乐越来越响，荡气回肠。

解说员 车厢内充满了热奶粉香甜的气息，充满了友爱、祥和的宁静。谁也没说话，都不想打破这宁静，它像一层看不见的薄膜，让小小的空间如此美好。车窗外一束阳光斜照了进来。预期中的雪没有下，天空不知什么时候已变得蔚蓝，灰云也褪去铅一般的外壳变成了柔软的白云。临湖市快要到了。家，就在前方。

〔音乐余音袅袅。火车有节奏的行进声，渐响渐弱。

〔剧终。

电视单元剧

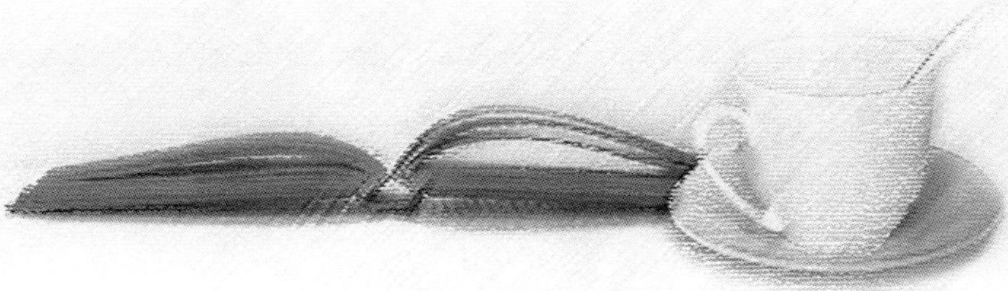

短信风波

1. 客厅　夜　内

门铃响起，一声比一声急促。

郑蓉、刘天丽分别从各自房中跑出来。

刘天丽边说边走向门口：妈妈才睡着，笑笑好不容易才哄上床，一老一小被弄醒了才好玩呢！

郑蓉：是不是天雨回来了？

刘天丽开门：不可能吧？他又不是没带钥匙。

刘天丽把门一开，刘天雨整个人往里一跌。刘天丽拦腰抱住，晃了晃差点摔倒：还真是我哥，老毛病又犯了！嫂子快来支援！你老公这体重，跟我们国家的GDP 一样往上直蹿！

郑蓉忙跑过来和刘天丽一起扶着刘天雨往房间里艰难移动。

刘天丽：喝得这个样子，怪不得连门也不会开了。

郑蓉边扶边本能地为老公辩解：天雨平时最有分寸，肯定是晚上一起吃饭的那些人把他灌醉了！

刘天丽笑：罢了吧，又不是头一回了。不过上一次距离这一次隔得有点远，我们不习惯了而已。

2. 房间　夜　内

刘天雨迷迷糊糊地：这是哪个包间？

刘天丽和郑蓉把他扶到床上。

刘天丽：这不是包间。

刘天雨：那这是哪儿？

刘天丽逗他：你猜。

刘天雨：宾馆？

刘天丽：想得美。（出房去了）

郑蓉想了想，趁机套刘天雨的话：你经常去宾馆啊？

刘天雨闭着眼诚实地回答：不经常，偶尔开个房。

郑蓉大惊：要死了！有情况啊！

刘天雨一听，强撑着坐了起来，直勾勾看向前方：情况很好！张波他们都说我写的东西越来越好，将来能得诺贝尔奖！前面有个莫言，后面有个天雨；前面有山东高密，后面有江苏镇江；他写《红高粱》，我写锅盖面！

郑蓉拿手在他眼前晃晃。刘天雨直直瞪着前面的墙。

刘天丽端了杯茶进来：喝杯热茶醒醒酒！

郑蓉扫了一眼茶杯，心不在焉地：太烫了，放床头柜上冷冷。

刘天雨接口：不能冷，要趁热打铁。明天就写，下个月出版，下半年获奖，年底准备接受采访！

刘天丽忍不住笑，假装手拿话筒：您好！我是镇江电视台文广集团记者，恭喜您成为我国第二个诺贝尔奖获得者。请问刘先生，此刻，您是不是特别激动，特别自豪？

刘天雨仍然直愣愣地望着前面，目不斜视：激动，自豪？不不，我淡泊名利，宠辱不惊。当初人家提名的时候我就推辞了，他们不听，非说只有我才能代表小说创作的最高水平，说我是高原上的高峰，我怎么当得起呢……

郑蓉与刘天丽对视一眼。郑蓉：看来他老早准备好怎么谦虚了。

刘天雨继续说：总的来说，现在我的心情还是蛮平静的……

刘天丽对他做个呕吐的表情：切，鄙视你，喝醉了还这么矫情。

郑蓉接过话头来“别有用心”地问：请问你最想感谢的是谁？是您太太，您妈妈，您妹妹还是……别的什么女朋友？

刘天丽奇怪地看郑蓉：这叫什么话？

郑蓉做手势叫她别打岔。

刘天雨：我最想感谢的是……

有人敲房门。

3. 客厅　夜　内

戴凤英在儿子房外敲门。

戴凤英：大晚上的叽叽咕咕说什么呐？半天都不得安生。

4. 房间　夜　内

郑蓉掩饰地：妈，您睡吧，没事儿，我们在……交流夫妻感情。

刘天丽连打手势。

郑蓉改口：以及兄妹感情。

5. 客厅　夜　内

戴凤英笑了：几个小东西又不晓得弄什么玄虚。不管你们了，只要不是吵架就好。

6. 房间　夜　内

郑蓉：家和万事兴嘛，您的教导我们时时刻刻放在心上。（等了片刻，到门口，耳朵贴上去）好，没动静了。老公你继续说你最想感谢的人……（一回头）

刘天雨早已倒下去呼呼大睡。

刘天丽笑：还说呢，早就见周公去了。

郑蓉推刘天雨：喂，喂！（没好气地）关键时候掉链子，你把话说完了再睡呀！

刘天丽：你不会是发现什么蛛丝马迹了吧？还是自己太敏感？就因为他说了个“宾馆”？

郑蓉：是我敏感就好了。哎，你明天不是要上班吗？快去睡觉。（边说边把刘天丽往外推）

刘天丽挣扎着想留在房里：我明天休假你忘啦？吃晚饭之前你还说正好明天你们旅游公司也没事，约我从八佰伴逛到万达广场，血拼商场，横扫镇江……

郑蓉不由分说把她推出去了。

7. 客厅　夜　内

刘天丽被推出房外，站在紧闭的房门前：搞什么呀，神一出鬼一出的，有问题一块商量嘛。

8. 房间　夜　内

郑蓉翻抽屉，又翻刘天雨的皮包，翻钱包，自言自语：找不到线索，隐藏得深呢嘛！（突然想起，去翻刘天雨的手机，边触屏边嘀咕）你这个密码百年不变是我的生日……通话记录，没得异常；来往信息，这么陌生……咦！啊？哦？

刘天丽在门外说：你在练汉语拼音啊？

郑蓉恍如未闻，脸色大变，猛摇刘天雨。刘天雨鼾声大作。郑蓉呆呆地跌坐床头。

床头柜上那杯茶的特写：从茶烟袅袅、水色清碧，到毫无热气、茶色黄浊。

出本集片名：短信风波。

主题曲。

9. 小区　夜　外

一轮明月。月下小区的宣传橱窗，第一栏里赫然贴着一篇文章，题目是醒目的套黑大字：夫妻要长久，“专一”不可丢。

10. 房间　日　内

窗帘拉得紧紧，仍有一缕阳光漏进室内。

刘天雨还在酣睡。郑蓉在床头坐着，连地方也没挪。她终于失魂落魄地起了身，开房门出去。

11. 客厅　日　内

刘天丽正伸展肢体跳操，一回头：咦，起这么早？

郑蓉：一晚上没睡。

刘天丽凑上去看郑蓉的脸：你的眼袋比吐鲁番盆地还要凹，眼角上黑黢黢的有点像王菲的“烟熏妆”。

郑蓉迟钝地倒水喝：没心思跟你开玩笑。妈和笑笑呢？

刘天丽：老的上公园健身了，小的上学去了。我哥到现在没醒，要不要帮他请个假？

郑蓉点点头：等下我给街道办的张主任打电话。

刘天丽：嫂子，昨天晚上我就想问你了，你跟我哥到底……

郑蓉打断她：简单说吧，我看到一条相当可疑的短信。等你哥醒了就有答案了。

刘天丽一愣：听起来挺严重。

郑蓉随即引申发挥，自己把自己说得面无人色：按最坏的结果来说，就是我一片深情，他三心二意，这个家要四分五裂，刘天雨还六亲不认，人人心里七上八下，家庭大风暴十拿九稳！我的神啊！

刘天丽忙阻止：别瞎说，把人听得心惊肉跳的！我进房听听音乐定定心。（走）

郑蓉朝她的背影：你说你哥会不会真像电视里那样弄个特别会兴风作浪的小三过来？

12. 小区　日　外

慢镜头中的吴洁朝我们走来，伴着电影《黄飞鸿》的背景音乐《将军令》。她短发，风衣，妆容冷俏，身边的树叶围着她团团飞舞，仿佛武侠片里一位绝代高手的出场。

13. 客厅　日　内

门铃声。

郑蓉开门。

闪电霹雳中站着吴洁。

郑蓉侧头看客厅窗外，分明艳阳高照。

郑蓉失声：好厉害，你还自带声光电效果！

吴洁淡淡地：是你们楼梯的灯坏了，闪啊闪的就快炸了。

郑蓉尴尬地笑了：我就说嘛！哎，请问你找谁呀？

吴洁顺口：找一个坏女人。

郑蓉一愣，不太耐烦地：你确定你没找错地方吗？这儿是6幢303。

吴洁：不错，找的就是你家。（不等招呼，径直进门，往沙发上一坐）

郑蓉：哎，我好像没请你进来啊？你倒挺不拿自己当外人的。（画外音）不行，我要把阳台上那根晾衣架子拿来护身，以防万一。这女的来者不善，要是忽然人身攻击，天丽在房里那可是远水救不了近火。

郑蓉正要走，吴洁起身拦住。郑蓉紧张。吴洁似乎要发发飙，却出人意料地抽抽搭搭哭起来。

郑蓉意外：你……你没事吧？

吴洁边哭边说：没事能上你家来么？没事我会假装凶悍么？我的好

姐妹说，我要在气势上压倒对方，我才从外到内模仿电视里的女杀手，撑了那么久。

14. 刘天丽房间　日　内

刘天丽被哭声惊动，走到门口把门开了一条细缝偷看

刘天丽主观镜头。

郑蓉被弄得莫名其妙：你家到底出什么事了？

吴洁泣：我也顾不得“家丑不可外扬”了，全跟你说了吧，昨天晚上我老公回来以后我帮他手机充电，发现一条肉麻短信……

郑蓉：你也收到……

刘天丽开门跑出。

15. 客厅　日　内

刘天丽假装关心其实八卦地：有多肉麻？

吴洁：肉麻得我都背下来了。

刘天丽感兴趣地：别急别急，慢慢回忆。

刘天雨房内打呼声，呓语。

郑蓉忙进房照应。

刘天丽：说撒。

吴洁羞涩地轻声说：那女人说：“亲爱的，聚餐少喝点酒，你的健康就是我的幸福。爱你的：蓉！”

刘天丽：真够暧昧的。你就该问问你老公呀！

郑蓉出，没好气地：还以为醒了，原来是说梦话。（对刘天丽）她刚才说什么？

刘天丽：我要帮人家保密。

郑蓉：谁稀罕，这种事让她找有关部门去。我们家的事还扯不清呢！

刘天丽：听听吧，说不定你能学到一点经验。（拍拍吴洁）小妹妹

你继续说。

吴洁带着哭腔，完全不像进门前那杀气腾腾的样子：我收到短信，想问他又不敢问，会打草惊蛇！今天我趁他还没起床，先跑来摸摸情况。

刘天丽：不对啊，你老公有外遇，跟我们家有什么关系？

吴洁：那条信息下面还留了地址，是你们家。

郑蓉刘天丽都吃惊地：啊？！

吴洁：要不然我怎么能摸到这里来？

郑蓉：见了鬼了，什么人恶作剧，当了小三还要害人。

吴洁吞吞吐吐地：我就想问问，你们家有没有哪个女人名字里有“蓉”的？

刘天丽看郑蓉。

郑蓉：看我干嘛？你该不会把受害者当成害人精吧？

刘天丽：据我的了解，嫂子你不是那种人。但这件事实在蹊跷。

吴洁这下听懂了，对郑蓉：您……你就是那个“蓉”？

郑蓉纠正：我叫郑蓉，但不是破坏你家庭的那个“蓉”。

吴洁：这是你的家不错吧？

郑蓉：我嫁过来 N 年了。

吴洁：这下全对上号了。

郑蓉生气：对上什么号了？名字里有“蓉”就是第三者？你怎么不到郭靖家去抓黄蓉？

吴洁泪眼看郑蓉，痛心地：我就不懂了，我哪一点不如你？以你的姿色，狐狸精这一行的门槛也太低了。我老公的品味怎么堕落成这个样子。

郑蓉：哎你什么意思啊？你给我把话说清楚！不仅诬赖我是小三，还暗示我是个上不了台面的小三？

吴洁跺脚哭：你哪是小三啊？比我大那么多，明明是个“老三”。

郑蓉怒：我哪就人老珠黄啦？我该凸的凸该凹的凹该多的多该少的少，我凭什么就没资格当小三？啊呸呸，我在说什么呢！

吴洁拉着刘天丽抽泣：你看，她自己都承认了。

郑蓉又急又气，要上前理论：我是被你气糊涂了。我跟你说……

刘天丽连忙插在二人中间：嫂子嫂子先别激动，这里面肯定有什么问题。（对身后吴洁）小妹妹，你一定弄错了，因为我嫂子跟你同是天涯沦落人。

郑蓉忙说：家里的事你跟外人多说什么呢？

吴洁：什么沦落人？

刘天丽对吴洁：她刚发现我哥也出……（改口）出了点岔子。

吴洁：是不是因为她跟我老公好了，自己的老公就气跑了？

郑蓉：喂我郑重警告你……

刘天丽轻斥吴洁：怎么说话呢你？（先安顿郑蓉在餐桌边坐下，又转对吴洁）昨晚我嫂子也看到我哥手机上有条暧昧短信。

吴洁大为惊诧：不会吧？都说什么了？

刘天丽：说……（问郑蓉）嫂子，那短信究竟说什么了？你都没告诉我。

郑蓉气愤愤地：看来不说出来是不能还我清白了。那条短信息恶心得要死，说的是：（学台湾腔）"亲爱的，怎么还不回来，害人家等得这么着急，真是坏死了啦！"

刘天丽打个寒颤：鸡皮疙瘩掉了一地。（喝茶）

吴洁：这……这条短信是我发的。

刘天丽一口茶差点喷出来，呛得连连咳嗽。郑蓉一边过去给她捶背一边盯着吴洁：你刚才说什么？你再说一遍！

吴洁怯怯地：那条短信是我发的。

郑蓉一蹦三尺高：好你个丫头啊！自己不正经还敢找上我家门来！

吴洁吓得语不成声：我我我……

郑蓉：看不出来年纪轻轻的还蛮有手段，怕我追究就先倒打一耙，以攻为守。你以为你放烟幕弹就有用啦？

刘天丽不忍心看吴洁小鸡儿似的，劝住郑蓉：嫂子，你想想就知道这事不符合逻辑。她要是这么有手段她干嘛又主动承认是她发的消息呐？

郑蓉逼视吴洁：坦白从宽，给你最后一次机会，说，怎么回事？

吴洁擦着泪像个做错事的小学生：你说的那条消息是我发的，不过不是发给你老公，是发给我老公的。

郑蓉深吸了口气，像是要发作的样子，陡然又泄了气，扶着刘天丽的肩膀：妹妹啊，我是不是在做梦？我完全搞不清状况，弄不清这团乱麻。近三十年来，我是第一次从根子上怀疑我的智商。

刘天丽鼓励郑蓉的同时也在给自己打气：要冷静，凡事要冷静。我想想，你们别吱声，让我好好想想。（在室内走来走去）

郑蓉期待地看着她。吴洁茫然地望着她。她走到东，二人的目光跟到东；她走到西，二人的目光跟到西。

大钟的特写：秒钟嘀嗒嘀嗒走着，更衬出满室寂静。

刘天丽：我知道了！

郑蓉、吴洁齐声：知道什么了？

刘天丽胸有成竹地一伸手：来，把你们老公的手机信息给我看一下。

郑蓉回房拿着手机出来，吴洁也掏出手机，两人同时“咦”的一声。

特写：两个手机一模一样。

郑蓉：这俩手机长得跟孪生兄弟似的！

刘天丽：解锁！

郑、吴二人输密码。

刘天丽：给我！

郑、吴二人一起交手机。

刘天丽摁一下吴洁的手机读：“亲爱的，聚餐少喝点酒，你的健康就是我的幸福。爱你的：蓉！”

郑蓉：哎呀，这是我发给天雨的！

刘天丽摁一下郑蓉的手机读：“亲爱的，怎么还不回来，害人家等得这么着急……”

吴洁柔柔地：我刚才不是说了，这是我发给我老公的。

刘天丽对吴洁：明白了吗？我哥和你老公不小心把手机弄混了。让我这个女福尔摩斯合理推测一下：你老公跟我哥昨天晚上是不是在一起吃饭的？

吴洁愣愣地：张波是出去吃饭的，不过我不认识他的朋友。我们谈恋爱才一个多月。

郑蓉：你老公是张波？我们家天雨的好哥们儿！没结婚怎么说是老公呢？

刘天丽：这你就不懂了，年轻人现在都这么称呼，不信你问问张波，他准说这个妹妹是他老婆。

郑蓉：也就是说，昨天晚上哥儿俩灌了几口黄汤，临回家天雨拿了张波的手机，张波拿了天雨的？

刘天丽得意地：可不是吗？还是我聪明吧？

吴洁恍然大悟：难怪落款是“蓉”。（对郑蓉）蓉姐，对不起啊！（鞠躬）

郑蓉急扶：别别！你的心情没人比我更理解，说了不怕你笑，昨天我是愁了一夜没睡觉。

吴洁：蓉姐，你干嘛要把家庭住址发给你老公啊？

郑蓉略有些不好意思地：天雨只要一搭上他那帮文友，吹牛聊天，就容易喝醉。我每次听说他是去跟张波他们聚餐就提前把地址发给他，就算他醉得想不起家在哪，也能在手机上找到，念给出租车司机听。

吴洁感动地：你对你老公真好！

郑蓉笑了：你对张波也很在乎啊。

吴洁擦了泪水笑。

刘天丽：怪就怪你们昨天太慌神，只要把手机里的内容认真研究研究就能看出不是你们老公的。

郑蓉笑：我们是太紧张了，不过情有可原，以后你嫁了人就知道了。

刘天丽：又扯到我身上来。好了好了，水落石出，这俩手机也该物归原主了。（把两个手机交换一下，分别塞到郑、吴二人手中）

房里传出动静。

郑蓉忙"嘘"了一声：刚才太大声了，别把我们天雨吵醒了。

刘天丽：得了吧，该醒早醒了，我哥睡着了雷也打不醒。

隔着门还听见刘天雨鼾声如雷，有时还有吹哨子般尖锐的怪响。

郑蓉看看吴洁，有点讪讪的。

吴洁心声：这是人类能发出的声音吗?

刘天丽暗中偷笑。

16. 小区　日　外

刘天丽和吴洁互相挥手道别。

慢镜头中吴洁缓缓走去，伴着琼瑶剧中的插曲《你是风儿我是沙》。她衣裙翻飞，脸上带着甜蜜而又没心没肺的很傻的笑容，整个儿像是上世纪90年代MTV中的女主角，有种可爱的夸张与做作。

17. 房间　日　内

郑蓉守在床边，看着熟睡中的刘天雨，脸上是温柔和爱怜。

郑蓉小声地：十个小时了，还睡不醒。（伸手帮刘天雨顺顺头发，松松衣领口）

刘天雨随手推开，半梦半醒中含糊地：滚开，我有老婆的!

抒情音乐起。

郑蓉愣住了，怔怔地看刘天雨，眼眶渐渐红了：你个傻子，昨天晚上怎么不说这句话，也免得我怀疑你这么久。（在刘天雨脸上轻轻一吻）

刘天雨一个激灵，醒了：老……老婆，对不起，我上次明明答应你不喝醉酒的。昨天晚上我们谈小说谈诗歌谈得太开心了所以……

郑蓉笑：没事，（扶刘天雨坐起来）一次半次的，谁都难免。

刘天雨疑惑：你怎么这么通情达理了？

郑蓉嗔：什么意思啊你？我平时很不讲理吗？

刘天雨憨笑：不是不是。得妻如此，夫复何求啊。

音乐止。

郑蓉笑：少跟我酸文假醋的。我问你，你昨天说醉话说有时候到宾馆开房，是怎么回事？

刘天雨惊：我指天发誓，绝对没有跟不三不四的女人做不要脸的事！

郑蓉：昨天吓我一跳，今天我决定相信你，我就是奇怪你好好跑去宾馆干嘛？

刘天雨羞惭地：我跟张波他们有时开个房间看足球，更多时候是大家坐在里头谈各人的写作计划，互相出点子，一说说到天亮。有时候兴奋起来还当场弄个诗写写，找人朗诵哩。不过不经常，是偶尔，毕竟开房间也要花钱的。

郑蓉：我怎么从来不知道你有整晚不回的纪录？

刘天雨：我是趁你带旅游团出去不在家，才找文友们活动的。

郑蓉：啧啧，真会见缝插针。（依偎到刘天雨怀里，微笑）我相信我老公是最棒的，就算获不了奖，一辈子有这么个爱好，有这么个寄托也好。

刘天雨乐：不过我还是想获奖，偷偷告诉你，连获奖感言我都想好了……

郑蓉坐起来模仿着前一晚刘天雨的口气绘声绘色地：当初人家提名的时候我就推辞了，他们不听，非说只有我才能代表小说创作的最高水平，说我是高原上的高峰，我怎么当得起呢……

刘天雨：你……你……

郑蓉继续表演：总的来说，现在我的心情还是蛮平静的……（禁不住大笑）你昨晚上就这么说的。

刘天雨挠挠头：嗐，糗大了。

郑蓉：你说你要是真得奖了最感谢谁？

18. 小区　日　外

刘天雨和郑蓉散步。

郑蓉：昨天就是问到那个关键问题你睡着了。

刘天雨：你这是有多不甘心呐，一路上一直追着问。

郑蓉笑：人家就想听你说嘛。

刘天雨：感谢我妈理解我，感谢我妹妹总算不取笑我了，不过最感谢是老婆始终支持我。我们街道办的张主任说我典型的志大才疏，我知道还有人背后笑我多少年就在报纸上发了点“豆腐块”，你却从来没有说过我一句，笑过我一声。

二人柔情对视。

片刻，郑蓉刚要说话，刘天雨忽指一侧的宣传橱窗：哎你看，换过了。我记得昨天还是另外一篇文章，叫什么“夫妻要长久，‘专一’不可丢。”

郑蓉上前一看，新文章的大标题是“婚姻要稳定‘信任’常在心”。

刘天雨笑：这些专家成天一套一套，还个个说得不一样，不晓得听谁的好。

郑蓉：话全是好话，就是神兹乌兹的。依我说，把另一半当成自己对待，把日子过踏实了就好。

刘天雨笑：对头！（搂住郑蓉）

二人并肩走远的背影。

（完）

疑神疑鬼

1. 客厅　日　内

戴凤英一个人坐一边，刘天雨、刘天丽坐另一边，有种“对峙”的味道。

戴凤英：把你们养大了，能干了啊？翅膀硬了啊？能找妈妈“谈话”了啊？

刘天雨、刘天丽对视一眼。

刘天雨：我记得小时候，您也经常找我跟天丽“谈话”。

刘天丽帮腔：对，而且不是用嘴谈，是用巴掌跟我们的小屁股谈。

戴凤英：去！

刘天雨赔笑：妈，我们就是当个说客，说个看法，提个建议。

刘天丽：要不是保安央告我们，我们还懒得说呢。

戴凤英：有话就要说，是毒就要排，今天就让你们一次性发泄个痛快。（右腿搁到左腿上，一副“放马过来”的架式）哪个先开腔？

刘天雨举手：简单来说就是你不要再疑神疑鬼了……（一碰到戴凤英的目光立刻停住，眼睛朝其他地方瞄）

刘天丽：哎哟喂，你这么含蓄还说到明天早上呢，我来我来！妈，你的警惕性太高，防备心太强，有事没事就去找保安举报，十次有九次是冤枉好人。那个“狼来了”的故事你总听说过的吧？保安算是怕了你了……

戴凤英做个暂停的手势：Stop！

刘天丽：咦，你还会英文！

戴凤英：我会的东西多呢，你以为你们全知道？“狼来了”的故事不需要你讲，我倒要讲个真实的故事给你们听听。几年前，有一天晚上，我在小区树林那儿看到一个可疑的人……

戴凤英话声中过渡到下一场。

2. 小区　夜　外

小区树林，郁郁葱葱。

戴凤英在大树旁活动手脚，有时还做两个舞蹈动作。一位小个子少年走近，左手一只小桶，右手一个袋子。戴凤英见状立刻闪到树背后，枝繁叶茂，正可藏人。

戴凤英画外音：我一看就知道这小家伙居心不良，不干好事。

少年东张西望，随即选中了戴凤英藏身的大树，走过来从袋中取出一张长长方方的纸朝树身上一拍，从小桶里蘸蘸浆糊就准备贴。

戴凤英咳嗽一声：你好。

少年顺口：你好。（一想不对）不好！

戴凤英从树后转出：到底是好还是不好啊？

少年垂头：本来蛮好的，一看到您老人家就不好了。

戴凤英：还蛮有礼貌的。打断了你贴小广告的雅兴，不好意思啊。

少年小声：没得事，不客气。

戴凤英顺手在少年手中的袋子里掏出一叠广告，一张张念：上门修锁、专治秃顶、包治不孕不育、专业情感陪护……业务范围很广泛啊！

少年浑身发抖：您误……误会了，我只负责贴，不负责做。（转身想跑）

戴凤英：站住！

少年应声止步，可怜巴巴：奶奶，您还有什么教导？

3. 客厅　日　内

戴凤英：就因为他喊了声“奶奶”，把我的心喊软了。一看他那个豆芽菜形的小身板儿，就知道是发育不良，估计是家里困难一时糊涂才干了这一行。我就批评教育了一顿，放他走了。

刘天雨：贴小广告是讨厌，墙上树上电线杆子上一块一块打“补丁”，妈，这件事你做得对，做得好，给你点赞！

戴凤英得意地：可不是？

刘天丽胳膊肘碰碰刘天雨，刘天雨忙改了口风：不过……这种人毕竟是少数，您可不能以偏概全，把例外当常态，看张三李四都不放心。

刘天丽：见人就怀疑，跟得了强迫症似的。

戴凤英生气：别丑化我！

刘天丽伶牙俐齿地：是丑化倒好了，我们可是有根有据的。好比上次吧，小区来了个外地人，被你折磨得要多惨有多惨……

出本集片名：疑神疑鬼。

主题曲。

4. 一楼楼梯口　日　外

戴凤英拎着一篮子菜走来，见一人在楼下徘徊，停步观察了一下，三脚两步走上前去。

戴凤英：师傅，你找谁？

中年人：我找 12 幢的老王。

戴凤英：这就是 12 幢，你怎么不上去？

中年人苦恼地：记不得是几零几了。

戴凤英打量他：不会吧？来之前没抄个地址？

中年人：唉，以为自己肯定记得住，一到楼下脑子里头一片空白。恐怕是得了“中年痴呆症”了。

戴凤英心声：你哪痴呆？我看你撒谎撒得蛮圆的。（口气开始严厉）

你为什么不给老王打电话？

中年人：出门忘了带手机，他的号码存在我手机里。

戴凤英：为什么不干脆喊两嗓子？

中年人：我从小大喉咙，嗓子响，会打扰邻居。

戴凤英：为什么不找一家敲门问？

中年人脸红：天生腼腆……

戴凤英更不信了：你多大年纪啦？还腼腆？

中年人：腼腆跟年纪没得关系，跟职业有关。

戴凤英：你干哪一行？

中年人：看公墓。

戴凤英：为什么看公墓就腼腆？

中年人：看公墓活泼得起来吗？哪个跟你搭腔？就算我自己大声喧哗唱唱笑笑也是对去世的人不尊重哎。（擦擦汗，觉得不对）哎，我怎么觉得你在审犯人啊？

戴凤英：老实说吧，你这个样子很可疑。

中年人手指自己鼻尖：我？

戴凤英：就是你。跟我去见保安！

中年人怒：凭什么啊？我不偷不抢……

戴凤英：是想偷想抢之前的预热，踩点。你瞒不了我的火眼金睛。

中年人：你这个人想象力还真丰富，你是侦破片看多了吧？当心我告你诽谤啊！

戴凤英：正好一块找保安，我告我的，你告你的。

中年人：你还挺自信！

戴凤英义正辞严：我们小区是文明小区，维护安全，人人有责。（顿了顿，威严地）真金不怕火炼，心里没鬼就跟我走。

中年人看着她，不吭声。

戴凤英：干什么？你眼睛里还能飞出刀子来杀人灭口啊？

中年人长叹一声：这是你逼我的，就不要怪我了，一切后果由你负全责。

戴凤英后退一步：什么意思？你想顽抗？

中年人摇摇头，猛然仰头朝楼上大喊：老王——

混音效果，“老王”二字又响又长，如同打雷，久久不绝，还有回音。

狂风大作，飞沙走石，树身直晃，树干落地。

太阳躲进云层。

特写：中年人大张的嘴。

戴凤英捂住耳朵。

5. 客厅　日　内

刘天丽：怎么样，我没瞎说吧？

戴凤英：别提了，现在想起来还耳鸣！那哪儿是一个人啊？简直就是《西游记》里的黄风怪呀！

刘天雨、刘天丽大笑。

刘天丽笑得伏在刘天雨肩上：人家不是早就说过，从小大喉咙，怕喊起来打扰邻居。你非把人家逼到墙角。

刘天雨笑：世界之大，无奇不有，这个大嗓门应该上“吉尼斯世界纪录”。

刘天雨擦擦笑出来的眼泪：结果把老王喊出来了，保安也惊动了，一问，好吧，真相大白，是老王的远房亲戚。老妈，这是你的第一个教训。

戴凤英讪讪地：也是唯一的一个。

刘天丽：何止啊？哥，你说。

刘天雨躲着戴凤英的目光：嗯，这个，那个，比如说有一次，妈你看到小两口吵架，又去管人的闲事……

6. 楼梯 日 内

戴凤英从上往下，小两口从下往上。

丈夫：结婚前没看你这么啰嗦，现在真面目暴露了！

妻子：哦，现在嫌我烦啦？当初追我的时候你可是一嘴的甜言蜜语。

戴凤英与二人擦肩而过，留神听二人的对话。

丈夫悻悻地：哪晓得你是这个脾气！

妻子生气：后悔了？现在退货还来得及，红本子换绿本子就行了，民政局简化手续，方便得很。

丈夫怒，大声地：每次说你两句就提离婚，是外面有大款等着接收你呐？

妻子更大声：是你想把我气死了接新人进门吧？

丈夫：你……

妻子：别勒眼爆筋像个牛魔王，你还想动手打人啊？

戴凤英走到一楼，听楼上“砰”的一声关门声。她走了两步，又回头上楼，走到门口细听。里面先是静悄悄的。她正要走开，忽听吵架、推搡、玻璃碎裂声大作，且越来越响。

戴凤英：不好，还真动上手了！

女人声，普通话：你这是家庭暴力！我要告你！

男人声，普通话：你有本事出得了家门你再告！

殴打声、女人尖叫声。

戴凤英巴掌一拍：完了完了，上升到“家暴”了。（又想敲门，忽又停手）不对，比跳交谊舞他比不过我，比打架我加上那女的也打不过他。好女不吃眼前亏，战略战术都要讲。赶快喊保安！（准备下楼）

刘天雨画外音：等等！

画面定格。

刘天雨画外音：妈，你就不觉得奇怪吗？怎么小两口子在楼梯里吵架说的是镇江话，进了门变成普通话了？这还要换一种语言来进行啊？

戴凤英画外音：当时我着急慌忙地想救人，哪能想得那么细！

画面恢复。

戴凤英“噔噔噔”下楼而去。

门开了，妻子把一袋垃圾搁到门边，神色如常。

在关门的一刹那，镜头扫到丈夫在沙发上吃水果。沙发对面的电视里一男一女在打架，女人满脸的眼泪鼻涕。

7. 客厅　日　内

刘天丽对戴凤英：人家小两口要要花枪，床头打架床尾和，拌几句嘴回家就和好了，你非要紧张兮兮、敏感过度，把小事化大。

戴凤英没好气地：我哪知道他们家电视里正好在放“家暴”呢？也衔接得太好了吧？不懂这些小年青，五分钟以前还吵得不可开交，门一关倒看起电视来了。

刘天雨怕戴凤英下不了台，走到戴凤英身后给她捏肩膀：客观地说，这件事虽然叫保安空跑了一趟，叫小两口尴尬了一下，但不全是妈妈的错。她也是一片好心。

戴凤英刚说了句：对呀……

刘天丽立刻打断，对刘天雨：她哪次不是好心？好心也能干坏事。这第二次经验教训她又没吸取，不到一个星期又再接再厉了一回。

8. 小河边　日　外

僻静处一条小河，水波荡漾，蜿蜒如带，河边杨柳依依。

三十来岁的小沙在河边怔怔地出神。后面不远处戴凤英偷偷摸摸跟着。

9. 客厅　日　内

小沙在沙发上坐着。戴凤英往茶几上搁西瓜子、南瓜子、坚果。

戴凤英：随便吃，别客气。

小沙没精打采地：哎。谢谢大妈。

戴凤英：不谢，远亲不如近邻，不是外人。（转入正题）小沙啊，小区附近有条河，风景……不错啊。

小沙：是的，空气也挺好。

戴凤英坐到她身边：你经常过去散心吧？

小沙有气无力：是啊。

戴凤英嘀咕：要散心说明你有心病。

小沙没听清：您说什么？

戴凤英忙掩饰地：没什么没什么。你为什么老上河边去呢？

小沙眼望河水：我喜欢那儿。

戴凤英心声：喜欢河没问题，喜欢跳河问题就大了。（望望小沙）我们家老头子在的时候，我们也经常过去逛逛。（感慨）一晃七八年了。

小沙：我跟我男朋友以前也常去。

戴凤英试探地：怎么最近没看见他？

小沙脱口而出：出差了。

戴凤英看着她：真的是出差？

小沙被戴凤英看得底气不足，只好说实话：分手了。

戴凤英心声：怪不得好一阵子没看见她男朋友上门，怪不得小姑娘萎靡不振，怪不得老是魂不附体地瞎晃。看来我猜得八九不离十，她是想不开了所以想自杀！（打个冷颤）

小沙：您冷啊？

戴凤英一语双关地做工作：冷，不可怕。最重要的是有一颗温暖的心。要相信世界是美好的，生活是美好的，人间自有真情在，还有许多许多人在关心你。

小沙困惑地：我不太明白您的话……

戴凤英认真严肃地：心态要积极，天涯何处无芳草，我们虽然提倡专一，但不能在一棵树上吊死。

小沙下意识地重复：不能在一棵树上吊死？

戴凤英心声：没得命，我不该提“吊死”！这不是让她在跳河以外又多了一种选择吗？

戴凤英情急之下，越说越没章程：好比那条河边的柳树，不吃重。柳条，太柔软。不要说一个人了，就是一只小猫小狗吊上去也会断的。

小沙完全懵了：大妈，我高中语文就没学好，您能说得通俗点吗？

戴凤英急：还要怎么通俗呢？再通俗就赤裸裸的了！

10. 药房门口　夜　外

小沙手拿一盒药出来。

戴凤英突然出现在门口。

小沙一声惊呼：您怎么神出鬼没的？

戴凤英盯着小沙的手看。

特写：安眠药。

戴凤英目瞪口呆。

小沙：大妈，您别这么盯着人看，瘆得慌。

戴凤英：小沙，你需要的不是安眠药，是调整心情，放下心事，敞开怀抱……

小沙茫然点头，慢慢往前面走：哦哦，咱们先回家吧。

戴凤英不屈不挠地跟在后面暗示：掉到河里比较冷，挂在树上比较疼，药吃多了又会反胃，那个过程不是一刻半刻的工夫，难过呐……

小沙哭笑不得的表情。

11. 楼梯小张家门口　夜　内

戴凤英手捧一碗水饺敲门：我这碗爱心水饺加量加料，一定可以在关键时刻温暖你这个傻丫头脆弱的心。

门内小沙无反应。

戴凤英又敲，仍无声。

戴凤英猛力地敲了几声，依然如故。

戴凤英端着碗的手一抖，差点泼翻了水饺：该不会是一瓶安眠药全吃下去了吧？（贴着门缝嗅嗅）还是开了煤气烧了炭啊？（抬头毅然地）不行，找保安！

12. 客厅　日　内

刘天丽笑：心灵鸡汤加爱心水饺，也不管人家吃不吃得下去。你看你又死活叫了保安过来撞门，保安多问了两句你还发飙说出了人命谁负责？非要闹个大乌龙出来你才罢休。

戴凤英嘴硬：我哪知道她不是想自杀，只是跟男朋友分手了，心情不好失眠，才……

刘天丽：才白天到河边散心，晚上买点安眠药。好不容易发挥了药效，睡了个好觉，还被人把家门都撞开来了……

刘天雨帮戴凤英捶背：反正吧，妈，闲事咱别多管。俗话说得好，各人自扫门前雪，莫管他人瓦上霜。如今这邻里关系，跟从前可不一样，都是一家管一家。你操心多了，没人感谢你，反而说你干涉他的隐私。

戴凤英不服地：这三件事确实是误会，我想复杂了我承认，但是人跟人互相就一点不要关照，不要关心了？冷心冷肠就是对的，热心热肺反倒招人嫌了？我就不服这个理！

刘天丽：您得面对现实，接不接受都是这么个大趋势。以前你不是天天跟我说什么“历史的车轮滚滚向前”么？这“各人管各人”也就是那个滚滚向前的车轮子。您要是拧着它来就是……就是……

刘天雨：就是逆潮流而动。

戴凤英瞪刘天雨。

刘天丽：不是这个词儿，是那个更有杀伤力的，四个字儿的，成语。

螳螂那个。

刘天雨：哦，就是螳臂当车！（手臂一竖）

刘天丽：对！

戴凤英听到这四字，震动了一下，对刘天雨：说谁呢你？

刘天雨忙辩解：没有没有，我这不是帮天丽填括号呢嘛。

刘天丽狡黠地笑：我故意把得罪人的话留给你说的。

刘天雨：丫头，忒坏了！

戴凤英起身迟缓地走进房里去了。

刘天雨想跟过去劝，刘天丽拉住他：哥！

刘天雨：妈受打击了，你看不出来呀？

刘天丽：是得让她受受打击，不然全小区的邻居和保安都要被她打击死了。咱妈是三番四次地折腾，保安是三番四次地扑空，也是忍无可忍了才托我们找妈谈谈。你要是这会儿把话说软了，这一下午就前功尽弃了。

房门关着，寂然无声。

刘天雨不忍：话是这么说，可是……

刘天丽：你当我不心疼妈妈？但老这么下去不是个办法。你说这都什么年代了，她还像二三十年前在农村、镇上那样！今天我们兄妹俩虽然是替天行道、大义灭亲，但长远看来，也可以帮妈跟邻居和保安处好关系，你就别再良心不安了。

刘天雨嘴上答应着，但还是看了一眼戴凤英的房门。

13. 戴凤英房间　夜　内

戴凤英睡着了，眉头却皱着。

以下转入梦境，始终伴随着滑稽的音乐。

14. 楼下　日　外

找老王的中年人对保安激动地指手划脚，气得头直晃，又指旁边的戴凤英。戴凤英讪笑。

15. 楼梯　日　内

吵架的小两口跟保安解释着什么，女的直跺脚，又看旁边的戴凤英。戴凤英讪笑。

16. 小张家门口　日　内

保安一撞两撞三四撞，撞开了小沙的家门。小沙穿着睡衣大惊失色地奔出来，一头雾水地问着什么。保安指戴凤英。戴凤英讪笑。

17. 戴凤英房间　夜　内

梦境延续：中年人、小两口、小沙、刘天雨、刘天丽围着戴凤英哈哈大笑，镜头旋转。

突然之间，众人消失，音乐消失，几年前贴小广告的少年怯怯地说着当年的话：奶奶，您还有什么教导？

戴凤英醒，躺着说：奶奶都成了个笑话了，还能有什么教导啊？落伍落到坦桑尼亚去啰。

18. 客厅　日　内

刘天雨、刘天丽在互相责怪。

刘天雨：都怪你，把妈气病了。

刘天丽：喂，案发当天，好像你也在现场并参与了全过程吧？

刘天雨：我说话多有艺术多有分寸啊？哪像你直不隆冬，跟个小钢炮似的。

刘天丽：啊呸，大男人说话软得像根面条，还好意思拿出来显摆。

我要是不当小钢炮，还不得你去冲锋陷阵？妈妈一病，你成好人我成恶人了。

刘天雨：别废话，你看妈这个病，是看中医还是看西药？

刘天丽：中西医结合。

刘天雨：滚蛋！

敲门声。

刘天雨、刘天丽同时朝门外：没空睬你！

19. 戴凤英房间　日　内

刘天雨在房门外：妈，你怎么样？起得来吗？

戴凤英披衣坐起，病歪歪地：什么事？进来说。

房门开了。刘天雨、刘天丽身后赫然是保安、小沙和之前吵架的小两口。众人还拿着探病的礼物。

戴凤英意外：你们怎么来了？

小沙笑：听说大妈病了，我们来看看您。楼上老王马上也来。

戴凤英喃喃地：太客气了。以前给你们添了那么多麻烦。

小两口中的丈夫：可您是好意。

小两口中的妻子笑：还特别维护我们女性的权益。

保安笑着放下礼物：您是没少给我们找事儿，可现在像您这样拿邻居当自家人，把别人的事儿当自己的事着急发愁的能有几个呢？

轻柔音乐起。

戴凤英听得愣住了。

保安：我们托刘先生刘小姐跟您聊聊，也就是提个醒儿，有确凿证据再举报，但不是说有这份心不好。

小两口中的丈夫：电视里成天说什么隔阂、冷漠的，您是个活生生的反例。

小两口中的妻子：当时是有点气您，过后细想想心里挺暖和的。

小沙坐到床边，拉住戴凤英的手：您对我们这么上心，忙了半天不落好，昨天还听刘天雨说您为这事病了，大伙儿都怪难受的。（真诚地）大妈，谢谢您！

众人：谢谢您！

戴凤英感动地：是我谢谢你们！难得你们理解我！我就像我女儿说的，是有点疑神疑鬼的。往后我也该注意注意。

刘天丽笑：好，皆大欢喜。

刘天雨笑：晚上都在我们家吃饭，一个都不许走。

戴凤英开心起来：对对对，一幢楼里住了几年，还没聚过一次餐。今天我亲自下厨……（说着就要下床）

保安等连忙拦：您别！

戴凤英本能地：你们怕我做的菜不好吃啊？

刘天丽笑着过去扶戴凤英坐好：是怕你病没好全，太劳累。又瞎怀疑了吧？

戴凤英释然而笑。

众笑。

（完）

电影文学剧本

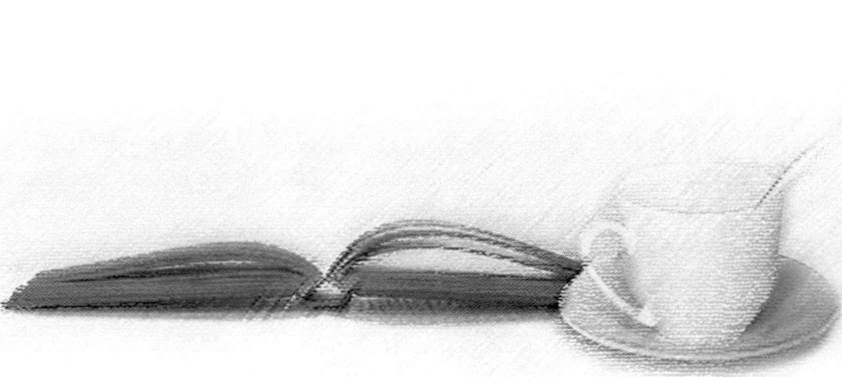

电影文学剧本

寻人启示录

（根据大型淮剧《小镇》改编）

1. 川藏线山道　日　外

阳光明媚，群山环绕绿水。牛羊成群，鸟语伴着花香。

一辆豪华 SUV 行驶在弯曲的山道上，车窗里伸出一双纤手，仿佛在抚摸着阳光。

微风拂过，长发飘扬，一双清澈的大眼睛欣赏一路的风光。

2. 太平冲山道　日　外

SUV 驶入一处村落，标语牌上写着“文明乡村，美在一泉。一泉人民欢迎您！”

车内冰墩墩、雪容融玩偶摆放在中控处，车载电话响起，显示公司财务部。姚瑶接电话。

男声：姚总，钱已经汇过去了。大额转账可能要等两天才能到账。

姚瑶：知道了，你通知一下秦镇长吧。

男声：好的。

车外突然传来《野狼 disco》的旋律，声音来自一辆几乎与车并行的摩托。

姚瑶：哎，对了，这事先别跟我爸说啊！

男声：喂？姚总？您说什么？

姚瑶：我说这事先别和我爸说！

男声：喂，姚总，我这边听不清。

姚瑶瞪了一眼车外骑着摩托带着墨镜的侯二。侯二毫无察觉，摇头晃脑骑车前行。

姚瑶一脚油门加速，超过了侯二。汽车拐过弯道，路中央突然出现一头水牛。姚瑶急打方向盘刹车，撞向路旁的一棵树。

3. 查济钟楼祠堂　日　内

一幅裱好的字，上书“浩然正气”，摆放在祠堂正中央的桌上。

众人：好，好字！

祠堂里，杜傲初和陈守言带着若干村代表分坐两边，陈守言身后站着两名建筑工人。杜傲初起身朝众人拱手致意。

杜傲初：这是本人去年参加全省书法大赛的获奖作品，这次就献丑，拿出来捐了。另外，再加捐 1 万元！

众人：老杜，大善！

祠堂外，大嘴躲在门边偷看。

陈守言站起身。

陈守言：傲初兄有这份心，我陈守言也不能落后啊！正好，我新装修的办公室缺一幅中堂，我出 4 万给村里修路，这字就算我买了！

众人：陈老板，大气！

门外大嘴听到这里，面露焦急，转身跑往路边一辆三轮车，飞身跨上，疾速骑去。

4. 太平冲山道　日　外

前保险杠与大灯已撞坏。

姚瑶打开车门走下了车。《野狼 disco》的音乐再次传来，姚瑶转头看向一侧。

侯二停下摩托车，掏出一把大扳手，嘴里吹着泡泡糖，一脸坏笑地走向姚瑶。姚瑶紧张。侯二走到姚瑶面前，摘下墨镜。

侯二：美女，需要帮……

姚瑶猛地拿出防狼喷雾喷向侯二。侯二跪地惨叫，举起手里的扳手。

侯二：喂，我是来……

姚瑶再次喷侯二，侯二再次惨叫，扳手掉在地上。

5. 太平冲山道　日　外

蜿蜒山道上，大嘴飞快地骑着三轮车。

6. 太平冲山道　日　外

路中央，一头水牛悠哉悠哉地看向周围。

侯二躺在修车躺板上，从被千斤顶顶起的车肚下探出头。

侯二：美女，拦路的不一定是歹徒，还可以是头牛；拿扳手的也不一定是坏人，还可以是帮你修车的。

看到侯二面带灰尘，眼睛肿了老高，姚瑶面带歉意又有些想笑。

姚瑶：不好意思啊，我还以为……

大嘴：侯二，侯二！

大嘴骑着三轮车一个急停刹车。

侯二：大嘴，怎么样了？

大嘴：赶快回去，陈守言他们商量着要修路，要砍你家的树呢！

侯二：什么？

侯二躺在修车躺板上，从车肚子里滑出，爬了起来。

大嘴：咦，你眼睛怎么啦？

侯二：我一回来就不受人待见，不说了，赶快去村里。

侯二跨上摩托，大嘴骑上三轮车。

姚瑶：哎，你别走啊！我把修车费给你。

侯二回头看了一眼姚瑶，带上了墨镜，启动摩托，飞驰而去。

出片名：寻人启示录。

7. 查济钟楼祠堂　日　内

杜傲初：各位村代表，这次修路要经过老张家门口的那颗树，所以征求大家的意见。大家如果一致同意砍呢，咱们就上报镇里！

众人：好，我没意见！

众人：就这么办！砍树修路！

“哐！”一声钟响，侯二从祠堂外走了进来。

侯二：我有意见！

众人：侯二怎么回来了！

众人：哎哎，你看他眼睛，刚被人揍过吧！

众人：八成是在城里混不下去了呗！

侯二：我混得好不好，不用你们操心！我来就是告诉你们，这树，不准砍！

杜傲初：树是老张种的，你有感情，我们可以理解，可是不砍这树，修路就要绕一段，这一绕可都是钱呐！

众人：就是，站着说话不腰疼。

侯二：少废话。陈守言，是你要砍我爷爷种的树？

陈守言：怎么，你有意见？我和傲初兄捐钱修路，那也是为咱们村做贡献！

侯二：别说得这么好听，你什么心思我还不知道！

陈守言：你这话什么意思？别以为老张收养了你，你就算我们村上的人了。这有你说话的份么？

侯二：我偏要说！你是工程队队长，捐钱修路，最后钱还不是落进你自己的口袋？

杜傲初：侯二，话可不能乱说！我和守言兄捐的钱可都是统一划到镇里来安排的！

陈守言对侯二：你从小什么样，在场的谁不知道，我都懒得跟你这种人计较。

侯二：我这种人再怎么样，也不像有些人道貌岸然，一肚子坏水！

陈守言：就你这德行，要不是当年老张收留你，你早就和你爸一样去吃花生米了！

侯二：你有种再说一遍！

陈守言：再说一遍怎么了！咱们村里的事你管不着，你跟你爸姓侯，不姓张！

侯二顺手从祠堂中央的桌上拿起一个茶杯扔向陈守言。

侯二：陈守言，老子今天抽不死你！

陈守言急躲，茶杯碎。

陈守言：你！

侯二看到桌上裱好的字，上前拿起字框高高举起准备砸陈守言。

杜傲初：哎呀，侯二，有话好好说！

朱文轩：住手！

朱文轩走进了祠堂，众人顿时安静。

众人：朱老师！

众人：朱老师来了！

陈守言：朱老师，我们这儿商量修路的事呢。侯二非说这树不能砍！

侯二：树是我爷爷种的，地是我爷爷家的，你二话不说就要砍？你当我死了？

朱文轩：修路的方案还在研究，守言，你也别急着筹钱，等镇里定了方案再说。

陈守言：可这小子跟这事儿压根没关系……

朱文轩一伸手打断陈守言。

朱文轩：至诚再怎么说也是张大爷收养的，自然就算咱们中的一员。老张种的那棵树树龄也不小了，现在从中央到地方都提倡植树造林，保护环境，这树也确实是能留则留。

陈守言委屈地：朱老师，我和傲初兄也是为了给大伙省钱。

杜傲初：守言，咱们听文轩的。

侯二略带不屑看了陈守言一眼。

朱文轩：大伙都在，秦镇长马上要过来，说有重要的事情要宣布！

陈守言：什么事这么重要？

杜傲初：朱老师，听说您又拿了全省道德模范、优秀教师，是不是这事儿啊？

朱文轩谦和地摆摆手，神态温润。

祠堂门口，秦镇长和后面跟着的几个人匆匆走来。

秦镇长边走边交待：这个事情很重要，姚总那边一定要对接好！

朱文轩：秦镇长。

秦镇长：文轩！哎，大家都在啊，有重要事情和大家宣布。

大家交头接耳。

秦镇长走到桌前，拿起茶杯喝了一口：各位，姚宪臣姚总这次悬赏500万，到我们小镇找20年前救他的那位恩人！

杜傲初：500万！

陈守言：这可是下了血本了！

众人：500万呐！

朱文轩：秦镇长，这姚宪臣就是前两年来过我们村上，要找救命恩人的北京富商吧？

秦镇长：就是他。这不两次都没找到人吗，这回啊他找到了县长，县长可给我下了命令，要地毯式地再找一遍。

朱文轩：来了两次都扑空，会不会是弄错了，压根儿不是我们村上的？

秦镇长：他这命是谁救的还能搞错？我们一泉村民风淳厚，那是全国知名的。姚先生也一口咬定，肯定是咱们村上的人！文轩，你可不要不当回事，这次带着大家好好查查！

杜傲初：是啊，朱老师、秦镇长，这可是件大好事。咱们村不是要评全省十佳道德模范村嘛，这绝对能给咱们加分不少！

陈守言：秦镇长，你放心，只要恩人在我们村，我们肯定给他找出来！

侯二：陈守言，看你激动得那样，跟自己当年救了人似的，是不是你自己想要那500万？

陈守言：你胡说！

朱文轩：至诚，说话注意分寸！

侯二哼了一声，走出了祠堂。

秦镇长看着侯二的背影：希望他别和他爸侯大龙一样走上不归路。

朱文轩：张大爷收养他以后，教导有方。他只是看起来有些桀骜不驯，其实品性不坏。

秦镇长：希望如此吧。不说他了。根据姚先生的推测，那位恩人十有八九是太过谦虚，不肯露面！文轩、傲初、守言、各位村代表们，咱们商量一下，看这找人的事怎么深入进行！

8. 查济侯二家中　夜　内

一张香台，侯二点燃一束香插入香炉。香台下挂着红布，布上钉满了十多枚勋章。侯二将勋章一个个取下，小心擦拭干净，再钉回红布之上。

侯二：老头子，我难得回来一趟，帮你和你的宝贝洗个澡。镇上要修路，今天商量着要砍你种的树呢。你说你敲了一辈子钟，做了这么多好事有什么用？现在谁还记得你的好？

大嘴带着姚瑶走了进来。

大嘴：侯二，有人找你。

姚瑶从包里掏出了一个小瓶递给侯二。侯二拿起一看。特写：一瓶消肿喷雾。

姚瑶：早晚各用一次。还有，这是修车费。

姚瑶递过来一个信封，隐约能看到里面塞着百元大钞。

侯二：药我收下了，钱就算了。

姚瑶还想再说，侯二已转身出了门。

姚瑶将信封放在香台上，随意一瞥。香台灵位：先祖父张正富，孙张至诚敬立。

9. 月亮湾侯二家树下　夜　外

大树下，侯二和大嘴拨弄着树枝藤蔓闲聊。姚瑶走了过来。

姚瑶：你叫张至诚?

侯二一愣。

大嘴：我们村里人都喊他叫侯二!

姚瑶：唯天下至诚，为能尽其性；能尽其性，则能尽人之性；

侯二看着星空下的大树：能尽人之性，则能尽物之性；

姚瑶：能尽物之性，则可以赞天地之化育……

大嘴摸头：你俩在说啥?

姚瑶微笑，对侯二：你爷爷一定对你寄予厚望吧?

侯二一笑：那我可辜负他老人家了。这村里没一个看得起我的，也不见得把我爷爷放在心上，还要砍掉他亲手种的树呢。

姚瑶：我听大嘴说了，最后不是有位朱老师支持你吗?

侯二：喊，我要是没赶回来，估计树就没了。

姚瑶：就是这一棵吗?（抚摩树干）

侯二不答。大嘴：这可是侯二从小爬到大的树。小时候他闯了祸，张爷爷要揍他，他就爬树，爬得跟猴子一样快，所以大家才叫他侯二!

姚瑶笑。

侯二：你嘴巴最大，所以叫大嘴！

10. 查济学校教室外　日　外

空镜头：清晨，日出。

画外音渐入："君子怀德，小人怀土；君子怀刑，小人怀惠。"

颇显简陋的校园。

姚瑶入镜，漫步其中，闻声止步。

琅琅的读书声中，朱文轩正在教室里给孩子们上课。

朱文轩：君子怀德、君子之德风、君子成人之美、君子周而不比、君子坦荡荡、君子中庸、君子有礼、君子不器和君子知耻。

学生：君子怀德、君子之德风、君子成人之美、君子周而不比、君子坦荡荡、君子中庸、君子有礼、君子不器和君子知耻。

朱文轩：这就是君子所应具有的品质。

姚瑶隔着一段距离，饶有兴味地瞧着。

11. 查济小学食堂　日　外

一只白鹭落在铃上。铃声响起，白鹭飞走。

一群孩子跑向食堂。

孩子们：吃饭啰——

食堂外，姚瑶一边走一边注意到两个孩子端着碗和筷子悄悄跑远。

12. 查济小桥　日　外

姚瑶好奇跟随。

两个孩子跑到一处隐蔽处，蹲在树下吃饭。姚瑶走过去，从包里面拿出两张一百元的钞票递到孩子面前。

姚瑶：小朋友，姐姐请你们吃好吃的。

两个孩子看了看姚瑶，又看了看姚瑶手上的钱，都摇摇头。一个孩子拉着另一个跑开了。

姚瑶：哎，哎！

朱文轩：你这样给他们钱，他们不会收的。

姚瑶转身见是朱文轩：您是朱老师吧？

朱文轩点头：他们两个家境相对比较困难，怕被别人看不起，连吃饭都不好意思和其他孩子一起，怎么会收你的钱。

姚瑶：就没办法帮帮他们么？

朱文轩：你要是真想帮这些孩子，可以去善心堂。

姚瑶：善心堂？

13. 查济善心堂　日　外

房间门框上挂着一块写有“善心堂”字样的牌匾。姚瑶走了进去。

屋内杜傲初正在写着字。

姚瑶：请问，这里是善心堂么？

杜傲初抬头看到姚瑶，放下了手中的毛笔：您好。

姚瑶：我听人说，这边是给镇上孩子捐款的？

杜傲初笑：你是不是给学校里孩子钱，他们不收？

姚瑶：捐到这里就收了吗？

杜傲初微笑：十几岁的孩子也不小了，家里条件再差，你直接给钱他们也未必会收，搞不好还伤了他们的自尊心。所以咱们镇中学的一位老师就提出来，不要直接给钱，通过善心堂，每个月悄悄地往这些孩子饭卡里面打点钱资助他们。

姚瑶：让孩子有尊严地接受帮助，是哪个老师想出这么好的法子？

杜傲初笑着继续写字，是个“善”字。

姚瑶走出门去，回身看着小楼的门檐。

杜傲初：他可是村里我最敬佩的人！

姚瑶聪慧地：我想我已经猜到了。

14. 查济钟楼祠堂 日 内

一声钟响，余音绕梁。村民陆续走进祠堂。朱文轩将寻恩箱放在小桌上。

朱文轩：各位，这次北京的姚先生来我们村里寻人，秦镇长担心，特地让我设立这个寻恩箱。谁是当年救助姚先生的人，请把自己的名字投到这信箱里，镇里自会和姚总确认。我也希望那位做好事不留名的人这次不要再谦虚，为了小镇的荣誉勇敢地站出来！

大嘴：朱老师，这么说我也能报名啊？

朱文轩：胡闹，是你救的人么？ 20 年前你才多大。

大嘴煞有介事地扳着手指头算。

侯二调侃：那富商是掉河里的。大嘴三岁能下河，五岁能摸虾，几岁的毛人说不定也能救人。

众人笑。

村民甲：你们啊，都省省吧，八成是朱老师救的，人家低调罢了！

朱文轩笑着摇手否认。

人群中，大嘴一脸傻笑看着大家，侯二则在一旁嘴叼芦苇杆，瞧着寻恩箱，一脸不屑。

15. 查济朱文轩家中 日 内

薛小妹给朱文轩倒了一杯茶水：这人，是不是你救的啊？

朱文轩在沙发上看报纸，报纸上登着姚宪臣寻人的新闻。

朱文轩：想什么呢？我救了人我自己不知道？

薛小妹：我这不是怕你忘了么？这么些年，你帮了多少人做了多少好事，你敢说你都记得？前两天隔壁老杨来还钱，你连借人家钱都能忘，还有什么不能忘的。

朱文轩：虽然不是我，不过你说得也有点道理，毕竟 20 年过去了，咱们镇上好人多，20 年前顺手做件好事，估计还真不一定就记得。

薛小妹笑：可能是别人忘了，就不可能是你自己？

朱文轩笑：怎么，这500万你还心动了？（委婉地点她）你呀，别掉钱眼儿里去了。

薛小妹：行，知道你是朱大善人，我就是给你提个醒！

朱文轩：咱们普通老百姓，但求衣食无忧，就别想这些歪心思啦！哎，语彤呢，怎么还没回来？

16. 查济大街道　日　外

篮球场上，陈鹏在独自打篮球。球场边，朱语彤安静地坐在一边看书。

陈鹏：语彤，接球！

陈鹏将球扔向朱语彤。朱语彤被球砸中，倒地之后爬起来，生气地：陈鹏！

朱语彤追打陈鹏，陈鹏笑着跑向路边，不远处侯二正骑着摩托车过来。

不远处的小巷中，杜傲初拿着鸟笼哼着小曲往外走。

侯二：哎，小心点！

杜傲初嘀咕：就不能慢点儿！

朱语彤跑了两步突然停了下来，鼻血横流。她一抹鼻子，晃了晃，晕倒在地。侯二赶紧停下车，一旁的陈鹏已经吓得两腿直抖。

侯二：陈鹏，怎么回事？

陈鹏掉头就跑。

杜傲初拿着鸟笼走到巷子口一看，正见到侯二停下摩托，朱语彤躺在车前的地上。

17. 查济朱文轩家中　日　内

薛小妹从厨房里端出两盘菜，又忙盛饭：语彤这孩子，把心都玩野了啊，这放学都几个小时了。

朱文轩拿出一件外套穿上：我出去看看。

杜傲初快步进来。

杜傲初：文轩、小妹，出事啦，语彤，语彤！

朱文轩紧张：语彤怎么啦?

杜傲初：被侯二给撞了！

薛小妹手中的碗掉落在地。

18. 查济大街道　日　外

一堆人围着侯二，侯二抱着朱语彤不停地掐人中。

侯二：语彤，醒醒！语彤！

众人指指点点。

众人：多大的人了，还天天闯祸？！

众人：语彤坐这看书，招你惹你了，你骑个车就撞过来了！

众人：就没干过好事！以后少回村里祸害人！

侯二猛地抬头瞪向众人，村民甲乙吓得退后一步。

侯二：有这工夫废话，不如去把朱老师喊来！

朱文轩：我在！（快步走来，穿过人群，从侯二手中接过昏迷的朱语彤）

村民甲乙指侯二：是他……

朱文轩打断：都别吵了，先送医院！

19. 泾县医院护士站　日　内

朱文轩、陈守言、杜傲初站在大厅一角焦急等待，王医生和护士走了出来。

朱文轩：王主任，情况怎么样?

王医生：语彤还是老毛病，白细胞指标过低。这次估计是消耗了体力，头部又遭外力撞击，先住院观察两天吧。

朱文轩：这病就没办法根治么?

王医生：西医只能吃激素，对孩子生长发育不好，我上次给你要的那个中医方子可以慢慢调理，就是花费不低。

杜傲初：唉，这孩子命真苦，怎么得了这么个病。

朱文轩沉默。

王医生：朱老师，你也不要灰心，这病就是水磨功夫，治愈的例子也有不少……

朱文轩接口：我明白，谢谢你。

王医生点点头离去。

侯二拎着一篮水果走来。杜傲初、陈守言见了他，不约而同朝旁边看，不想理他。

侯二发觉了，撇了撇嘴：朱老师，我买了点水果给语彤。

朱文轩：这么客气干嘛？

杜傲初：侯二，医生可说了，语彤是头被碰了一下才发病的，你说你这么大个人了，就不能注意一点吗，骑个车跟踩了风火轮似的，有多少国家大事等着你处理是怎么着？

侯二：老杜，你怎么说话的？我只是骑车路过，语彤突然晕倒了，怎么成我撞的了？当时陈鹏那小子也在，不信你们去问他，我看他那心虚的小表情，八成是他干的呢！

陈守言怒：我说你多大的人了，自己做的事好意思赖到小孩身上？不是你撞的，语彤就这么巧不往东不往西倒在你的车前头？不是你撞的，你有这么好心巴巴地买水果送了来？

侯二：陈守言！是我撞的我肯定认，不是我撞的你们谁也别想往我身上泼脏水！

杜傲初：做人最重要是诚实，你撞人我是亲眼所见！

侯二：你哪只眼睛见了？年纪大做公交免费，进公园打折，可不代表有胡说八道的特权！

朱文轩：够了！都别说了，这里是医院，你们吵什么！（对侯二）

语彤也没什么事，就算是你撞的，我也不怪你，不要放在心上。你早点回去吧。

侯二气得满脸通红：什么叫是我撞的也没事！亏我以为你朱文轩是个明事理的，没想到你也是脑袋勾了芡！（一甩手扔掉手上的果篮就走）

20. 泾县医院病房　日　内

朱语彤躺在病床上，仍然昏迷不醒。盐水瓶里的水一滴一滴，顺着皮管流进她瘦而泛青的筋脉里。薛小妹坐在床边脸色忧愁。

朱文轩走进病房。

薛小妹：文轩，怎么样了，医生怎么说？

朱文轩：老毛病，先观察两天。

薛小妹拍拍胸口：哎，刚刚外面吵什么？

朱文轩：至诚来送点水果，结果跟傲初、守言吵起来了。

薛小妹：唉，这个侯二，十个人里有九个同他合不来，真不知道说他什么才好。

朱文轩：也不能全怪他。王医生上次给的中药方子，回头你再去配几副。

薛小妹：那药可不便宜，我身上钱不多了，下午去银行取一点吧。

21. 查济钟楼祠堂外路边　日　外

侯二蹲在路边，看着祠堂里摆着的寻恩箱，又看了看手上拿着的一本信纸，若有所思。大嘴蹲在一旁。

侯二：大嘴，你想要这 500 万么？

大嘴：谁不想要，又不是傻子！不过，人也不是我救的啊！

侯二：要是被救的人非要说是你呢？

大嘴：怎么可能有这种事！

侯二起身，走向夕阳：走，到我家吃晚饭，然后，哥带你做大事！

22. 查济朱文轩家院子　日　外

朱文轩、陈守言、杜傲初坐在院子中。

杜傲初：这些年咱们村进进出出人也不少，这不就是大海捞针么？

陈守言：是啊，年龄不知道，长相不知道，还好当初说过几句话，是个粗嗓子，好歹知道是个男的。你说这叫我们怎么找？（对朱文轩）你那儿有消息吗？

朱文轩摇了摇头：我也是无功而返。

23. 查济陈守言家门外　夜　外

一只黑色的猫从街边走过。侯二、大嘴鬼鬼祟祟地走到门前。大嘴抱着一沓信件在胸前。侯二从大嘴怀里拿出一封，扔在门前地上，敲了敲门。

陈守言：谁啊？

侯二推大嘴赶快躲在一边。大门打开，陈守言出来一看没人，转身要走时，注意到地上的一封信。他捡起信件拆开。侯二躲在暗处观察。

看了信的陈守言面色大变，紧张地四处张望，又退回家中，轻轻关上大门。侯二推了一把还在呆看的大嘴，指了指前面。

侯二：走，去下一家！

24. 查济朱文轩家　夜　内

薛小妹把茶杯搁在桌上：不行！语彤病还没好，家里本来就没多少钱，你还要捐钱修路，肯定不行。

朱文轩：我这不是跟你商量嘛，不用捐多少，傲初、守言都捐了，我总得做个表率，才好呼吁家家户户都出点钱嘛。

薛小妹：还表率，你今天当个省道德模范，就恨不得把家里的钱全拿出去，明天要是给你当上全国道德模范，你是不是要把老婆孩子都捐出去？

朱文轩：第一，我必须得做表率；第二，把你捐出去，那也得有人要啊！

薛小妹绷不住，笑了，伸手要打朱文轩。朱文轩笑着躲开。

朱文轩拉过薛小妹的手：小妹，就这一次，修路是大事，不能为了几万块钱就把老张那树砍了，太可惜了！

敲门声突然响起。

朱文轩：谁啊？这么晚！

薛小妹：来了！

25. 查济朱文轩家院子　夜　外

敲门声。

薛小妹来到院门查看，并没有人，刚准备回屋，突然发现门口有一封信。

26. 查济朱文轩家　夜　内

沙发上，薛小妹打开信看了起来，朱文轩在一旁端起茶杯喝茶。

薛小妹：恩人，20年前救命之恩您也许早已忘记，而我却丝毫未能忘怀。知您为人低调不愿张扬，但念在我重病缠身、时日无多，望您无论如何出面接受这本该属于您的荣誉和谢意。姚宪臣

朱文轩愣住，看向薛小妹。

薛小妹：文轩，这，这怎么回事啊？姚宪臣不就是那个拿着500万敲锣打鼓找人的？他真是你救的？

朱文轩：不对啊，我完全没印象！

薛小妹：你再好好想想！

朱文轩：肯定是弄错了！

27. 查济小镇街道　夜　外

侯二拉着大嘴跑出小巷，正好被路过的姚瑶撞到。

姚瑶：你俩干嘛呢？

侯二吓了一跳，转身看到姚瑶，故作淡定。

侯二：哎，是你，你怎么还没走啊？

姚瑶：深更半夜的你俩不回家，干什么呢？

大嘴：我们俩……

侯二搭着大嘴肩膀：我们两兄弟好几年没见了，出来散散心。

姚瑶笑：这大晚上，我看你们肯定没干好事。

侯二：这大晚上，你不也是在外面瞎逛吗？想干什么坏事？

姚瑶无语。

侯二赶忙推大嘴走：快回家去，不然你妈要着急了！

大嘴大嘴没懂：我妈从来不管我……

侯二仍推：走走走！快回家。

大嘴摸了摸头，转身离开。

侯二故意伸个懒腰，转身欲走：我也回去睡觉啰。各回各家，各找各妈！

姚瑶：你等等，我问你个事。

28. 月亮湾侯二家河边　夜　外

侯二向河里扔着小石子，姚瑶并肩走在河边。

姚瑶：听说有人花 500 万来你们这找人？到底怎么回事？

侯二：你问这干嘛？

姚瑶：好奇不行么？

侯二：就是 20 年前，那什么姚氏集团的董事长，路过咱们村，说是当时生意失败，一时想不开跳水自杀，结果被人给救了，后来他转运发了财，现在拿钱回来找恩人呗。

姚瑶：那你觉得，村里谁会是当年那个好心人？

侯二：这我哪知道，20年前的事了，那时候我才几岁。

姚瑶：杜傲初和陈守言怎么样？我听人说他们是你们这出名的书法家、企业家，平时乐善好施，做过不少好事。

侯二：拉倒吧，那两个，要是真救了人，早就到处吆喝了。

侯二双手抱拳，模仿陈守言、杜傲初。

侯二：守言老弟，我就知道是你，做好事不留名！

侯二站到另一侧。

侯二：哎，傲初兄，过誉了，过誉了！都是虚名，都是虚名！

姚瑶忍不住笑。

姚瑶：别闹了，哪有你这么夸张的。

侯二：你是没见过，我从小到大见得多了！

姚瑶：那朱文轩朱老师呢？

侯二顿了顿：我原本以为他是个好人，做事比较迂而已，哪知道现在整天和陈守言、杜傲初混在一块，成了一丘之貉！

姚瑶：那照你这么说，这道德模范村没一个好人，当年怎么会有人救助过姚先生呢？

侯二：要我说啊，这姚宪臣也是故意显摆，找人就找人，非要悬赏什么500万，生怕别人不知道他有钱似的。

姚瑶：人家好心好意出500万感谢恩人，你非要说人家显摆，我看你就是仇富。

侯二：瞎说，我就是觉得，这500万悬赏未必是好事。

姚瑶：两次都没找到人，所以才拿出500万来，是人家的诚意，怎么到你这就不是好事了？

侯二：好不好，你过两天就知道！图样图森破！（too young too simple的网络译法，意为“太年轻，太天真”）

侯二把石子片一扔，在湖面划出了一波三折。

29. 泾县医院病房　日　内

病床上，朱语彤半坐着，气色好了些。

朱语彤：爸爸，我什么时候能出院啊，我想回家！

朱文轩：病好了就能出院了。

朱语彤：那我什么时候病好啊？

朱文轩：再等两天，医生说咱们后天就能办手续回去。

朱语彤：可是我都挂了好多水了，护士姐姐早上说我手都没办法挂水，要在脚上挂了，肯定是好了啊！

朱文轩看着朱语彤手背上密密的针孔，突然眼眶含泪。

朱语彤小声：爸爸，你怎么哭了？

朱文轩：没有，语彤，挂水疼不疼？

朱语彤：还好啦，护士姐姐跟我说，扎针的时候让我不要看，想点别的事情，就不会疼了！

站在朱文轩身后的薛小妹转过脸抹起了眼泪。

朱语彤：爸爸，我忘了告诉你了，那天不是至诚哥哥撞我的，你错怪他了！

朱文轩一愣：那你好好的怎么晕过去了？

薛小妹转过身，看向朱文轩：是守言家那孩子和语彤玩篮球，用球砸了语彤一下，语彤说她流了鼻血，又跑了两步就晕过去了。

朱文轩：那……那还真是错怪至诚了，我得去找他道个歉。

电话铃声响起，薛小妹掏出电话。

薛小妹：喂，大宝？

薛大宝画外音：姐，你在哪呢？你救救我！

薛小妹：出什么事了？你慢慢说。

薛大宝：慢了就来不及了！我在你家外面呢，你快回来！我闯祸啦！（挂）

薛小妹看看电话，朱文轩看看薛小妹。

朱文轩：薛大宝怎么了，出什么事了吗？

薛小妹：电话里没说，让我们赶紧回去一趟！

朱文轩看向朱语彤：你睡会儿，爸爸和妈妈回家一趟。

朱语彤：哦。

朱文轩和薛小妹走出病房，带上房门。

侯二从窗外探出头，翻窗进了病房。

侯二：语彤，好点了没？

朱语彤：咦，哥哥！我早好了，就是不能出去玩。

侯二：你说你想去哪儿？哥带你去！

朱语彤：真的啊！可是爸爸说我生病了，不能出远门，连人家送零食都不准我吃。

侯二：等你长大了，病就好了，到时候哥带你把全世界好玩的地方全玩一遍！

朱语彤：那病好以前呢？

侯二：病好以前，我也早有准备。（变魔术似的掏出本书递过去）呐，给你一本小人书看，你一个人在医院就不无聊了。

朱语彤接过：呀，钢笔画的？还写了字呢。

侯二：这是正宗的“手绘本”，是我从小看到大的，现在借给你打发时间。

朱语彤：哥哥真好！（笑着翻看起来）

30. 查济朱文轩家　夜　内

朱文轩：300万！大宝你……你怎么敢借这么多钱！

薛小妹：你这个讨债鬼，欠这么多钱，你拿什么还！

朱文轩、薛小妹坐在沙发上，薛小妹捂着胸口，薛大宝哭丧着脸坐在一旁。

薛大宝：我也没想到啊，我哪知道上家卖给我的货是假的，被公安给没收了，血本无归！姐夫，你和姐无论如何救救我啊！

薛小妹：你走吧，这个忙，我帮不了，我也拿不出这么多钱！

薛大宝：姐，我不能跑，我跑了，他们就要找你了，这钱是你担保的啊！

薛小妹陡然想起了什么，走过去就打薛大宝：你上次让我担保的就是这笔钱？你连亲姐姐都坑，我们家怎么就出了你这么个东西？

朱文轩：小妹，你别急，咱们……想想办法。

薛小妹：能有什么办法？300万啊，我去哪儿给他凑这么多钱！

薛大宝躲闪着，看到了桌上拆开的那封信。

31. 查济民宿客房　夜　内

房间放着舒缓的音乐，浴缸里，姚瑶正在泡澡，回想前事。（闪回）

32. 敬亭山山坡上　日　外

姚宪臣拄着拐杖带着姚瑶一起爬山，后面跟着两名工作人员。姚宪臣身体晃了一下，姚瑶上前一扶。

姚瑶：爸，您慢点儿。

姚宪臣：唉，老啦，不中用啦！

姚瑶：你哪里老了，医生说你好好休息一段时间，就又生龙活虎了！

33. 敬亭山山顶平台　日　外

远处雾气蒙蒙，姚瑶和姚宪臣并肩眺望。姚宪臣侧身看向姚瑶。

姚宪臣：瑶瑶啊，这次你去一泉村，无论如何要找到我当年那位救命恩人！

姚瑶：您放心吧！这次我肯定给你找到，我已经想好办法了！

姚宪臣：哦？

姚瑶：你就等我的好消息吧！

34. 查济民宿客房　夜　内

姚瑶穿着睡衣，站在窗边，端着半杯红酒，看着风景。

敲门声。

姚瑶：谁啊？

侯二：是我！

门打开，侯二看到姚瑶身穿睡衣，忙避开视线。

姚瑶：有什么事儿吗？

侯二从口袋里掏出一个信封递给姚瑶。

侯二：我要……嗯，这钱还给你，你给我个娃。

姚瑶一脸震惊看着侯二，紧了紧身上的浴袍。

侯二忙改口：就你车上，那个娃娃，冰冰，哦，不对，叫冰墩墩！

姚瑶松了口气：你一个大男人，要它干嘛？

侯二：你就别问了，给我就行了。

姚瑶：那你等会儿，我换身衣服去帮你拿。

姚瑶关上了门，转身时不禁为刚才的误会笑了。

35. 查济朱文轩家院子　日　外

秦镇长走进院子，对朱文轩：文轩，找人的事儿落实得怎么样了？

朱文轩：秦镇长，这两天我和傲初、守言也跑了几个村子，实在是杳无音讯啊。

杜傲初、陈守言走了进来。

杜傲初：是啊，秦镇长，没想到信息时代找个人也会这么难！

秦镇长仔细打量了三人一番：你们三个好好想想，别是你们自己帮的，这还上哪儿去找？

朱文轩：秦镇长说笑了，这种事，哪里能忘！

陈守言、杜傲初一愣，却不否认。

秦镇长对朱文轩：这记性的事儿还真难说。老张去世之后，侯二那小子上学那几年吃饭的钱不都是你通过善心堂捐的。我不提，你会记得？

朱文轩：举手之劳，记它干嘛？

秦镇长：那20年前的事，你说不定也忘了呢？

陈守言、杜傲初同时一颤。

朱文轩：那不同，跳水救人，印象必定深刻。

秦镇长待要说话，电话响起。秦镇长接了：喂，500万到账了？行，行，我马上回镇里。（走）

薛小妹站在屋门前：守言、傲初，来我们家喝杯茶。

陈守言：……不了不了，我厂里还有事，先走了。

杜傲初：……天不早了，我也早点回去歇歇。

两人步伐缓慢，心事重重。

薛小妹：这两人怎么了？平时喊喝茶一喊就到。

36. 泾县医院病房　日　内

朱语彤躺在床上看侯二给他的小人书。薛大宝进来，手上拎着几包零食。

朱语彤：舅舅，你怎么来了！

薛大宝：舅舅知道你生病了，来看看你啊！（把手里的零食递给朱语彤）

朱语彤欢喜：谢谢舅舅！

薛小妹和朱文轩边说着什么边进门。

薛小妹：大宝，你怎么跑这来了？

薛大宝迎上去，拉起两人就往外走：姐姐、姐夫，咱们外边说。

37. 泾县医院花园　日　外

薛大宝、薛小妹、朱文轩三人站在花园里，薛大宝看了看朱文轩，有些犹豫。

朱文轩：大宝，300万我们一时实在凑不出来，你跟债主说缓两天……

薛大宝从口袋里掏出了一封信。

朱文轩惊讶：这信？

薛大宝：姐夫，这是写给你的吧？你就是当年救了富商的那个人！有了这500万感谢金，我就能过这个坎！

朱文轩：这是人家搞错了，再者说了，这信整个的来路不明。

薛大宝：哪有人这么无聊，写这种信给你？肯定是人家怕你不好意思认领，所以才好心提醒你！

薛小妹迟疑地看向朱文轩：要不你再想想……

朱文轩：我说过了，不是我！

薛大宝突然往地上一跪，语带哭腔：姐夫，哪怕不是你救的，你半辈子积德行善，帮过多少人，现在反正被救的人说是你，你就别推辞了吧？你帮帮我，就这一次！

朱文轩：胡闹，你起来，快起来！

38. 泾县医院病房　夜　内

朱文轩夫妇各坐病床一边望着熟睡的女儿。薛小妹忽然起身跑到窗边抽泣。

朱文轩：怎么好好的哭了！

薛小妹：没什么。

朱文轩：大宝的事情总能想到办法……

薛小妹：能有什么办法？除非你认了那笔钱。

朱文轩：你怎么……

朱语彤说梦话：爸爸妈妈，我好怕。

薛小妹回转来摸着朱语彤的头发：不怕，不怕，有爸爸妈妈在。

朱文轩转身面向窗外。

薛小妹跟过去：文轩，你想这是不是天意？就算弄错了，为什么偏偏错到你这里？这是老天在帮我们。（拉住朱文轩的手臂）我求求你，我就这么一个弟弟，我就这么一个女儿，现在他们都要用钱，都遇到了难关。我们夫妻十几年，我没求过你什么，文轩！

薛小妹说着缓缓跪了下来。朱文轩看着泪眼婆娑跪在身旁的薛小妹，满脸纠结。

39. 月亮湾侯二家门外　夜　外

乱石堆上，侯二仰头看着满天星辰。一辆车驶来，姚瑶拿着块木板走了过来。

姚瑶：呐，大嘴让我给你的。

侯二：这个大嘴，我让他给我找，没想到麻烦到你这了。

姚瑶：没事，我这不有车么。哎，你要木板干嘛？

侯二：修东西用的。呐，就树上那个秋千。

姚瑶：这秋千也是你小时候玩的？

侯二：是我爷爷装的。他啊，跟个老顽童似的，80 多岁的人了，非说要装个秋千晒太阳舒服，结果秋千装好了，他自己却没坐过几次……

40. 查济祠堂外　夜　外

薛小妹拉着朱文轩向祠堂门口走，夫妻两人走走停停，四处张望。一支黑猫从小巷中窜出，带倒了垃圾桶，吓了朱氏夫妇一跳。

朱文轩：小妹，再等等，再等等！

薛小妹：这么晚了，不会有人的。

朱文轩：我这心里还是不踏实，你让我再想想。

杜傲初埋着头疾步走出祠堂大门，一转弯正好撞上朱、薛二人。三人同时吃了一惊。

杜傲初：文轩、小妹！

朱文轩：傲初！是你啊，你怎么在这？

杜傲初显然有些紧张：哦，我吃过饭了，出来转转，消化消化。

朱文轩：那找人的事你有线索了没有？

杜傲初：没有没有，我想那位恩人八成是忘了，忘了。

薛小妹：不早了，你回去休息吧，我们……我们也走了。

她挽着朱文轩往前走了几步，转头看看，确认杜傲初离开，才推着朱文轩进了祠堂。

朱文轩拿着一张纸准备放进寻恩箱，薛小妹在门口看着。

朱文轩手却不停地颤抖：要不还是算了吧？

薛小妹：都这个时候了，你怎么还犹犹豫豫的！

朱文轩：可是我从来没……

薛小妹紧走几步到朱文轩身旁，拿起了朱文轩手上的纸走到寻恩箱前。

薛小妹：文轩，这信你投进去，不是你，也是你了！（投）

慢镜头：纸片落进寻恩箱。

黑屏。

41. 月亮湾侯二家门外　夜　外

星空。

下方河边，侯二和姚瑶并坐。

侯二：哎，你怎么还没回去，你这旅游都旅了多少天了？

姚瑶：不然就走了，这不你们这出了500万寻人的事儿嘛，我看过热闹再走。

侯二：这热闹恐怕不太好看，那个传说中的恩人嘛，说不定明天就冒出来了！

姚瑶兴奋：找到了？

侯二没看出姚瑶神情的反常：找没找到，明天你就知道了！

42. 查济钟楼祠堂　日　外

秦镇长身后跟着朱文轩、杜傲初、陈守言，两三名记者，呼啦啦一群村民。众人一路走到祠堂门前。

秦镇长边走边给记者介绍：各位记者朋友们，这里就是我们一泉村的钟楼祠堂，也是我们村里保存得最完好的一栋古建筑。

一行人走进。

秦镇长：这次我们申报省级道德模范乡村，还希望诸位帮我们好好宣传宣传！

记者甲：秦镇长，听说北京的姚总这次拿出500万元酬金在一泉村找当年的救命恩人？

秦镇长：姚先生20年前确实曾经路过一泉村，得到一位好心人的帮助。这件尘封了20年的往事，再一次证明我们镇值得骄傲的，不仅仅是保存完好的古街道古建筑，还有淳厚的民风，优良的传统！我们这里山好、水好，人更好！

众村民鼓掌。

记者乙：秦镇长，姚总寻恩的事刚好发生在一泉村申报省级道德模范乡村的时候，是不是镇里的刻意安排呢？

秦镇长：安排？哈哈，请相信我，咱们一泉村从来不需要做任何刻意安排！这次的事，市、县两级领导高度重视，也不是我一个小小镇长能安排的！

记者和众村民笑。

秦镇长：你别说，我还担心啊，这500万怕也没办法让当年救人的那位心动呐！

大嘴抱着寻恩箱突然从祠堂里跑了出来。

大嘴：镇长，恩人找到了！

秦镇长：找到了？

记者甲：秦镇长，这位小兄弟既然说找到了恩人，那不妨给大家看一看。

秦镇长不太相信地看了一眼大嘴。

大嘴为了证明自己，急从箱子中掏了封信出来。人群中众人神态各异，朱文轩、杜傲初、陈守言等人面色紧张。

秦镇长：既然如此，就请大家做个见证，看看这位品格高尚的人究竟是谁吧。

秦镇长接过信件拆开，脸现诧异：当年救姚先生的人是——杜、傲、初！

周围人等纷纷看向杜傲初。杜傲初微微一笑，拱手，潇洒地走上前去。朱文轩夫妇震惊。

杜傲初：惭愧，惭愧，当年没留名，现在现真身。主要是不想让姚总牵肠挂肚，再一次失望。

秦镇长：傲初啊傲初，我那天就说可能是你们三个之一吧！

杜傲初正待继续谦虚，大嘴从信箱中又掏出一封信来。

大嘴：秦镇长，还有信。

众人：什么？还有？

秦镇长困惑地看了大嘴一眼，大嘴傻笑。秦镇长只得接过信来拆开，低头一望。

秦镇长顿了顿：声称自己当年救了姚总的还有：陈守言。

众人看向陈守言。陈守言面色尴尬，这次轮到杜傲初一脸震惊。陈守言硬着头皮走出人群。

陈守言对杜傲初：傲初兄，对不住，我必须说出真相了！

杜傲初：真相，什么真相？

陈守言：真相就是，当年救姚先生的人是我！

杜傲初：你……你胡说什么！

秦镇长面色冷峻，眼角抽搐。

村民甲看向大嘴：小兄弟，信箱里就这两位吗？我看不止吧。

大嘴：还有好几封呢！

众笑。人群中朱文轩脸涨得通红。

秦镇长一把拿过大嘴手上的信箱，随手拿出一张纸，拆开一看，看向众人，语气生硬：下面报到名字的，自己站出来。自称当年救过姚先生的还有：王怀宇、周树明、张德仁、李建国……

秦镇长从寻恩箱中每掏出一封信，报出一个名字，就有一人很不自在地走出，很快站出来八九个。秦镇长的脸色随之变得越来越难看。

村民甲：这做好事还带 AA 制啊？

村民乙：怕不是他们合伙救了姚先生吧？哈哈哈。

有人哄笑，有的村民却脸色难看。侯二看着他们，神色变幻，阴晴不定。

记者甲：秦镇长，事情演变到这个地步，您也没想到吧？似乎五百万的威力真的强大！请问箱子里是不是还有信呢？

秦镇长倒了倒信箱，一封信掉了出来。信纸一角露出一个朱字。朱文轩面色惨白，摇摇欲倒。薛小妹紧紧抓住朱文轩的袖子。秦镇长弯腰捡起地上的信。

秦镇长：最后一封了。（缓缓拆开了信，看了良久）：声称自己当年救了姚总的，还有——朱文轩！

朱文轩软倒在地，薛小妹搀扶在旁。

秦镇长：文轩，连你也利欲熏心，你太让我失望了！

秦镇长、众村民、众记者围成一圈，伴着扭曲变形的脸，指指戳戳的手，越来越响的嘲笑声。

一声声回荡的尽是“太让我失望了”“让我失望了”“失望”“失望”……

有人伸手推朱文轩。朱文轩一个激灵，清醒了，原来刚才是他紧张到极致产生的幻相。

薛小妹轻推：文轩，文轩！

朱文轩虚弱地看她一眼，薛小妹的额头上也都是汗珠。

朱文轩低声：你知道我现在有多后悔吗？

薛小妹低声：都是我害了你！

朱文轩：不，不怪你，怪我自己没有把持得住！

秦镇长手上仍抓着那最后一封要命的信。

记者甲：秦镇长，这一封是谁写的？

村民甲：就是，快说啊！

秦镇长：朱……朱元璋！

众人一愣，大笑。

村民甲：这创意不错。

秦镇长：这是哪个捣蛋鬼写的！大嘴，是不是你！

大嘴：不是我，我要写也写我自己名字吧！

众人哄笑。秦镇长不动声色，将信纸揣进口袋，手一背，看向站成一排的杜傲初等人。

记者甲：秦镇长，这几位既然都说他们救了人，不妨听他们说说事情经过。

众人：就是，说说！

杜傲初等面面相觑。

秦镇长无奈地：杜傲初，你先说吧。

杜傲初：那年秋天深夜，咳，我在镇上河边看到一个落魄的男子，看他的样子应该几天没吃饭了，我就给了他四个馒头和 50 块钱……

秦镇长：陈守言，你说说看呢。

陈守言：我，我也是那年秋天深夜，看到一个落魄男子想要轻生，他刚跳进河里我就喊了一声“别跳”……

记者乙打断：这都是报纸上登过，姚总自己讲的！你就算编故事，能不能有点诚意，说点大家不知道的事儿？我看啊，你们也别一个一个说了，姚总说当年救他的人曾有一言相赠，你们都说说看，是什么话。秦镇长，您看这样行吗？

秦镇长沉默，杜傲初等人互相看看。

杜傲初：那句话是“风雨过后，方见彩虹”！

一人：是顺境逆境，都如云烟，随缘得失，心无增减。

陈守言：秦镇长，这隔得太久了，我都不记得当时跟姚先生说了什么了。

记者甲：诸位，你们怕不是帮的人太多了，乱了吧！还是说，你们每一位都曾给姚先生送过一句话？

众人哄笑。侯二却笑不出来了。

侯二：笑什么笑，有什么好笑的！不是我们村的，都滚！

记者乙：你让别人都走，这里面是不是有什么不可告人的秘密？

记者甲：请问秦镇长，这么多人都说自己是救命恩人，是不是有人在冒领，我们有义务让大家知道真相，公正地报道。

众人：就是！自己不害臊，丢了脸，怪得了谁！

杜傲初等人脸色青红皂白，五颜六色。

秦镇长：都给我闭嘴！

众人安静，秦镇长看向人群外围的姚瑶，突然一个鞠躬。

秦镇长：不好意思，让你见笑了！

众人齐齐看向姚瑶，侯二面露诧色。姚瑶走到秦镇长身边。

姚瑶：各位乡亲，我叫姚瑶，姚宪臣就是我的父亲。

众人哗然，侯二惊异之极。

众人：原来是她！

众人：这可是超级富二代啊。

众人：不单有钱还漂亮，传说中的白富美。

姚瑶：这次我受父亲的嘱托来寻找恩人，原本我和秦镇长都商量过，这个人应该就在小镇经常行善的几位之中，只是恩人不愿承认……

却没想到会是今天的结果。

记者们看着众人，众人不再笑了。

姚瑶：但是，我也很欣慰，因为在秦镇长和我讨论的名单里，有一个人，始终没有站到这里。

姚瑶看向朱文轩，随后从口袋里掏出一张纸。

姚瑶：朱文轩朱老师，这张纸是您当年给家父的，上面有您附赠的一句话，请您说出来，还这小镇一片风清气正！

众人齐刷刷望向朱文轩。

朱文轩：我……我……（一声长叹，转身离开）

众人惊讶地看着他的背影。

薛小妹：文轩！（追了上去）

杜傲初：几十年清誉一朝尽毁啊！

杜傲初往后一倒，众人惊呼。姚瑶、侯二对视一眼，侯二转身离去。

43. 月亮湾侯二家门外河边　夜　外

姚瑶手上拿着一张纸，坐在河边碎石坡上。大嘴在旁边踢石子玩。

姚瑶：大嘴，张至诚去哪儿了？他是不是生我气了？

大嘴：你说侯二？我今天一天都没看到他。

姚瑶：唉，还真被他说中了，这500万寻恩果然不是什么好事！

大嘴：那到底谁是恩人？

姚瑶反问：你说朱老师白天为什么一句话不说就跑了？还有人连500万都不要的吗？

大嘴歪着头看姚瑶：侯二说，500万谁不想要？

姚瑶：我之前也是这么想来着。说来说去，都怪这张纸，早知道我就不想这么个主意了，现在搞得大家出了洋相。

大嘴：这上面到底写了啥？

大嘴顺手从姚瑶手中拿过了那张纸看。

姚瑶：你看归看，可别告诉别人上面写的那句话啊。

大嘴：我只认得两个字。

姚瑶：啊？你认识哪两个字？

大嘴看向姚瑶。

大嘴：一个山字，一个不字。

一阵风吹过，大嘴手上的纸被吹飞，大嘴和姚瑶惊起。大嘴赶忙去抓。纸飘进河里，不见了踪影。大嘴慌，喊：纸，纸丢了……你不会骂我吧？

纸随着水流越漂越远。

姚瑶：算了，虽然有纪念意义，毕竟就是纸一张，何况那上面的话我早就记熟了。

44. 查济钟楼祠堂　夜　内

朱文轩站在古钟前，默然无语。秦镇长从祠堂外走了进来。朱文轩见是秦镇长，默默垂头。

秦镇长：我就知道你在这。

朱文轩：秦镇长……

秦镇长走到古钟前，伸手抚摸古钟。

秦镇长：你知道的，这口钟是明朝万历年间造的，已有几百年历史。到今天钟楼不在了，钟还在。再过1000年，我们早已化成黄土，这口钟恐怕还在。（凌厉地扫了朱文轩一眼）有些人、有些事会随时间变得面目全非，但有些东西最好像这口钟一样，成色不变。

朱文轩：秦镇长，我……

秦镇长伸手拦住：我今天没报你的名字，也是存了一份私心，不希望我们一泉村最后的脸面就这么荡然无存。明天我要去县里汇报工作，向县长说明情况，媒体那边我也打了招呼，这事得缓一缓。

朱文轩：对不起……

秦镇长再次拦住：这个事到此为止，你知我知，不要再深究了！

45. 泾县医院院子　日　外

姚瑶捧着一束鲜花脚步轻捷地进了医院。

46. 泾县医院病房　日　内

房门一开，姚瑶走入。床上朱语彤正在熟睡。被子上放着冰墩墩娃娃和一本手绘本。姚瑶将花搁在一边，拿起冰墩墩瞧瞧，又放回朱语彤枕边。她随手拿起了被子上的手绘本翻看，面色一变。

开门声响起，薛小妹走了进来，姚瑶看向身后。

薛小妹：你是姚……

姚瑶站起：薛大姐，我听说您女儿住院了，来看看她。

薛小妹不安地：昨天让您见笑了，我们这也许真没有你想找的人。

姚瑶：薛大姐，您就别谦虚了，救我父亲的不就是朱老师吗？

薛小妹断然否认：不是我们家文轩。

姚瑶：薛大姐，500万你们都不想要，我是真佩服！但是救我父亲的事，你还是让朱老师承认了吧，也算了了我父亲一桩心事。再说，我都看到那张纸了……

病床上，朱语彤翻了个身，喃喃地叫：妈妈。

薛小妹显然不想再说这个话题，趁势打住：对不起，我不知道那张纸上写的是什么。我还要照看语彤，您也早点回去休息吧。

薛小妹见姚瑶迟疑着出了病房，很快地关上了门。

47. 太平冲农田　日　外

日上三竿，一声钟响传来。杜傲初、朱文轩相对而立。

杜傲初：文轩，我是来跟你道别的。

朱文轩：你真要走？

杜傲初叹了口气：好事不出门，坏事传千里，如今所有人看我的眼神都不一样啦！二十多年自命风雅，玩诗弄画，到头来钻进钱眼，颜面丢尽。你说，我还有什么脸再待在村里？

朱文轩：身在尘世，面对诱惑，谁都有抵挡不了的时候，你也不用……过分介怀。

杜傲初：一封信，就让我失去了底线，我怎么能不介怀？

朱文轩矍然一惊：一封信？

杜傲初：前两天夜里我收到一封信，说 20 年前救他的就是我，让我接受馈赠，落款正是那北京富商姚宪臣。我一时鬼迷了心窍，这才向那寻恩箱里投了名啊。

朱文轩急忙从口袋里拿出了一张纸递给杜傲初：你看看，是不是这封？

杜傲初大惊失色：这，怎么会这样！和我收到的那封一字不差！你怎么会有这封信！

朱文轩：也是前两天晚上塞到我家院子里的！

杜傲初：什么？

朱文轩：看来，这就是一个局啊！

杜傲初：就算是局，也是我们自己的问题。你也收到了信，却能在 500 万面前毫不动心，老朽真的服了！

朱文轩：我……唉，惭愧，惭愧。

杜傲初向朱文轩抱拳：文轩老弟，我这就告辞了。

朱文轩：去哪儿？

杜傲初：去城里我女儿家住一阵子，也许一年，也许半载，也许，就不回来啦。

朱文轩欲言又止：我送送你！

48. 查济办公室　日　外

姚瑶和秦镇长隔桌对坐，墙上挂着许多锦旗。

姚瑶：秦镇长，感谢您这次鼎力相助！

秦镇长：哪里哪里，没能帮上什么忙，还让你看了笑话。

姚瑶：您说笑了，我父亲的恩人已经找到了！

秦镇长：什么？找到了？是谁？

姚瑶：就是朱老师！

秦镇长：朱文轩？怎么可能？姚小姐，你肯定弄错了！

姚瑶：这救命之恩，哪能弄错，我和我父亲都确认过啦！（稍稍凑近，小声说了几句话）

秦镇长若有所思。（闪回）

49. 查济钟楼祠堂　夜　内

朱文轩：镇长，我……

秦镇长伸手拦住朱文轩。

朱文轩：镇长，对不起……

秦镇长再次伸手拦住朱文轩。

秦镇长：这个事到此为止，你知我知，不要再深究了！

50. 查济办公室　日　外

秦镇长一拍自己脑袋：哎呀，我错怪他了！

姚瑶：错怪？

秦镇长笑：没什么没什么，你接着说！

姚瑶：我昨天去找朱老师，他闭门不见。今天来这儿，也是希望您能劝劝他，不要再推辞，哪怕不肯收这钱，出面接受我爸的谢意也是好的。

秦镇长笑逐颜开：我这就带你去找他！

51. 太平冲农田　日　外

杜傲初和朱文轩四手相握。

杜傲初：留步吧！

朱文轩：一路顺风。

杜傲初摇头苦笑：我这就要走了，你跟我说句实话，当年救人的究竟是不是你？

朱文轩缓缓摇头。

杜傲初指了指朱文轩：你啊你啊！再看我，半辈子写字练气，练到水里去喽。罢了罢了！

杜傲初走远。朱文轩哭笑不得。

52. 查济朱文轩家院子门口　日　外

朱文轩和薛小妹并肩走向家门口。

薛小妹：傲初平时多好的一个人，就这么被逼得远走他乡。这写信的人究竟是谁？太阴险了！

朱文轩：写信的人固然可恶，可如果真能坚持原则，哪会被一封胡编乱造的信给打倒。想一想就知道破绽百出。

薛小妹现出惭色。

朱文轩不忍，轻拍拍她。

秦镇长在路对面：文轩、文轩！（边说边与姚瑶走近）你也是的，不早说，害我差点误会了你。（一竖大拇指）你可真是高风亮节啊！

朱文轩懵：我，高风亮节？

53. 太平冲山顶平台　日　外

侯二看着杜傲初背着行囊走出小镇的身影。

陈守言背着个包，手上拿着一包东西走上平台。侯二假装没看见，想走。

陈守言：至诚兄弟，我是来给你道歉的！

侯二停步：你？道什么歉？

陈守言：语彤晕倒的事，我回去问了我家那混小子，果真是他干的，我狠狠教训了他一顿！对不住了！

侯二脸色缓和：小孩子嘛，正常的，你稍微教训一下就好，可别往死里打。

陈守言无语。

侯二蓦然一笑，拍了下陈守言的肩膀：逗你呢！没事。我还能跟小陈鹏过不去啊？

陈守言释然：你这么说，我就放心了。（将手中一包东西递到侯二手中）

侯二打开一看，整整五万块钱。

侯二：你这是？

陈守言：这五万块是文轩、傲初和我的一点心意，有了这钱，施工路线稍微绕一绕，你爷爷种的那棵树就不用砍了，镇上要修路还可以照修。

侯二把钱推回：这我可不能收！

陈守言：就知道你会拒绝，才没跟你要卡号。你就看在我拎着沉沉一袋现金过来的分儿上……

侯二：实在不行，你就当众捐给村里吧！

陈守言：出了昨天那档子事，我和傲初哪还有脸面再见大家？本来我喊傲初一起来找你的，他脸皮薄，不肯来，叫我务必代他跟你道歉，让你收下这钱！你就让我们离开得安心点儿吧！

侯二：你也要走？

陈守言：人活一张脸，树活一张皮，你觉得我还能留得下来吗？

侯二：陈大哥，你这么多年也为镇里做了不少好事，何必耿耿于怀？

陈守言：有些脸是丢不起的，一失足就是千古恨。何况好事人家未必记得，丑事倒可能常说常新。再过两年，在大家嘴里，谁还想得起我和傲初也曾经真心实意给村里做过贡献？你还年轻，等你到了我这个年纪，就明白了。

侯二：陈大哥……

陈守言：别再劝了，我是一定要走的，这钱你务必收下！

陈守言把钱往侯二怀里一塞就走。侯二看着他走下平台的落寞背影，再看看手里的钱，百感交集。

54. 查济朱文轩家院子门口　日　外

秦镇长气喘吁吁：文轩，我错怪你啦！姚瑶都和我说了啊，你就是当年救姚总的恩人！

姚瑶：您再推辞就真是让我为难了。我和我父亲都用我们的方式确认过了，您就是那个救他的人！

朱文轩急了：我不是说了，不是我吗？

秦镇长脸一板：文轩，这就是你的不对了！做这么大好事还端着，还害得我差点误会了你！

朱文轩：我要怎么说你才相信不是我？

秦镇长：我要怎么说你才能别清高了？昨天那么多记者在场，村里脸都丢光了！现在这么好的机会，你一承认，就能挽回一泉村的颜面，你再谦虚，那就是矫情！

几名记者拿着照相机、摄像机、话筒跑了过来。

记者甲：快，在这儿呢！

秦镇长：文轩，你看记者都来了。你给大家说说当年仗义救人的情形！

朱文轩：我……唉！

朱文轩调头就走，跑回家中，关上了大门。

秦镇长：小妹，文轩怎么回事，又不是干了啥见不得人的事，怎么这个反应……

薛小妹：文轩他……他有苦衷啊！

秦镇长：被大家知道了就叫苦衷？你给我好好做做他思想工作，明天姚总亲自来小镇，让他务必出面接受感谢！

薛小妹：姚总亲自来？

秦镇长尚未答话，姚瑶笑接：对！

一群记者围住姚瑶，几只话筒递了过去。

记者甲：姚小姐，你为什么这么确定朱文轩就是救您父亲的人？

姚瑶：我自然是有我的办法！

记者乙：那请问，500万元寻人这方法本身是否存在问题？否则为什么有人冒领，有人却不肯承认？

姚瑶：关于这点，我想向大家道个歉。500万寻人其实是我个人的决定，并不是父亲的意思。万万没想到引发了一连串的后果，给这原来安宁的地方带来这么多风波。但是，相信大家也看到了，虽然有人冒领，但同时也有高洁。朱老师就是最好的例子——并不是所有人面对金钱的诱惑都会迷失！

记者丙：姚小姐……

姚瑶：记者朋友们，今天我代表父亲来找朱老师恳谈。明天他也会赶来出席感恩仪式，同时，我们姚氏集团还将宣布一个重大决定。

记者甲：什么决定？能提前宣布吗？

秦镇长：有什么问题大家明天再问吧！

姚瑶笑：可不？今天请给我，也给朱老师一点私人空间。明天就揭晓谜底了，既然等了这么久，也不差这一天吧。

众记者七嘴八舌地：行，那我们明天再问！

55. 月亮湾侯二家门外　日　外

侯二弯腰在大树下修秋千，起身用手拉了拉缆绳，随后踩了踩试试。大嘴站在侯二身后。

大嘴：修好啦？我来坐坐看！

侯二：你坐什么坐？就你那吨位，不代表常人。

朱语彤从路边跑了过来。

朱语彤：哥哥！哥哥！

侯二欣喜：出院啦？身体好了？

朱语彤笑得烂漫：医生说暂时没事了。这秋千是修好了吗？

侯二：好了。你要玩不？

朱语彤笑着点点头。

侯二扶朱语彤上秋千，荡了起来。朱语彤笑容灿烂。荡到高处，她口袋里的手绘本突然掉了下来，砸到大嘴头上。大嘴捡起手绘本翻看，神色一凝，挠了挠头。

56. 查济朱文轩家　夜　内

朱文轩抱头坐在沙发上，薛小妹站在一边。

薛小妹：文轩，秦镇长让我做你思想工作，我就想问一句，为什么姚宪臣和他女儿信心满满，一口咬定是你？

朱文轩：这里面一定有什么不对，可我不知道是什么。我唯一知道的是他们搞错了。小妹，这一台荒唐剧演到这个地步，我不能一错再错！

薛小妹：只是，没有这笔钱，大宝的债务怎么办，女儿的药费怎么办？

朱文轩：实在不行，把房子卖了，先还人家一部分钱吧。女儿看病的钱，我再想办法找人借。这些年我们广积善缘，我相信人心向善，总会有人愿意帮咱们渡过难关。

薛小妹：就只怕别人不是你想得这么善良。事到如今，众口一词，你不如……

朱文轩：小妹！

薛小妹：你自己也明白，光是卖房子借债，填不满大宝的窟窿，解决不了语彤的药费！

朱文轩：上次的煎熬尴尬你这么快就忘了？

薛小妹：眼下的困境更要命！

朱文轩：别人要是问起当年那句赠言？

薛小妹：你……就说不记得了！

朱文轩：你……

薛小妹神情悲戚：人，有时候都是逼出来的……

朱文轩同情而又纠结地望着妻子。

朱语彤在门外清脆地：爸爸！

朱文轩走过去开门，调整表情，慈爱地：回来啦？

朱语彤故作神秘地：不只我一个人回来，（向后一指）有人找你！

朱文轩抬头看向朱语彤身后。

57. 查济侯二家中　夜　内

侯二在房间里打扫卫生、收拾东西。他走到香台边，拿起老张的遗像擦了擦，重又放好。

姚瑶在门外出现：你要走了么？

侯二转过身：嗯，下次回来，还不知道什么时候。

58. 月亮湾侯二家门外　夜　外

大树下，姚瑶和侯二并肩而立。

姚瑶、侯二同时：你……

姚瑶一笑，侯二有些紧张。

侯二：你先说吧！

姚瑶：你还在生我的气吗？

侯二佯做不解：生什么气？

姚瑶：我向你隐瞒了身份。

侯二笑：都过去了还提它干嘛？哎，听说你找到你父亲的救命恩人了？

姚瑶：就是朱老师。我跟我爸爸也说了，他明天就到。

侯二：那就好，大团圆结局。

两人对视一眼，姚瑶伸出了手。

姚瑶：一路顺风！

侯二伸手过去，握住了姚瑶的手。

特写：一对年青人的手，月光下握在一起。

59. 桃花潭小镇广场　日　外

广场上张灯结彩，台上挂着横幅，写着“淡薄名利高风在，饮水思源恩情长”。台下则乌压压一片人头。众记者长枪短炮，围绕左右。

众人：来了，来了！

一支车队由远及近驶来，停在了广场外的路边。姚宪臣、姚瑶先后下车。

秦镇长走到车边，伸手一邀：姚先生，这边请！

众记者将话筒递上前去，被姚宪臣身边的保镖拦在外面。姚氏父女继续往前走。

记者甲边跟边问：姚先生，您这次专程来一泉村是要当面酬谢救命恩人了吗？

记者乙：姚先生，给我们说两句吧，姚先生！

人群外，侯二骑着摩托车路过，看向被人簇拥着的姚瑶。姚瑶忙着照顾父亲，并没察觉。侯二戴上墨镜，骑车远去。

姚瑶转过头看向身后，若有所待，却无所获，眼神中流露一丝落寞。

60. 月亮湾侯二家门外　日　外

侯二骑着摩托驶过。朱语彤抱着冰墩墩荡着秋千，一见忙朝侯二招手：哥哥，哥哥！（见侯二远去，垂头丧气）

薛小妹：等他下次回来，爸妈请他到咱们家做客，啊？

朱语彤：哦。对了，爸爸呢？

薛小妹眼眶有些湿润，摸了摸语彤的头：爸爸去做一件非常重要的事情。

61. 桃花潭小镇广场　日　外

秦镇长站在了舞台中央：各位父老乡亲、记者朋友们，感谢大家的到来！今天对于我们镇是一个不同寻常的日子。首先，让我们以最热烈的掌声欢迎姚氏集团董事长姚宪臣先生上台！（让到一旁）

众人鼓掌，坐在第一排的姚宪臣起身向众人挥手致意，走上台去。

姚宪臣：各位，20年前，我路过此地，生意遇挫，饥寒交迫，一时想不开便跳水轻生，幸得一位恩人舍命相救，良言劝解，才死里逃生，重新振作。这20年来，救命之恩姚某一刻不曾忘怀。这次我来到小镇，除了拿出500万赠予当年的恩人，我们姚氏集团还将在小镇成立教育基金，提升全镇，尤其是一泉村小学的教育条件！

台下掌声如雷。姚宪臣含笑下。秦镇长两手虚按，掌声渐歇。

秦镇长：感谢姚先生对我们镇教育事业的支持。下面就让我们有请姚先生的救命恩人，朱文轩朱老师登台！

朱文轩缓缓、缓缓上了台。秦镇长和姚宪臣看着台上的朱文轩，目光欣慰。

众人：朱老师，好样的！

众人：朱老师，给我们说两句啊！

朱文轩走到话筒前。闪光灯不停闪烁。

朱文轩：姚先生，当年那句话，是不是“留得青山，不愁无柴”？

姚宪臣陡然站起，无比激动：对对！朱老师，果然是你！我几次寻人，您都不肯出现。这次姚瑶自作主张拿500万作酬金，您还是不为所动，真是高风亮节，让人钦佩啊！

众人兴奋鼓掌。

朱文轩：姚总，各位父老乡亲，记者朋友，我知道我这句话会让你们大失所望，大为扫兴，但我不得不说，当年救姚总的，并不是我！

姚宪臣、姚瑶、秦镇长大吃一惊。众人瞪大了眼睛，张大了嘴，旋即议论纷纷。

62. 太平冲山道　日　外

侯二骑着摩托穿梭在山道。

（闪回）

63. 月亮湾侯二家门外　日　外

大嘴捡起了地上的手绘本，看到被撕掉的一页，挠了挠头，突然看向侯二。

大嘴：侯二，你这本子上面撕掉了一页，好像就是姚瑶手上那张纸！

侯二：什么？

64. 查济侯二家中　夜　内

侯二在一张纸上写出了“留得青山、不愁无柴”几个字给大嘴看。

侯二：大嘴，你那天看到的是不是这几个字？

大嘴：啊，我认得，一个“山”字，一个“不”字！

侯二：原来如此。

65. 桃花潭小镇广场　日　外

秦镇长：文轩，你怎么又……

姚宪臣：朱老师，留得青山，不愁无柴，这话你都说出来了，还说不是你？

朱文轩：我不是推辞，不是矫情，是不能埋没了一个人的清名。当年救助姚先生的不是我，而是我们一泉村一位已经过世的老人家张大爷。

村民甲：张大爷？

村民乙：是他？那不是侯二的爷爷吗？

朱文轩：张大爷一生清贫，唯一的爱好就是画画。他生前曾为张至诚——也就是你们口中的侯二画过一本手绘本。当年他不顾生命危险，从河里救起姚总，顺手从带在身边的手绘本里撕下一页送给姚总，做一言相赠，上面写的正是“留得青山，不愁无柴”。（闪回）

66. 泾县医院病房　日　内

朱语彤熟睡，被子上放着一本手绘本。姚瑶拿起来随手一翻，看到了被撕掉一半的一页。

67. 桃花潭小镇广场　日　外

姚瑶看着身边的姚宪臣：我当时在医院看到了那本子，还以为是朱老师画的……

姚宪臣：怪不得，怪不得。可少掉的一页不是被你弄丢了？朱老师是怎么知道上面写的八个字呢？

二人看向台上的朱文轩。朱文轩嘴唇翕动。（闪回）

68. 查济朱文轩家　夜　内

朱语彤故作神秘地：不只我一个人回来，（向后一指）有人找你！

朱文轩抬头看向朱语彤身后。

侯二：朱老师，是我。

69. 查济朱文轩家院子　夜　外

朱文轩：至诚，语彤晕倒的事情与你无关，我还没正式跟你道歉。

侯二：那是小事，我今天来是告诉你，当年救姚宪臣的人，留给他的是八个字：“留得青山，不愁无柴”。

朱文轩：你怎么知道？（瞬间反应过来）救人的是你爷爷？

侯二手一挥：你就别管那么多了，反正我爷爷也去世了。明天，你上台，就说是你救的。

朱文轩：义举是张大爷所为，我不能冒领！

侯二叹口气：我做了对不起我们村的事情，现在已经没办法挽回了。这500万你出来认了，语彤的病，还有你那小舅子薛大宝的破事，就迎刃而解了。这样我算是赎了点罪，心里也好受一点！

朱文轩：赎罪？你究竟做了什么？

侯二：前几天你和杜傲初、陈守言他们收到的信，是我写的！

朱文轩想说什么，又咽了回去。

侯二：本来我只是想看大家的笑话，可陈守言走之前来找我，还把两万块硬塞给我，我觉着自己真不是个东西。我太偏激了，太莽撞了，太不把咱村和全镇的声誉当回事了。

朱文轩：为你这一胡闹，我们全家受了熬煎你知道吗？！

侯二：对不起！

朱文轩平了平心绪：至诚，我不能代表别人说原谅，但我自己，会尽量不往心里去。

侯二：谢谢您！我做了错事，辜负了我爷爷的教导，你就认了这钱吧，就不说解你家的困难，单是为了挽回全村和小镇的名声，也该当的。你就当是帮我的忙，行么？（不等朱文轩作何反应，转身跑了）

70. 桃花潭小镇广场　日　外

朱文轩：今天我站在这里，可以说百味杂陈，有惭愧，有不安，有悔恨，唯独没有的就是心安理得。因为我曾对这500万横财心动，几天前那寻恩箱里的信，就有一封是我朱文轩写的！只不过秦镇长宅心仁厚，帮我瞒下了！

秦镇长失声：文轩你……唉！

台下众人“轰”的一声，异样的眼光审视着台上的朱文轩。

朱文轩：傲初走了，守言也走了，而我犯了和他们一样的错，却幸运地逃过嘲笑，反而扮演一个更加高尚的角色。我原本也想私下里向姚总和秦镇长说明真相，但那样，大家依然会误认为我是一个品格超卓的人！我不配！

记者拍照、录像。众人有的面现鄙夷，有的震惊不已。（闪回）

71. 查济朱文轩家　夜　内

朱语彤在房内做作业。

薛小妹低声：文轩，求你了，侯二这时候来找你，难道不是上天的安排？

朱文轩低声：你是要让我一条道走到黑啊！

朱语彤抬头：爸爸，辅导教材上说君子之风，什么意思啊？

朱文轩抬头：君子之风就是要有德行，追求仁义之道，光明磊落……（哽咽）

72. 桃花潭小镇广场　日　外

朱文轩：今天，我要向大家当众忏悔，我不是你们心目中那个道德模范、优秀教师，而是个面对金钱一度沉沦的小人。君子坦荡荡，如果我做了小人反得到大家的赞赏，那我的灵魂将永远见不到天光！

姚瑶眼中渐渐出现了敬意，秦镇长、姚宪臣与众人均转为肃然。

朱文轩：今天我这么做，是为了给大家一个交代，也给自己一个交代。我希望大家能够以我为鉴，重塑我们一泉村的信仰，而我也将日日敲钟警醒自己，时刻不忘我踏上讲台时的赤子初心，不忘内心的道德准则，不忘头顶上这一片朗朗乾坤！

姚宪臣鼓掌，姚瑶随即鼓掌。众记者、村民等的掌声先是稀稀拉拉，跟着越来越大，直到如同雷鸣。他们全体站了起来。

朱文轩的泪流了下来。

73. 月亮湾侯二家门外　日　外

山谷之间，钟声回荡。荡着秋千的朱语彤停下，看着远方。薛小妹泪流满面。

74. 查济钟楼祠堂　日　内

朱文轩抱着钟锤，来回敲钟。

朱文轩迎着阳光，走出钟楼。

75. 山里　日　外

钟声从小镇传出山谷。

76. 查济学校　日　外

教室里，孩子们齐声朗读。

“人之初，性本善。性相近，习相远。

苟不教，性乃迁。教之道，贵以专。”

77. 泾县修车行　日　内

侯二伏在引擎盖下正在修车，一位工友走上前来。

工友：至诚，有人找你！

侯二头一抬，看到了站在门外的姚瑶和朱语彤。

朱语彤：哥哥！

侯二定了定神，笑着从旁边拿起一块布擦了擦手迎过去。

侯二：你们怎么来了？

朱语彤：姚瑶姐姐带我来的！

侯二：你身体好多了吧？

朱语彤：不然爸爸妈妈怎么放心让我跟姐姐出远门呢？

侯二捏了捏朱语彤的脸，看向姚瑶：你……们找我，有什么事儿？

姚瑶笑：挺伟大啊，500万都不要。

侯二面对姚瑶的笑颜如花，侯二罕见地有些羞涩，避开她的目光：伟大什么，救人的是我爷爷，又不是我……

姚瑶蓦然探身过去亲了侯二一下。侯二惊。

姚瑶：你要不要跟我……们一起走？

侯二呆呆地：去哪儿？

姚瑶笑牵着朱语彤回身而走，走了几步，俏生生回身：走，去北京！

（完）

微电影

又是一年秋意浓

字幕：05年秋

1. 花园　日　外

阳光打在金灿灿的银杏叶子上。天蓝得像水洗过的。银杏树下有一张三人长椅。清怡倚在上面看书。谭丽猫着腰从后面走，忽然跳出。

清怡吓了一跳：调皮鬼，要吓我多少次才算完?

谭丽（笑）：没有最多，只有更多。（在清怡身边坐下）说真的，你不像广东人。

清怡：为什么?

谭丽：想象中的广东人很忙很累很疲惫，而你这么安静从容。

清怡：你倒是很像北京人。

谭丽：你说的“北京人”不是周口店的猿猴吧?

清怡（笑了）：是曹禺剧本里的男主人公——逗你玩的。你热情，自信，开朗，跟大家的关系也不错。

谭丽一手搭在椅背上：不过有时候吧，我也觉得挺困惑。

当当当，上课的电铃声响了。两人一起站起。

清怡：准备上课。

谭丽：准备逃课。

清怡笑着摇头：你呀。

二人走出花园，一个往宿舍走，一个往反方向的教学楼走，各走各的路。

2．宿舍　夜　内

整洁清爽的宿舍。

窗台上风铃的特写。

两对上下床。谭丽睡上床，墙上贴着马特·达蒙的帅照，旁边是她自己的照片。清怡睡下床，靠床的书桌上有一叠书。

另一对上下床，江雪在上床打电话，横趴着，一双脚一踢一踢的。

江雪：……真的没有？别哄人啊！我要千里发功，把你周围方圆十里的狐狸精赶尽杀绝！哈哈……老？那可不一定哦。成熟男人更有魅力。你有多老啊？二十九岁而已。四舍五入等于三十，风华正茂啊！喏，收入又高，又会写两首歪诗，财子加才子，发财又有才，不得了，越说越有危机感了。

清怡笑笑，放下书，坐下，对镜子理头发。

江雪下床的刘箭梅正在洗衣裳，泡沫很少，搓得很用力。

清怡：刘箭梅，你放这么一点洗衣粉，洗不干净的。

刘箭梅：洗衣粉太贵了，特别是电视广告里常播的那几种。我们家里都是用碱洗。

清怡：什么是“碱”？

刘箭梅：就是一种又长又粗的黄黄的肥皂，不是洗澡用的香皂。

江雪在上床插嘴：我知道，像个砖头似的，去污力强，可是很伤手。

刘箭梅不由得看看自己的手。

江雪：你看，我没说错吧？我妈的手也比你嫩些。

清怡咳了一声。江雪连忙抓过电话继续：没有！哪有？我姿色平庸，没有人追呀！这是江南女子在谦虚，你别当真啊！

清怡对刘箭梅：别理她，从头看到脚，没有哪一根头发丝儿是婉约的江南。

江雪：喂，说我坏话呢吧？我听见了啊。哈哈。

刘箭梅：我真羡慕你们，有钱，有时间，有心情。你们才像大学生。

清怡：每个人有自己的活法，做好自己就行了。

谭丽进来了，一进门就转了一圈，裙子被抖成一朵大花。江雪在上床大惊小怪地喝彩，搁了电话，跳下床来看裙子。清怡也走过去看。

谭丽得意地：好看吧？我男朋友买的。

刘箭梅机械地洗着衣服，一下，一下，搓得很重。

江雪：你男朋友对你真好！嫉妒！

谭丽：我们是高中同学，有感情基础，就是不一样。（舞蹈，嘴里打着拍子）

“砰！”刘箭梅打翻了洗衣盆。湿衣服东一件西一件，水流满地。

江雪：哎呀，你怎么搞的嘛？（冲出去）

谭丽、清怡帮刘箭梅把衣服放回盆里：没事没事，再洗一次。

江雪冲进来拿着拖把横冲直撞，一边唱着：我是农民勤种地，我是工兵排地雷。（说）肥皂水，哪里逃！看招！这还不灭了你？

清怡捂着嘴笑得打颤，谭丽扶着床前仰后合。刘箭梅一言不发，捧着盆子出去。余下三人一齐看看门口。

江雪：哎，我帮她善后，她都不说声“谢谢”的？

谭丽：我也觉得她……有点奇怪。

清怡：刘箭梅家在山东乡下，家境大概不好。你们多体谅人家一点。

江雪点头：洗衣粉舍不得多用，是很可怜。所以我做了一个国际人道主义的决定。

3．宿舍走廊　夜　内

很多女生穿得花枝招展，来来去去。刘箭梅端着盆走在她们中间，默默地想心事。

画外音：在村里我家条件要算好的，在邻居小姐妹当中我是唯一的大学生。“天之骄女”，真讽刺，我居然这样想过我自己。这里最不缺的就是大学生，最缺的是个平等相待的人。

她走到宿舍门口，听见江雪在说：洗衣机是绝对必要的。宿舍不会再水漫金山，刘箭梅也不用洗得那么辛苦。买一台洗衣机的钱除以四，也没有多少。

刘箭梅站住了。

清怡：这钱我们是拿得出来，她家比较困难……

江雪：她那份我帮她出！以后她的洗衣粉也是我包……

刘箭梅把门一推：我喜欢用手洗，我喜欢用一点点洗衣粉，我又没有请你可怜！

江雪被吓了一跳：什么呀？

刘箭梅：我不要你施舍？听懂了吧？（摔门出去）

江雪：神经病啊？

字幕：一年后

4. 食堂　日　内

一排排窗口一排排菜。很丰盛，很诱人，冒着热气。

食堂里人很多，有几个窗口似乎特别受欢迎，有人在排队。清怡和男朋友林敞也在队伍中。

林敞：怎么这么多人？急死人！

清怡看看表：离下午第一节课还有一小时三十六分钟，来得及。

林敞笑了：服了你了，还有心思开玩笑。

清怡：吃饭吃出一肚子气来值得啊？（数排在她前面的人）一个，两个，三个四个五个，前面看不见，就算加一倍，顶多也就十个人。

林敞：假如正好轮到我们的时候打完了呢？

清怡：那，（假装思考）吃还是不吃，这是一个问题。

林敞大笑：你以为你哈姆雷特啊？

古俊在旁边的一队中插话：哈姆雷特不像，倒有点像小龙女。

林敞侧过头，脚下跟着队伍往前挪：你哪位啊？

古俊伸手：古俊。

林敞疑疑惑惑地跟他握手：我叫林敞。

古俊：我知道，你是清怡的男朋友。

林敞：咦，你怎么……

清怡笑了：傻子，他是刘箭梅的男朋友。你们碰见过的，你忘啦？

林敞顿时热情：哦，古俊啊！了解了解！大我们一级，是师兄。

古俊：还是连襟。

林敞：什么叫连襟？

古俊：你老婆和我老婆是姐妹，我们俩就是连襟了。

5. 宿舍　日　内

江雪在和异地的男朋友视频。

镜头对着 QQ：雪，别这样，会让我有压力。

下一行：晕，我爱你，你也有压力？

下一行：我喜欢被重视和被依靠，但是……让我们做彼此的支点，而不是唯一的中心点，好吗？

下一行：好吧，我试试。

“啪啪啪”敲击键盘声中，刘箭梅进来了。她的变化特别显著：穿着摩登，化着淡妆，神采飞扬。

江雪不屑地斜睨了她一眼。

刘箭梅：又在视频啊？

江雪（讥讽地）：是啊，不像你和你的俊哥可以天天见面啊。

刘箭梅：距离产生美嘛。

江雪：不像你们朝朝暮暮长相厮守啊。

刘箭梅：哟，心情不好啊？你去年不是这样的。

江雪：你去年也不是这样的。今年这才叫扬眉吐气呐。

镜头转至崭新的洗衣机。

刘箭梅走过去摸着洗衣机：扬眉吐气是谈不上，心安理得就比较贴切了。至少我出了我自己那份钱。

江雪关了视频：真是“自己”的吗？

刘箭梅回过头：我跟古俊不分彼此。

江雪笑了：前天在市中心的商业城里，我看见他跟另一个女孩子也不分彼此。

刘箭梅：你胡说！

江雪郑重地：这种事我会拿来说笑？那女的我认识，是学校超市那个才来的收银员。不信你去调查。

刘箭梅：哼，你……你跟你男朋友感情不好，就……就诬陷古俊！（出门）

江雪关了电脑：诬蔑？是诬蔑你就不会这么紧张了。古俊是个什么德行，谁还不知道——花花公子！

谭丽躺在上铺，难受地：你们别这样啊！刚分到一个宿舍的时候我们多好啊！怎么才一年就这么挟枪带棒的？

江雪：你痛苦什么呀？那刘箭梅说得难听一点，叫为钱堕落，你犯不着为她去操心。

谭丽坐起来靠在墙上，旁边就是她的照片：不，你没懂我的意思。我不是为了她，我是不喜欢这种氛围，说话都带着刺的。还有学生会换届选举，听说竟然有人送礼“贿选”！我是觉得大学，不像我想得这么明媚。

江雪有点感触：校园本来就不是净土。

谭丽：我男朋友也这么说。

江雪：你是不是什么事都跟他说？

谭丽：也不知为什么，去年我觉得我精神上是独立的，今年倒像离了他就不行。一天不听听他的声音，不说说我的烦恼，就睡不着了。

江雪站起来走到床边，握着谭丽的手：咱俩有点同病相怜呢！

6. 校园林荫道　夜　外

刘箭梅：你跟她真没什么？

古俊笑得很精灵：听见风就是雨。就算对我的定力没信心，总要对你自己的吸引力有信心吧？

刘箭梅笑了：骗子嘴！

古俊：男人不坏，女人不爱。（想吻她）

刘箭梅推开他：有人！

古俊拉着她的手大步流星地往前走。

刘箭梅：干吗？

古俊笑嘻嘻的：找个没人的地方。

字幕：一年后

7. 教室　夜　内

很多同学在看书。林敞也在看书。身旁的位置上有书，有水杯，但没人。

林敞自言自语：怎么还不来？（掏手机发消息）

“嘀嘀，嘀嘀。”手机声近在咫尺，原来清怡刚好走进来了。

林敞笑了，悄声：还以为你被人拐去卖掉了。

清怡轻声：不是卖，是买。（变戏法似的拿出一块很精美的蛋糕）给，夜宵。

林敞接过，吃：好吃！

清怡笑着：没见过几个男生像你这么喜欢吃甜食的。

林敞：真好吃，“爱心牌”的，格外可口。（动作夸张）

清怡带笑看英语书，偶尔写几个单词。

林敞吃完了。清怡眼睛不朝他看，却很自然地递了一张纸巾给他。林敞也很自然地接过，擦擦，搁在一边。

林敞过了一会儿，林敞把头挨过去：不知道怎么的，我突然觉得好幸福。

清怡仍在看书，却答：我也是。

林敞合上她的书：出去走走好吗？

清怡：嗯。（收拾东西）

8. 草地　夜　外

清、林二人一边散步一边聊天。

清怡：秋天的感觉真好。

林敞：是跟我一起感觉好吧？

清怡笑：你就臭美吧。说，拉我出来干什么？

林敞：没什么，刚刚你帮我买点心，递纸巾，做得那么自然，我忽然心里高兴。我想到一个词。

清怡：什么？

林敞：老夫老妻。

清怡打他：呸！那是贬义词好吧？形容男女没有激情，好像，好像左手摸右手。（忍不住好笑）

林敞左手牵起她的右手，佯装触电，浑身乱抖：哎呀，哎呀哎呀，不得了，高压电啊！

清怡笑：毛病！对了，明年实习了，你有意向了吗？

林敞携着她的手：我想过了，到电视台实习最对口。

清怡：你拿得稳人家会要你吗？

林敞：我有个亲戚是他们上级领导，我打算请他帮忙。

清怡：哦，原来你都计划好了。计划里有没有我呀？

林敞：我准备跟我亲戚说，买一送一，一拖一。

清怡：嗯？

林敞：把你也介绍进去实习。

清怡：那你亲戚真要很有面子才行呢。

林敞：我想没问题的。我们又不是绣花枕头，又不指望留在那儿工作，积累一下工作经验而已。我们俩最好分在两个不同的栏目组，互相交流，到时等于有双份体验。

清怡：平时看你嘻嘻哈哈的，对将来倒是挺会规划的。

林敞：要不怎么说物以类聚呢。你也是这样的人嘛。

清怡：嗯。我偏爱平稳、淡定，不爱冒险、刺激。喜欢像吃牛排一样把生活切成一块一块，然后安安心心地品尝。你说我是不是落伍了？

林敞：不是落伍，是现实。大风大浪阅尽沧桑当然也是一种财富，不过没有风浪也不用非去兴风作浪。

清怡停下脚步，轻轻搂住林敞。林敞也抱住她。

清怡：我知道我没有选错，我们是同一类的求稳的人。

林敞：我最欣赏山啦，不怕风雨，也不故意和风雨作对。往那儿一站，就是一种人格。

清怡：对的，最好的水手都擅于绕开暗礁险滩。

9. 喷泉　夜　外

林敞：那不是你的室友吗？

清怡：是谭丽。这丫头最近越来越不对劲儿了。看看去。

二人走到喷泉边。喷泉五颜六色，忽高忽低，许多人围观。有的站，有的坐，谭丽却蹲着。

清怡拿手在她眼前一晃。

谭丽如梦初醒，迷迷瞪瞪的：干嘛？

清怡：干嘛？我问你才对。

谭丽：心情不好，就在这儿发发呆。

清怡：林敞，我跟谭丽玩会儿，要不你先回去吧？

林敞：重友轻色，哈哈，好，我先走了。拜拜。（离开）

谭丽：其实你不用特地把他支开。没什么话不好当着人说的。

清怡担心地：你现在很沉郁，你知道吗？

谭丽：王老师你知道吗？

清怡：当然知道。人很好的。

谭丽：嗯。课上得那么棒，对人又那么诚恳，一点儿不搭架子。我生病时他特地从家里找了偏方叫师母送来。他像我爷爷。（出神）

清怡：那又怎么样呢？

谭丽突兀地抓住清怡的手腕：人善被人欺，马善被人骑，他被人家排挤。他为学科建设作了那么大的贡献，他还没到年龄底线，他们就逼他退休！他是个不会争论的人，老老实实退下来了。前天我买了东西去看他。他当着师母，当着我，老泪纵横啊！

清怡：你……先放开我的手，慢慢说。

谭丽放开她：你没见到王老师悲愤的样子！他们忍心伤害这样儒雅善良的老学者！这是个什么世界啊！

清怡：这是个有阴影也有阳光的世界。

谭丽：你的意思是说我钻牛角尖？

清怡看着她，点了点头：有的东西生来就要面对。我知道你有正义感，不过人不能一尘不染，不能太偏执。

谭丽：你不明白，说了你也不懂。

清怡（试探地）：学校的心理辅导员可能懂的……

谭丽猛地站起：你以为我是精神病人啊？（撒腿就跑）

清怡叫：谭丽，谭丽！

喷泉仍在哗哗地响着。

10. 宿舍楼前　夜　外

谭丽打公用IC卡电话：喂，你在干嘛？我要你来陪我。对，现在。你多远啊？从城东到城西打足了算一个小时……可以住学校的旅馆……我不！立刻！马上！我是不是你女朋友？你还关不关心我？你说什么？你嫌我烦是吗？……就是，就是！（看着电话，目瞪口呆）你……你挂我电话？

11. 宿舍　夜　内

谭丽失魂落魄地进门。

谭丽：江雪，你觉得我这个人怎么样？

江雪：好人。

谭丽：好人是不是都让人讨厌？

江雪：不，坏人才让人讨厌。男人坏叫有个性，女人坏叫堕落，懂吧？（抽烟，呛得大咳）

谭丽赶紧帮她掐灭烟头：要死了，你学抽烟！

江雪把头朝被子上一靠：我跟赵有华分手了。

谭丽：谁？

江雪：那个今年整三十岁的男朋友。

谭丽：为什么？

江雪：他说我束缚他，让他窒息。我看你也有这个倾向。当心，要接受我的教训。不过我们的问题比你们的复杂。

谭丽：怎么男人都是这样？

江雪：不怪他。他一直对我很好，而且在理论上“守身如玉”。

谭丽傻傻地：什么叫“在理论上”？

江雪：他一直没有正式的女朋友。有没有逢场作戏我就不清楚了。他三十岁了，家里催得很紧。他工作好几年了，有经济实力买房子结婚。等我等到今天，恐怕也算仁至义尽了。

谭丽：你不恨他吗？

江雪看着天花板：有点怨，不过不恨，看穿了恋爱这东西也不过这么回事。

谭丽：你这到底算豁达还是算绝望啊？换了是我，我就恨他！男人天生应该包容，拿他当个人才会跟他撒娇、倾诉、哭闹。我不觉得自己有错。

江雪笑笑，淡淡地：你还不是最自信的。听见脚步声没有？最自信的那位来了。

刘箭梅推门而入：清怡不在吗？

江雪：没回来。

刘箭梅：我想向姐妹们宣布一件事儿。

谭丽看她。

江雪：蛮郑重的嘛。

刘箭梅：我要退学了。

江雪意外：我这儿正准备化悲痛为学习动力，你要退学？

刘箭梅：古俊今年毕业，他说带我一起走。

江雪：我以前以为你只是不聪明，没想到你根本是个傻瓜。

刘箭梅一笑：就知道你会这么说。

江雪：他是个纨绔子弟，上大学还是花钱买的。

谭丽冷哼一声：黑幕！

江雪：坐过他的车，跟他逛过街的女孩子，学校里有，社会上也有。

刘箭梅：但是他没说带她们走。

江雪：人家不求第一，但求唯一；你是不求唯一，但求第一。

刘箭梅笑笑：不跟你说了。我正在办退学手续。（顿了顿）我还可以给你们做最后一个贡献。

谭丽：什么？

刘箭梅拍拍自己的床：这张床位的钱我一直交到最后一年，这期间不会有别人进来填空。你们三个可以住得舒舒服服的。

江雪、谭丽对视了一眼。

字幕：大四的秋天

12. 运动场附近　日　外

很多男生在踢球。清怡坐在场外看他们。江雪从另一边经过，口中背诵单词。

清怡：江雪！

江雪抬头一看，过来坐下。

清怡：一边走一边念念有词，小心撞到树上。（笑了）

江雪笑了笑：这不认真学习，头悬梁锥刺股呢嘛！

清怡：用功是好的，别走火入魔了。

江雪：人家古代人做不了官就寄情山水，我嫁不成老公就寄情于书本。

清怡不着痕迹地开解她：要嫁老公还不容易啊？青年才俊有的是啊。比如咱们班上的团支部书记，又比如那个老要请你吃饭的研究生。

江雪：他们都很优秀，可惜都不适合我。

清怡：那谁最适合你呢？

江雪：今年 31 岁的赵有华。

清怡：还想着他呀？

江雪：说老实话，我就没放下过。我后来努力想挽回的，不过……（双手一摊）

清怡：第一学期的时候，真没想到你是一个这么执着的人。（拍拍江雪）执着到不可理喻。

江雪：你知道吗，西方有些女人受了情伤，就入教会嫁给上帝。

清怡：哎呀，你不会皈依我佛吧？

江雪笑了：不会。不过相当一段时间之内，我是绝不谈情说爱的。

清怡同情地看着她。

江雪：不要用这种看小狗狗的目光盯着我好吧？塞翁失马，焉知非福。我现在成绩不是蹿上去了吗？

清怡：是的，像“神七”飞天一样。

江雪：是啊，那假如我告诉你，我打算继续拒绝那些男生，而考研究生，你支持我吗？

清怡（沉默了一下，伸出手）：支持！

江雪与她击掌。

13. 学样小剧场　夜　内

台上载歌载舞。谭丽坐在台下，漫不经心地看着。

画外音：江雪的预言真准，我也像她一样，和男朋友分了手。高中的同学，五年的相恋，仿佛一阵轻烟。连恨也没有了，连痛也没有了，只是空荡荡的。我最尊敬的王老师去世了，心脏病。我说是“心病”才对。

14. 宿舍　夜　内

江雪背书，清怡写信。谭丽开门进来，爬上床，塞上耳机听音乐。

镜头静止约半分钟，配上钟表的“嘀嗒嘀嗒”声。其间三人均无大的动作。

终于，清怡写完了信，抬头四顾：这么静。

江雪：正好看书。

清怡：谭丽。

谭丽在听音乐。

江雪仍在看书，但大声地：谭丽！

谭丽拿下一只耳机，询问地看她。

江雪：别装小姐，清怡喊你呢。

清怡笑了：没什么事，看你成天独来独往，想跟你聊聊。

谭丽冷淡地：有什么好聊的？

清怡：离毕业也不远了，你还有几个学分没拿到？

谭丽：我会毕业的。

清怡：我想走之前我们聚一次餐。

谭丽：不用了吧，很麻烦。

江雪：清怡，咱们俩聚。我百忙中抽空陪你。

门一开，做梦似的，刘箭梅走进来。

江雪：你？

谭丽正想重新塞上耳机，手一动，又定住，也看着她。

刘箭梅：怎么像见了鬼一样？

清怡笑了，站起来倒水给她：是太高兴，愣住了。正讨论毕业聚餐，你就来了。

江雪：怎么有空贵脚踏贱地啊？

刘箭梅：古俊差点儿跟我结婚，他父母听说我是农村的就拼命反对。古俊抗不过，就跟我分了。平时看他好像挺有办法，其实在他父母面前软得很。他给了我一笔“分手费”，我也没客气，提出要翻一番。我跟了他两年，总不能太便宜他。他的未婚妻是他们那儿局长的女儿。他怕我把他的好事搅黄，一分不少把钱给我了。

谭丽在床上怔怔地听。

清怡：刘箭梅，你这一段日子很坎坷。

江雪：我早就给过你忠告了，你当耳旁风。

刘箭梅：最可笑的是，他还没结婚，外面又勾搭上了。好在跟我无关了。

清怡：以后你有什么打算？

刘箭梅想了想，茫然地：还没想好。家里不知道我的事，我带着这笔钱，走一步看一步吧。

江雪一言不发，走过来，抱住刘箭梅。刘箭梅一愣，陡然流下泪来，半天才哭出声。清怡也踱过去，搂着她们两个。谭丽在上床俯视着她们，一只耳机始终垂在耳旁。

字幕：不知哪一年的秋

15. 花园 日 外

第一景中，清怡坐过的椅子，空着。银杏叶飘落下来，优美的弧形。

16. 食堂 日 内

用餐的学生仍然很多。人声鼎沸。有的窗口有人排队。

17. 宿舍 日 内

下午的阳光，空宿舍。四张床上都变了样。谭丽那张床的墙上不再有她的照片。

镜头缓缓移过宿舍每个角落。迂回忧伤的音乐。画外音：清怡和林敞顺利地实习，顺利地毕业，顺利地双双去了林敞的家乡，进了当地的电视台。谭丽回了北京，说真的，她也没有其他地方可去。江雪没有考研，因为她被保送为研究生。刘箭梅是唯一不知下落的一个，可以肯定的是，她没有回家。

镜头定格在窗台挂着的风铃上。

“叮——”清脆而悠长。

另一种表情

——《陶然剧本集》

（后 记）

徐新华

儿子出剧本集了。这是儿子的第十本书，却是他第一部剧本集，之前出的是小说、散文、报告文学集。

剧本集里的作品，有一部分儿子曾经发给我看过，如今再看，《马路变奏曲》《神奇药水》依旧令我捧腹；《虹》《一曲难忘》《回家》《声音》仍旧令我动容；《千面天王》《情鉴》《真相是什么》《排练》依旧发人深省；根据我的作品——淮剧《小镇》改编的电影文学剧本《寻人启事录》，读来更是令我感慨万端……

看着书稿，我有刹那的恍惚。我由下放知青而成县剧团演员，此后到文化馆，到南京大学中文系编剧班进修，最后到剧目工作室，总感觉有一双命运之手一步步将我推上创作之路。而儿子与文字相伴，却纯粹因他自己飞蛾扑火般的一意孤行。

儿子是在我完全没有来得及准备当母亲时出世的，那时我在剧团工作。由于剧团流动的性质，他刚满周岁就被我母亲带回老家和我父母一起生活。当我离开剧团，他回到我身边时，已经七周岁。因此，儿子的性格酷似我那不苟言笑、沉稳内敛的父亲，却与我完全不同。而且，后来的很长一段时间里，我和儿子都无法像别人家母子那般亲密交流。

现在回忆起来，我几乎没有在儿子身上操过多少心。这一方面由于我自己忙于学业、事业，一方面由于他太懂事。从小学到大学，他从未有过迟到早退缺席不按时完成作业，从未有过跟人吵架打架或和人发生矛盾需要我调解。他的成长过程，从未有过什么“叛逆期”。另外，与大多数同龄人不同，他从未主动提出要吃什么，要穿什么，更不要说名牌意识，生活于他，吃饱穿暖就行。他生活的低要求、学习的主动性简直让我所有的朋友羡慕不已。我的闺蜜曾说，这样的儿子养十个都不嫌多。

随着年龄的增长，我一直以为顺从、随和的儿子倔强、自主的一面渐渐显现，这让我既欣喜又不安。我不得不正视他的长大，并给予必要的关注。尽管如此，他参加工作之前，我同他认真的谈话也只有很少的几次。

首先是他小学四年级时，每晚做完作业偷偷写小说，而且是武侠小说。等到我妈妈发现了偷偷告诉我并再三叮嘱叫我不要训斥他时，已经写成了厚厚一部，章回体，虽然不乏稚气，但情节错综复杂，人物栩栩如生。我既有发现儿子写作天赋的欣喜，亦有怕影响学习的担忧。当时我虽未批评他，但也未对他进行鼓励。我对他说，喜爱写作不是坏事，在不影响学习的情况下可以写了玩玩，不要偷偷写，而且先试着从随笔、散文或短篇小说写起。

初中三年，他穷于应付让他十分头疼的数理化，在写作上未花太多精力，但也在省作协的《春笋》报上发表了数篇短文。中学毕业后，又写了《在听雨轩听雨》和《断层岁月》等几部中篇。每每夜深人静，儿子的房间漏出灯光，轻轻推门进去，他要么在聚精会神地看书，要么在奋笔疾书。那是真正意义的奋笔疾书！此时的他和平时懒散的他判若两人，身板挺直，双目炯炯，似乎他的整个生命都化作满腔激情由笔端喷薄而出，一泻千里。说实话，起初我以为他写作是一时兴起，随着时移世易可能就会淡化热情，万没想到他竟然对写作如此执着痴迷。那期间，我和他谈过一次话。我怕他对自己期望过高，万一失败，承受不了压力。我对他说：写作有三种境界，一，为生存；二，为事业；三，无任何功利目的，写作本身就是一种快乐，一种享受……他一听高兴地对我说，妈妈，我现在是你说的第三种境界，不为稻粮谋，不为名与利，写作的过程就是快乐和享受的过程。我原想对他说此乃写作的最高境界，可此刻，我感觉说什么都已是多余。

又一次谈话是他在律师事务所实习期间。实习快结束时，他突然郑重其事地提出他不愿做律师，想当作家。我一下子懵了！说实话，在子女的学业和前途问题上，我从不主观武断。我一直根据他的客观条件，尊重他的选择，并看着他好不容易一步步走到今天，眼看得一切都在顺理成章地朝着可行的目标前进并有望达成。更何况随着社会的进步，法制的完善，律师这个职业在中国有着极好的发展前景。于是，我从当今社会竞争的激烈谈到工作的来之不易，从律师的社会地位讲到经济效益。我知道他深爱文学，我无意让他放弃，我举了若干中外作家成功的例子说明当律师非但同当作家不冲突，大量的案例反而可增加阅历、激活想象、丰富生活积累……我晓之以理，动之以情，简直是苦口婆心，可他就是一语不发，双唇紧闭。急得我食不甘味，夜不能寐。

后来的几天，他更加沉默，看得出他很痛苦很矛盾。一天晚上，我出外归来，桌上留着儿子写的信。他在信中恳求我："你说的都有道理，但那不适合我，我一辈子只能竭力做好一件事情……请不要逼你的儿子做他不想做的事……"我流了泪。我知道他采取这种方式和我交流，就是想表明他不可改变的决心。我清楚地知道他放弃的是什么，可我又不得不再一次尊重他的选择，尽管我对他的未来充满忧虑。

为了对他负责，我找他严肃地谈了话。那次谈话对我来说极其艰难，甚至有些悲壮。我说，一个人要想成功，天分、勤奋、机遇缺一不可，你要准备不一定成功。他说，我知道。我说，二十世纪八十年代，百废待兴，文坛活跃，现在处于社会转型，必须以经济建设为中心，即便成功你也要有准备，准备清贫准备寂寞准备做边缘人。他说，我知道。看着他坚定的目光，我再无话说。

那以后，他正式确立了他的人生方向。他在做临工之余开始有条不紊扎扎实实地读书。其实他一直就喜爱读书，只不过之前的读书仅凭喜爱，相对盲目。他开始读史，读文学理论，读古今中外名著……他的阅读是深入而又系统的阅读，比如《红楼梦》，他是把不同版本反复地阅读然后进行比较，以至于不同版本之间哪章哪节哪句话之间有何不同他均可一目了然；比如读陀斯陀耶夫斯基、契诃夫或鲁迅、张爱玲、金庸、白先勇或任何名家的作品，他都会尽可能将他们的作品买全，然后在他们之间进行比较，在他们自己不同时期的作品间进行比较。大概因他的阅读方式比较科学，心也特别的静，因而效果出奇的好。每天读书的习惯，他一直保持到现在，我相信这个习惯将会让他受益终身。

读书并未影响他的写作。那几年，他除了在《雨花》《作家天地》等报纸、杂志上发表了多篇小说、散文，还出版了个人小说专集《摆渡的人》和报告文学集。后来，他以优异的成绩考入南京大学作家班。他的入学考试还有一段小插曲。当年的入学考试除了笔试之外，还须有省级文学刊物发表作品。入学通知收到之前，我突然接到南京大学文学院一位老师的电话，电话里说陶然所报送的小说技法娴熟功力老到，以至于老师们感觉不像出于一个20出头的年轻人之手，甚而有人提出疑问说他的母亲就是剧作家，会否是他母亲代笔？所以打电话核实一下。我说，若论写剧本他不如我，但散文写作我不及他，更何况迄今为止我从未写过一部小说，倒是他自己已经发表了不少，所以我负责任地告诉你，陶然的每一个字都是他自己的！事后我将那篇发表于《雨花》的小说《平安》找来看，看后方知被猜疑的缘由。小说背景是民国时期，写的是一个大户人家女子的命运，人物饱满鲜活，细节生动古典……看后因被猜疑的不悦烟消云散，反而心生欢喜。我想，别人也许不懂，但我这个做妈妈的如何不知，对于《红楼梦》已看过40多遍、自学写作多年的儿子来说，写出这样的小说并不稀奇。

之后，儿子以优异的成绩毕业，在江苏电视台实习的他又自作主张应聘镇江市文化馆，在多名应聘者中脱颖而出，正式踏上文化工作岗位。因为群文工作的特点，他渐渐学会了写话剧、戏曲、小戏、小品、相声、快板、歌词、诗朗诵、少儿故事包括各种晚会的串场词。当然，业余时间他也从未停止他的文学创作。创作戏剧作品时，他会发来初稿让我给他提出批评建议，我看着他一点一点由对舞台懵懂、生涩到驾轻就熟得心应手，且他捕捉题材的敏锐、情感铺陈的细腻、思想见地的独到、语言表达的俏拔往往令我出其不意。

如今，他已是中国作家协会会员、中国戏剧家协会会员，镇江市作家协会副主席、戏剧家协会副秘书长，副研究馆员，而且创作上不断出成绩。细细想来，他人生关键时刻的每一步都是他自己的选择，而且，总能给我带来惊喜。

一直以为儿子和我不够亲，直到他初中毕业那年，有一次闲谈，我问他将来想成为什么样的人，他想都没想就说：成为妈妈这样的人。我怔住了。对这样的答案，我实在是没有足够的思想准备。说没有思想准备不仅是因为他理想的不远大出乎我的意料，更因为此前我从未想到我在儿子心中居然有着这样的位置。此后，我的事业蒸蒸日上，其中与儿子的这句话不无关系。他自己都不会想到，他给了他母亲怎样的激励。

一次省剧目室组织采风观摩活动，我和儿子一起参加。在大巴上，我们母子正在低声交谈，前排我的好友、剧作家陈明突然回头诧异地问，你们母子平常就这么说话？他觉得母子见面净谈创作，实在不可思议。我愣住了，那是我第一次察觉我们母子交流的内容方式也许与众不同。

是啊，正是从儿子开始创作起，我们母子之间的交流才越来越多。如今，无论是电话通讯，还是他假期回家，我们都会一起谈戏剧、谈电影、谈工作、谈生活、谈人生、谈生死……我们几乎无话不谈，而且总有说不完的话题。我真庆幸儿子当初没有听从我的劝告，他的创作不仅是他赖以生存的资本，是他认识世界、打开人生的方式，同时，也是我们母子情感交流的通道和路径。

他的文字，是他的另一种表情。